AF000898

La promesa del deseo

La promesa del deseo

Veronica Wings

Traducción de Irene Saslavsky

VERGARA
GRUPO ZETA

Barcelona • Bogotá • Buenos Aires • Caracas • Madrid • México D.F. • Miami • Montevideo • Santiago de Chile

Título original: *Verheissungsvolle Sehnsucht*
Traducción: Irene Saslavsky
1.ª edición: enero 2016

© 2006 by Wilhelm Heyne Verlag, München, in der Verlagsgruppe Random House GmbH
© Ediciones B, S. A., 2016
 para el sello Vergara
 Consell de Cent 425-427 - 08009 Barcelona (España)
 www.edicionesb.com

Printed in Spain
ISBN: 978-84-15420-97-2
DL B 26223-2015

Impreso por LIBERDÚPLEX, S.L.
Ctra. BV 2249, km 7,4
Polígono Torrentfondo
08791 Sant Llorenç d'Hortons

Todos los derechos reservados. Bajo las sanciones establecidas en el ordenamiento jurídico, queda rigurosamente prohibida, sin autorización escrita de los titulares del *copyright*, la reproducción total o parcial de esta obra por cualquier medio o procedimiento, comprendidos la reprografía y el tratamiento informático, así como la distribución de ejemplares mediante alquiler o préstamo públicos.

Caerdydd, Gales, principios del siglo XVI

El viento gélido avanzaba impulsado por la tormenta. Soplaba de tierra a mar y en los muelles de Caerdydd nada ofrecía refugio, al menos no allí, justo en el embarcadero. Más allá, tierra adentro, había cobertizos y un astillero; por detrás se encontraba el mercado de caballos, donde acababa de desaparecer el duque de Glenmorgan. El grumete, un muchachito diligente, debía cuidar del equipaje del duque y también de su esposa, que aguardaba en el mismo lugar.

La joven duquesa de Glenmorgan se arrebujó en su amplio manto; tiritaba y quería volver a encontrarse en el barco, donde, pese al oleaje, bajo cubierta se hubiera sentido muy segura y protegida de la violencia de la tormenta. En realidad, deseaba regresar al punto de partida de aquel viaje. En Sicilia hacía calor y lucía el sol; casi había olvidado el frío, las tormentas y la persistente lluvia del invierno galés. Por un momento se sumió en una ensoñación: el huerto de naranjos que lindaba con los jardines del castillo, una manta tendida en la hierba tibia, su amado pelando una naranja para ella con manos torpes y el zumo salpicando sobre su corpiño...

«¡Presta atención, caballero! ¡Si no queda más remedio, coge la espada para cortar la naranja!» Y la pícara sonrisa de él mientras decía: «En los jardines del amor no suelo llevar espadas de hierro. Pero vamos, pongámosle remedio. Si yo no necesito espada, tú tampoco necesitas coraza...» Lentamente, él desabrochó el corpiño revelando los pechos de ella, que aún notaba el jugo de la naranja en la piel y, luego, la lengua de él lamiéndolo. Todavía recordaba con cuánto placer ella le ofreció su cuerpo, lo ayudaba a quitarse la ropa y reía al ver su lanza dispuesta a arremeter. «Así que no eras tan pacífico, ¿verdad, caballero?» Se amaron con placentera lentitud a la sombra del naranjo y después apagaron la sed con sus frutos. Ella nunca dejaría de saborear el dulzor de aquellos besos, de percibir la suave y tibia brisa del sur en la piel y el maravilloso aroma del huerto de naranjos.

Una ráfaga helada arrancó de sus recuerdos a la duquesa, que abruptamente regresó a la realidad. ¿Dónde estaba aquella sensación de seguridad que siempre la había envuelto en Sicilia? Desde el inicio del viaje y, sobre todo, desde la llegada a aquella tierra —donde en realidad tenía que haberse sentido como en casa— se encontraba temerosa e irritada aunque no pareciera existir ningún motivo. Estaba allí con su legítimo esposo, el heredero de extensas tierras, de aldeas y castillos. Quizá cabalgarían hasta el castillo de Glenmorgan ese mismo día con el fin de reivindicar sus derechos y, si su esposo la hacía esperar, seguro que se debía a que escoger dos caballos para el viaje y negociar su precio exigía más tiempo. Conocía al duque: cuando se trataba de caballos, no paraba hasta encontrar un animal muy tranquilo para ella y otro para él, que fuera brioso pero lo bastante sereno como para adaptarse a los andares del palafrén. ¡Y mientras se encargaba de todo eso era muy capaz de olvidar que ella permanecía allí, bajo la lluvia y en compañía de un muchachito que no le inspiraba demasiada confianza! Procuró convencerse a sí misma de que los latidos apresurados de su corazón y su nerviosismo solo se debían al enfado con su esposo, y el temblor y los escalofríos los causaban el viento y la lluvia. Sin embargo, un mal presentimiento poco claro se había adueñado de ella, un temor difuso frente al futuro y las complicaciones que los aguardaban en el castillo de Glenmorgan. En un intento desesperado de protegerse del frío, se cubrió la cabeza, coronada por un cuidadoso peinado, con la capucha; todavía no se había acostumbrado a sujetarse los rizos con peinetas y hebillas, tal como le correspondía a una esposa. En Sicilia disponía de una doncella que se encargaba de eso y en el castillo de Glenmorgan también encontraría una muchacha, una vez que se hubiese aclarado la situación... El corazón de la duquesa volvió a latir más deprisa, como si existiese un motivo para sentir temor.

—¡Aquí estoy, amada mía! ¡Lamento haberte hecho esperar!

Se acercaron dos caballos al mismo tiempo que ella intentaba reprimir la inquietud que la carcomía; su esposo montaba uno de ellos y conducía el otro de las riendas. Ella notó que estaba ensillado con una confortable silla de amazona y sonrió.

—No hacía falta que te molestaras en conseguir una yegua palafrén y una silla de montar de amazona: me hubiera conformado con un caballo normal —dijo ella en tono afectuoso. Como siempre, la presencia de su marido ahuyentaba todas sus preocupaciones. Su cabello bastante largo, en aquel momento empapado y rizado por la lluvia, su rostro ligeramente bronceado...—. A lo mejor hubiésemos avanzado más deprisa con un caballo normal.

Entonces volvió a experimentar aquellos extraños sentimientos ambivalentes: avanzar, dejar atrás la lluvia. Ansiaba encontrarse en un lugar seco y desprenderse del pesado manto, pero no en Glenmorgan, no en el castillo de Glenmorgan...

—Milady entrará en su castillo montada en una yegua digna de su rango, aunque para lograrlo me vea obligado a empeñar mis últimas perlas. No te importa, ¿verdad?

—No —dijo la joven riendo—, no necesito joyas. ¡Me basta

con este anillo! —añadió, haciendo girar su sencilla alianza que, además de un diminuto prendedor, era lo último que le quedaba de su dote—. Pero es un bonito nombre para una yegua. Llamémosla *Pearl*...

La yegua de pelaje oscuro —cuyo color apenas se adivinaba en la penumbra y bajo la lluvia— parecía contemplarla con expresión amistosa. Aunque la joven protestó, el duque desmontó y la ayudó a encaramarse a la silla. Ella aprovechó la ocasión para apoyarse contra él y percibir su cuerpo. A condición de que permanecieran juntos, todo se arreglaría...

—¿De verdad tenemos que cabalgar hasta Glenmorgan esta misma noche? —preguntó—. Estoy muerta de frío y tu manto tampoco te protege de la lluvia. ¿No habrá un mesón conforme a nuestro rango?

El duque reflexionó. A diferencia de su esposa ardía en deseos de volver a ver las murallas del castillo de Glenmorgan y tomar posesión de él, pero la idea de cabalgar de noche en medio de la tormenta no resultaba atractiva. El viento helado ya le afectaba los pulmones y tenía la ropa empapada por la lluvia. ¿Realmente quería regresar a la casa de sus antepasados como un ladrón en medio de la noche, muerto de frío y exhausto? Pensando en una posible discusión con Osbert, eso lo pondría en desventaja. Sopesó los pros y los contras y asintió con la cabeza.

—Tienes razón. Nos detendremos en El Cisne de Plata, un mesón sencillo que se encuentra un poco más allá del barrio del puerto, pero es una casa decente...

—¡Como si no recordara El Cisne de Plata! —replicó ella, riendo—. Allí pasamos nuestra noche de bodas, ¿acaso no lo recuerdas? Pero tú solo podías pensar en las joyas albergadas en tus alforjas y en los ladrones y bandoleros que tal vez dormían en la habitación contigua.

—¿Es que no fuiste generosamente recompensada? —preguntó el duque en tono cariñoso, acariciándole la mano con la que ella sostenía las riendas. La yegua no era muy alta, así que pudo inclinarse hacia delante y besarlo, pero el roce de sus labios, ásperos por el viento y la lluvia, y las manos heladas le advirtieron que debían darse prisa: era hora de ponerse a resguardo de la tormenta.

—¿Acaso me he quejado? —preguntó ella con voz seductora.

Aquella noche ya no quedaban joyas que vigilar en la habitación de El Cisne de Plata, tendría a su amado para ella sola... y ya se le habían ocurrido varias ideas para hacerlo entrar en calor.

No tardaron en alcanzar el mesón y encontrar un lugar seco en el establo para alojar los caballos. El mesonero saludó respetuosamente al duque y a su esposa, les sirvió vino y carne asada y su mujer les llevó pan caliente. A la joven duquesa le parecieron demasiado serviles y sus continuas reverencias e inclinaciones de cabeza le resultaron zalamerías desagradables. Tres veces hicieron hincapié en el honor que suponía alojar al duque y a la duquesa de Glenmorgan y parecían ansiosos porque no los contradijeran, hasta el punto de resultar fastidiosos para la joven pareja, que no tardó en retirarse a su alcoba muy temprano... sin percatarse de que, inmediatamente después, un mensajero abandonaba el mesón y dirigía su caballo hacia el castillo de Glenmorgan.

A la mañana siguiente el viento había amainado un poco y había dejado de llover. El duque y la duquesa se pusieron en marcha temprano; el mesón les resultaba cada vez más inquietante: la mesonera que no dejaba de soltarles zalamerías, el mesonero que ya les servía vino temprano por la mañana... Era como si trataran de impedir que se marcharan. De hecho tardaron mucho en ensillar los caballos y la joven duquesa soltó un suspiro de alivio cuando, por fin, pudieron emprender viaje: su ropa se había secado, la yegua avanzaba a paso ligero, y el rostro alegre y despreocupado de su amado apaciguó sus temores. A lo mejor aquel extraño presentimiento solo era una pesadilla causada por un estado de ánimo lúgubre derivado de la tormenta. Le lanzó una sonrisa al duque y espoleó la yegua para que galopara. Ella también tenía prisa por llegar al castillo de Glenmorgan; cuanto antes dejaran atrás el encuentro con el primo del duque tanto mejor. Y, a medida que el tiempo mejoraba, ella también se alegraba de reencontrarse con sus tierras, el inmenso castillo posado en el acantilado y la aldea acogedora y hogareña situada en las colinas del condado de Glenmorgan.

Sin embargo, no iban a llegar hasta allí. En un bosquecillo, a unas dos horas a caballo del castillo, su viaje se vio bruscamente interrumpido. Un brillo metálico hizo que la yegua *Pearl* —que a la luz del día resultó ser una alazana oscura— se espantara. La duquesa tuvo que hacer un esfuerzo para refrenarla cuando seis hombres fuertemente armados salieron del bosquecillo.

—¿Quiénes sois? —preguntó el cabecilla con voz sonora, pero clara y aún juvenil. La visera del yelmo le ocultaba el rostro, al igual que a los otros caballeros—. Pisáis las tierras de Glenmorgan. ¿Qué os trae por aquí?

El duque miró a su alrededor con expresión sorprendida. No recordaba que en aquel bosque hubiese un puesto fronterizo; hasta ese momento siempre habían dejado pasar a los extraños y solo les habían hecho preguntas al llegar a la aldea.

—Sois jóvenes y no me reconocéis, pero debiera de resultarle conocido a alguno de los vuestros. Soy el nuevo duque de Glenmorgan. Cuando recibí la noticia de la muerte de mi padre, me puse en camino para tomar posesión de mi herencia. Esta es mi esposa y me alegra que vosotros vayáis a escoltarnos, así no nos veremos obligados a llegar al castillo sin séquito —dijo el duque con una amplia sonrisa. Siempre había mantenido buena relación con sus hombres.

Pero no logró impresionar al joven cabecilla del grupo.

—¿Decís que sois el duque de Glenmorgan? Pues aquí os llaman de otra manera: perro sarnoso, por ejemplo, saqueador del tesoro de vuestro padre.

El duque frunció el ceño.

—¡Ten cuidado con lo que dices! —le advirtió al joven—. Sé que solo repites lo que te han contado, pero eso equivale a una ofensa y casi me veo obligado a retarte a duelo. No obstante, de acuerdo, rendiré cuentas: es verdad que me llevé un saco lleno de joyas de la cámara del tesoro de mi padre. Eran las joyas de mi madre que mi prometida debía recibir el día de su boda. Fue mi madre quien tomó esa decisión y mi padre nunca la puso en duda. ¿Así que por qué hablas de robo?

—De todos modos es igual —dijo la duquesa. De vez en cuando el duque era demasiado amable y condescendiente. Él no tenía por qué rendirle cuentas a ese descarado, más bien debería plantarle cara—. Mi esposo hereda a su padre y ahora el contenido de la cámara del tesoro le pertenece a él, da igual lo que hubiese ocurrido antes.

—¡Pues por desgracia mi señor no opina lo mismo! —comentó uno de los caballeros. Era más alto que el joven, su voz era la de un hombre mayor y resultaba evidente que consideraba necesario calmar al impetuoso e impedir que la situación empeorara todavía más—. Según nuestra información, el anciano duque le dejó el castillo y las tierras de Glenmorgan a su sobrino Osbert antes de emprender aquella fatídica cruzada. Que Dios conceda la paz a su alma.

—Su alma residirá en el Paraíso, como la de todos los valientes cruzados —dijo el duque, y se persignó. El viejo caballero lo imitó, ambos con la esperanza de quitar tensión al encuentro—. Y es verdad que dejó la regencia en manos de Osbert, pero solo mientras durara la cruzada. No se trataba de modificar la sucesión.

—Pues resulta que ahora eso está en discusión —lo interrumpió el joven—. En todo caso, a mí me han encargado que os tome prisionero y os traslade al castillo. Allí se aclarará la situación —añadió apoyando la mano en la espada.

El duque frunció el entrecejo.

—No tengo inconveniente en acompañaros al castillo, pero...

—¡De ninguna manera! —exclamó la duquesa. Hizo avanzar la yegua y echó la cabeza hacia atrás con gesto tan enérgico que los rizos de su apretado peinado se soltaron—. ¡De ninguna manera iremos a Glenmorgan como prisioneros! Si hay tensiones encontraremos un lugar neutral para solucionarlas, quizá ante un juez que no haya tomado partido, ¡pero no apareceremos encadenados ante un usurpador!

—¡No permitiré que acuséis a mi... señor de ser un usurpador! —gritó el joven.

—Teniendo en cuenta que hace un momento acusasteis a mi esposo de ser un ladrón, diría que es una ofensa menor... —replicó la duquesa, lanzándole una mirada furibunda—. ¡No tengo por qué rendirle cuentas a un tosco campesino de la última fila de la guardia!

Estaba muy bella, erguida en la silla y envuelta en su vestido de terciopelo azul oscuro, el manto colgado sobre los hombros y el rostro delgado arrebolado de cólera. Sin embargo, el joven no percibía su belleza, estaba ciego de ira porque nadie lo tomaba en serio y hasta una mujer tenía el descaro de enfrentarse a él. Presa de la furia, desenvainó la espada, pero antes de que pudiera abalanzarse sobre la duquesa, el duque hizo avanzar su corcel y se interpuso entre el caballero y la inquieta yegua de la duquesa.

El duque también había desenvainado la espada y sabía utilizarla. El joven era fuerte y se defendía con poderosos mandobles, pero el duque los detuvo con destreza y, finalmente, mediante un giro apenas perceptible de la muñeca, le quitó la espada de un golpe. El combate podría haber acabado allí, pero el joven se negaba a darse por vencido; como si se peleara con un doncel, se abalanzó sobre el caballo del duque y trató de arrancarlo de la silla, pero el corcel no era un caballo de batalla que ante semejante ataque se encabritara o intentara golpear con los cascos. En vez de eso, retrocedió temeroso. El duque casi no logró dominarlo y perdió el control sobre su propio contraataque; soltó un mandoble con el que solo pretendía rechazar al atacante y que, sin embargo, penetró en el hueco entre el yelmo y el peto del joven y le perforó el cuello. El muchacho ni siquiera tuvo tiempo de soltar un grito, solo se llevó la mano al cuello con expresión horrorizada; la sangre le empapó el peto, cayó de rodillas y murió antes de que su rostro chocara contra la tierra.

El duque refrenó su caballo y clavó una mirada incrédula en el cadáver.

—No quise... ¡Dios mío, jamás tuve la intención de matar a ese estúpido muchacho!

Desmontó lentamente y se acercó al muerto. Mientras lo tendía de espaldas, la visera se levantó dejando ver un redondeado rostro infantil enmarcado por rizados cabellos rubios; un rostro cuyos ojos azules expresaban desconcierto y terror.

—¡Edmond! —exclamó el duque al reconocer al muchacho. Y al pronunciar su nombre, un nudo doloroso se formó en su garganta—. Edmond, mi pequeño primo. ¡Debería haberte reconocido! ¡Tu impetuosidad, tu carácter indómito...! ¿Cuántas veces te ensangrentaron las narices por ello? ¡Y que ahora sea mi mano la que haya acabado con tu vida! Juro que no quise hacerlo.

—¡Lo sabemos, milord! —dijo el caballero más viejo, que también había alzado la visera de su yelmo y se dio a conocer. El duque lo recordaba muy bien. Se llamaba Robert de Kent y hacía años que servía como comandante en el castillo—. El muchacho os retó, tuvisteis que defenderos. Era demasiado joven e impetuoso para un mando como este...

El duque le quitó el yelmo a su primo, le acarició los rizos y lo tendió en la hierba.

—Seguro que se han cometido muchos errores, pero ahora regresaré al castillo de Glenmorgan y volveré a poner orden. Vosotros cabalgaréis conmigo. Puede que mi primo recupere la sensatez cuando vea el cadáver de su hermano.

—¡No! —gritó la joven duquesa en tono desesperado. Aún montaba la yegua y la obligó a avanzar hasta acercarse a su esposo, aunque el animal se espantó al oler la sangre—. No, no entres en la cueva del león. Ahora todo ha empeorado e incluso acabarán por acusarte de asesinato.

El viejo caballero asintió con la cabeza.

—Perdonadme, señor, pero he de darle la razón a la duquesa. Si ahora regresáis al castillo, sin armas y sin un ejército de caballeros leales, lord Osbert hará que os encadenen. Si queréis prestar oídos a mi opinión, os aconsejo que huyáis. Regresad a Sicilia o buscad otro lugar seguro, ¡pero alejaos del castillo de Glenmorgan! Al menos hasta que dispongáis de un ejército para imponer vuestros derechos.

—Y vos, ¿no debierais impedir que huyamos? —preguntó la duquesa en tono burlón y lanzando una mirada a Robert y a sus hombres, una mirada tan desvalida como furiosa.

Como paralizado, el duque aún permanecía de pie ante el cadáver del joven Edmond. Robert se encogió de hombros.

—Sí, supongo que sí. Pero estábamos demasiado horrorizados por la repentina muerte de nuestro joven comandante. Intentaba ayudarlo, lo sostuve en brazos cuando murió... los demás hombres se quedaron de piedra y así vos lograsteis huir. ¿Verdad, hombres? —dijo el caballero dirigiéndose a los demás, que se apresuraron a asentir—. No todos están contentos con el gobierno de Osbert, milady, pero mientras el legítimo heredero permanezca en libertad hay esperanzas. Si caéis en las garras de Osbert, Glenmorgan nunca volverá a ser lo que era.

La duquesa lo saludó con la cabeza y lanzó una mirada a los otros caballeros en la que se mezclaban la compasión y el agradecimiento.

—¡Ven! —le dijo a su esposo—. En marcha, tenemos que cabalgar. Aquí ya no puedes hacer nada más.

1

Seis meses después
Venecia, Palazzo dei Marcelli

La aterciopelada noche se cernía sobre los canales de la Serenísima, en el aire tibio de la noche estival flotaba el aroma del mar, pero también los olores de las tabernas y los mercados del Canal Grande; sin embargo, aquel barrio noble y tranquilo no estaba invadido por el alboroto de los bebedores nocturnos. El Palazzo dei Marcelli se encontraba a orillas de un canal estrecho y poco transitado, solo recorrido por las góndolas y las barcas de escaso calado y no por grandes embarcaciones. El canal no estaba iluminado.

Doug de Caernon aguardaba con impaciencia, oteando la oscuridad. ¿Se equivocaba o realmente había una sombra que se aproximaba? Era extraño e irreal, desde el balcón del pequeño palacio apenas se distinguía la góndola. Doug no oyó el sonido de los remos sumergiéndose en las aguas, solo vislumbró la góndola oscura acercándose en silencio como la barca de un hada.

La mujer sentada en la proa de la barca también era de una belleza de ensueño, si bien en aquel momento su esbelta figura y sus rasgos aristocráticos estaban ocultos bajo un manto y una amplia capucha, y puede que incluso llevara un antifaz. Doug ignoraba si había alquilado la góndola o si la pilotaba una persona de confianza de su casa, pero no cabía duda de que la condesa Letizia sabía lo que hacía. Doug no creía ser el primero con el que la condesa escapaba durante unas horas de su matrimonio con el conde Da Monti; ella era demasiado bonita y demasiado vivaz para dedicarle todo su tiempo al anciano con el que estaba casada. ¡Pero Doug se negaba a formar parte de una ristra de amantes! Se encargaría de que aquella noche quedara grabada en la memoria de la condesa, ¡vive Dios! Sonriendo, echó un último vistazo a la alcoba que había preparado para ella, a las exquisiteces dispuestas por los criados antes de que Doug les ordenara que se marchasen.

Todo era perfecto, desde las flores hasta el vino dulce de Portugal que embriagaba los sentidos y hacía olvidar los sentimientos de culpa y el secretismo. Doug se volvió, dispuesto a recibir a la dama como correspondía e, invadido por una alegría anticipada, bajó las escaleras y alcanzó el atracadero privado del palacio casi al mismo tiempo que la góndola de la condesa. El atracadero se encontraba en una suerte de bodega y allí la góndola permanecería oculta a las miradas de los curiosos. Cuando Doug descendió los peldaños, la barca se deslizaba dentro de la silenciosa bóveda y el sonido de los remos se volvió audible. El gondolero acercó la góndola al muelle sin mirar a Doug: estaba claro que le habían ordenado mostrarse discreto.

—Gracias, Pedro; espérame aquí, por favor —dijo la condesa.

No ocultaba su rostro tras un antifaz, así que debía de confiar en el gondolero, que seguro que le era tan devoto como todos aquellos en los que alguna vez se había posado la mirada de sus ojos resplandecientes.

Se volvió hacia Doug y deslizó la capucha hacia atrás, revelando sus negros cabellos, apartados del rostro y sujetos mediante peinetas, que se derramaban por su espalda en forma de un complicado peinado.

—¿Me aguardabais? ¿Acaso estabais tan seguro de que cedería a vuestra insistencia?

Doug le besó la mano.

—Os aguardo desde el primer día que os vi. Desde entonces mi casa y mi corazón están dispuestos a recibiros —respondió. La invitó a remontar los peldaños de mármol que conducían del atracadero a los salones del palacio. Ella los recorrió con pasos gráciles y Doug la siguió bajo la luz de las velas que iluminaban el pasillo.

—¿Comprasteis esta casa? —preguntó la condesa como para iniciar una conversación.

Su voz era sorprendentemente profunda, oscura y aterciopelada.

«Como si la diosa del amor le hubiera otorgado la capacidad de cantar a una rosa...»

Doug sonrió al recordar esa comparación ideada hacía poco tiempo por un joven y apasionado trovador, y tal vez también un amante de la bella mujer que en aquel momento recorría la casa de su nuevo compañero de juegos con una seguridad de ensueño y sin la menor timidez.

—No, la alquilé, pues por más que anhele tender mi vida a vuestros pies y deshacerme en el brillo de vuestra mirada... mi estancia en este lugar será limitada. Veréis, mis propiedades se encuentran al norte, en Gales. Aún las administra mi padre y él es muy generoso, deja que recorra el mundo y conozca lo que se encuentra allende las colinas de mi patria... y que recorra orillas con las que jamás había soñado —dijo Doug mientras ayudaba a la dama a remontar el último peldaño deslizando una mano por su cadera—; pero en algún momento deberé regresar y hacerme cargo de mi herencia.

Abrió la puerta que daba a los salones y la condesa casi se vio deslumbrada por la luz de centenares de velas en preciosos candelabros de oro y cristal de Murano. Una frasca de cristal tallado llena del mejor vino reflejaba las luces titilantes de las velas.

La condesa sonrió y volvió su bello rostro hacia Doug. Era delgado y de rasgos finos, de altos pómulos y una nariz recta casi puntiaguda. A lo mejor hubiese parecido severo si no fuera por los carnosos y sensuales labios. Los ojos de Letizia eran grandes, de mirada expresiva, e iris oscuros casi negros, en los que parecían danzar pequeñas estrellas. Dirigió la mirada al joven, un gigante rubio que la contemplaba con brillantes ojos azules.

—¿Así que en primer lugar hemos de agradecer este encuentro a la generosidad de vuestro padre? —preguntó en tono casi burlón.

Doug de Caernon llenó dos copas de vino y le tendió una de ellas. Cuando los dedos se rozaron, un placentero estremecimiento agitó el cuerpo de Letizia, como un hálito de deseo.

—Hemos de agradecérselo al dios del amor, que me condujo hasta este bendito lugar para alabar a la más bella de sus criaturas...

—Sois diestro con las palabras, conde —dijo Letizia, quitándose el manto.

La tela suave y ligera se deslizó de su cuerpo y apareció un vestido de seda roja. Al ver el escote, que casi no ocultaba los pechos, la respiración de Doug se volvió entrecortada. La piel de la condesa era más oscura de lo esperado, la clásica tez de los habitantes del sur nacidos de miles de generaciones de mujeres besadas por el sol que transmitían su belleza de madres a hijas. Doug creyó percibir un aroma de almendras y olivas, pero era imposible. Letizia prefería los perfumes pesados, extractos de rosas y lirios que allí en Italia no eran consideradas flores de difuntos. Doug recordó su primer encuentro con Letizia, en el palacio de su esposo. Primero solo vio un retrato que dominaba el salón, el de una mujer muy hermosa envuelta en un vestido color nata que sostenía un lirio en la mano. Y después la realidad que dejaba el arte en segundo plano: ni siquiera el más grande de los pintores podría haber capturado el fulgor de esos ojos.

—Podría reemplazar las palabras por actos... —dijo él. A continuación alzó la mano para rozar la piel de ella por primera vez.

Un roce que le pareció casi sagrado; de hecho, era como si temiera que la mujer retrocediera como un hada tímida que se convierte en polvo cuando un mortal la toca. Pero Letizia no se movió cuando él recorrió sus hombros con las manos, le acarició el cuello y luego descendió hacia los pechos. Letizia notó que sus pezones se endurecían y anheló dejarse caer en los brazos de él, pero ella también sabía jugar a aquel juego y se apartó con un movimiento suave.

—Vuestros coqueteos me dan calor —afirmó ella.

Bebió un sorbo de vino lentamente. Le ofrecía a su compañero la oportunidad de observar las dulces gotas en sus labios. La besaría, tenía que besarla...

Doug también alzó su copa.

—Tal vez vuestro vestido sea demasiado pesado para una noche sofocante, ¿no? —preguntó él—. Permitidme que os proporcione alivio.

La besó, pero no en la boca, sino en el hombro, al tiempo que soltaba los lazos que cerraban el vestido por encima de los pechos. Los lazos entrecruzados casi formaban un corpiño, pero no acababan en la cintura, sino que, seductores, descendían casi hasta el monte de Venus. Doug separó las dos partes del vestido y descubrió una camisola de encaje que llevaba por debajo; apenas ocultaba los pechos y su blancura ofrecía un excitante contraste con la piel morena. Doug comenzó a besarle el escote, luego deslizó el vestido de los hombros... pero, antes de que cayera al suelo, ella volvió a recogerlo fingiendo pudor.

—¡Me parece que lo único que os importa es embriagaros con mi cuerpo! —dijo en tono severo—. Pero a mí no me concedéis nada. ¿Es que no he de descubrir lo que se oculta bajo vuestra camisa de seda? ¿Quizá carnes fláccidas en vez de músculos fuertes y firmes?

Doug se echó a reír.

—Frente a vuestra belleza todos los demás cuerpos palidecen, pero en la medida de lo posible estoy dispuesto a satisfacer vuestra curiosidad. O satisfacedla vos misma, bella mía. Tantead mis músculos y comprobad si cumplen con vuestras exigencias.

Él se alegró al ver el anhelo brillando en los ojos de ella mientras le abría la camisa y le desnudaba su pecho. Doug era fuerte; desde niño había aprendido todas las artes dignas de un noble y durante sus viajes había librado algún que otro combate, a veces con salteadores de caminos, pero más a menudo con los esposos o los admiradores de sus numerosas conquistas. En todo caso, evitaría que el brazo con el que blandía la espada perdiera fuerza y que sus carnes se volvieran fláccidas. Entonces resultó evidente que a Letizia le agradaba lo que veía y empezó a recorrer los contornos del cuerpo de él con un dedo, jugueteó con sus pezones y soltó un suave gemido cuando él deslizó su vestido hacia abajo al tiempo que le acariciaba la cintura, la suave curvatura del vientre y después el monte de Venus. Letizia no se quedó atrás y sus manos se deslizaron dentro del pantalón de Doug y tantearon su sexo erecto.

—¡Aquí, no! —susurró él cuando ella se apretó contra su cuerpo—. Espera, este lugar es demasiado profano como para revelar tus secretos. Solo un jardín del amor es digno de ti...

La alzó en brazos, el vestido cayó al suelo y la llevó hasta la alcoba, donde la envolvió el aroma embriagador de miles de rosas; flores rojas, aterciopeladas y carnosas cubrían el suelo por el que Doug cargaba con su dulce peso. La tendió en un lecho cubierto de pétalos rojos y rosados... una única rosa blanca reposaba en la almohada.

—¿Un recuerdo de mi inocencia perdida? —preguntó ella coqueta.

Doug sonrió y recogió la rosa.

—Un nuevo comienzo. Quiero que esta noche sea algo más que una aventura para ti. Esta noche volverás a descubrir tu inocencia. Te conduciré hasta orillas que nunca jamás has alcanzado, pero después quiero volver a destruir todo lo intacto que despertaré en ti. —Arrancó los pétalos de rosa blanca y los dejó caer sobre el cuerpo de ella—. Porque quiero conquistarte, mi bella condesa, quiero amarte con todo mi ser, mi corazón y mis manos.

Letizia no contestó. En cambio, se incorporó y le ofreció sus labios trémulos. Parpadeaba y un deseo salvaje se asomó a su mirada.

Doug la besó, lenta y placenteramente, como si fuese el primer beso que daba o recibía en su vida. Los labios de ella tenían un sabor dulce; le acarició el paladar con la punta de la lengua al tiempo que él exploraba su boca. Pero Letizia quería más, irrumpió entre sus labios e hizo que la pasión de Doug se encendiera como una llamarada. Entonces ella se inclinó hacia atrás, lo arrastró y él se tendió sobre ella. Se estremeció bajo sus besos hasta que ambos tuvieron que apartarse para tomar aliento.

Letizia se quitó de la cara unos cabellos que se habían soltado de su complicado trenzado y el gesto hizo que Doug empezara a liberar sus rizos del corsé de trenzas, hebillas y redes que los sujetaban, y se quedó como hechizado cuando ella permaneció sentada ante él en toda su belleza, envuelta en una nube de cabellos negros y sedosos, la acalorada piel cubierta de pétalos de rosas y un deseo nada disimulado en su mirada.

Doug se tomó su tiempo. Sabía que estaba preparada, pero quería llevarla mucho más allá de la pasajera voluptuosidad anterior. Retiró los pétalos de rosa mediante suaves besos, los cogió con los dientes cuando no se despegaban de inmediato y Letizia gimió bajo el roce de sus labios. Pero él no había contado con el desenfrenado deseo de ella: por más suave y delicada que pareciera, podía ser muy decidida cuando la pasión se apoderaba de ella. Doug quiso quitarle la camisola con suavidad, pero ella se la arrancó del cuerpo y él vio que debajo estaba desnuda, solo un portaligas sostenía las medias de seda y también se lo arrancó con un movimiento rápido y violento.

—Como verás, la fortaleza está preparada para ser tomada por asalto. Después podrás explorar los terrenos circundantes, ¡pero ahora quiero sentirte dentro de mí!

Doug abandonó y cedió ante su propio deseo. Volvió a besarla, se tendió sobre ella e introdujo su herramienta del amor en el portal secreto. Ella se corrió en el acto, alcanzó la cima del placer soltando un suave grito y después empezó a mecerse con movimientos delicados. Doug la imitó, al principio lenta y sosegadamente, después con rapidez cada vez mayor. Su excitación alcanzó alturas insospechadas y arqueó la espalda abrasado por el fuego de la voluptuosidad, presionó las manos contra la delicada piel de los hombros de ella y por fin se desplomó con el rostro entre los pechos de Letizia, jadeando, el fuego apagado en medio del aroma de las rosas y del amor.

Cuando Doug recuperó fuerzas, comenzó a acariciarla de inmediato y esta vez ella permitió que su lengua recorriera sus pechos trazando círculos diminutos y tiernos, al tiempo que ella le acariciaba la espalda con manos delicadas que hacía unos instantes se habían clavado en sus hombros como las garras de un tigre.

En el momento en que los labios de Doug se disponían a descender hasta el portal de la voluptuosidad y explorarlo con la boca, llamaron a la puerta. Eran golpes muy enérgicos, pero quizá el intruso había empezado a llamar con timidez y entonces solo la aporreaba presa de la desesperación, pues fuera la que fuera, su petición debía de ser muy urgente. La servidumbre de Doug sabía que en noches como aquella no debía ser molestado, así que solo incumplirían sus órdenes en caso de máxima urgencia. Se incorporó soltando un suspiro y se envolvió las caderas con la sábana.

—¿Será... tu marido? —preguntó en voz baja, lanzando una mirada vacilante a su espada, apoyada contra la pared de la alcoba.

La condesa negó con la cabeza.

—No, no se atrevería; no tiene el menor interés en comprometerme. Nuestro trato funciona, nuestro matrimonio es ejemplar. Soy una piedra preciosa en la vaina de su espada: ¿qué hace allí cuando él nunca desenvaina su arma?

Sin embargo, Doug no perdió de vista su espada mientras abría la puerta, solo un poco para que ningún extraño viera a la condesa. No obstante, el hombre que estaba ante la puerta sabía guardar un secreto y en ningún momento alzó la vista. Doug reconoció a Pedro, el gondolero.

—Perdonad, señor, sé que no debo molestaros, pero abajo hay un mensajero que insiste en hablar con vos. He intentado convencerlo de que se marche, pero dice que el asunto es impostergable. Por eso he venido a buscaros; he pensado que sería más discreto si yo...

—Has actuado con mucha prudencia, Pedro. Te lo agradezco y te recompensaré. Acompaña al mensajero al pequeño salón junto al despacho. Lo alcanzarás a través de un pasillo que parte del atracadero. Me vestiré y bajaré de inmediato.

El Palazzo dei Marcelli había sido construido por un hombre de negocios que recibía a sus clientes y amigos en los salones de la planta baja.

Pedro asintió.

—Permitidme otro comentario señor: deberíais llevar un atuendo formal, pues el mensajero viste de luto.

Poco después, cuando Doug regresó a la alcoba donde lo aguardaba la condesa, el dolor le ensombrecía el rostro y le encorvaba la espalda.

—Perdona que te haya hecho esperar y que esta noche ya no anhele retozar en los jardines del placer. Pero la noticia me ha afectado profundamente. —Se dejó caer en el borde de la cama, exhausto, y bebió un trago de la copa de vino que Letizia le alcanzó—. Hablas con el designado conde de Caernon. Hace unos días mi padre falleció repentinamente. Tengo que regresar a casa y tomar posesión de mi herencia.

Letizia le acarició los hombros.

—Estás muy afectado. ¿Lo amabas?

—Lo amaba y lo respetaba y nunca pensé que no volvería a verlo cuando regresara a Gales. Que Dios me asista: si hubiese sabido que estaba enfermo...

—Pues si su muerte fue muy repentina no debe de haber estado enfermo mucho tiempo —concluyó la condesa—. No te hagas reproches, nuestra existencia en la Tierra es limitada. No podías hacer nada. —Entonces lo abrazó con mucha ternura y él hundió el rostro en sus cabellos. Su aroma le proporcionó un extraño consuelo.

»¿Te marcharás hoy mismo? —preguntó ella en voz baja.

—No —respondió él, negando con la cabeza—. Puede que tarde varios días en encontrar un barco. Emprender el viaje a caballo es una insensatez, es mejor ir directamente por mar, pero procuraré acabar con mis asuntos lo más rápidamente posible y entonces...

—¿Y entonces jamás volverás? —dijo con voz ronca, como si de verdad fuera a echarlo de menos—. ¿Abandonarás la Serenísima y el sol del sur? Me abandonarás...

—¡Ven conmigo si lo deseas! —soltó Doug de pronto. Su abrazo y su voz profunda lo embriagaban—. ¡Ven conmigo, como condesa de Caernon!

Ella soltó una carcajada cansina.

—¡Ah, sí! Tendrás que cortejar a una muchacha. El joven Doug de Caernon quisiera pertenecer a todo el mundo, pero el conde debe escoger. ¡Escoge con prudencia, mi tierno amante! Y por más que deteste tener que decirlo, olvídame cuanto antes. Soy la condesa Da Monti. ¿Cómo podría convertirme en la condesa de Caernon?

—¡Juntos podríamos enfrentarnos a Dios y al mundo! —exclamó él con voz apasionada.

Letizia le acarició la frente como una madre cariñosa que procura tranquilizar a un niño rebelde.

—En realidad no quieres hacer eso. Y yo tampoco, ¡no soy una luchadora, milord! Sí, puedo ser salvaje y apasionada, y de vez en cuando corro ciertos riesgos para apagar las llamas que arden en mí. Pero adoro mi seguridad, mi *palazzo* y mis joyas. Incluso aprecio al conde, ¡que Dios me asista! —se rio—. Claro que no como te aprecio a ti, pero es un buen hombre y respeta nuestros acuerdos. Nunca podría deshonrarlo marchándome con un desconocido.

—Yo también puedo ofrecerte oro y joyas. Poseo muchas tierras, una mina, un castillo...

Cuanto más la contemplaba, menos podía imaginar separarse de ella, pero Letizia ya se apartaba de él.

—En un país lejano donde el mar es oscuro y los inviernos fríos, donde hablan una lengua que no comprendo, donde no existe la ópera, no hay galerías de arte, donde no existen los alegres coqueteos del carnaval... Deshonrada ante los ojos de mi mundo, perdida en el tuyo y enfrentada a los terrores del infierno... Puede que sea adúltera, pero creo que de momento la diosa del amor me protege. Si abandonara a mi esposo todo sería distinto y estaría condenada al infierno. No, mi apuesto amante, deja que siga con mi vida actual. Yo ya he elegido, a ti aún te aguarda la aventura. ¡Disfrútala!

Doug pensó en las colinas de su tierra y en la risa de las muchachas rubias con las que jugó de niño, a las que les tomaba el pelo y perseguía hasta que todos quedaban tendidos en la hierba soltando risitas. No era una tierra para lirios y rosas dolorosamente rojas, no era un lugar para Letizia da Monti.

—Pues entonces, al menos, dime adiós —susurró y volvió a abrazarla.

La amó apasionadamente pero lleno de melancolía, sus besos sabían a satisfacción y a despedida.

A la mañana siguiente, cuando ella se marchó con los últimos pétalos de la rosa blanca ocultos en los pliegues de su vestido, Doug aún dormía.

2

El tiempo era fresco y lluvioso cuando Doug desembarcó en Caerdydd, pero hacía mucho que había dejado de pensar en las orillas meridionales. Se alegraba demasiado de llegar al condado de Caernon, una alegría solo empañada por el dolor que le causaba la muerte de su padre; también lamentaba que la época de los viajes y la absoluta libertad hubieran llegado a su fin de manera tan abrupta, desde luego, pero sabía lo que debía a su país y a su estirpe. Se encargaría de seguir administrando las propiedades del mismo modo que su padre, aunque pensaba introducir algunas novedades. Al fin y al cabo, los años dedicados a viajar no solo supusieron un pasatiempo placentero, sino que también había investigado las modernas técnicas de minería y agricultura. Estaba ansioso por inspeccionar la mina y tomar posesión del castillo de su infancia, y la idea de buscar novia le resultaba atractiva. Letizia fue un sueño maravilloso, una excursión al reino de las rosas y los jardines encantados, pero estaba cada vez más convencido de que la esposa idónea lo aguardaba en Caernon. Dispuesto a emprender todo eso, se colgó el petate al hombro (durante sus viajes resultó más práctico que los arcones y las cajas) y brincó del barco al muelle antes de que la nave terminara de amarrar. El anciano que lo esperaba en el muelle con dos caballos ensillados se rio al verlo.

—Sois tan impetuoso como siempre, milord —dijo, saludando al nuevo señor de Caernon—. ¿Es que no podéis esperar hasta que amarren y desembarcar como un noble?

—La manera de abandonar un barco no guarda relación con la nobleza —replicó Doug, que se acercó y abrazó al anciano—. ¡Te saludo, Francis! Confiaba en que alguien de Caernon me recogiera, pero no estaba seguro, claro está. ¿Cómo te enteraste de cuándo llegaría? ¡Y también has traído a *Cougar*!

Tras saludar al viejo mayordomo, el joven conde se volvió hacia el semental cuyas riendas sostenía Francis. *Cougar* era su corcel, siempre lo había sido, su padre se lo regaló cuando aún era un potrillo. El conde acarició las crines y rascó la frente al cob galés, un caballo negro, pequeño y fuerte que también reconoció a su amo, soltó un relincho satisfecho y restregó la cabeza contra el hombro del joven.

—¡Ya hace una semana que os aguardo, milord! —dijo Francis regañándolo con suavidad—. El mensajero tenía órdenes de instaros a partir de inmediato. ¿Dónde estabais? ¿Otra vez persiguiendo faldas?

Doug soltó una carcajada.

—Vaya, vaya, Francis, ¡mide tus palabras! En mi situación uno ya no persigue faldas. Como mucho intenta conquistar los favores de bellas mujeres.

—*Conquistar* es una palabra bien escogida —gruñó el viejo mayordomo—. Nunca cambiaréis y eso que hace solo unos días que enterramos a vuestro padre —dijo en tono malhumorado, alcanzándole las riendas del semental.

Doug las cogió y guardó su petate detrás de la silla de montar.

—¡Mi padre también amaba la vida! —replicó—. Por eso lamento que nos haya dejado tan pronto. ¿Qué ocurrió, Francis?

—Un síncope, al parecer. Bebió un trago de vino, se atragantó y se desplomó. Al caer al suelo ya estaba inconsciente. Quisimos llevarlo hasta la cama, pero murió en la sala. No, no lo envenenaron: probamos el vino; tal vez le falló el corazón. Lo siento.

—Supongo que hay peores maneras de morir. Que Dios acoja su alma.

Doug montó en la silla. Que su padre no hubiera sufrido supuso un alivio. Esa, precisamente, era la muerte que el viejo conde hubiese deseado: un pequeño banquete, un trovador entreteniéndolo y el sabor del vino dulce en la boca. A lo mejor la última mirada de su padre se posó en una bonita criada. Mientras conducía su caballo a la ciudad, Doug se sintió curiosamente reconfortado: era casi como si la sonrisa de su padre lo hubiese rozado. Al igual que su hijo, Lesley de Caernon había amado a las mujeres.

—¿Cómo va todo en Caernon? ¿Produce ingresos la mina? ¿Y qué pasa con la cosecha, será buena? —preguntó Doug, que se volvió hacia el viejo criado.

Dejaron atrás Caerdydd y cabalgaron hacia las verdes colinas de Gales. La distancia que los separaba del castillo de Caernon era escasa, debían de alcanzar el condado en dos o tres horas. Impaciente de natural, Doug hubiese querido espolear al semental y galopar hacia las lluviosas colinas, porque entonces hubiera podido echar un vistazo a sus tierra, cuando aún era de día, pero tenía que pensar en Francis, que ya no era joven y, encima, nunca había sido buen jinete. La yegua que había ensillado para el viaje era muy mansa, pero también bastante lenta.

—Vos sois el que mejor debiera saber lo que rinde la mina —respondió Francis—, puesto que con los escasos ingresos de las granjas apenas podríais haber financiado vuestros viajes. La plata sigue siendo muy apreciada, y el administrador es diligente y se encarga de que los mineros trabajen. Los campos también prosperan, según me han dicho, pero no lo sabremos hasta que el último saco de cereal esté en el granero.

Doug sonrió al oír la información. Francis no tenía pelos en la lengua y siempre consideró que el joven conde era un mimado; sin embargo, lo apreciaba de verdad y lo habría defendido con uñas y dientes si alguien hubiera osado criticar su estilo de vida.

—Tu yegua es muy bonita —comentó Doug para cambiar de tema—. ¿Es nueva? No la conozco.

—Hay muchas cosas que ya no conocéis. Tendréis que adaptaros a un montón de cosas tras vuestra vida licenciosa en tierras remotas...

Doug suspiró y dejó de intentarlo. El humor del viejo mayordomo empeoraba cada vez más, tal vez por la ciática. El joven lord aún recordaba bien aquellos días: cuando era un niño, Francis descargaba su mal humor con ocasionales bofetadas. Aunque fuese un noble, Francis insistía en que tenía que recibir una educación severa, sobre todo en un hogar carente de madre, como era el castillo de Cynan. El padre de Doug adoraba a su esposa, pero la perdió muy pronto y por eso mimaba a su hijo; y Francis consideraba que su tarea consistía en servir de contrapeso.

Mientras cabalgaban había llegado el ocaso y las montañas a las que los jinetes se aproximaban lentamente parecían elevarse ante ellos, amenazadoras y envueltas en nubes. Empezaba a hacer frío y la lluvia caía con más intensidad. Doug casi percibía el disgusto de su acompañante por verse obligado a cabalgar en esas circunstancias. Por el contrario, él casi no le daba importancia. Tras el eterno sol de Italia, el aire cargado de humedad de Gales le resultaba refrescante y disfrutaba del olor a tierra mojada de los campos anegados. *Cougar* tampoco se dejaba impresionar por la lluvia, avanzaba con paso tranquilo y apoyaba los cascos en el enfangado camino con asombrosa seguridad; de tanto en tanto, cuando Doug lo refrenaba en los tramos secos, sacudía la cabeza. Al semental le pasaba lo mismo que a su amo: el ritmo le resultaba demasiado lento.

Cuando, por fin, alcanzaron los límites del condado de Caernon casi era de noche y la lluvia torrencial les impedía ver con claridad; no obstante, Doug notó que los caminos y los campos estaban en buen estado. Los caminos estaban reforzados: incluso cuando llovía, los pesados carros de la cosecha podían recorrerlos sin quedarse atascados; al borde de los campos no crecían malezas, las espigas eran altas, crecían con fuerza y resistían ante el viento. Las casas de la aldea también estaban en buen estado y muy cuidadas, o al menos eso le pareció a Doug en medio de la penumbra. En general, las casas de los campesinos estaban alejadas del camino, se elevaban en medio de los campos, y, bajo la lluvia, las chozas de los mineros anexas a pequeños huertos parecían pequeñas fortalezas defensivas.

Al menos una luz brillaba en la mayoría de las chozas, así que los habitantes podían darse el lujo de encender una vela o el fuego del hogar.

Claro que las calles de la aldea estaban desiertas. A media semana nadie acudía al pub; por lo demás, dado el clima, nadie tenía un buen motivo para abandonar su choza. Pero, un momento: más allá, una solitaria figura se abría paso bajo la lluvia. Doug vio que se trataba de un hombrecillo menudo y flaco envuelto en un manto y arrastrando un saco, evidentemente, pesado. A veces también lo levantaba y trataba de cargarlo a hombros, pero no parecía tener la fuerza suficiente. Surgía de uno de los senderos que recorrían los campos. ¿Acaso había aprovechado la oscuridad para robar grano e intentaba poner su botín a buen recaudo? Pero no parecía lo bastante alerta para eso, sino que seguía arrastrando el saco pese a que debía de haber visto los caballos. Se encontraron con él allí donde el sendero desembocaba en el camino reforzado.

—¡Os deseo una buena noche! —dijo Doug en tono cordial—. ¿A dónde vais en una noche como esta?

El hombrecillo alzó la vista y, bajo el empapado y raído manto, Doug reconoció formas femeninas: ¡una muchacha!

—Yo también os deseo una buena noche, milord —lo saludó con voz tan clara que Doug aguzó los oídos.

Era casi como si cantara las palabras; parecía proporcionar una melodía a la oración, una melodía muy dulce. A su lado oyó como Francis resoplaba.

—Vaya, nuestra bruja de la aldea vuelve a vagar por oscuros senderos...

La joven dejó el saco en el suelo y trató de recuperar el aliento.

—Si fuera una bruja, señor Francis, hace tiempo que habría puesto fin a esta lluvia y habría hecho que la luna nos proporcionara un poco de luz. A mí tampoco me gusta ese sendero, pero los niños nacen incluso en las noches lluviosas y por desgracia no en el centro de la aldea. He ayudado a Mary, la que vive en la granja de las afueras, a dar a luz mellizos. Y ahora me gustaría ir a casa y calentarme, si no tenéis inconveniente.

—¿Y cómo ha ido? ¿Los niños están vivos o has hecho la misma chapuza que con mi hija?

Doug le lanzó una mirada sorprendida. Sabía que Francis era un viejo gruñón, pero nunca lo había visto lanzar una mirada tan furibunda como la que dirigió a la muchacha.

Ella suspiró, pero incluso ese suspiro de resignación sonaba en su garganta como una canción.

—Uno está vivo, el otro nació muerto, pero la madre se encuentra bien. Si yo no hubiese estado allí, el campesino estaría llorando tres muertos. ¿Cuántas veces he de decíroslo, señor Francis?: nadie de este mundo, excepto Nuestro Señor Jesucristo, podría haber salvado la vida de vuestra hija. Y ahora dejadme pasar, por favor. Estoy cansada y este saco pesa mucho.

—¿Así que eres comadrona? —preguntó Doug en tono cordial—. Debes de ser nueva aquí, recuerdo que antaño los aldeanos solían ir en busca de una mujer de Blaemarvan. ¿Qué es eso que arrastras contigo? ¿Es que los instrumentos de una comadrona son tan pesados?

Ella negó con la cabeza y la capucha se deslizó hacia atrás. Doug vio un rostro claro y cabellos largos y rizados, pero la oscuridad le impidió distinguir sus rasgos; además, ella volvió a cubrirse la cabeza de inmediato. Debía de estar muerta de frío y, a juzgar por la lentitud de sus pasos, también exhausta.

—Mi bolsa no contiene muchas cosas, pero la guardo bajo el manto. En el saco llevo nabos, señor. Por lo general, los campesinos me pagan con productos de sus campos. Aquí nadie tiene mucho dinero.

—El campesino también podría haber transportado el saco hasta tu casa en vez de obligarte a arrastrarlo —dijo Doug.

Ella se rio.

—A lo mejor es supersticioso como el señor Francis y cree que en cuanto abandono la casa monto en mi escoba y echo a volar.

Francis soltó una suerte de gruñido y Doug tomó una decisión. Puede que no fuera muy apropiado para un lord, pero ser amable no tenía nada de malo. Se deslizó del lomo de *Cougar* y cargó el saco de nabos en la silla.

—Mi caballo es más capaz de cargar con el saco que tú y yo no tengo prisa. Te acompañaré a casa, en agradecimiento por mi nuevo súbdito, al que has ayudado a nacer.

La muchacha alzó la vista y lo contempló, y aunque esa vez tampoco vio sus rasgos, creyó oír que una sonrisa acompañaba su respuesta.

—Por vuestras palabras supongo que sois el nuevo conde de Caernon; en la aldea todos hablan de vuestra llegada. De hecho, el hijo de Mary es una niña y no será un nuevo campesino que labre vuestros campos, así que corro el riesgo de tener que cargar con los nabos yo misma. Pero tampoco depende de mí el sexo de la criatura, señor Francis. ¡No tengo la culpa de que hace unos días vuestra sobrina haya dado a luz a una niña!

Entre Francis y esa comadrona debía de existir una querella realmente considerable.

—Como el campesino de la granja ya tiene tres hijos, una niña será bienvenida —dijo Doug, riendo. Condujo a *Cougar* junto a la joven—; ¿o acaso me equivoco? ¿Hacia dónde nos dirigimos, muchacha? Has de indicarme el camino, porque si dejo que lo decida mi caballo nos llevará directamente al establo.

—Hemos de seguir por este camino —contestó ella.

Tras haberse deshecho de la carga, sus movimientos se volvieron rápidos y gráciles y Doug se preguntó cómo había podido tomarla por un hombre. Incluso envuelta en el raído manto se notaban sus redondeadas caderas y sus andares eran los de una mujer sensual consciente de su belleza. Además, caminaba con la cabeza erguida, más erguida que la mayoría de las muchachas campesinas, y también parecía asombrosamente intrépida. Doug era su señor, ya que seguro que su padre trabajaba en la mina o como jornalero en sus tierras. No obstante, ella se dirigía a él de manera directa y divertida, casi como si hablara con un igual. Doug se moría de ganas de ver su rostro y comprobar si de verdad tenía cabellos rojos, tal como decían de las brujas, a pesar de que no creía en las brujas; había visto demasiadas hogueras ardiendo por toda Europa en las que morían abrasadas personas que no eran más que seres humanos en cuya ayuda no acudía ningún dios ni ningún satanás. Si aquella muchacha era una buena comadrona, mejor que otras, y conocía remedios para una que otra enfermedad, se debía a que otra comadrona se lo había enseñado. Seguro que el diablo no se molestaba en ayudar a parir a la campesina Mary.

—Puesto que ahora ya sabes quién soy, me gustaría saber tu nombre —dijo Doug, por fin, cuando la joven se detuvo ante una choza oscura y miserable.

Una luz tenue iluminaba el interior, pero no parecía proceder de las llamas de un brasero, como mucho era como si alguien hubiese alimentado el fuego con un poco de leña para que las brasas duraran hasta la mañana siguiente.

—Me llamo Elizabeth y os agradezco de corazón vuestra ayuda. Si alguna vez puedo seros útil, a vos o a vuestra dama... —Se echó el saco de nabos al hombro y se dispuso a entrar.

—Por ahora no hay ninguna dama en el castillo de Caernon. Aún no hay una mujer que haya logrado hechizarme —dijo Doug, guiñándole el ojo.

Pero era improbable que ella lo viera en medio de la oscuridad de la noche. En todo caso, le contestó en tono neutral. Al parecer, prefirió pasar por alto sus insinuaciones.

—También podría daros un remedio para vuestro criado —dijo señalando a Francis—. Para aliviarle los dolores de la ciática, pero él se niega, aunque dicen que en la noche de Walpurgis quien se aplica el ungüento de una bruja puede volar. Seguro que semejante cosa le vendría muy bien a un jinete al que cabalgar le disgusta tanto como a él.

Francis volvió a soltar un gruñido de cólera solo a duras penas reprimido.

Doug se rio.

—Pensaré en ti cuando tenga ganas de echar a volar —dijo en tono burlón—. Hasta entonces te deseo buenos noches, Elizabeth.

—Yo también os las deseo a vos, milord.

Doug la siguió con la mirada al tiempo que ella arrastraba el saco de nabos hasta un cobertizo junto a la puerta y luego desaparecía en el interior de la choza. Se sentía extrañamente ligero y de un buen humor casi descarado. A lo mejor esa muchacha era capaz de obrar magia. Al día siguiente iría en su busca y averiguaría de qué color eran sus cabellos y sus ojos...

No obstante, durante los días siguientes, Doug tuvo otras cosas que hacer en vez de perseguir la imagen de ensueño de la pequeña hechicera. Los asuntos relacionados con el condado de Caernon eran impostergables; su padre no había contratado un administrador y se había ocupado de los asuntos del condado hasta el final, por lo que, tras su muerte, muchos asuntos quedaron desatendidos, y había que inspeccionar la mina y los campos. Era importante que el nuevo conde de Caernon se presentara ante los mineros y los campesinos. La nobleza vecina también lo mantenía ocupado: había que contestar las cartas de pésame del duque de Glenmorgan y de los otros pares del reino; los primeros en acudir al castillo para presentar sus condolencias ya hicieron acto de presencia al día siguiente de la llegada de Doug, antes de que hubiese tenido tiempo de volver a familiarizarse con las tierras y sus habitantes. Se preguntaba cómo se había enterado de su llegada con tanta rapidez el conde de Blaemarvan, pero suponía que la voz se había corrido. Fuera como fuera, al día siguiente por la tarde, el señor de la propiedad vecina llegó acompañado no solo por una escolta de veinte caballeros, sino también por una muchacha. Desde las almenas, Doug observó cómo la ayudaba a desmontar con gesto galante. El joven conde suspiró. ¿Sería la esposa del anciano caballero? Si ese era el caso, debía de haberla conquistado hacía poco, porque la mujer parecía bastante joven. A lo mejor se trataba de su hija. Claro: el puesto de lady Caernon estaba vacante, así que iba a verse obligado a contar con algunas visitas de muchos que deseaban presentarle a sus hijas y sobrinas.

No importaba el motivo de la visita: las costumbres exigían que recibiera a lord Blaemarvan con cortesía, así que Doug bajó al patio y no olvidó ordenar a los criados, de camino, que llevaran vino y tentempiés a la sala de su padre; después saludó al grupo en la escalera que daba al adarve y a los salones.

Lord Blaemarvan era un hombre fuerte, de cara roja, conocido por su carácter colérico y su a menudo exagerada dureza en el trato con sus campesinos y jornaleros. Sin embargo, se aproximó a Doug con cordialidad desbordante.

—¡Doug de Caernon! El heredero que creíamos perdido. ¡No os imagináis los cuentos de hadas que los trovadores relatan sobre vuestras aventuras en el extranjero! Pero ahora habéis regresado al hogar, lamentablemente por motivos penosos.

Lord Blaemarvan presentó sus condolencias una y otra vez a Doug, que las recibió con expresión seria. No pudo evitar echar un vistazo curioso a la muchacha, que permanecía discretamente un par de pasos por detrás del conde, con el rostro oculto tras un velo.

—¡Y, en todo caso, quería ser el primero en daros la bienvenida a vuestro hogar! Si necesitáis ayuda, si he de poner jornaleros para recoger la cosecha a vuestra disposición u otro personal, solo tenéis que decírmelo.

Doug se lo agradeció con palabras corteses, pero no tenía ninguna intención de aceptar. ¿Por qué un Caernon, de pronto, iba a requerir la ayuda de los campesinos de Blaemarvan para recoger la cosecha? Aquellos hombres se pondrían furiosos si su señor los obligaba a abandonar sus propias tareas y a trabajar para otro condado. No: aquel generoso ofrecimiento debía de tener otros motivos. Al parecer, lord Blaemarvan solo quería meter las narices en los asuntos de Doug lo antes posible.

—Por lo demás, ¿permitís que os presente a mi hija Lissiana? —dijo por fin—. Insistió en acompañarme, ya que le han dicho que aquí hay un potrillo en venta, uno que le interesa.

Doug no tenía la menor idea de cuántos potrillos había en las caballerizas de Caernon y pensó que se trataba de una excusa: era más probable que Lissiana sintiera mayor interés por la sangre fresca del mercado matrimonial que por la de las caballerizas. Pero entonces se acercó, alzó el velo y el joven se quedó sin aliento.

¡Aquella muchacha era una belleza! Una cabellera castaña oscura, suave y aterciopelada enmarcaba su rostro aristocrático de tez clara, en el que se destacaban unos ojos vivaces de color verde esmeralda, un poco almendrados y de mirada desconfiada. Seguro que se asemejarían a los de una gata cuando Lissiana se enfadaba, pero la impetuosidad reprimida la volvía muy atractiva. Su tez era clara como la porcelana y ni una sola peca estropeaba la imagen perfecta; tenía los labios rojos y suaves, como cerezas maduras, y puede que la boca fuera demasiado grande, pero eso solo aumentaba la impresión de sensualidad dormida bajo la aristocrática fachada.

Lissiana hizo una reverencia.

—Yo también os doy la bienvenida a la tierra de vuestros antepasados —dijo en voz baja. Sus palabras sumamente corteses parecían transmitir una secreta promesa—. No sois del todo desconocido para mí: ¿recordáis que de niños solíamos jugar juntos?

Doug frunció el ceño y después el recuerdo lo hizo sonreír.

—¿Jugar? ¡Me arañasteis la cara cuando os derroté en una carrera!

—¡Solo después de que exigierais un beso como recompensa! Dijisteis que eso era lo acostumbrado en la corte del rey Arturo, pero yo no tenía ganas de besaros —exclamó. Sus ojos brillaron al recordar sus antaño torpes intentos de acercarse... y la manera como ella los había rechazado—. Espero que no hayan quedado cicatrices.

Ella aprovechó el comentario para escudriñar el rostro de Doug y lo que vio parecía agradarle. Los rasgos del joven eran angulosos, de nariz recta y una boca dibujada a cincel. Cuando lo atacaban, un destello acerado se asomaba a sus ojos azules y en un combate clavaba su mirada fría como el hielo en su adversario. Sin embargo, en general, contemplaba el mundo con mirada alegre o pícara y maliciosa, como en aquel momento.

—¡Solo en mi alma, milady! Pero a lo mejor algún día queréis curarlas; he de decir que ahora soy mucho más diestro en el arte de besar.

—Pero no más elegante, puesto que ya amenazáis con deshonrarme antes de que haya pisado vuestro castillo —dijo Lissiana en respuesta a sus burlas—. Quizá podríais invitarnos a entrar, está a punto de echarse a llover una vez más.

Doug soltó una carcajada y le franqueó el paso.

—Sois bienvenidos al castillo de Caernon, milord y milady, desde luego —dijo Doug en tono formal—. Mis criados ya han preparado vino y un tentempié. ¿Permitís que os quite la capa, lady Lissiana?

Lissiana le lanzó una mirada que casi parecía seductora. ¿Solo se lo imaginó o ella le rozó el cuerpo con un movimiento sensual cuando él le quitó la capa de los hombros? En todo caso, retiró la pesada tela con elegancia natural y desveló la perfecta figura. Su cintura era tan estrecha que Doug podría haberla rodeado con ambas manos; sus caderas, redondeadas, y sus pechos prometedoramente turgentes, cubiertos por un corpiño de encaje que se asomaba de manera descarada del escote de su vestido verde oscuro. Lissiana llevaba un atuendo sencillo (a fin de cuentas, oficialmente, se trataba de una visita de condolencia), pero el vestido de corte recto y sencillo destacaba sus formas. La melena le cubría los hombros; tal como correspondía a una muchacha soltera, la llevaba suelta, solo sujeta por una cinta de terciopelo verde mientras cabalgaba. Seda y terciopelo... los cabellos de Lissiana resplandecían como hilos de seda, lustrosos y flexibles.

Con gesto grácil, Lissiana cogió la copa de vino especiado que le ofreció Doug.

—Sienta bien después de la cabalgada, ya no debería hacer tanto frío en esta época del año. Seguro que estabais acostumbrado a otra cosa allá en el sur —comentó lord Blaemarvan.

Doug aprovechó la oportunidad para seguir la conversación y narró algunos detalles de sus últimos viajes, esforzándose por desviar la mirada de Lissiana, no solo porque su belleza lo fascinaba, sino también porque la muchacha no dejaba de contemplarlo con mirada escudriñadora. Ella parecía concentrada en las palabras de él, pero también se tomaba el tiempo de admirar su cuerpo fuerte, las largas piernas y el musculoso torso bajo el jubón de cuero. Bebía despacio; muchas veces solo se humedecía los labios con el vino y luego lamía las gotas como una niña lame la miel. El deseo de besar aquellos labios se adueñó de Doug, de embriagarse con el dulce sabor del vino y la boca seductora de la muchacha.

—¿Y habéis hecho muchas conquistas en vuestros viajes? —preguntó ella por fin, entreabriendo los labios y lanzándole una mirada un tanto irónica.

—No emprendí una campaña militar, lady Lissiana —contestó él en tono de chanza; también se humedeció los labios con la lengua—; pero si os referís a los corazones femeninos... sí, conquisté más de uno, aunque ninguno estaba albergado en un cuerpo tan bello como el vuestro.

—Sois muy lisonjero, milord —lo reprendió ella—. Estoy segura de que en alguna parte tenéis una amada cuyo corazón se consume por vos. ¿No hay una condesa de Caernon en alguna remota orilla que aguarda que su esposo vaya a recogerla?

—¡Si en alguna parte tuviera una mujer cuya belleza fuese comparable a la vuestra, no la dejaría sola! Estoy celoso, milady...

Disfrutaba del coqueteo con Lissiana, era como un juego, pero, sin embargo, cuando ella le preguntó por la mujer de su corazón, surgió el eco de una voz cantarina, una figura esbelta de cabellos empapados por la lluvia y andares danzarines. Doug movió la cabeza. ¿Qué eran aquellas fantasías? El día anterior ni siquiera había visto a la muchacha con luz, quizá ni siquiera la reconocería, pero su voz había despertado algo en él que lo hacía menos sensible a los encantos de Lissiana de lo normal. En todo caso, se volvió hacia el padre y escuchó lo que lord Blaemarvan decía sobre su mina de plata, cuyos ingresos se habían duplicado durante los dos últimos años.

Doug pronunció palabras de admiración:

—La nuestra también proporciona buen dinero, pero semejante aumento... ¿Cómo lo lograsteis, lord Blaemarvan? ¿La ampliasteis? ¿Empleasteis métodos modernos? Tengo la intención de importar nuevas herramientas de Inglaterra. Queremos apuntalar las galerías porque así es posible alargarlas y ensancharlas; además, simplifica el trabajo de los mineros.

Blaemarvan soltó una carcajada.

—¡Ese es vuestro error, Doug! El mismo que cometió vuestro capataz. Dais demasiado valor a la seguridad y os preocupáis en exceso por la forma de extraer la plata. Yo le doy poca importancia, los mineros son los responsables de ello. Si alguien quiere alimentar a su familia tiene que deslomarse: no pago salarios elevados. Eso los obliga a trabajar más duro que en esas nuevas galerías, en las que quizá se encuentren tan a gusto que dejen de picar.

Doug frunció el ceño.

—Eso es una exageración, milord. ¿Alguna vez pisasteis una mina? Allí abajo resulta difícil encontrarse a gusto si uno no es un topo, allí todo es oscuro, estrecho, húmedo y caluroso. Siempre que he bajado me he alegrado de volver a ver la luz del día;

a los mineros debe de ocurrirles lo mismo. ¿Por qué habría de maltratarlos aún más? El condado de Caernon es rico, tengo todo lo que necesito para vivir.

—Pero puede que en algún momento vuestra esposa desee algunos lujos —murmuró Lissiana.

La conversación de los hombres la aburría y jugueteaba con la copa, una copa que debía de parecerle bastante lujosa. Estaba incrustada de oro y la ornaba un fino cincelado: flores estilizadas y zarcillos en torno a piedras preciosas. Lissiana los recorrió con el dedo, un movimiento que parecía una caricia.

—De momento, ninguna mujer me ha echado en cara que fuese cicatero —replicó Doug en tono desenfadado—. Además, pienso casarme por amor. La mujer que escoja debe estar dispuesta a compartir la más miserable de las chozas conmigo.

—Sois un soñador, lord Caernon —gruñó Blaemarvan—, pero no importa: a las mujeres les encanta. ¿Qué pasaba con ese caballo, Lissiana?

La muchacha volvió a ser el centro de atención y dejó la copa en la mesa.

—Oí que teníais un potrillo negro, una yegüita hija de vuestro semental, y estoy buscando una nueva yegua palafrén. ¿Quizá estaríais dispuesto a mostrármela?

Sus ojos brillaban. ¿Acaso realmente sentía interés por los caballos o solo se trataba de otra expresión que indicaba atracción y seducción?

—Mi semental no engendra palafrenes, milady, más bien caballos para montar o para trabajar. Son bonitos, fuertes y también bastante veloces, pero sus andares no son muy suaves.

Doug decidió tomarse su solicitud de manera práctica, como si se tratara de una compra normal.

—¿Le parece que necesito un caballo manso? —preguntó Lissiana con un destello malicioso en la mirada.

Se irguió, alzó la cabeza con gesto orgulloso y adoptó la pose de una amazona. Si montaba con la misma confianza en sí misma con la que estaba sentada en su sillón, era de suponer que podía dominar cualquier corcel.

—No hablaba de animales impetuosos, sino de los de andares suaves.

Doug no reaccionaba a sus provocaciones y no sabía por qué. Normalmente hubiese disfrutado soltando unas palabras sobre la doma de los caballos y las gatas salvajes, pero la imagen fantasmagórica de la muchacha bajo la lluvia se interponía ante aquella personificación del encanto sentada ante él, que representaba un juego entre la seducción y el cortejo. La voz cantarina de la pequeña comadrona lo perseguía, y recordó el ademán delicado y nada retador, sino más bien interrogativo con el que se despidió acariciando el morro de *Cougar*. Un ademán suave, casi tímido y, sobre todo, nada impertinente, ni siquiera con respecto al caballo.

—De hecho, los potrillos de *Cougar* son auténticos ángeles, fáciles de dominar. Quien pretenda luchar con su caballo no los apreciará.

—¡Pues mostradle el caballo de una vez!

Lord Blaemarvan parecía estar perdiendo la paciencia. Por lo visto no sentía interés por los caballos, excepto, quizá, como inversión o como una suerte de adorno de cuatro patas. El caballo blanco que montaba Lissiana era un corcel selecto.

—Sí, de verdad, quisiera ver el animal —dijo Lissiana, poniéndose de pie—. Tal vez pueda aparearse con mi caballo blanco; así la descendencia poseería belleza, suavidad... y fogosidad —añadió, y lanzó una mirada decididamente seductora a Doug. Tenía los labios trémulos.

—Pues entonces acompañadme —le propuso Doug.

Suponía que habría algún potrillo hembra en los establos. Condujo a Lissiana escaleras abajo hasta las caballerizas. Al parecer, lord Blaemarvan no consideraba necesario acompañar a su hija. Tras echar una primera mirada, vio una yegua de un año que miraba hacia fuera con aire nostálgico y bailoteaba y relinchaba tratando de llamar la atención de los seres humanos. Claro, la pequeña yegua ya le había llamado la atención ayer. Estaba en el establo porque había sufrido una ligera herida; al cabo de un par de días volvería a reunirse con el resto de la manada en las montañas. Era evidente que estaba muy impaciente.

—Creo que esta podría conveniros —dijo Doug. Lissiana solo echó un breve vistazo a la yegüita.

—Un animal fogoso —murmuró—. ¿También estaríais dispuesto a domarlo para mí? Estoy convencida de que tenéis experiencia en la doma de mujeres fogosas.

Se acercó a él, fingió querer echar un vistazo y tropezar. Doug la sostuvo y al hacerlo le rozó el pecho y la delgada cintura. Lissiana no intentó apartarse.

—Perdonad mi torpeza —fue lo único que dijo—. Es este corsé. Mi doncella suele ajustarlo demasiado. A veces es como si no pudiera respirar —añadió alzando la cabeza con los labios entreabiertos.

Ese acercamiento apenas disimulado hizo sonreír a Doug, pero entonces el aspecto de ella lo hechizó. Era bella y tenía la piel sonrosada a causa de la excitación reprimida, pero quizá también por la tensión y el pudor, y sus ojos brillaban. ¿Por qué no habría de besarla? ¿Ofrecerse a aflojarle el corsé? Se inclinó con gesto decidido y saboreó el dulzor de sus labios. Su lengua exploró la boca tibia e invitadora, recorrió sus dientes pequeños y acarició su paladar. Doug notó el sabor de las especias y el vino, se sintió acogido y acariciado por una lengua y una boca femenina, y estaba convencido de que aquella boca no besaba por primera vez, al tiempo que percibía a la muchacha con todos sus sentidos. Deslizó las manos desde la cintura hasta las caderas y acarició las redondeces bajo el ceñido vestido. Dispuesta y sin timidez, ella presionó su cuerpo contra el de Doug con excitación apenas reprimida. Cuando las manos de Lissiana tantearon sus partes íntimas, la reacción de Doug fue violenta. Notó que su miembro se endurecía y se aproximaba lentamente al éxtasis. Su respiración se agitó y aspiró el aroma de ella, una mezcla excitante de zarzamoras y violetas, y un familiar aroma de tierra que había echado de menos durante mucho tiempo. El olor de Lissiana era el de la tierra que él amaba. No obstante, ella prometía viajes voluptuosos a los extremos más remotos de la dicha. A lo mejor era la que el destino había dispuesto para él. La muchacha con la cual soñaba desde que abandonó Venecia. Pero entonces una voz cantarina en su cabeza apagó la llamada seductora de la voluptuosidad.

«Si pudiese obrar magia, milord...» La pequeña bruja de anoche, esa criatura delicada y flexible que se abría paso valientemente a través de la lluvia y que se defendió cuando Francis la atacó. ¡Dios sabe que sabía obrar magia! Doug aún estaba hechizado por ella e incluso el abrazo de Lissiana no lograba borrar el recuerdo. Lenta y cautelosamente, se separó de ella y, todavía sin aliento, se acomodó las ropas.

—¿Qué ocurre? ¿Acaso no logro atraeros? —preguntó Lissiana sorprendida.

Pretendía hablar en tono burlón, pero algo de ofensa e, incluso, cierta cólera subyacían a sus palabras.

—No, no es eso... —dijo Doug—. Ningún beso podría ser más dulce que el vuestro, pero hay algo a lo que aún no le he puesto fin y quisiera hacerlo antes de emprender algo nuevo.

—Así que existe una amada en playas remotas que no podéis olvidar, ¿verdad? —preguntó la joven, frunciendo el ceño. A continuación se quitó un mechón de cabello de la frente con gesto lascivo, un mechón que se había soltado de su peinado durante el beso apasionado.

«Quizá no tan remotas...», pensó Doug. Pero no tenía la menor intención de contárselo a Lissiana. Se hizo el remolón y habló de deberes olvidados y del dolor por la muerte de su padre y que, de momento, aún no tenía ganas de pensar en comprometerse y que Lissiana le resultaba demasiado preciosa para un breve momento de excitación.

La muchacha no parecía enfadada cuando poco después él la ayudó a montar en su caballo blanco; por el contrario, se despidió con una gran sonrisa. Podía ser que el encuentro en las caballerizas no se hubiera desarrollado de un modo tan apasionado como ella había esperado, pero la joven no parecía estar demasiado insatisfecha con el resultado de su primer encuentro.

¿Y Doug? Tras despedir a lord y lady Blaemarvan, regresó lentamente a las caballerizas sin saber muy bien qué pensar. Lissiana era un buen partido. Una condesa de Caernon ideal: del mismo rango que él, de educación excelente y única heredera de los bienes y propiedades de su padre que además lindaban con Caernon; resultaría muy sencillo administrar ambas propiedades. En el caso de Lissiana, Doug cortejaba una de las mayores fortunas del país. Y encima la muchacha era maravillosamente bella... y no parecía nada pudibunda.

Solo debía desprenderse del recuerdo de Elizabeth, la pequeña hechicera... que insistía con tanta vehemencia en que no era una bruja. Al recordar el reproche pronunciado con su voz cantarina, tuvo que sonreír, pero también debía olvidar su extraño eco. No podía ser que siempre irrumpiera en sus pensamientos. Tal vez fuera muy sencillo; quizá bastara con encontrársela de día y reemplazar la imagen de ensueño por la de una muchacha real, quizá menos encantadora. Por segunda vez, Doug decidió ir en busca de Elizabeth, pero por desgracia no recordaba exactamente ante qué choza la había dejado. Pero eso daba igual: de todos modos, hubiese sido bastante impropio que el conde de Caernon visitara a una comadrona en su choza. Al día siguiente inspeccionaría la mina y de camino era probable que se encontrara con media aldea. Si ella no aparecía, debía hallar una excusa para preguntar a los aldeanos por ella. A lo mejor mencionando la ciática de Francis... La idea le hizo reír. El viejo criado soltaría una maldición cuando se enterara.

3

Doug llegó a la mina poco después del amanecer, pero no lo bastante temprano como para acompañar a los mineros a las galerías. El turno de los mineros empezaba cuando aún era de noche y duraba diez horas, pero solo contaba el tiempo en el que realmente picaban la plata. A ello se sumaba la entrada a la mina y la salida de ella, y para las dos cosas había largas horas de espera, así que un minero pasaba hasta doce horas en la mina y a veces, en invierno, los mineros solo veían la luz del día los domingos.

Doug lo sabía y trataba a sus mineros con gran respeto. De muchacho, él mismo había trabajado unos cuantos días en la mina, pues su padre insistió en que no solo aprendiera a administrar los ingresos y a luchar con los banqueros y los intermediarios de la plata, sino que tenía que saber en qué consistía la explotación de una mina y, con el fin de que lo aprendiera de primera mano, lo puso bajo las órdenes de Richard Edwards, su más experimentado capataz. Hacía varios años, Richard —Dick, como lo llamaban los mineros— salió herido de un corrimiento de tierras y se quedó cojo; entonces el padre de Doug le adjudicó tareas administrativas. Al recordar cómo había tratado a su joven y aristocrático aprendiz el viejo Dick, Doug sonrió, aunque cuando era aquel joven lord estaba profundamente ofendido debido al tono brusco con el que Dick se dirigía a él; pero tras unas horas trabajando en la galería lo pasó por alto. Quienes trabajaban allí no tenían en cuenta las diferencias de rango: si uno quería sobrevivir dependía de los demás y no se toleraban las chapuzas ni la arrogancia. Al final la desconfianza se convirtió en amistad, y el joven lord y el capataz se abrazaron con cordialidad cuando Richard salió de la mina después de que Doug hiciera repicar la campana.

Al hacerlo, una nube de polvo envolvió al joven conde, porque si bien Richard ya no trabajaba como picador y solo supervisaba el trabajo de los demás, nadie salía limpio de la mina.

—¿Os apetece tomar una cerveza conmigo, milord? —preguntó el capataz, que estaba de buen humor—. Mi mujer la elaboró ayer, os sabrá bien tras todo ese tiempo sin probarla. ¿O tal vez aprendisteis a apreciar otros placeres allí, en tierras remotas?

Doug negó con la cabeza y se rio.

—¿Algo mejor que la cerveza elaborada por Anna? ¿Cómo podría existir tal cosa? De hecho, supuso una espina permanente: ¡echaba mucho de menos su cerveza! Pero primero el trabajo y después el placer. Tú mismo me inculcaste que hasta el más pequeño sorbo de una bebida embriagadora está prohibido antes de entrar en la mina.

—¿Queréis bajar a las galerías, milord? Pues no me lo esperaba. He separado los libros para vos, creía que se trataba de examinar los asientos. Pero, de acuerdo, si queréis bajar haré subir la jaula de extracción —dijo el viejo Dick.

Mediante un tirón a un par de cuerdas envió una señal y un instante después oyeron un chirrido metálico y las cuerdas se tensaron.

—Claro que me importan los asientos contables, Dick —dijo Doug. Echó un vistazo a la polea y las cuerdas a las que confiaría su vida—, pero su origen no reside en los libros. También he visitado minas durante mis viajes; hay un par de novedades técnicas que quizá sirvan para mejorar la explotación y simplificar el trabajo.

Entre tanto, la jaula de extracción había llegado a la boca de la mina y Doug inspeccionó minuciosamente el primitivo sistema antes de meterse en él. La instalación era pequeña y vieja, solo daba cabida a dos hombres a la vez. Además el descenso tardaba bastante y resultaba complicado manejar el aparejo; eran necesarios seis hombres para hacer girar el rodillo. Eso suponía un peligro considerable: en caso de corrimiento de tierras, incendio o inundación, sería casi imposible salvar a todo el equipo. Es verdad que la instalación estaba bien cuidada y hacía poco que habían renovado el aparejo; nadie debía temer que el montacargas lo precipitara a la muerte. Por desgracia, esa clase de accidente ocurría a menudo; nadie supervisaba las minas: que se tomaran las medidas de seguridad necesarias dependía por completo de la buena voluntad del propietario.

—¿Qué aspecto tiene la galería? —preguntó Doug dirigiéndose a Richard—. ¿Hemos de excavar una nueva pronto?

Richard se encogió de hombros.

—Me temo que sí, milord. Allí abajo aún hay bastante plata, pero la galería es demasiado larga. Temo que se derrumbe.

Doug asintió con la cabeza.

—Precisamente de eso quería hablarte. Hay nuevos métodos de asegurar las galerías; podremos construir galerías más largas y seguir usando la mina durante más tiempo.

—Suena bien —dijo Richard—, pero en ese caso tenemos que ensanchar el pozo de acceso si se trata de bajar vigas y tablones. Venid, ya que insistís en echar un vistazo al infierno. ¡Mucha suerte, milord!

Por fin fijaron la jaula y Dick encendió una de las lámparas de minero.

—¡Mucha suerte, capataz! —respondió Doug en el mismo tono respetuoso que utilizaba de aprendiz. Dick le guiñó un ojo.

Doug y el capataz montaron en la jaula; como siempre, tuvo que hacer un esfuerzo por reprimir el pánico cuando dejaron atrás el sol y la luz diurna para sumergirse en la eterna oscuridad de la mina. No era un hombre temeroso, pero estaba seguro de que a todos cuantos bajaban a la mina les ocurría lo mismo, bajaran una vez en la vida o todos los días. Antes de descender, hasta los viejos mineros como Dick se persignaban cada vez ante la imagen de santa Bárbara, la patrona de los mineros. No estaban completamente a oscuras, desde luego; al contrario: la de los Caernon era considerada una mina bien iluminada. El padre de Doug nunca había ahorrado en lámparas para iluminar las galerías, pero ni las mejores lámparas de aceite eran capaces de generar mucho más que una semioscuridad irreal y amarillenta. La vista de Doug tardó unos momentos en acostumbrarse a la penumbra; a Richard le llevó menos tiempo. Abrió la puerta de la jaula y le cedió el paso. El recinto en el que se encontraban era relativamente amplio y se podía estar de pie sin agachar la cabeza. Las paredes parecían seguras y la idea de reforzarlas mediante vigas de madera ya se le había ocurrido a Dick por su cuenta. Un par de mineros paleaban el mineral que contenía la plata y lo depositaban en las cestas que otros acarreaban, y un joven apuntaba minuciosamente la cifra de cestas llenas que acarreaba cada picador. Los hombres saludaron al capataz con la cabeza y echaron miradas curiosas a su acompañante. Cuando Richard presentó a Doug, le hicieron profundas reverencias, pero comenzaron a cuchichear entre ellos de inmediato: un noble que inspeccionaba personalmente las minas era un hecho excepcional.

Richard condujo a Doug más lejos.

—Esta es la galería principal, un poco más allá sale otra.

Dick tuvo que alzar la voz, el ruido en el interior de la mina era infernal, los golpes de los picadores retumbaban en las estrechas galerías. Cuanto más se adentraban en la mina, tanto más estrechas se volvían las galerías y tanto más aumentaba el calor. La ciencia afirmaba que se debía a que se acercaban al centro de la Tierra, que supuestamente era de lava líquida, semejante al diabólico material que los volcanes, como el Etna, seguían vomitando. Durante su estancia en Italia, Doug insistió en ir a ver el volcán. Los mineros bromeaban y afirmaban que en la mina percibían el aliento del infierno y durante toda su vida muchos temían que apareciera el diablo y se los llevara a su reino.

Doug se vio obligado a agacharse mucho para poder avanzar a lo largo de la galería; de hecho, muchas veces los hombres trabajaban de rodillas. Las lámparas apenas lograban iluminar aquella galería y encima el polvo impedía ver con claridad. Doug tuvo que esforzarse por no toser y echó una mirada nerviosa a la jaula colgada en medio de la galería. El pajarillo parecía encontrarse perfectamente, lo cual indicaba que el aire era respirable. Si hubiese un escape de gas de alguna parte o existiera el peligro de que el aire se acababa, el pajarillo habría advertido a los hombres a tiempo.

—Si ampliáramos esta galería, los hombres podrían estar de pie —comentó Doug—. La visión sería mejor y sobre todo aumentaría la seguridad. Por no hablar de que se podría picar durante más tiempo.

De momento, la mina de plata de Caernon se limitaba a unas galerías relativamente cortas. A más tardar, cada tres años excavaban nuevas galerías y abrían un nuevo pozo de acceso. Resultaba caro y siempre arriesgado, porque nadie podía saber si en la nueva mina hallarían plata.

Mientras hacían aquella visita, los mineros que descargaban las cestas junto a la entrada habían regresado. Se quitaron los yugos de los que colgaban las cestas, cogieron sus picas y volvieron al trabajo. Casi todos golpeaban las paredes de la mina a la buena de Dios y solo un joven de cabellos oscuros parecía reflexionar.

—¡La veta no pasa por ahí, Rob, es una pared rocosa y picar en esa dirección es inútil! —dijo, tratando de explicárselo al minero más fuerte.

El hombre corpulento y rechoncho golpeaba las rocas como un loco y era como si se adentrara en la montaña con cada golpe, pero no lograba desprender mineral.

—¡Enseguida aparecerá el mineral! —rugió el minero en tono convencido, pero el joven negó con la cabeza. Doug lo reconoció como el hombre que había apuntado las cifras.

—No es cierto, Rob, puede que no aparezca nunca. Verás, has de imaginarte la montaña como... bien, como si un gigante hubiera plegado y aplastado un pan untado con manteca de cerdo —dijo el joven haciendo un movimiento como si colocara una rodaja de pan encima de otra, plegara las rodajas y por fin las aplastara—. Entonces la veta no está en cualquier parte, sino solo allí donde la fuerza de la presión logró empujarla. Donde cuatro capas de pan se encuentran unas sobre las otras no hallarás manteca, pero si la has encontrado has de seguir su recorrido, entonces encontrarás más. Debes seguir la veta de la plata y esa corre en dirección opuesta.

La explicación, tan simple como ilustrativa, hizo reír a Doug. Y en efecto: el fornido picador parecía dispuesto a seguir las indicaciones del joven un tanto delgaducho. El viejo Dick también se acercó para examinar la galería.

—Tiene razón, Rob —dijo el capataz—. Mira: el rastro conduce hacia aquí. ¡Sigue picando en esa dirección y al final del día habrás ganado unas cuantas monedas de cobre! —añadió soltando una carcajada y animando a los dos hombres.

Un instante después el mineral surgió de la pared bajo los potentes golpes del picador. Doug y Richard los saludaron con miradas de aprobación y los dejaron allí.

—¡Te felicito, Richard, tus hombres están excelentemente capacitados! Es verdad que ese Rob tiene más fuerza que cabeza, pero la manera como el pequeño se lo explicó... yo no podría haberlo hecho mejor. ¿Les has dicho cómo antaño la plata fue a parar a la montaña?

Richard se encogió de hombros.

—De vez en cuando se lo cuento a alguno de ellos, pero a ese no tuve que decirle nada; ese casi sabe más de las minas y las montañas que yo. A lo mejor su padre era capataz; no lo sé, no es de aquí. Le falta fuerza para ser picador, no logra desprender el mineral; sospecho que por eso lo despidieron de otra mina, pero yo lo conservo, es diligente, sabe pesar y apuntar cifras, y a veces se gana su sueldo con otras cosas, como hace un momento. Rob hubiera seguido arrancando rocas de la mina antes de que se diera cuenta.

—¡Lo haces muy bien, Dick! —exclamó Doug, riéndose—. Bien, ahora muéstrame los planes de la nueva galería y después subamos y echemos un vistazo a los libros.

Doug siguió a Richard hacia la salida cuando, de pronto, oyeron un estruendo y gritos a sus espaldas. Era como si hubiera estallado el infierno y el eco de las rocas que caían y las paredes que se derrumbaban hicieron temblar la galería.

—¡La galería! ¡Dios mío, está derrumbándose!

Doug resistió el impulso de huir y se dirigió al lugar del accidente. El estruendo se apagó con rapidez y por suerte la situación tampoco era demasiado grave. Al parecer, Rob, presa del entusiasmo, había picado demasiado profundamente en una galería que todavía no era lo bastante alta y ancha; quizá sus compañeros ya habían aflojado las rocas; en todo caso, los golpes demasiado potentes del picador habían causado un pequeño corrimiento y Rob estaba sepultado bajo dos rocas.

—¡Está vivo! —gritó uno de los otros mineros cuando Doug y Richard se acercaron presurosos.

Los dos empezaron a cavar intentando liberar a Rob, pero la montaña soltó un gruñido de advertencia: si quitaban las rocas caídas demasiado deprisa, podía derrumbarse otro tramo de la galería.

—¡Y si cae eso de allí la situación se volverá realmente peligrosa! —añadió Richard indicando las rocas y las piedras por encima de sus cabezas.

Quizá fuese roca sólida, pero tal vez no. Si caían trozos sepultarían a más de un hombre.

—Perdonad, señor, pero debemos apuntalar el espacio en torno al herido —dijo una voz tímida. Doug reconoció la delgada figura del hombre que apuntaba las cifras. El joven Brian se había arrodillado junto a Rob y le cogía la mano—. No creo que esté a punto de morir, su pulso es fuerte.

—¡Qué va, me encuentro perfectamente! —gritó Rob. Fue

como si la grava volviera a caer sobre sus cabezas—. Puede que me haya ausentado unos momentos, pero... ¡quitadme de encima esta cosa!

El forzudo trató de apartar la roca de su pecho, pero todos al unísono le ordenaron que se quedara quieto.

—Ya lo veis. Puede esperar —dijo Brian, que veía confirmado su diagnóstico—. Lo más seguro sería apuntalar la galería con vigas de madera; si algo se desprende, será detrás de Rob. Después deberíamos levantar la roca que lo aprisiona con una palanca y con mucho cuidado arrastrarlo a un lado lo más rápidamente posible. Si entonces se derrumba ya no importará, lo más importante es liberar al hombre.

—¿No ha afectado a nadie más? No encontraremos cadáveres allí detrás cuando abandonemos esta galería, ¿verdad? —preguntó Richard en tono severo.

Los hombres intercambiaron una mirada. No, no faltaba nadie. Rob era el único afectado.

—¡Bien! —dijo Doug—. Id en busca de maderas. Yo trabajaré con cinco hombres a la derecha; tú a la izquierda, Dick. ¡Actuad con rapidez pero en orden, la vida de todos nosotros depende de ello. Y tú, Brian, o como te llames, quédate con tu compañero e impide que se mueva; que no patalee, de lo contrario puede provocar otro desprendimiento. De paso, mira a ver dónde tenemos que apoyar la palanca.

Los hombres trabajaron con rapidez febril y varios lanzaron una mirada de admiración al joven conde que allí abajo se afanaba como uno de ellos. Por fin lograron apuntalar la zona y el propio Dick encajó la última viga.

—¡Listo! —dijo en tono satisfecho—. Ahora tres hombres fuertes para tirar. ¿Has sujetado las cuerdas, Brian? Bien. Y aquí apoyaremos la palanca...

El joven Brian ya había hecho todos los preparativos necesarios para proteger el cuerpo de Rob y no le resultó nada fácil impedir que el otro se moviera. El corpulento picador no comprendía en absoluto para qué servían todos aquellos aparatosos preparativos. Bastaban tres hombres fuertes para liberarlo de su desagradable situación; que al hacerlo el techo podría caerles en la cabeza iba más allá de su raciocinio.

Dick cogió la palanca.

—¡Poneos a resguardo, hombres y vos también, milord! Sostendré la roca hasta que Rob se haya deslizado a un lado. Después echaré a correr.

—Tonterías, Dick, yo cogeré la palanca. Soy más veloz y más fuerte que tú. Y no me contradigas: ¡es una orden!

Dick se apartó de muy mala gana, pero Doug no cedió. Quienquiera que sostuviese la palanca debía ser joven y diestro; y fuerte. El delgaducho Brian, el único, aparte de Dick, del que se hubiera fiado para apoyar la palanca en el lugar adecuado, estaba descartado de antemano. En todo caso, Brian ya había sujetado cuerdas en torno a las piernas de Rob y ya indicaba a los hombres que debían arrastrarlo.

—Teneis que tirar todos a la vez, porque queremos salvarlo, no descuartizarlo. Y no os apresuréis, empezad a tirar cuando yo os lo indique.

Doug notó que Brian había apostado a los hombres lo más lejos posible del punto peligroso; allí la galería era más ancha y tenían más espacio para enderezarse mientras tiraban. El propio Brian ocupó un lugar entre Doug y los hombres, se encargó de que las cuerdas permanecieran tensas y les trasladó las órdenes de Doug, que apoyó la palanca y empujó el pesado garrote de madera hacia abajo. La roca se levantó lentamente, pero no lo bastante como para arrastrar a Rob fuera de peligro. Doug vio que dos rocas lo aprisionaban y las apartó con cautela al tiempo que la montaña soltaba un gruñido. Los demás murmuraban supercherías o rezaban en voz alta. Brian, no; observaba lo que Doug hacía y dio la señal a los hombres de que tiraran de las cuerdas en el preciso instante en el que la gran roca se despegó del pecho de Rob y se elevó lo bastante como para no rozar la cabeza del accidentado.

—¡Baja la cabeza! —susurró Doug al nervioso Rob, que quiso incorporarse de inmediato y no pudo—. Limítate a no hacer nada, así saldrás antes de ahí.

Doug necesitó todas sus fuerzas para sostener la roca levantada en lo alto; de vez en cuando era como si tuviese que sostener toda la montaña. Jadeando, se apoyó primero en una pierna y luego en la otra, pero con cada movimiento la montaña reaccionaba con renovadas vibraciones. Por fin Rob estaba libre; Brian se abalanzó sobre él y le quitó las cuerdas.

—¿Aguantáis, señor? Será mejor que saque a Rob de aquí antes de que la galería tal vez se derrumbe; no creo que sea capaz de correr.

Doug hizo una mueca y asintió. Creyó que no aguantaría ni un segundo más, pero Brian actuó con destreza y rapidez y, con el rabillo del ojo, Doug vio que ayudaba a su amigo a ponerse de pie y escapaba.

—¡Ahora! —gritó Richard.

Doug se preguntó qué sería mejor: ¿bajar la roca lentamente o dejarla caer? Pero en cuanto hizo un movimiento la montaña soltó otro rugido y optó por huir lo más deprisa posible. Soltó la palanca y echó a correr, y a sus espaldas estalló el infierno. Oyó gritos, el estruendo pareció agitar toda la mina, pero por fin se halló entre sus hombres y el deslizamiento se redujo lentamente. Con expresión estupefacta, Rob contempló el lugar donde había estado tendido hacía un momento: estaba cubierto de rocas y piedras.

—No hubiese sobrevivido a eso —murmuró, persignándose.

Doug, Dick y Brian no lograron controlarse: contemplaron al tonto que habían logrado rescatar y prorrumpieron en sonoras carcajadas; los demás también se reían y se daban palmadas en los hombros unos a otros.

—¡Bien, hombres! —dijo Dick por fin. Luego volvió a poner orden—. Parece que la montaña se ha encargado de ahorrarnos parte del trabajo. Mirad lo que se ha desprendido: ¡ahí hay plata pura! Así que volved al trabajo y encargaos de quitar los escombros. Hoy habéis ganado dinero fácil... si no tenemos en cuenta el susto. ¿Qué te pasa, Rob? ¿No te encuentras bien? ¿Quieres subir con nosotros para que Anna te eche un vistazo?

Anna, la mujer de Dick, solía encargarse de las heridas leves de los mineros.

Rob negó con la cabeza.

—Puede que se me haya roto un poco una costilla, capataz, pero eso no es nada en comparación con la última pelea con Hank. Seguiré trabajando. No quiero perderme el dinero que recibiré por la plata, ¡que casi la desprendí yo solo!

—De acuerdo, ¡pero que ese método no se convierta en una costumbre! —dijo Dick, riéndose.

Doug quiso dirigirse a Brian para darle las gracias, pero este ya cargaba el mineral en su cesta y se limitó a saludarlo con la cabeza cuando Doug lo saludó con la mano.

«Un buen hombre», pensó Doug.

Lo cierto es que todos lo eran y destacar a uno de ellos no era buena idea; sería mejor prometerles una recompensa a todos. Los mineros reaccionaron con alegría y vitorearon a su señor cuando Doug se dispuso a abandonar la mina junto con Dick.

—Tengo la garganta bastante seca —comentó—. Propongo que posterguemos la inspección de las otras galerías.

Richard asintió.

—¡Me habéis leído el pensamiento, milord!

Cuando salieron del pozo, Doug estaba tan cubierto de polvo, sudor y mugre que parecía un minero. Riendo, imitó a Richard y se lavó apresuradamente en una tina llena de agua junto al montacargas. Richard bombeó agua, Doug se quitó el jubón y la camisa y metió la cabeza debajo del chorro para refrescarse. Después se sacudió como un cachorro mojado y dijo:

—Es un gusto volver a ver el sol.

Pero entonces algo que no era el sol atrajo su atención: una joven se acercaba a ellos a lo largo del camino que iba desde la aldea a la mina; sus largos cabellos ondeaban al viento y llevaba una cesta colgada del brazo. Al parecer, se dirigía a la casa de Richard, próxima a la entrada de la mina. ¿Era la hija de Richard? No; Doug la recordaba como una muchacha regordeta, mientras que la que veía le parecía tan delicada como un hada. Era menuda, grácil y de cintura delgada, aunque seguro que jamás había llevado un corsé. Pero lo que más le llamó la atención fueron sus andares, que le evocaban algo: aquella muchacha no caminaba, danzaba. Era como si el viento le cantara una melodía y hasta sus cabellos, una magnífica cabellera de rizos cobrizos, parecía mecerse rítmicamente. Cuando la muchacha se acercó, Doug vio su tez clara sembrada de minúsculas pecas que no disminuían su belleza; al contrario: aumentaban la impresión de vivacidad y optimismo y ofrecían un encantador contraste con los ojos azules y brillantes de mirada inteligente que contemplaban con expresión intencionada a Doug, cuyos ancho pecho y poderosos músculos parecían despertar el interés de la joven.

—¿Un nuevo minero, señor Dick? —preguntó la muchacha con voz cantarina—. ¿Y ha bajado a la mina tan temprano? ¿Sufrió claustrofobia allí bajo? Aunque en realidad parece bastante sereno.

Richard le lanzó una mirada de desaprobación, casi de espanto ante semejante impertinencia.

—Haz el favor de medir tus palabras, Elizabeth. ¡Ponte de rodillas, so descarada! El hombre al que contemplas con tanta desenvoltura y del que encima te burlas como si fuese tu igual es el conde de Caernon. ¡Podría echarte de tu casa y de la aldea por lo que has dicho!

Entonces Doug contempló a la muchacha profundamente sonrojada y no pudo impedir que los latidos de su corazón se aceleraran. Elizabeth... así que la primera impresión no lo había engañado: era la pequeña bruja. De día parecía más joven y alegre. Claro, estaba descansada, no exhausta tras una noche junto a una parturienta, pero de día seguía teniendo el mismo aspecto indómito, incluso en aquel momento en que hacía una reverencia con la cabeza gacha.

—¡No os reconocí, milord, os ruego que me perdonéis! —dijo.

Por la noche ella también lo había visto solo como una sombra y, al encontrarse ya de día, él no le había dado la oportunidad de reconocerle la voz, en caso de que en medio de la noche lluviosa y tormentosa ella se hubiera tomado la molestia de recordar una voz. Pero él sí recordaba la de ella perfectamente, porque era inconfundible, desde luego.

—Estabais tan sudado y cubierto de polvo que os tomé por un minero... No quise ser descortés, creedme...

Elizabeth parecía realmente temerosa y con razón. Doug podía imaginar muy bien el modo en el que hombres como lord Blaemarvan hubiesen reaccionado ante sus impertinencias. No obstante, le tendió la mano para ayudarla a enderezarse y una sensación tierna se apoderó de él al rozar sus dedos delgados, pero ásperos y agrietados por el trabajo.

—Tranquilízate, muchacha, acepto tus disculpas. A fin de cuentas, aún debo disculparme por los insultos que te soltó mi criado Francis la última vez que nos encontramos; ¿acaso no te llamó bruja?

Ella le sonrió y no le soltó la mano de inmediato. Su sonrisa lo hechizó por completo; el rostro de ella se iluminó, sus ojos resplandecientes parecieron volverse más profundamente azules.

—Lo perdono también a él —dijo con voz suave—. No sabe lo que dice. Su nieto murió en el parto y tal vez la madre no pueda volver a tener hijos. Eso es muy amargo y en esas circunstancias muchas personas buscan a alguien más fácil de alcanzar que Dios para hacerlo responsable.

—¿Cómo sabes que Helen nunca volverá a quedarse en cinta? —preguntó Richard, asustado.

Los delgados dedos de Elizabeth aún descansaban en la mano de Doug. Él los presionó un poco y preguntó con una leve sonrisa:

—¿Lo leíste en su mano? Si es así, ¿por qué no me lees la mía? ¿Qué crees que me depara el destino, pequeña bruja?

Elizabeth se ruborizó una vez más con expresión un tanto desvalida. Se notaba que hubiera preferido retirar su mano de la de él, pero no quería volver a ofenderlo, por supuesto.

—No sé decir la buenaventura, milord. A juzgar por vuestra mano solo sé que no sois un minero ni un campesino, pero tampoco un juglar o un vividor. Los callos me dicen que manejáis la espada con frecuencia y también las riendas de un caballo de batalla. Y en cuanto a vuestro destino... no cabe duda que será feliz, pues habéis nacido en un castillo y poseéis un rico feudo. Ahora una adivina se pondría a decir tonterías sobre una bella mujer que pronto entrará en vuestra vida, lo cual es bastante probable. ¿Por qué habríais de cortejar a una fea? Pero eso es una pura conjetura. Las líneas de vuestra mano no me dicen nada. Soy comadrona, milord, y ni siquiera muy experta. No sé nada de hechicería —dijo, y retiró la mano de la de Doug.

—Pero te atreves a pronosticar que Helen... —dijo Dick.

Doug se preguntó por qué sentía tanto interés por el tema, pero las palabras de Elizabeth se lo revelaron en el acto.

—Son cosas de mujeres, señor Dick. Yo... es imposible que le explique el motivo por el cual la mujer de su hijo quizá nunca vuelva a tener hijos, pero créame: no se trata de nada extraño. Nadie la maldijo ni la hechizó... solo que... lo más probable es que algo se haya roto en su interior cuando nació ese niño. Tiene suerte de estar con vida, pero hijos... No obstante, los caminos del Señor son inescrutables y nadie sabe si todavía querrá obrar un milagro.

Elizabeth se persignó. Doug se preguntó si sus últimas palabras se debían a un deseo de consolar a Richard o si procuraba protegerse a sí misma. Muchos murmuraban que las comadronas tenían un pacto con el diablo, así que para ella era aconsejable mencionar a Dios con frecuencia.

—¡Nadie te acusa de nada! —se apresuró a afirmar—. Cuando te llamé «bruja» estaba tomándote el pelo; no tienes nada que temer en Caernon.

Elizabeth le lanzó una suave sonrisa en la que Doug podría haberse perdido. Sus rasgos expresivos y delicados, los hoyuelos de sus mejillas que aparecían cuando sus labios sonrosados sonreían y revelaban sus dientes pequeños y blanquísimos... Aquel rostro pecoso de nariz respingada no era de una belleza clásica; no se podía comparar con el de Letizia o el de Lissiana y su cuidado aspecto y su juventud floreciente, pero algo lo hacía inolvidable. Sus rasgos reflejaban la vida del país, ojos que todo lo comprendían y que debían de haberse asomado a los abismos del dolor humano, pero que, sin embargo, encendían una chispa de alegría en cuantos la contemplaban. A Doug le hubiese gustado rozarle los cabellos, aquellos rizos que no formaban un complicado peinado, sino que danzaban en torno a ella como si tuvieran vida propia. Le hubiera gustado besarla en los labios y abrazar su cuerpo tierno y flexible. Por debajo de su blusa blanca se destacaban unos pechos pequeños y redondeados, y las caderas envueltas en una raída falda azul también albergaban una promesa. Pero la mirada de Elizabeth no era seductora, solo expresaba agradecimiento y confianza, y él no debía destruirla en ningún caso. Si quería conquistar a la joven tenía que proceder con lentitud y cautela. Y debía preguntarse si realmente deseaba hacerlo. En ese sentido, las órdenes de su padre habían sido muy claras: «Las puertas del mundo están abiertas para ti, hijo mío, pero no seduzcas a ninguna muchacha de la aldea. No quiero madres llorosas en el salón quejándose porque sus hijas han sido deshonradas y, sobre todo, no quiero que bastardos de mi sangre cultiven mis campos y alberguen rencor por sus hermanastros y hermanastras del castillo. Hay bastantes muchachas y mujeres de tu mismo rango... ¡y si insistes en liarte con una campesina, hazlo en el condado de otro! Pero piénsalo bien antes: esas personas también tienen una vida, también son capaces de diferenciar una virgen de una puta y también ellas cuelgan la sábana por la ventana tras la noche de bodas. Puede que regales un par de sueños a la muchacha, pero al final destruirás su vida. ¡Pregúntate si de verdad merece la pena!»

Doug suspiró. Si había algo que ni se le pasaba por la cabeza era hacer daño a Elizabeth. Al contrario, el deseo que la muchacha despertaba en él era el de amarla y mimarla, volverle más sencilla su vida dura y, sí, llevarla consigo a la casa, al castillo, aunque eso estaba fuera de cuestión. Doug hizo un esfuerzo y desvió la mirada con la que hacía un buen rato contemplaba a Elizabeth como si estuviera hechizado...

Richard también parecía haberlo notado.

—¿Qué querías, Elizabeth? —dijo metiéndose en la conversación—. ¿Ver a Anna? Está detrás de la casa, con los animales.

Entonces ella también se apartó de Doug con una expresión más seria en el rostro. Debió de percibir algo, pero su reacción fue más de cautela que de entrega.

—¡Pues eso es justamente lo que no debiera hacer! —lo regañó—. Anna debe cuidarse, señor Dick, de lo contrario jamás desaparecerá la infección de los riñones. ¡Ayer volvió a elaborar cerveza desde la madrugada hasta la noche! La próxima vez que me mande a buscar, la ayudaré con mucho gusto, pero primero dele estas hierbas. Ha de preparar una infusión y beberla tres veces al día, le sentará bien. Y lo dicho: ¡el descanso es más importante que todo lo demás!

Dick asintió con cierto aire culpable.

—Se lo diré. ¿Quieres llevarte una jarra de cerveza, Elizabeth? ¿En agradecimiento por las hierbas?

—Ahora no —dijo ella, negando con la cabeza—. No quiero seguir interrumpiendo su reunión con milord, pero, si me lo permite, vendré a por ella más tarde, cuando regrese de la aldea. Aún tengo que ir hasta las granjas de las afueras y visitar a mi parturienta. La jarra solo sería un incordio.

La muchacha se despidió cortésmente y, antes de marcharse, hizo otra profunda reverencia ante su señor.

Doug la siguió con la mirada, hechizado. Una vez más, fue

como si el viento la impulsara y ella danzara sobre los rayos de sol.

—¡Una muchacha encantadora! —comentó Doug—. ¿Es la hija de un minero?

Richard negó con la cabeza.

—Es la esposa de uno de mis compañeros. ¿Recordáis a Brian, el joven que le explicó a Rob lo de la montaña? Está casada con él.

La noticia fue como una puñalada en el corazón. ¿Estaba casada? ¿Esa muchacha que acababa de conmoverle el corazón le pertenecía a otro? En realidad debiera de haber supuesto un alivio: en caso de llegar a seducirla, tendría menos importancia si estaba casada que si era virgen. Pero, aun así... los celos se adueñaron de él.

—Y eso que todavía parece muy joven —se esforzó por comentar sin que sus sentimientos lo asfixiaran—. ¿Es un matrimonio feliz?

El viejo Dick se encogió de hombros.

—No soy experto en los asuntos del amor, milord, pero parecen muy felices. Y también tienen un hijo. Solo tiene un par de semanas, pero lo aman tiernamente, así que ella ya no puede ser tan joven. Decid lo que queráis, pero esas curanderas siempre pactan un poco con el diablo. La bruja de la aldea vecina tampoco parece envejecer.

Doug trató de reírle la broma.

—¿Y no sabes de dónde provienen ambos? —preguntó luego—. ¿Cuánto hace que están aquí?

—Unos cuatro meses —dijo Richard, calculando—, tal vez cinco. Y de dónde provienen... Yo no soy curioso y Brian tampoco parece tener muchas ganas de hablar de ello. ¿Insistís en que lo interrogue?

—No, él no ha hecho nada malo. Un interrogatorio solo lo amedrentaría. Pero ahora echemos un vistazo a los libros. ¿Y qué hay de esa jarra de cerveza?

Richard condujo al joven conde a su casa y durante las horas siguientes se ocuparon de examinar los libros de la mina. No estaban muy bien llevados. Richard no sabía leer y, aunque conocía los números y sabía escribirlos, los había anotado en las columnas equivocadas y había una gran confusión. Doug tardó bastante tiempo en descifrar todo el embrollo, pero no se lo recriminó al capataz. En realidad debería proporcionarle un escribiente, pero ¿dónde encontrar uno salvo en los conventos y las iglesias? Y en Caernon no había un eclesiástico; los habitantes acudían a una iglesia de la aldea vecina, por no hablar de que la idea de aceptar otro trabajo como escribiente de la mina no habría provocado el entusiasmo del párroco. Así que el propio Doug intentó poner orden en el asunto y volvió a explicarle con mucha paciencia a Dick dónde tenía que apuntar los gastos de la compra de herramientas y el contenido en plomo y plata del mineral.

—Pero en los sueldos de los compañeros no te equivocas, ¿verdad? —preguntó, por fin, en tono severo—. ¡Engañar a los mineros me resultaría muy desagradable!

En su mayoría, los mineros de Doug recibían un sueldo según las cantidades extraídas. Un picador bueno y diligente podía ganar un buen sueldo.

—¡No, milord! ¿Cómo se os ocurre? Brian lo apunta todo, abajo en el pozo de la mina. Hay una lista para cada minero y al final de la semana recibe su sueldo. ¡Así que en ese caso nada puede ir a parar a la columna equivocada como aquí! —exclamó el viejo Dick, y contempló el libro con disgusto evidente.

Al parecer, echaba la culpa de su fracaso al cuero, la tinta y el papel y no a su incapacidad personal.

—¿Y qué pasa con los mineros que no pican? —preguntó Doug de pronto. Nunca se había hecho esa pregunta, pero entonces se le ocurrió, al pensar en el esposo de Elizabeth—. ¿Los hombres que manejan el rodillo y los portadores? ¿Cómo calculas su salario?

—Cobran una suma deducida del sueldo de los demás —respondió Dick, encogiéndose de hombros—. Sin portadores y sin montacargas no hay plata, eso todos lo tienen claro. Por supuesto que esas tareas no son las preferidas, pero va por turno y a todos les toca en algún momento. A veces también se presentan voluntarios, por ejemplo, los hombres más viejos que ya no pueden trabajar tan duro. O cuando uno se encuentra enfermo, pero no quiere ni puede quedarse en casa. Es una vida dura, milord.

Doug asintió. Sus hombres estaban mejor pagados que muchos otros, pero no querría estar en su lugar. «Vuestra vida será feliz, pues habéis nacido en un castillo...»; la joven Elizabeth tenía razón. Puede que la felicidad y la desgracia afectaran tanto a los señores como a los criados, pero tenían una dimensión diferente si uno las experimentaba en un castillo y no en la choza de un campesino.

—Por cierto, toca la fídula en el pub... —comentó Dick de manera un tanto repentina cuando Doug ya casi se había despedido y el capataz lo acompañaba hasta su caballo—. Los sábados, cuando se pagan los sueldos.

—¿Quién? —preguntó Doug desconcertado—. ¡No me vengas con adivinanzas, Dick!

—Brian, el marido de la comadrona. Con ello logra ganar un poco más de dinero. ¡Y cómo toca la fídula, vive Dios! ¡Hasta mi Anna vuelve a ser joven cuando baila en el pub! ¿Por qué no os dejáis caer por allí, milord? Los hombres se alegrarían.

Doug se permitió dudarlo. Estaba convencido de que los mineros no disfrutarían si la autoridad los observaba durante su diversión de los sábados. Pero el joven Brian despertaba su interés. ¿Un sencillo minero que «casi sabía más de las montañas» que el propio Dick? ¿Y que encima había tenido tiempo de aprender a tocar la fídula? En Gales había personas con un talento natural. Doug siempre se había asombrado al ver mineros y campesinos que por las noches cogían una flauta, un tambor o una fídula. Solían tocar sus instrumentos los sábados en el pub: siempre había uno en cada pueblo. Incluso en una aldea pequeña como Caernon, que ni siquiera disponía de una iglesia.

Doug decidió que el fin de semana siguiente pasaría por el pub. Podía donar un barril de cerveza para festejar su llegada y el final feliz del accidente en la galería. Y tampoco tenía que quedarse mucho rato, ya que Dick tenía razón: los años dedicados a viajar, sobre todo a través de la Italia tan versada en las artes, habían acabado con su capacidad de disfrutar de la música de taberna. Era poco probable que las sencillas melodías interpretadas por Brian con la fídula le resultaran atractivas durante mucho tiempo.

4

Doug dedicó los días siguientes a inspeccionar sus tierras cabalgando a lomos de *Cougar* y quedó agradablemente impresionado: todos los campos estaban cultivados, el ganado pastaba en prados de hierba verde y las cosechas de los últimos años habían sido tan buenas que también las despensas de los campesinos estaban repletas. Apenas había granjas que necesitaran que les perdonaran los impuestos porque sus habitantes pasaran hambre, y, en caso de que fuera así, más bien se debía a mala administración. En esos casos, Doug solía reprender a los granjeros y ofrecerles ayuda a través de administradores e inspectores. Si nada surtía efecto, los arrendatarios debían marcharse, pero de momento no se veía obligado a intervenir en ninguna parte. No obstante, Doug tomó buena nota de que las excelentes condiciones reinantes en las propiedades de Caernon no eran generales; por ejemplo, en el linde con las tierras del duque de Glenmorgan, las personas estaban demacradas y los campos invadidos por las malezas, y en las propiedades de los Blaemarvan los arrendatarios también protestaban y se lamentaban de que los impuestos no les permitían reunir el dinero suficiente para comprar semillas. Doug consideró que era perfectamente posible. El viejo Blaemarvan eran codicioso, de ello ya lo había convencido la breve conversación que había mantenido con él en el castillo;

el propio Doug consideraba que desangrar a la gente hasta ese punto suponía, cuanto menos, una falta de visión de futuro, porque a la larga abandonarían las tierras y se las arrendarían a otro. Entonces Blaemarvan se vería obligado a cultivar sus tierras él mismo.

Doug sonrió al imaginarse a la bella Lissiana arrancando malezas: seguro que tendría un aspecto encantador si se recogía las faldas y dejaba ver las piernas, como una muchacha campesina. Se preguntó si la joven era consciente de la codicia y la avaricia de su padre. Quizá apenas se percataba de la diferencia con respecto a los otros señores feudales. Las muchachas como Lissiana solían ocuparse de sus vestidos y sus caballos, y lo único que les importaba de su futuro era encontrar un buen partido. Entonces volvió a comparar a Lissiana con Elizabeth; puede que ambas tuvieran la misma edad, pero Elizabeth se ocupaba de su familia y, encima, de media aldea, mientras que Lissiana solo se dedicaba a divertirse.

Es verdad que hasta hacía poco tiempo el propio Doug se dedicaba a otra cosa; también Lissiana maduraría cuando llegara el momento de administrar su castillo y encargarse de los habitantes de las aldeas y las propiedades de su marido. ¡Que hasta entonces se dedicara a coquetear!: los hijos de la nobleza disponían de más tiempo para convertirse en adultos. «Vuestra vida será feliz, pues habéis nacido en un castillo...»

De todos modos, Doug no dejaba de pensar en Elizabeth y el sábado estaba firmemente decidido a escuchar a su marido tocando la fídula en el pub. A lo mejor ella también acudiría. Las muchachas y las mujeres no tenían prohibido beber en el pub e incluso las mujeres más honorables, como Anna, la mujer de Dick, acudían a veces, bebían un par de cervezas e intercambiaban los últimos cotilleos de la aldea. Solo a altas horas de la noche el pub solía estar ocupado únicamente por los hombres si no había baile, pero era raro que no lo hubiera. Tras pasar una semana en los campos o en la mina, todos tenían ganas de bailar.

Poco antes de partir reclamaron la presencia de Doug en las caballerizas. Un par de días antes había dado permiso al caballerizo para viajar a Caerdydd porque su madre estaba enferma, así que el desbordado Francis y un inexperto mozo de cuadras se enfrentaban a una yegua aquejada de un cólico. Doug suspiró y se dispuso a tratar a la yegua: así que, en vez de pasar la noche oyendo música y bailando, iba a encargarse de obligar al animal a beber aceite, indicarle al mozo de cuadra que aplicara paños calientes en el vientre de la yegua y hacerla caminar en círculo una y otra vez. Cuando el asunto por fin quedó resuelto, la luz del amanecer ya apagaba la de la luna y hacía horas que los aldeanos estaban tendidos en sus camas. Doug tuvo que postergar su propósito hasta la semana siguiente.

Así que el domingo por la mañana estaba cansado y de muy mal humor, pero este se disipó con rapidez cuando poco antes de mediodía oyó que un carruaje entraba en el patio del castillo. Era un ligero coche de caza y el caballo que lo arrastraba era un elegante cob que no dejaba de bailotear, conducido con mano firme por una joven dama.

Lissiana Blaemarvan le lanzó una sonrisa retadora.

—¡Ya suponía que os encontraría en vuestro castillo, triste y melancólico! Llevar luto está muy bien, lord Caernon, pero un día debe llegar a su fin. ¿Acaso no veis cómo luce el sol en el cielo? Venid, montad en el coche... o id en busca de vuestro caballo si preferís montar. He preparado un almuerzo, podemos tomarlo junto al río y disfrutar de la primavera.

La joven llevaba un ligero vestido de seda verde; no era un traje de amazona, sino un atuendo más indicado para una fiesta. Era de un color más claro y de un corte menos severo que el vestido que llevaba durante su primer encuentro; la parte superior revelaba el profundo escote y su pícaro corpiño de encaje. La falda era amplia y destacaba su estrecha cintura. Era evidente que llevaba corsé, pero Doug tenía ganas de soltar las cintas que lo sujetaban si Lissiana se lo pedía. Adoraba liberar a la mujer que cortejaba de su estrecha coraza de ballenas y acariciar sus carnes turgentes.

Lissiana le lanzó una mirada burlona, como si hubiese adivinado sus pensamientos, pero sus ojos verdes también expresaban una suerte de alegría al contemplar los músculos del torso de Doug. Este se había levantado tarde y solo se había vestido de manera negligente. Su ancha camisa estaba abierta y dejaba ver el pecho, apenas se había peinado y el rostro quedaba enmarcado por rizos desordenados: parecía uno de esos héroes indómitos de las sagas y los cuentos de hadas.

—¿Y bien, milord?

Doug inclinó la cabeza.

—¿Cómo podría rechazar semejante invitación? Iré con vos, desde luego, pero aguardadme unos instantes, me pondré algo más decente...

Le dijo al mozo de cuadra que ensillara su corcel y otro mozo cogió las riendas del caballo de Lissiana.

—¡También os aceptaré con ropas indecentes! —dijo ella, riendo—. ¡Ah!, olvidaba que podríais perder la buena reputación, puesto que atravesaremos vuestra aldea y el conde no debe presentar un aspecto descuidado. ¿Es verdad que todas las muchachas de la aldea se consumen por vos, milord? —preguntó Lissiana, y sus ojos de gata brillaban.

—Las muchachas de Caernon son castas y sumisas —dijo Doug con una sonrisa maliciosa—. Ni siquiera osarían mirar a su amo y señor a la cara, por no hablar de clavar miradas lascivas en su pecho. Pero ahora disculpadme; regresaré de inmediato y seré todo vuestro.

Francis ya había dispuesto un atavío de domingo para él, aunque, una vez más, su estado de ánimo no era de los mejores.

—¡Que no se os ocurra comenzar algo con esa bruja! —siseó—, aunque no monte en una escoba, sino solo en los caballos más bonitos. ¿Qué se ha hecho de la virtud de nuestras muchachas? ¡La hija de un conde que recorre la comarca a solas y se os ofrece como una puta callejera!

—Vamos, vamos, Francis, modérate. Últimamente ves brujas por todas partes —dijo Doug—. La virtud de lady Lissiana es indudable. Lo que pasa es que le gusta jugar con fuego, pero opino que eso es inofensivo. E incluso si el amor nos abrasara a ambos: lady Blaemarvan es un buen partido.

—Quien juega con fuego es fácil que se queme —gruñó Francis—. En serio, milord: ¿de verdad consideráis la posibilidad de convertir a esa muchacha en vuestra esposa? Porque en ese caso os ruego que antes me despidáis con todos los honores. Soy demasiado viejo para dejar que ella me mangonee.

Doug soltó una carcajada.

—Las cosas no han llegado hasta ese punto, Francis, pero admítelo: ¡es muy bonita! No cabe duda que podría atraerme. Rara vez me he topado con una muchacha que combine tanto encanto con tanto valor. ¿O es que no te parece osado que haya venido aquí y se arriesgue a que le den calabazas?

Francis abrió mucho los ojos.

—Ya os tiene cogido, milord, así que toda advertencia resulta inútil; sin embargo, me tomo la libertad de indicaros que el valor y la osadía no son la misma cosa.

Entre tanto, Doug se había puesto un jubón azul claro por encima de la camisa blanca y escogió unos pantalones ceñidos y suaves botas de cuero que le daban un aspecto apuesto; las prendas eran italianas y de última moda, aunque tal vez lo hacían parecer un petimetre; a fin de cuentas, Lissiana era una muchacha de campo. Quizá sería mejor llevar pantalones de cuero. ¡Tonterías! El vestido de la joven dama también imitaba la moda de Milán y ella debía saber lo que se llevaba en las grandes ciudades.

Y, en efecto, cuando Doug bajó las escaleras y montó en *Cougar*, la mirada de Lissiana no era burlona, sino francamente admirativa.

—¡Parecéis un auténtico caballero! —comentó—. Me sentiré como una princesa cuando tome asiento a vuestro lado. Pero, ahora, ¡en marcha! ¿Queréis escoger un lugar bonito para almorzar?

El condado de Caernon se encontraba a orillas del río Wye

y Doug conocía varios lugares discretos y rodeados de juncos, más o menos alejados de los caminos reforzados. Sobre todo recordó una pequeña laguna donde de niño pasó mucho tiempo jugando a exploradores y piratas. Allí las aguas fluían lentamente, los juncos de las orillas reducían la corriente y permitían que anidaran numerosas aves acuáticas. Río arriba, la orilla estaba cubierta de hierba y un par de sauces cuyas ramas casi rozaban las aguas proporcionaban sombra. Formaban una cortina natural verde y dorada que protegía de las miradas curiosas a todos cuantos buscaban refugio bajo el techo de hojas. Doug había aprovechado dicho efecto bastante a menudo cuando sus criados o sus compañeros de juego lo buscaban. Podía pasar horas tendido bajo la peculiar cúpula, soñando con aventuras emocionantes y países remotos; y más adelante con las muchachas que un día planeaba conquistar, desde luego. El recuerdo le hizo sonreír. Bien, estaba próximo a realizar dichos sueños, pero primero debía volver a encontrar el condenado lugar y con el coche resultaría difícil. Así que pidió a Lissiana que esperara en el camino hasta que descubriera el sitio. Los grandes cascos de *Cougar* se abrían paso a través de los juncos. Desde la orilla resultaba más fácil descubrir los lugares discretos. ¡Pero en aquella ocasión resultaron no tan discretos!

Doug oyó risas cristalinas al acercarse a la orilla y lo primero que vio fue una cesta entre los juncos —cuidadosamente cubiertos de mantas y paños—, en la que estaba tendido un niño como si fuera Moisés en el Nilo. El bebé estaba profundamente dormido. Doug vio un rostro delicado, una cabeza cubierta de una pelusilla rojiza y unos puños diminutos. Además, la cesta no flotaba en las aguas, claro está, sino que reposaba en tierra firme, seguramente a la vista de los padres que ocupaban el lugar predilecto de Doug. Casi indignado por tal profanación, el joven conde atisbó entre los juncos y la cortina de sauces... y reconoció a la muchacha de cabellos rubio rojizos que en aquel momento alcanzaba un trozo de manzana a un joven de cabellos oscuros, con un gesto que la hacía parecer un retrato de Eva.

Había deslizado su camisa hasta la cintura y ofrecía a su amado una vista de su piel blanca y sus pechos turgentes. El propio Doug no logró ver tanto porque se lo impedía la cortina de rizos que le cubría la espalda. Con el corazón palpitante, observó cómo Elizabeth le quitaba las gotas de zumo de manzana del mentón con un beso.

—¿Verdad que las manzanas son dulces? Me las dio Leona, una de las galopillas del castillo a la que ayudé a curarse de una hemorragia. Son del jardín del conde.

Doug frunció el ceño. No le agradaba en absoluto que la servidumbre se apropiara tan descaradamente de sus bienes y que incluso los aprovechara para pagar a la hechicera de la aldea por sus servicios. Por otra parte, ¿cuántas manzanas podía comerse él? Las galopillas cobraban un sueldo mísero y solo recibían alimentos y un vestido nuevo en Navidad, así que resultaba bastante comprensible que de vez en cuando se dieran el lujo de apropiarse de una minucia de la mesa de su señor y a veces llevaran algo de alimento a su familia. Además, no hubiera tenido el menor inconveniente en dar las manzanas a Elizabeth, pero, en cambio, a su marido... Doug no pudo evitar que los celos se apoderasen de él cuando el joven se dispuso a seguir desvistiendo a Elizabeth, le bajó la camisa del todo y, al parecer, gozaba de su belleza.

—Era tan bella como una canción de amor que cantaron a un hada, pero el cantor era un mortal a quien ella no podía dispensar sus favores. Derramó amargas lágrimas y con una de ellas la diosa del amor te creó a ti —susurró Brian mientras acariciaba el cuerpo esbelto de Elizabeth.

Doug solo pudo imaginar el modo en que sus dedos le rozaban los pechos y recorrían su contorno. Imaginó que sus pezones serían como sus labios, firmes y de un delicado tono rosa, y que vibrarían y se erguirían bajo el roce de las manos. Casi percibía sus carnes tibias y firmes y aspiraba el aroma de sus cabellos, como el aroma tibio a manzanas y canela, o a flores de estío del multicolor jardín de Anna.

—¿Crees que fui creada a partir de una lágrima, mi amor? —dijo Elizabeth en tono burlón cuando su esposo se apartó de ella.

Aprovechó el momento para quitarse la camisa por completo y Doug observó el perfil de sus pechos turgentes. No eran tan pequeños y firmes como había imaginado, aunque debía de estar amamantando todavía a su hijo.

—Espero que no. Prefiero ser un rayo de sol que el astro rey dejó en los prados en secreto, para regalárselo a la luna. Y tú eres el beso de la luna que por fin le proporciona satisfacción.

Elizabeth desabrochó la camisa de su esposo y se inclinó sobre él. Sus pechos flotaban por encima del cuerpo de él y lo acariciaron antes de que los labios de ambos se uniesen en un beso. Doug casi creyó percibir aquel beso; el dulzor de la fruta, la unión tierna y familiar pero que siempre era el camino que conducía a nuevos placeres. Soñó que ocupaba el lugar de Brian, deseó abrazar a la muchacha con pasión y tantear la delicada y sonrosada flor oculta entre sus muslos.

Pero recuperó el control. ¿Qué estaba haciendo allí? ¿Era digno de un Caernon presenciar el juego amoroso de sus súbditos como un ladrón nocturno y alevoso? Lo que estaba sucediendo no le incumbía en absoluto y además Lissiana lo esperaba a la vera del camino. Hacía horas, le pareció. ¿Y si hubiera perdido la paciencia y lo hubiera encontrado allí? ¡No, no! Con mucho cuidado, para no sobresaltar a la pareja de amantes, hizo girar a *Cougar*; el semental había aguardado en medio del agua sin moverse y sus cascos iban a agitar las aguas, pero nadie lo notaría en la orilla. Sin embargo, Doug soltó un suspiro de alivio cuando volvió a pisar tierra firme a cierta distancia del lugar sombreado por los sauces y no tardó en regresar al tramo del camino donde había dejado a Lissiana.

El coche ya no estaba y un escalofrío le recorrió la espalda: ¡quizá ella lo había seguido y había observado su vergonzosa actitud! Pero la encontró poco después en el arranque de un sendero que conducía al río. Lissiana, aburrida de esperar, había avanzado un poco más allá; luego sujetó el caballo a un árbol y llevó la comida hasta el río. El lugar no era tan romántico como el sitio predilecto de Doug, pero nadie podía verlos desde el camino. Unas rocas junto a la orilla proporcionaban sombra y el panorama del río era cautivador, pues allí los juncos no obstruían la vista. Durante la espera, Lissiana se había distraído contemplando los botes y las barcas de carga que recorrían el ancho río y refrescándose. Estaba sentada en una roca junto a la orilla, se había quitado los zapatos y las medias, y había metido sus pies blancos y desnudos en el agua. Ofrecía un aspecto encantador y Doug no podía despegar la vista de ella. Era evidente que Lissiana pretendía interpretar el papel de muchacha campesina, pero sus delgados tobillos no estaban hinchados tras pasar horas de pie en los campos y no tenía las plantas de los pies cubiertas de callosidades por andar descalza. En vez de eso, los dedos de los pies parecían pequeñas flores y su aspecto le evocó las estatuas de mármol de diosas griegas y romanas que había visto en Italia.

—¡Por fin, milord! —dijo Lissiana, riendo—. ¿Qué os detuvo? ¿Acaso no encontrasteis el Jardín del Edén?

Doug se ruborizó. ¡Menos mal que ella ignoraba lo cerca que había estado de Eva y su esposo!

—Debo reconocerlo, milady. No he podido encontrar el lugar donde jugaba de niño, pero vos ya encontrasteis la senda al paraíso en otro sitio. ¡Solo temo que quien lo habita no sea Eva, sino Venus!

Doug se sentó detrás de Lissiana y le acarició la nuca. Aquel día llevaba los cabellos oscuros recogidos; una redecilla verde y una coronita de flores los sostenían dejando a la vista la nuca, que se ofrecía a Doug blanca como el cuello de un cisne.

—¿Quién siente nostalgia por Eva? —preguntó Lissiana en tono burlón y sin volverse—. Es verdad que era un poco desobediente, pero también bastante aburrida; y poco exigente. Si tenéis en cuenta cuántos ángeles deambulaban por aquel jardín, cada uno más bello que el otro, resplandecientes como el mármol. Además estaba Lucifer, que seguramente también tenía sus encantos. ¿Qué mujer realmente sensual hubiese seducido al viejo Adán?

Doug se rio y comenzó a cubrir aquella nuca de pequeños besos.

—Desde entonces los descendientes de Adán se esfuerzan por aprender más —dijo, soltándose el pelo. Cuando él le rozó el cuero cabelludo, se estremeció y comenzó a volverse muy lentamente.

»De lo contrario, las hijas de Eva los regañarían... —añadió la joven condesa.

Mientras la larga y pesada cabellera se derramaba por su espalda, Lissiana empezó a soltar el jubón de Doug, pero era poco diestra y arrancó un par de botones de la camisa. Doug se descubrió pensando que un poco más allá Elizabeth seguramente trataría a su esposo con mayor delicadeza, pues al final era ella quien tenía que volver a coser los botones, pero ¿cómo podía pensar en Elizabeth cuando en ese momento los labios de Lissiana le acariciaban el pecho? Al parecer, la joven estaba decidida a apropiarse de lo que antes solo había podido observar con expresión anhelante. Empujó a Doug contra la hierba hasta que quedó medio tendido debajo de ella, le lamió el pecho y jugueteó con los pezones hasta que la excitación se adueñó del conde y este se incorporó.

—¡Permanece tendido, serafín mío, no queremos llamar la atención en el Jardín del Edén!

Los cabellos de Lissiana cayeron hacia delante y acariciaron el pecho de él. Ella cogió un mechón y comenzó a provocarlo como si tuviera un pincel en la mano. Le hacía cosquillas y él no pudo evitar reírse, pero después un relámpago de excitación le recorrió el cuerpo cuando Lissiana le desabrochó el cinturón que sostenía sus pantalones de terciopelo. Ella le bajó los pantalones centímetro a centímetro, sin dejar de acariciarlo con su cabellera. Hacía tiempo que su miembro viril palpitaba y se irguió bajo el roce de la mano izquierda de ella.

—Así que mi ángel de mármol siente emociones humanas —murmuró ella, riendo—. La última vez no estaba nada segura de ello. Pero ahora...

Lissiana se inclinó sobre el vientre liso y duro de Doug, lo cubrió de besos y de lametazos.

—Tenéis... un concepto extraño de lo que es un almuerzo —dijo él.

Casi no podía hablar sin jadear y lentamente perdió el oremus, flotó a través de cascadas de voluptuosidad y, no obstante, había algo que le desagradaba. No quería perder el control por completo, era como si en realidad no confiara en ella lo bastante para entregarse del todo. Pero ya no había marcha atrás. Cuando ella enrolló un mechón de cabello en torno a su verga y después la cubrió con la boca, Doug derramó su excitación entre sus labios suaves y acariciadores. Pero ella no lo soltó, sino que continuó acariciándolo, mordisqueándolo y succionándolo hasta que su miembro volvió a ponerse tieso. Doug se removió y, atenazado por un dulce dolor, no sabía si quería quitársela de encima o penetrarla profundamente. Por fin se desplomó soltando un gemido de placer al tiempo que ella lo acariciaba con movimientos lentos y tranquilizadores.

—¿Os apetecería una copa de vino, milord? —preguntó ella con una sonrisa—. Vos ya me ofrecisteis un refresco, pero a lo mejor necesitáis un poco de ambrosía para recuperar vuestras fuerzas.

Doug aún temblaba un poco cuando descorchó la frasca de excelente vino que formaba parte del almuerzo. Sediento, bebió varios sorbos, todavía conturbado por los placeres que acababa de proporcionarle aquella *casta virgen*. Y eso que antes había elogiado la virtud de Lissiana ante Francis...

Bien, Doug no era pudoroso y las muchachas que lo eran no le interesaban. El amor era demasiado bonito para ocultarlo debajo de las mantas y deseaba que su dama lo disfrutara en la misma medida que él. Lissiana parecía fácil de excitar, y cuando él invirtió los papeles y le desató el corpiño, ella lo dejó hacer.

Doug procedió con mayor cuidado que la joven, desabrochó el vestido y la camisola con minuciosidad casi torturante y luego soltó los lazos del corsé como si abriera un precioso regalo. Las carnes blancas de Lissiana que surgían libres del corsé y turgentes también supusieron una fuente de placer. Besó sus pechos abundantes de grandes pezones blandos y hundió el rostro entre ambas perfumadas colinas... y mientras disfrutaba de aquel banquete tibio y voluptuoso no pudo dejar de recordar la breve visión de los pechos de Elizabeth, altos y más bien pequeños. Seguro que Brian podía rodear cada uno de aquellos pechos con la mano, alzarlos y amasarlos con suavidad.

Doug notó que su miembro no palpitaba al sumirse en los encantos que Lissiana le ofrecía, sino más bien al pensar en el delicado cuerpo de la pequeña bruja. ¡No podía permitirlo!

Alzó la cabeza como si estuviera asustado y casi tuvo que obligarse a seguir acariciando a la joven con los labios. Todo en aquella beldad blanca y marmórea era perfecto: los pechos grandes y opulentos, el talle también firme, incluso sin el corsé que lo había ceñido. Doug deslizó el vestido hacia abajo y aparecieron unas caderas maravillosamente redondeadas: un marco ideal para su combado monte de Venus. Solo durante unos segundos, Doug disfrutó de la preciosa imagen, pero no pudo evitar que de pronto se interpusiera la imagen del cuerpo esbelto y feérico de Elizabeth, cuyas formas solo se adivinaban bajo la rizada cabellera y cuyo aspecto solo se reflejaba en la mirada hechizada de Brian.

—¡Aguarda, allí viene alguien! —La voz de Lissiana advirtiéndolo lo arrancó de su ensimismamiento—. ¡Date prisa, cúbreme! ¡Y cúbrete tú también, nadie debe pensar que...

Doug se subió los pantalones y se colocó delante de la muchacha tendida en la hierba. Intentar ocultar la desnudez de Lissiana con rapidez era en vano; como mucho podría haberle cubierto la cabeza con una manta, pero confió en que quienquiera que fuera el que pasaba por allí se avergonzaría y no trataría de descubrir quién estaba jugando con lord Caernon.

Y, en efecto, los dos paseantes bajaron la vista, abochornados. Venían de los prados junto al río y seguramente ya habían reconocido a Doug. Confió en que no hubiesen reconocido a la dama. Por otra parte, alguien que no fuera completamente tonto y viera su coche de caza junto al camino adivinaría de quién se trataba. Y seguro que aquellos dos jóvenes no eran tontos.

Doug se ruborizó hasta las orejas cuando los reconoció.

—¡Buenos días, milord! —dijo la voz cantarina de Elizabeth, que llevaba la cesta de la comida, mientras que Brian cargaba con el moisés en el que dormía el bebé.

—¡Que tengáis un buen día, señor! —dijo Brian.

Él también se había ruborizado. Era la primera vez que Doug veía al joven de cerca y de día: cabellos oscuros y rizados, muy cortos como solían llevarlos los mineros, un rostro pálido y delgado de rasgos angulosos y casi aristocráticos, ojos —que entonces se esforzaban por mirar hacia delante— grises y soñadores como las nubes y la niebla.

Doug no les devolvió el saludo, quizá no hubiese podido pronunciar palabra. En todo caso, las ganas de seguir explorando el cuerpo de Lissiana se habían evaporado por completo.

—¿Qué ocurre, milord? —preguntó ella una vez que Elizabeth y Brian se hubieron marchado, pero Doug no parecía dispuesto a proseguir el juego amoroso.

—Tenemos que irnos —contestó Doug—. Esta zona... no es segura.

Lissiana se incorporó frunciendo el entrecejo.

—¿Debido a ese campesino sinvergüenza y a su putilla? ¿A qué crees que han estado jugando esos dos? ¡A lo mismo que nosotros!

Al parecer, ella no había visto la cesta con el niño y Doug se enfadó cuando ella trató de puta a Elizabeth.

—Para esos dos, estos juegos no están prohibidos, están casados. Además, no es lo mismo que dos *campesinos sinvergüenzas* se revuelquen por la hierba a orillas del río que lo hagan dos nobles. Perdonad que haya perdido el control, Lissiana.

—¿Que hayáis perdido el control? —exclamó ella. Le lanzó una mirada furiosa y cogió sus prendas de vestir.

Doug volvió a sonrojarse. Ella tenía razón; en realidad, él no había hecho nada. Lissiana le había proporcionado todos los placeres de la lubricidad, mientras que él la había dejado insatisfecha. Pero no podía... sencillamente no podía, aquella última y breve mirada intercambiada con Elizabeth hacía que continuar fuera casi una profanación. No dijo nada más, se puso de pie y se volvió mientras Lissiana se vestía.

Por suerte el enfado de la joven se disipó con rapidez o, al menos, logró controlarlo. Sin embargo, a partir de entonces, lo observó con aire suspicaz. Había algo que no encajaba; Lissiana conocía su fama de atrevido y de tenorio. Seguro que era un amante experto, así que ¿a qué se debía aquella vacilación repentina, aquella súbita retirada sin motivo aparente? ¿Acaso de verdad temía acercarse demasiado a ella, la virgen? ¡Pero él debía saber cómo satisfacer a una mujer, incluso sin traspasar las últimas fronteras! Lissiana decidió que no abandonaría. Ella lo había elegido como esposo, pero no quería un jovenzuelo avergonzado que se acercara a ella respetuosamente en la noche de bodas. Doug debía caer a sus pies antes de que ella le permitiera cortejarla; para que después, en aquella noche de todas las noches, la poseyera por completo en un *crescendo* de placer.

Doug recogió sus cosas al tiempo que ella volvía a ponerse la falda y se acomodaba el corpiño; ambos actuaron como si no pasara nada cuando ella le pidió que volviera a ajustarle el corsé. Lo hacía con gran destreza, otra prueba de que hasta aquel momento su vida no había sido monacal. Lissiana solo debía tener paciencia.

Por fin ella también volvió a sonreír cuando montó en el coche de caza e hizo trotar su caballo en dirección a Caernon, lo cual disgustó a Doug. Hubiera preferido avanzar con lentitud, con el fin de no correr el riesgo de volver a encontrarse con Brian y Elizabeth, pero les dieron alcance incluso antes de llegar a la aldea. Brian mantenía la vista baja, pero Elizabeth la alzó durante un instante cuando *Cougar* pasó trotando a su lado. Lissiana no se había molestado en refrenar el caballo, desde luego, para evitar que ambos jóvenes se vieran envueltos en una nube de polvo.

Su mirada elocuente y ligeramente irónica rozó el rostro de Doug antes de que él pudiera desviar la suya. Confió en que ella no hubiera notado la breve llamarada de deseo en sus ojos. Quiso reprimirla, pero cuando la muchacha alzó la vista y lo contempló y sus ojos resplandecieron, fue como si un relámpago de pasión le atravesara el cuerpo.

La mirada de Elizabeth solo rozó a Doug, mientras que la de Lissiana estaba clavada en él. Su cuerpo todavía palpitaba de insatisfacción y el aspecto del hombre alto y rubio que montaba a caballo con mucha elegancia, como si él y el semental negro y fuerte fueran uno solo, hizo que la excitación se apoderara de ella. Al menos hasta que vio la nostalgia asomada a su mirada al pasar junto a aquella muchacha de cabellos rubio rojizos.

5

Era sábado por la noche y del pub de Caernon surgían voces sonoras y alegres. También una fídula, con una de las antiguas canciones celtas cuya melodía de tonos rápidos y vibrantes no parecía tener principio ni fin. Doug abrió la pesada puerta de madera para escapar de la lluvia torrencial; en los años que pasó en el sur casi había olvidado con cuánta frecuencia llovía en Gales, pero, por otra parte, tal clima era ideal para la cosecha: uno casi podía ver crecer la hierba y madurar los cereales.

Cuando el joven conde entró en el pub se interrumpieron varias conversaciones, el ruido disminuyó de manera notable y la música de la fídula se volvió más sonora; el músico continuó tocando, quizá ni siquiera se percató de que el ambiente se había enfriado.

—¡No os dejéis molestar, hombres! —exclamó Doug—. Tal vez no lo creáis, pero hasta los aristócratas tienen sed a veces. ¡Y en cuanto a mi castillo, allí nadie elabora una cerveza tan buena como la de nuestro viejo John! —añadió, saludando al mesonero con la cabeza, que inmediatamente le ofreció cerveza recién tirada—. ¿Y qué pasa con los demás, John? —preguntó, riendo, tras beber un trago y quitarse la espuma de los labios.

No había mentido: en efecto, hacía años que una cerveza no

le sabía tan bien como aquella, disfrutada en el círculo de sus hombres.

—Quiero que esta noche todos beban conmigo, John. Es verdad que mi regreso a casa se debió a un motivo triste; no obstante, me alegro de volver a estar aquí. ¡Un barril de cerveza para celebrar mi regreso al hogar, John, y en homenaje a mi padre, que Dios lo tenga en su gloria!

Fue un discurso muy apreciado por los hombres. Los vítores de los mineros y los campesinos resonaron en el pub en honor de su joven señor. Doug también insistió en abrir el primer barril, la cerveza no tardó en fluir a mares y los hombres retomaron sus alegres conversaciones antes interrumpidas.

El viejo Dick, sentado en un rincón junto a otros mineros de mayor edad, le indicó que se acercara.

—¿Os apetece sentaros con nosotros, milord? —preguntó—. Porque entonces no contaré a Anna que la cerveza de John os sabe mejor que la suya.

—¡No se lo digas, por el amor de Dios! —exclamó Doug, acercándose con su jarra de cerveza a la mesa de Richard.

Entonces vio que John, el mesonero, llevaba una pinta de cerveza al músico, que acababa de poner fin a su melodía. El hombre se lo agradeció a Doug inclinando la cabeza, pero luego pareció recordar el embarazoso encuentro junto al río y bajó la vista.

—¿Ese es el marido de la pequeña bruja? —le preguntó Doug a Richard.

—Sí —contestó Dick, asintiendo con la cabeza—. Y el mejor intérprete de fídula que ha tocado en el pub de John. Pero las mujeres dicen que por las noches también toca la fídula en la choza, para su Elizabeth, y que toca aún mejor, que le arranca sonidos como los ángeles del cielo.

Los otros hombres se golpearon los muslos y rieron.

—¡Eres un poeta, Dick! O quizá lo sea tu Anna. ¿Qué mujer se ha inventado ese sueño?

A Doug, acostumbrado a los sonidos dulces y dolorosos que los músicos italianos sabían arrancar a sus instrumentos, el comentario le hizo aguzar los oídos y lanzó una mirada escrutadora al instrumento de Brian. Era más grande y más artístico que las fídulas baratas de la mayoría de los músicos aldeanos y parecía estar hecha de una madera vieja y oscura. Doug lo ignoraba todo sobre la construcción de las fídulas, pero no creía que el instrumento se hubiera construido en su origen para entretener a los mineros de los pubs. El músico volvía a tocar, una vez más, antiguas canciones que parecían envolver a las personas que se reunían en torno al músico en un anillo mágico. Doug podía imaginar muy bien que las muchachas bailaran al son de la música, pero allí solo era el sonido de fondo de las conversaciones de los hombres, que, de momento, giraban en torno a una carrera de caballos que iba a tener lugar en Blaemarvan, la semana antes de la luna llena. Dick y sus amigos pensaban apostar por uno de los participantes, pero no lograban ponerse de acuerdo si apostar por un aldeano de Rhondda —que al parecer poseía un caballo que era un auténtico diablo— o por un joven caballero de Glenmorgan.

—¡No olvides a la joven dama! —dijo otro; así introducía a una de las próximas campeonas en la conversación—. Sí, sí, solo es una muchacha, pero ¿te acuerdas de que el año pasado galopó a través de la aldea, tres cuerpos por delante de todos los demás jinetes?

—Pero después ni siquiera se encontró entre los primeros —dijo Dick, defendiendo a su propio campeón—. Y quien llegó primero fue Charly, de Rhondda.

—Porque ella se perdió en el bosque de Caernon. Aventurarse allí fue un error, ya que no podía ver la torre de la iglesia de Rhondda, mientras que Charly solo debía dejar galopar a su caballo, que sabía cómo llegar a casa; y por no hablar de que Charly conoce el bosque como la palma de su mano. Pero eso no volverá a ocurrirle a ella. ¿Nunca la habéis visto cabalgar una y otra vez en dirección a Rhondda? Esta vez tomará por el camino más corto y saltará por encima del arroyo junto a la granja de Dorson.

—¿Una dama participando en una carrera de obstáculos? —preguntó Doug.

Por el comentario acerca de la torre de la iglesia supo que se trataba de una de las carreras predilectas celebradas en el lugar, que tradicionalmente iban desde una torre de iglesia hasta otra. Daba igual qué camino recorrieran los jinetes, pero por supuesto quienes solían ganarlas eran los más intrépidos que optaban por el trayecto más directo y saltaban por encima de zanjas, arroyos y setos.

—¿Quién es la amazona?

—¿Pues, quién habría de ser? ¿Qué muchacha de aquí tiene tiempo para practicar la equitación y encima dispone de un purasangre? —preguntó Dick, soltando una carcajada—. ¡La condesa de Blaemarvan, claro está! Creedme, milord, cabalga como un hombre. Dicen que la educaron en una corte irlandesa y puede que allí las damas estén dispuestas a todo.

Doug no lo dudó. Lissiana hablaba de caballos como un experto y montaba de manera elegante en su corcel blanco. Y además era lo bastante atrevida como para no dejarse intimidar por los obstáculos.

—Claro que si vos también participarais, milord, cabalgando sobre *Cougar*, apostaríamos por vos —dijo uno de los hombres más jóvenes de la mesa vecina, metiéndose en la conversación—. ¿Qué os parece, no querríais representar los colores de Caernon?

Los otros hombres asintieron y golpearon el suelo con los pies.

Doug sonrió, halagado, pero negó con la cabeza.

—*Cougar* ya no es joven y además no está entrenado, supongo que nadie ha saltado obstáculos con él desde que partí de viaje.

—¡Mejor, así estará descansado! —gritó un impertinente hijo de campesinos y los hombres aplaudieron—. *Cougar* es un cob, nacido en Caernon y fuerte como un buey. ¡Ese seguirá saltando obstáculos cuando tenga veinte años!

Doug se encogió de hombros.

—Precisamente, un cob. Y como acaba de decir Dick, lady Blaemarvan monta un purasangre.

Los cobs galeses, caballos pequeños pero fuertes de la isla, eran conocidos como excelentes saltadores, resistentes, fuertes y muy inteligentes, pero la velocidad no era una de sus virtudes y en terreno llano cualquier purasangre los derrotaría.

—¿Acaso teméis a lady Blaemarvan? —preguntó una voz clara cuyo tono cantarín apagó las más sonoras de los hombres.

Doug se volvió bruscamente. Estaba sentado de espaldas a la puerta y no había visto entrar a Elizabeth, pero se encontraba allí, a dos pasos de él, con el rostro delgado enmarcado por los rizos humedecidos por la lluvia, como también lo estaba la cara: una gota todavía colgaba de la punta de su naricita. Mientras se burlaba de Doug, un brillo malicioso se asomó a sus ojos azules y los hombres de las mesas vecinas guardaron silencio, esperando la respuesta del conde.

—Si la hechicera de Caernon prepara un bebedizo adecuado a mi caballo, que le proporcione la velocidad de un corcel árabe y a mí la ligereza de un jinete de carreras inglés, no le temo a nadie —replicó Doug.

—Un corcel árabe tropezaría en los bosques de Caernon y los muchachitos que aprenden a correr carreras en Inglaterra no suelen tener más de doce o catorce años. No enviaría semejante niño a saltar por encima del arroyo de Dorson. Para eso hace falta un hombre... ¡y su cob galés!

Los presentes aplaudieron y manifestaron su aprobación a voz en cuello. A los mineros siempre les habían gustado las apuestas y les hubiese agradado que un jinete del lugar compitiera en la carrera; los campesinos estaban orgullosos de los caballos de su patria. Casi todos cultivaban sus campos con hijos e hijas del semental *Cougar* tirando del arado. Los domingos acudían orgullosos a la iglesia en sus carros arrastrados por sus cobs enjaezados y en otoño los ensillaban para salir de caza.

Mientras tanto, Elizabeth se acercó al mostrador y pidió

otra jarra de cerveza y, con una grácil reverencia, se la ofreció a su señor.

—Aquí tenéis un bebedizo, milord —dijo en tono conciliador—, aunque no sea mágico.

—Cualquier bebida servida por vuestras manos, señora Elizabeth, me hechizará —dijo Doug, lanzándole una sonrisa y aceptando la cerveza agradecido.

—Y bien, entonces ¿cabalgaréis? —preguntó uno de los hombres del grupo.

Doug suspiró. Ya era demasiado tarde para dar marcha atrás; se veía obligado a hacer todo lo posible para que esos tunantes no perdieran el dinero ganado con tanto esfuerzo.

—Ya que insistís... ¡Por el honor de Caernon, sus fuertes caballos... y sus bellas mujeres! —dijo, y bebió a la salud de Elizabeth. Pero solo cosechó una media sonrisa y entonces desvió la mirada, avergonzado, convencido de que ella recordaba a Lissiana entre sus brazos.

Mientras los aplausos y los vítores se repetían, Elizabeth regresó al mostrador, intercambió unas palabras con varios hombres y no parecía estar haciendo bromas; quizá les preguntaba cómo se encontraban sus mujeres e hijos. En realidad iba acercándose a su esposo. Cuando él dejó de tocar la fídula, lo besó en la mejilla y también le alcanzó una jarra de cerveza. Por lo visto le pedía que dejara de tocar un rato y se sentara con ella. Sus ojos resplandecían, el aspecto del hombre delgado de ojos claros parecía volverla más vivaz y llenarla de un amor nada disimulado. Se lo pidió con labios trémulos, parecía estar seduciendo a Brian; se humedeció los labios con una lengua pequeña y rosada, y se los mordisqueó con expresión casi infantil. Doug se preguntó si hacía aquellos seductores gestos adrede o si expresaban inseguridad y preocupación. Brian sonrió y le quitó la última gota de lluvia de la nariz con el dedo. Ella se acurrucó contra él, riendo y restregando la cara contra su jubón como una gatita que apoya la cabeza contra la mano que la acaricia. Los dedos de Brian despeinaron sus cabellos rizados, pero con tanta suavidad y respeto como si tocara los dorados cabellos de un ángel.

Finalmente lo condujo hasta una mesa detrás del escenario improvisado para el músico y bebió un sorbo de su pinta de cerveza. Le acarició las manos que reposaban ociosas en la mesa, de dedos largos y delgados, las manos de un violinista nato. Doug recordó el comentario de Dick: que, a Brian, el trabajo en la oscuridad de la mina le resultaba difícil. Al contemplarlo no resultaba sorprendente. El hombre era esbelto, casi flaco y bajo su amplia camisa y su jubón de lana no se ocultaban los músculos de un picador ni los de un luchador, sino, más bien, la endeble figura de un artista. En aquel momento, tras dejar el instrumento a un lado, parecía exhausto, tenía el rostro pálido y enjuto y los ojos ojerosos. Se notaba el esfuerzo que debía de suponerle tocar la fídula después de doce horas encerrado en la mina.

No obstante, la mirada de sus ojos, de un suave gris, no parecía apagada, sino iluminada por un brillo cálido y soñador: debía de haber sido la manera como los trovadores contemplaban el mundo, alejados de toda realidad relacionada con enfrentamientos caballerescos y en sus labios solo juramentos de amor para la dama de su corazón. Doug recordó las palabras halagüeñas que Brian dirigió a Elizabeth, las que oyó a orillas del río. Pura poesía, ¡un soñador sin remedio!

Y, sin embargo, un hombre que había resultado experto y decidido cuando su compañero Rob sufrió el accidente en la mina; «no seas injusto», se dijo Doug a sí mismo. Aquel Brian era raro, pero parecía tener todo el amor de Elizabeth, que no podía despegar los ojos de él; su mirada seguía hasta los más mínimos movimientos de sus manos y su rostro expresivo reflejaba cada una de las emociones de Brian. Aunque no tenía el menor derecho a sentirlos, los celos abrasaban a Doug. Elizabeth jamás le había dado motivos para albergar esperanzas y, en cualquier caso, él no había hecho nada para cortejarla. Con aire decidido se dedicó a tomar cerveza y a conversar con Dick. Hasta que una suave canción que surgía del rincón del intérprete de la fídula hizo que aguzara los oídos.

Brian había vuelto a coger el instrumento y Elizabeth cantaba. Con voz delicada, pero increíblemente melódica, relataba la historia de Jackaroe, una muchacha que va a la guerra vestida de hombre para encontrar a su amado.

Doug olvidó todos los placeres musicales que había disfrutado hasta aquel instante: las canciones y los coros italianos, los deslumbrantes sonidos de las guitarras, todo eso se convertía en nada en comparación con aquella canción angelical. Elizabeth lo condujo a un mundo de cuento de hadas que bailaban con reyes; sin embargo, advertía de lo que ocurría cuando los mortales se enamoraban de esas figuras de ensueño. Durante una hora los hombres, hechizados, escucharon sus baladas sobre el amor y la muerte, la soledad y la esperanza. Después Elizabeth se retiró, tan rápida y discretamente como había llegado. Cuando se dirigió a la puerta, Brian la siguió con una mirada llena de amor... y Doug con una llena de deseo.

—Deberíais verla bailar —dijo el viejo Dick, a quien no se le había escapado el interés de Doug por ella, y, con la lengua suelta tras beber varias pintas, llamó a la muchacha antes de que saliera por la puerta—. ¿Ya te marchas, Elizabeth? ¿Es que hoy Brian no tocará piezas para bailar?

La joven le lanzó una sonrisa cordial, pero negó con la cabeza.

—Hoy no, señor Dick, ya sabéis cuán tarde se hace aquí cuando todos comienzan a bailar. Y Brian ya está cansado, el día en la mina fue largo. Aguardad hasta la fiesta celebrada después de la carrera. Brian tocará todo el día.

La aldea de Caernon se encontraba casi a medio camino del lugar donde se iniciaba y finalizaba la carrera. Solían interrumpirla durante una hora para que los jinetes y los caballos pudieran descansar, una oportunidad para que el pub hiciese buenos negocios.

—Entonces ya me reservo un baile —declaró Dick—; siempre que no rechaces a un viejo.

—¡Pero si vos no sois viejo, Dick! —exclamó ella, ruborizándose—. Ayer os vi cargando sacos como un hombre joven.

Dick sonrió, halagado,

—Aún soy capaz de revolear por el aire a una muchacha como tú —afirmó.

—¿Y también bailaréis conmigo, señora Elizabeth? —preguntó Doug en voz baja.

Procuró hablar en tono de chanza, pero un matiz nostálgico subyacía a sus palabras.

—Solo si ganáis la carrera, milord —dijo Elizabeth con voz severa, pero guiñándole el ojo.

Doug no se cansaba de contemplar su expresión traviesa; le hubiese gustado besar los hoyuelos de sus mejillas y acariciar su ondulada cabellera.

Elizabeth notó su mirada y se la devolvió con aire un tanto sorprendido pero amistoso. Era la primera vez que parecía contemplarlo atentamente y el brillo de sus ojos pareció aumentar al percatarse de sus rasgos simétricos, su figura esbelta y fuerte, y sus ojos azules y claros que la miraban fijamente.

Doug creyó reconocer algo que casi parecía una promesa en su mirada. ¿Acaso esta se volvería más profunda y grave si un día él la condujera más allá del umbral del coqueteo, hasta una pasión sin límites? ¿O en aquel momento la oscurecería la tristeza, porque para ello era necesario superar un foso mucho más ancho y profundo que el arroyo de Dorson? ¿Sería capaz de traicionar su amor hacia Brian por Doug? Y él, ¿acaso quería hacerles eso a ambos? ¿Podía darle tanto para que ella abandonara ese amor puro, para que abandonara a su marido y su hijo?

Más tarde, sumido en sus pensamientos, Doug regresó al castillo. Le hubiera gustado luchar por Elizabeth, pero ¿con qué armas habría de retar a Brian? ¿Y no sería contrario a todo el espíritu de la caballerosidad enfrentarse a un hombre al que superaba con tanta claridad?

Doug no tardó ni un día en comenzar a entrenar su semental para la carrera. No se hacía demasiadas ilusiones, pero *Cougar* lo sorprendió demostrando un evidente entusiasmo. El corcel negro no se cansaba de galopar y ningún obstáculo le parecía demasiado alto o ancho. Nadie lo había montado durante la ausencia de Doug, pero había tirado de carretas y durante la cosecha también de pesados carros cargados de cereales. Claro que había que aumentar su resistencia, así que Doug emprendía largas cabalgadas, en general por las mañanas, sobre todo explorando la región entre Caernon y Rhondda. El trecho de Blaemarvan a Caernon no ofrecía demasiadas variantes, el camino era recto y estaba bien reforzado y solo resultaba posible acortar algunas curvas cabalgando campo a través. Cualquier purasangre hubiese dejado atrás a *Cougar* en ese trecho, pero Doug sabía que la carrera no se decidía durante la primera etapa. Hubiera resultado peligroso hacer galopar a los caballos hasta agotarlos porque un animal cansado no lograría superar los obstáculos de la segunda etapa entre Caernon y Rhondda. Por eso interrumpían la carrera en Caernon, para que los caballos descansaran y los jinetes tomaran un refresco. Doug contaba con que, antes de llegar a Caernon, los jinetes de los caballos más veloces gozarían de una pequeña ventaja, pero después todo dependía de la capacidad de saltar y el aguante de los animales... y de la intrepidez de los jinetes. El tramo más corto conducía por encima de diversas zanjas, arroyos, setos y muros, y a través de una zona pantanosa en la que incluso Doug no osaba adentrarse. En ese lugar, un paso en falso podía costarles la vida al caballo y al jinete. Puede que quienes vivían junto al pantanoso brezal lo conocieran lo bastante bien como para recorrerlo sin peligro, pero era mejor que quien no se había criado allí lo evitara. En todo caso, *Cougar* saltó sin vacilar por encima de la zanja de Dorson, que se consideraba el obstáculo más peligroso del recorrido. En realidad solo era un profundo arroyo, pero estaba bordeado de una cerca, así que los caballos debían superar el arroyo y la cerca al mismo tiempo, lo cual suponía tener fuerza para saltar y buena vista. Muchos animales no se atrevían a dar el salto y se detenían ante el arroyo.

Una cálida mañana de junio, muy satisfecho con el entrenamiento, Doug condujo su caballo de vuelta a Caernon. Se había hecho más tarde de lo planeado y *Cougar* estaba empapado de sudor. Doug decidió cabalgar a orillas del río y buscar un lugar poco profundo donde *Cougar* pudiera bañarse, pero por lo visto su destino consistía en encontrar ocupados todos sus lugares predilectos cada vez que se dirigía a la orilla. ¿O acaso se trataba de un destino urdido por poderes superiores que una y otra vez lo conducían hasta Elizabeth?

En todo caso, cuando condujo el semental a través de los prados, desde el camino orillero hasta el río, se le presentó una imagen maravillosa. Elizabeth se disponía a desprenderse de la ropa en aquel discreto lugar bajo los sauces. Doug solo la entreveía detrás de la cortina de hojas, pero la reconoció en el acto. El contorno de su delicada figura se había grabado en su memoria para siempre y sus cabellos desprendían destellos demasiado dorados y rojizos como para no llamar la atención. Oculta en su escondite, ella no sospechaba nada y se movía sin timidez. Doug sabía que no debía haberla observado mientras se desnudaba, pero el espectáculo le resultaba demasiado placentero para hacer que su caballo se diera media vuelta. Elizabeth se apresuró a quitarse la blusa, se soltó el corpiño y dejó los pechos al aire. Dorada por el sol, tenía la piel más morena que antes. Al parecer, acudía a aquel lugar con frecuencia para tomar un baño. No llevaba medias, ninguna de las muchachas de la aldea llevaba medias en verano, pero sus piernas fuertes y morenas y sus pies pequeños y endurecidos de caminar descalza lo excitaban mucho más que las pantorrillas envueltas en medias de seda de Lissiana.

Elizabeth, que ni imaginaba que alguien la observara, se acercó a la orilla y le ofreció una visión de todo su cuerpo desnudo. Doug admiró sus caderas redondeadas, su cintura estrecha acariciada por las puntas de los cabellos y su trasero pequeño y firme. Debía de ser el colmo del placer rodear esas nalgas perfectas como una manzana madura con las manos y acariciarlas. Notó que su miembro viril palpitaba y se hinchaba. Intentó avergonzarse por observar a la mujer de otro en secreto mientras tomaba un baño, pero no lo logró. Había soñado con aquella muchacha toda su vida, no podía pertenecer a otro.

Elizabeth se había sumergido en las aguas del Wye. Con las mejillas ardiendo, Doug observó cómo la ligera corriente le acariciaba las pantorrillas, cómo las olas le lamían el trasero y las caderas y le cubrían los pechos; finalmente, el río ocultó toda la desnudez de la muchacha ante su mirada curiosa. Se sorprendió al ver que Elizabeth sabía nadar. Ella avanzó hasta el centro del río con movimientos lánguidos y flotó de espaldas. Doug casi deseaba que una corriente la arrastrara: hubiera supuesto un motivo para lanzarse al agua y rescatarla, pero sabía que allí no había corrientes; por eso se había dirigido allí para que su caballo tomara un baño.

Elizabeth también confiaba en el río; estaba tendida de espaldas en el agua y las olas acariciaban su brillante cabellera: era como si en las aguas flotara un polvo dorado que le rozaba el rostro. Pero también lo excitaba la punta de los pechos que surgían de las olas y que parecían llamarlo. Durante unos segundos soñó con estar a su lado, nadar hasta donde ella se encontraba, abrazarla tiernamente, atraer su cuerpo en el agua y sentir su tibieza: un contraste encantador con la frialdad del Wye. ¿Acaso no podría ser una ninfa del río? ¿Una criatura irreal nacida solo para él de las aguas del río durante unas breves horas de felicidad? Pero no, ello no sería suficiente. En el fondo de su corazón, Doug sabía que con esa muchacha quería vivir algo más que una pasajera aventura. Elizabeth debía ser la mujer de su vida, su dama, la madre de sus hijos...

Un gemido en voz baja arrancó a Doug de su ensoñación y también a *Cougar*, que quizá había aprovechado la pausa para echar un sueñecillo. En todo caso, cuando el niño empezó a chillar, el semental pegó un respingo. Al parecer, Elizabeth había vuelto a dejar a su pequeño Moisés bajo los sauces, pero el niño había despertado y llamaba a su madre. La mujer, en el río, oyó los gritos de su hijo y nadó rápidamente hasta la orilla. Por desgracia, también notó la presencia del semental que bailoteaba y un profundo rubor le cubrió el rostro cuando reconoció al caballo y su jinete.

¿Un rubor pudoroso? ¿O el rubor de la ira al descubrir al observador secreto? En todo caso, Elizabeth no logró pronunciar un saludo cortés.

—¿Podríais daros la vuelta, milord? —se limitó a preguntar después de nadar casi hasta la orilla; quería ponerse de pie—. Creo que de momento no he ofrecido un aspecto demasiado impropio, pero he de ocuparme de mi hijo, me está llamando y yo... perdonad, pero estoy desnuda.

Doug soltó un suspiro de alivio. Así que al menos ella no sospechaba que hacía un buen rato que la observaba. Claro: había oído el golpe de los cascos de *Cougar* y había concluido que el caballo acababa de aproximarse a la orilla.

—¿No vais a concederme una breve mirada a vuestra belleza, señora? —preguntó Doug en tono burlón—. No os creía capaz de semejante crueldad.

—Más bien sois vos el cruel, por tomarme el pelo —lo regañó Elizabeth, frunciendo el ceño; una conducta bastante insolente para una muchacha aldeana que se volvió más insolente—. Por cierto: ¿consideráis que es propio de un caballero espiar a una mujer decente mientras se baña? ¿No deberíais haber girado vuestro caballo en el acto cuando me habéis visto?

Doug rio: ni se le ocurrió tomárselo a mal. Estaba preciosa cuando se enfadaba. Entonces una profunda arruga se formó entre los ojos claros y refulgentes de la joven e hizo una mueca de desaprobación. Parecía un elfo enfadado. Pero el niño empezó a chillar y Doug se dio cuenta de que si seguía tomándole el pelo no forjaría una amistad, precisamente, e hizo girar a *Cougar*. Pero se detuvo en la orilla.

—¿Estáis lista? —preguntó por fin, después de darle bastante tiempo para vestirse. El niño se había tranquilizado, así que ella debía de haberlo alzado en brazos y acunado—. Porque no estoy aquí para espiar mujeres, sino para refrescar a mi caballo.

—Puede ser, pero hace un momento vuestra mirada era demasiado brillante como para que os crea —comentó Elizabeth, una vez más en tono muy descarado.

Pero su voz volvía a ser risueña y cantarina, así que ya no parecía estar disgustada.

Doug se había girado y la vio sentada bajo el sauce; sostenía al niño en brazos y por lo visto lo amamantaba, pero esa vez no concedió una mirada a su pecho: se había cubierto los hombros con un chal y también al niño. No obstante, su aspecto lo excitó. Los cabellos húmedos de los que colgaban ramitas de sauce —debía de haber atravesado la cortina de hojas a toda prisa—, el rostro fresco y claro, y el gesto tierno con el que sostenía al niño... Doug no logró ocultar el brillo de su mirada y agradeció la solidez de su pantalón de cuero que ocultaba la palpitación de su verga.

—No sería un hombre si cerrara los ojos ante semejante imagen. Si a uno le conceden un vistazo a una ninfa del río, resulta imposible desviar la mirada. Es mágico y como hechicera, vos deberíais saberlo.

—Así que me tomabais por una sirena. Eso lo explica todo, claro está. ¿Hay muchas sirenas por aquí? Yo nunca me he encontrado con ninguna. Pero deberíais tener cuidado, pues seguro que les encantaría robar un caballo tan bonito como el vuestro. ¿No habéis oído hablar de los *shelties*, los corceles de los espíritus del río? Arrastran a los jinetes al fondo del río hasta que se ahogan —dijo Elizabeth, una vez más con picardía.

—Vaya, sé nadar muy bien —dijo Doug, encogiéndose de hombros—. Y mi caballo también.

Como para demostrarlo, Doug desensilló a *Cougar* y luego se quitó la camisa. Satisfecho, notó que Elizabeth lo contemplaba con agrado. ¡Oh, no!: aunque estuviera casada, la dama no permanecía indiferente al contemplar sus músculos firmes por debajo de su piel lisa y aún húmeda de sudor; por el contrario, observó con placer evidente cómo Doug montaba a lomos del semental desensillado y se adentraba en el río. *Cougar* no se resistió: le gustaba nadar. Cuando el animal perdió pie, Doug se deslizó en las aguas, se agarró a las crines y *Cougar* lo arrastró a través del río, un juego del que ambos disfrutaban.

—Ahora se han mojado vuestros pantalones —comentó Elizabeth cuando el hombre y el animal regresaron a la orilla.

El pantalón de montar de Doug estaba pegado a su cuerpo y dejaba ver sus fuertes pantorrillas y sus bien formadas nalgas; afortunadamente, el agua fría al menos había hecho desaparecer la delatora curvatura en la parte delantera del pantalón.

—Sufriréis rozaduras si galopáis de regreso al castillo en ese estado.

—Pues entonces primero tendré que secarme —dijo Doug en tono casual y se dejó caer a un lado de la joven, al tiempo que *Cougar* se dedicaba a arrancar la verde hierba con mucho entusiasmo. Doug lo dejaba pastar libremente, el caballo no escaparía.

—Así que ese es vuestro hijo... Es un varón, ¿verdad? —preguntó. Echó un vistazo al niño, que una vez más volvía a dormir en su cestita.

Elizabeth asintió con expresión orgullosa.

—Se llama Julian —dijo, acariciándole la mejilla con un dedo— y es un niño muy bueno. Solo chilla cuando tiene hambre, puedo llevarlo conmigo a todas partes. De lo contrario sería complicado, porque estoy fuera muy a menudo.

—¿Por vuestra tarea de comadrona? —preguntó Doug—. Creí que eso solo ocurría de noche.

Elizabeth rio y Doug volvió a gozar de esa dulce serie de tonos que lo envolvían como los sonidos de un arpa.

—También he de recoger las hierbas que administro a las parturientas. Por eso visito a las mujeres cuando están embarazadas... y procuro ayudar con otras dolencias. Mis conocimientos son escasos, no sé mucho por desgracia, pero, en todo caso, son mayores que los de esa mujer de Blaemarvan a la cual vuestra gente solía recurrir. ¡Casi acaba con mi vida y la de Julian durante el parto!

—La hubiese hecho descuartizar por ello —afirmó Doug en tono severo—. Tenéis algo allí... ¿puedo? —preguntó y le quitó una ramita de sauce del cabello.

Elizabeth no se resistió, pero su mirada se volvió desconfiada y, como para disimular su desconfianza, volvió a reír.

—Espero que no, porque de lo contrario puede que también me descuartizarais a mí si vuestros criados vuelven a hablar mal de mi trabajo. Esas sandeces sobre la hechicería no son tan inofensivas como vos creéis; aún siguen quemando brujas.

—No en Caernon —replicó él en tono sereno—. Pero decidme, ¿dónde adquiristeis vuestros conocimientos? ¿De dónde provenís, señora?

«¿Y de dónde proviene vuestro marido, que toca la fídula con tanto talento y sabe tantas cosas acerca de la minería? ¿Y qué os trajo a ambos aquí de manera tan repentina, pese a que no tenéis amigos ni familia en Caernon?», quería preguntar Doug, pero Elizabeth ya parecía haberse puesto en guardia.

—Me crié en una aldea del sur y, como mi madre murió pronto, una tía cuidó de mí. Era comadrona, pero con respecto a las brujas, mi padre era tan temeroso como los demás hombres, así que no me dejó vivir con ella, solo podía visitarla de vez en cuando. Aprendí muchas cosas, pero no me tuvo realmente como alumna y ahora he de arreglármelas con lo poco que sé.

—Y tampoco tardasteis en encontrar un esposo, ¿verdad? ¿Lo escogisteis o lo escogió vuestro padre para vos?

Elizabeth no contestó enseguida, sino que pareció sopesar sus palabras con cuidado.

—Mi padre no... tuvo nada en contra de Brian —respondió y se dispuso a ponerse de pie—. Ahora debo irme, me aguardan en la aldea.

Doug le quitó otra ramita de la cabellera. Cuando los rozó, los rizos húmedos parecían flexibles.

—¿No os agrada hablar de vuestro esposo, señora hechicera? —preguntó sonriendo.

—No me gano el pan con conversaciones —replicó ella—. Y no creo que a mi marido le gustara que coqueteara con un desconocido.

—¿Es que soy un desconocido para vos? —preguntó Doug en tono suave—. ¿Y acaso unas palabras ya suponen un coqueteo?

—No sois un desconocido, pero sois nuestro señor. Es impropio que hablemos aquí, tanto para vos como para mí. Todos cuantos nos vieran dirían que estamos coqueteando; a mí ya me llaman bruja, pero no quiero que encima me llamen frívola —dijo Elizabeth. Se puso de pie con determinación.

Doug notó que la parte de atrás del vestido estaba medio desabrochado.

—En ese caso, sería mejor que no anduvierais por ahí con el vestido desabrochado, porque de lo contrario quién sabe lo que dirían de nosotros. Permitid que os ayude.

Elizabeth pareció luchar consigo misma, pero quizá realmente tenía mucha prisa. Finalmente, le dio la espalda a Doug y, de mala gana, dejó que le abrochara los botones, al tiempo que él ejerció todo su control para no tocarla más de lo necesario, acariciarle la piel o alisarle el vestido por encima de las caderas. Sin embargo, creyó notar que ella se estremecía bajo el roce de sus dedos.

—Gracias —dijo ella por fin con voz áspera.

—Ha sido un placer —respondió él, mirándola a los ojos.

Durante unos segundos ella le devolvió la mirada y por primera vez él creyó vislumbrar un hálito de deseo en sus ojos resplandecientes, pero entonces la picardía volvió a asomarse a su mirada.

—También tenéis experiencia en estas cosas, ¿verdad, milord? —preguntó en tono impertinente.

—Si os referís a nuestro penúltimo encuentro... —respondió Doug tras soltar una carcajada.

—Perdonadme, eso fue una insolencia —se disculpó Elizabeth, desviando la mirada—. Solo que esa lady Blaemarvan... —Parecía querer decir algo, pero se reprimió—. Seguro que lady Blaemarvan os hará muy feliz —añadió en voz baja.

Doug pensó en justificarse, decirle que no estaba comprometido con Lissiana ni nada que se le pareciera, pero al final optó por callar. Durante segundos, ambos permanecieron uno frente al otro sin moverse; era como si estuvieran atrapados en un círculo mágico, no por propia voluntad, pero tampoco luchando contra el hechizo.

—¿Así que me deseáis felicidad? —preguntó él con voz ronca.

—Toda la felicidad y la suerte del mundo... —susurró ella.

Pero entonces el hechizo se rompió, Elizabeth inspiró profundamente y se alejó de él. Acarició a *Cougar*, que todavía pastaba junto a ellos.

Por fin Doug cogió las riendas del caballo y Elizabeth recogió la cesta con el niño. Casi de mala gana, ambos abandonaron su discreto punto de encuentro y recorrieron los prados.

—¿Así que participaréis en la carrera? —preguntó Elizabeth cuando alcanzaron el camino. Se apartó un poco de él, ya que por aquella zona el camino de Caernon a Rhondda estaba muy concurrido.

—Allí también necesitaré suerte —respondió él, asintiendo—. Y seguro que no será lady Blaemarvan quien me la proporcionará, pues ella misma quiere hacerse con el premio. ¿Queréis ser mi hada ese día?

Elizabeth le lanzó una sonrisa.

—En todo caso estaré en Caernon, junto con la gente que os vitoreará. Tampoco he olvidado el bebedizo mágico para vuestro caballo —dijo en voz baja y tono conspirador, pero su risa cantarina reveló que no hablaba en serio.

—¿Y también os inquictaréis un poco por mí? —quiso saber Doug—. Quiero decir... esos obstáculos son bastante altos... —añadió, guiñándole un ojo.

—Si os da miedo, no es necesario que saltéis por encima de

ellos —dijo Elizabeth en tono burlón—. Un hombre ha de saber lo que hace. Y ahora disculpadme, debo ir a una de las granjas.

Lo saludó con la mano, sonriendo, y emprendió el camino hacia una de las granjas más distantes.

Pese a sus pantalones mojados, Doug montó a caballo, silbando. Le pareció que nunca se había sentido tan despreocupado y feliz. Aunque, como hasta entonces, no había ocurrido nada entre él y su hechicera.

6

Eran muchos los participantes en la carrera de obstáculos de Blaemarvan a Rhondda, pero solo unos pocos jinetes tenían la posibilidad real de ganar. Cualquiera podía participar y en su mayoría eran muchachos campesinos que habían sacado los cobs de sus padres del establo. Unos cuantos ni siquiera poseían una silla de montar, pero todos estaban convencidos de que sus caballos de labor eran capaces de completar el recorrido. Muy de vez en cuando surgía un verdadero campeón entre sus filas, tal como Charly, de la aldea de Rhondda, cuyo animal prodigioso resultó ser una pequeña e hirsuta yegua alazana.

—Dicen que tú eres el jinete del que más debo cuidarme —le dijo Doug mientras hacían entrar en calor a sus animales antes de la carrera—. Todos mis hombres querían apostar por ti y me siento muy incómodo, porque al final han apostado su dinero a mi caballo.

Halagado por la atención del lord, ya que todos los demás participantes de la nobleza no se mezclaban con el pueblo llano, Charly le lanzó una sonrisa. El joven era menudo y liviano como un jinete inglés y parecía un tanto audaz. Sus cabellos de color castaño claro eran tan hirsutos como las crines de su yegua.

—Según como se mire, milord, pues quien ganó la carrera el año pasado fue mi *Rosie*. Pero no le llega ni a la suela de los zapatos a vuestro bonito semental. Al menos si es tan valiente como hermoso.

Doug frunció el ceño.

—De eso se trata, muchacho, ¿verdad? No ganaste porque tu yegua sea muy veloz.

—No, señor —negó Charly, también con la cabeza, sonriendo—, aunque es una yegua endiablada: su padre es uno de los ponis salvajes de las montañas. Por eso es tan pequeña, pero corre como el viento. Claro que frente a esos...

Señaló hacia el grupo de los nobles y sobre todo a una yegua purasangre parda montada por Lissiana de Blaemarvan al estilo amazona. La muchacha presentaba un aspecto maravilloso. Estaba sentada en la silla de montar erguida y con porte orgulloso, los cabellos castaños oscuros recogidos en un pequeño moño bajo un sombrero que, pese al severo peinado, la hacía parecer osada. Llevaba un traje de amazona de color rojo oscuro y en aquel momento saludaba a Doug con gesto desenfadado. Él le devolvió el saludo y vio que estaba hablando con un joven caballero de Glenmorgan, que montaba un pesado caballo de caza, bastante más alto y fornido, y seguramente más veloz, que la pequeña yegua de Charly.

También estaban presentes los dos hijos del barón de Rhondda. El mayor montaba un purasangre que no dejaba de bailotear y el menor, un caballo de abundante sangre árabe. Doug consideró que *Cougar* tal vez podía ganar al caballo de caza, pero los purasangres y el poni liviano montado por el casi niño lo dejarían atrás con facilidad, al igual que a la yegüita de Charly. Este no parecía asustado por los rivales; el joven menudo acariciaba las crines de su *Rosie* con expresión serena.

—El tramo decisivo es el que va de Caernon a Rhondda —dijo Doug—. Sobre todo los saltos. Y tú debes de conocer un par de trucos, porque de lo contrario tu poni no hubiera ganado.

—Pero no os los diré —respondió Charly, asintiendo con una amplia sonrisa.

Doug se rio.

—¡Que gane el mejor! —le gritó al muchacho.

Fue a unirse a sus semejantes. Quería evitar que Lissiana y los demás cuchichearan sobre él.

—Vuestra yegua es magnífica —dijo, lisonjeando a la muchacha cuando se encontró a su lado.

Ella le lanzó una sonrisa luminosa y se quitó el diminuto velo fijado al sombrerito, que le rodeaba el rostro y lo bañaba en una luz misteriosa. Era encantador, pero quizá no resultaba muy práctico para cabalgar.

—¿Verdad que sí? Es oriunda de Inglaterra, mi padre me la trajo después de asistir a las grandes carreras en otoño. Es muy veloz.

—¿Pero también sabe saltar? —preguntó el caballero de Glenmorgan en tono escéptico—. Seguro que en el llano resulta imbatible, pero el arroyo de Dorson...

—Dejaos sorprender —declaró ella con una sonrisa—. ¿Y qué pasa con vos, Doug de Caernon? ¿Aún montáis ese viejo semental? Me han dicho que lo entrenabais, supongo que ese es el motivo por el cual no os hemos visto durante las últimas semanas.

Doug trató de evitar que el sentimiento de culpa hiciera que se sonrojara. Sabía muy bien que debía una invitación a los Blaemarvan y, en realidad, también al barón y a la baronesa de Rhondda. Hacía tiempo que Doug debiera haber celebrado su regreso con sus semejantes, así como hacerse cargo de las tierras. Lo mínimo que se esperaba de él era un banquete y seguro que el duque de Glenmorgan también esperaba una invitación. Era imprescindible que Doug se ocupara un poco más de la política del ducado, al fin y al cabo el duque era el señor feudal de todos ellos, así que empezó por saludar a su enviado con la cortesía correspondiente. Leonard de Staine era un joven caballero que Doug ya conocía de antes; se había criado en la corte de Glenmorgan, pero no disponía de un feudo propio. Doug le dio saludos para su señor y anunció una fiesta, a pesar de que no tenía ningunas ganas de celebrar una fiesta formal; y menos de encontrarse con Osbert de Glenmorgan, que, según su opinión, era un individuo viscoso y desagradable.

—Estaba realmente muy ocupado, milady. Estamos haciendo ciertas reformas en la mina: galerías nuevas, más anchas y mejor apuntaladas; y hemos encargado un nuevo montacargas..., pero todo eso no debe de ser de vuestro interés, desde luego, y tampoco supone una disculpa. Hace días que debiera haber hallado la oportunidad de volver a disfrutar de vuestra belleza. Bien, hoy estamos aquí los dos...

—Pero desde atrás y montado en vuestro poni no creo que tengáis muchas oportunidades de apreciar la belleza de milady —dijo el hijo mayor del barón de Rhondda, un pequeño noble campesino cuyo feudo apenas ocupaba más tierras que la granja del mayor arrendatario de Doug—. Claro que os honra que aún no hayáis desechado a ese viejo semental, pero no creo que tenga la menor oportunidad. ¿O acaso creéis que la dama refrenará su yegua solo por amor a vuestros ojos azules?

Doug lanzó una mirada intencionada a Lissiana.

—Quién sabe, quién sabe... ¿Y si juego mis cartas correctamente? ¡A lo mejor resulta más fácil seducir a la dama de lo que vos creéis!

Lissiana agitó la fusta con aire juguetón.

—¡Intentadlo, milord! Pero consolaos: dicen que presento un aspecto bonito también desde atrás.

Doug se encogió de hombros.

—No repartáis los premios antes de la carrera. Pero, mirad, está a punto de empezar. Allí está vuestro padre, Lissiana, dando la señal para que nos reunamos; y no tardará en dar la salida.

Cuando tomaron la salida, Doug mantuvo a *Cougar* junto a Lissiana. Como era de esperar, el grupo de los nobles fue el primero en partir, pero Doug vio a Charly montado en su pequeña yegua alazana justo detrás de ellos. De momento, el ritmo era lento. Lo deseable era que el pelotón se abriera y los muchachos campesinos, que cabalgaban sin la menor estrategia, se pusieran inmediatamente en cabeza y salieran al galope soltando gritos. Cuando llegasen a Caernon sus cabalgaduras ya estarían muy cansadas. La mayoría de esos jinetes ni siquiera emprenderían el recorrido del segundo trecho. Lissiana y los hijos del barón de Rhondda no tardaron en adoptar un ritmo bastante acelerado.

Doug hubiera preferido recorrer las primeras millas al trote, pero los purasangres empezaron a galopar de inmediato y los jinetes solo los refrenaban un poco para evitar que se lanzaran a la carrera y mantenerlos galopando a un ritmo normal. *Cougar* los imitó y Doug procuró no quedarse atrás, al igual que Charly, que todavía cabalgaba detrás de ellos. Por fin, Doug lo dejó pasar: a *Cougar* no le gustaba que las yeguas corrieran tras él, prefería no perderlas de vista, y su amo también disfrutaba contemplando a Lissiana desde atrás. Era una excelente amazona y el estrecho traje de montar también ofrecía una magnífica vista de su redondeado trasero, su cintura esbelta y sus delicadas caderas, que se destacaban cada vez que la falda del traje se elevaba durante un salto. Ese día también llevaba un corsé, lo cual sin duda volvería bastante agotadora la larga cabalgada bajo el sol. Pero Lissiana montaba con destreza y seguridad, y cuando tomaron un atajo, atravesaron un par de prados y tuvieron que superar una cerca, la saltó con la más absoluta elegancia, lo cual también se aplicaba a su yegua, que superó el obstáculo con ligereza y facilidad. El arroyo de Dorson no significaría un problema para ella.

De momento, la carrera no suponía un esfuerzo para Doug. Al galopar rodeado de tres bonitas yeguas (el poni del joven baronet de Rhondda también era una yegua), *Cougar* se encontraba en su elemento y Doug no tenía ni que espolearlo ni que refrenarlo. Esto último debía de agotar a los purasangres: sobre todo al del hijo mayor del barón, que no dejaba de luchar con el temperamento impetuoso de su caballo. Ni el jinete ni el caballo aguantarían muchas horas y Doug se sentía optimista respecto a ese participante. La yegua era más tranquila, pero estaba poco entrenada, y ya quedó por detrás de *Rosie* a medio camino de Caernon.

Algunos jinetes adelantaban a otros que también habían arrancado a toda velocidad, pero cuyos caballos ya se habían quedado sin fuerzas. Otros se dejaban arrastrar por el pelotón, pero después se quedaban definitivamente rezagados. Llegó un momento en que solo había tres o cuatro caballos por delante de ellos, y mientras Doug cabalgaba a lo largo de un ancho camino junto a Charly, este le confesó que en realidad esos muchachos corrían una carrera particular.

—Esos apostaron que llegarían antes que vos a Caernon —dijo, abarcando a todo el grupo de los nobles— y entre ellos también han apostado quién es el más veloz. No piensan seguir cabalgando hasta Rhondda, tal vez uno o dos como mucho, impulsados por la locura. Ninguno de ellos es de temer, pero prestad atención: poco menos de una milla antes de Caernon, allí donde el camino transcurre junto al río, vuestros amigos arrancarán, puesto que el primero en alcanzar Caernon después tendrá una ventaja considerable sobre los demás cuando la carrera se reinicie. Procurad que no os dejen atrás.

Doug le agradeció el consejo asintiendo con la cabeza y, en efecto, Lissiana y los hermanos de Rhondda cabalgaban con lentitud cada vez mayor; era evidente que preparaban sus caballos para el esprint final y, cuando dejaron atrás la última curva del camino junto al río, Lissiana y el mayor de los de Rhondda aflojaron las riendas de sus cabalgaduras. Doug se preguntó si allí habría un lugar por donde tomar un atajo, pero solo pudo espolear a *Cougar* para que galopara lo más rápido posible, pero el semental ya daba lo mejor de sí mismo. Se lanzó tras la yegua de Lissiana al galope tendido, adelantó a *Rosie* de inmediato y también al poni del menor de los de Rhondda en cuanto hizo unas ligeras cosquillas con las espuelas a *Cougar*. Sin embargo, acercarse a los purasangres era imposible pues estos aumentaban la distancia que los separaba de los caballos más pequeños con cada zancada.

El caballo de caza de Leonard aguantó un poco más, pero al final también quedó rezagado. Para sorpresa de Doug, *Cougar* se mantuvo en los puestos de cabeza sin el menor problema. Aunque el caballo era más grande y entrenado, el joven no parecía darle importancia e hizo que *Rosie* sacara su chispa. Doug se volvió y vio que aún se encontraba detrás de él. Por delante, la yegua de Lissiana y el caballo del mayor de los de Rhondda libraban una lucha encarnizada. Lissiana despertó la admiración de Doug: no se despegaba de la silla de montar pese a que la yegua galopaba rápida como el viento. Cuando llegaron a Caernon, ella iba en cabeza y en la plaza de la aldea detuvo su cabalgadura con gesto triunfal. El hijo mayor del barón era el segundo, Doug y Leonard, terceros, seguidos por el satisfecho y alegre Charly.

—¡Bien hecho, *Rosie*! —animó a su yegüita, dándole una zanahoria. *Rosie* masticaba satisfecha, pero sin despegar la vista de *Cougar* que aún estaba lo bastante en forma como para soltarle un relincho retador.

El excitado Francis —que ese día era el lugarteniente de Doug y director del festejo— proclamó los nombres del quinto, sexto, séptimo y octavo de los jinetes participantes y, por fin, el de un par de caballos empapados en sudor y el de sus jóvenes jinetes henchidos de orgullo que llegaron a la plaza de la aldea.

Doug le indicó a Francis que repartiera tres premios especiales entre los ganadores de la etapa, pero lo que tuvo mayor aceptación fue el barril de cerveza que el viejo John regaló al cuarto vencedor. Los muchachos lo destaparon en el acto y abandonaron la idea de seguir participando en la carrera.

Lissiana disfrutaba de la admiración de Leonard y los hermanos de Rhondda, y Doug tampoco se ahorró las sinceras alabanzas por su talento como amazona y la velocidad de su yegua.

—Cabalgar a vuestras espaldas es una experiencia que recomiendo a todo el mundo —dijo, bromeando—. ¿Quién tendría ganas de adelantaros y perderse el aspecto encantador de vuestro trasero y de vuestros rizos ondeando al viento?

Durante la cabalgada el moño y el sombrerito de Lissiana no habían resistido y la larga cabellera enmarcaba su bonito rostro, enrojecido por la excitación y el viento. Había perdido el sombrerito y Charly lo había recogido y se lo alcanzaba con ademán ceremonioso en medio de las carcajadas generales.

—Espero que no me lo toméis a mal si, pese a todo, después os adelanto —comentó en tono cándido y solo Lissiana demostró carecer de sentido del humor adoptando una expresión agria.

Se tomaba todo el asunto muy en serio, porque el año anterior Charly la había dejado en uno de los últimos lugares. Pero Doug recorría la multitud con la vista, en busca de otro rostro bonito y, al no encontrarlo, optó por preguntar a Francis por Elizabeth.

—¿Nuestra brujita? —preguntó el mayordomo de buen humor—. Echó a correr como impulsada por el viento cuando vos galopasteis hasta la plaza de la aldea al lado de ese sir Leonard. Antes preguntó si ese señor provenía de Glenmorgan y cuando respondí afirmativamente le entró mucha prisa por ayudar a las mujeres a preparar los tentempiés. ¿La habéis enfadado, milord?

Doug frunció el entrecejo.

—No, que yo sepa. Pero ¿desde cuándo vuelves a hablar con ella? ¿Acaso no dijiste que querías colgarla del árbol más alto?

—No, señor —dijo Francis, sonriendo—, no quise decir eso... Y ahora que mi Helen vuelve a estar embarazada...

—¿Tu hija vuelve a esperar un niño? Creí que... ¿No dijo Elizabeth que...?

Doug sintió una sincera alegría por su criado, pero estaba centrado en otra cosa. ¿De quién había escapado Elizabeth tan repentinamente, de él o de sir Leonard?

—Pues resulta que las brujas no son infalibles —dijo Francis en tono alegre—. Pero, mirad, está allí atrás, con su marido, el que toca la fídula.

Entonces Doug también vio la melena rojiza de Elizabeth. Ante el pub, en una esquina de la plaza, habían instalado mesas y bancos, y las aldeanas se disponían a dar algo para refrescarse a los participantes y espectadores de la carrera que no fueran nobles. Reinaba un gran ajetreo y los jinetes se acercaban a las mesas uno tras otro, hambrientos y sedientos. Mientras tanto, los hombres de la aldea se encargaban de los caballos y había mozos de cuadra cuidando de *Cougar* y los demás caballos de los nobles. Las muchachas de la aldea se peleaban por dar algo fresco a aquellos muchachos, en su mayoría jóvenes y con un buen puesto. En realidad, Doug había contado con que Elizabeth también atendiera las mesas y se encontrara con él junto a *Cougar*, pero ella servía dentro del pub, así que él se reunió con los aldeanos y pidió una cerveza. Entonces el virtuosismo de Brian tocando la fídula volvió a llamarle la atención. Tocaba delante del pub y unas cuantas muchachas del pueblo ya bailaban al son de la melodía.

¿Se equivocaba o Elizabeth deslizaba miradas cautelosas sobre los demás hombres sentados ante su mesa? Pero entonces se acercó a él y depositó media pinta en la sencilla mesa de madera.

—Más no, milord, para que no tenga que temer por vos —dijo ella cuando él le lanzó una mirada de reproche e indicó a los demás, a quienes les habían escanciado una jarra bastante más grande—. Vuestro mozo de cuadra llevará la segunda mitad a vuestro caballo. Dicen que la cerveza vuelve más veloces a los caballos; me lo dijo vuestro caballerizo a cambio de unas hierbas para su madre. Está realmente enferma, quiere pediros que le concedáis unos días libres más.

—¡Deja de hablar de los bebedizos mágicos y de mi caballerizo! —dijo Doug, un tanto malhumorado—. ¿Dónde estaba mi hada de la suerte cuando llegué a la plaza?

—Delante de todo, con las mujeres que os vitoreaban, junto a vuestro mayordomo Francis. Pero vos solo teníais ojos para el trasero de cierta dama que galopaba delante de vos. ¿Es que el sentido de la carrera no reside en dejarla atrás? —exclamó, y su rostro de elfo enfadado hizo reír a Doug.

Sus palabras y su rostro delataban que estaba celosa. ¡Así que por eso no se acercó a él! No tenía ganas de servir a Lissiana mientras se encontraba a su lado.

—Aguardad a la segunda parte, milady, entonces *Cougar* ya

mostrará los cascos a la yegua inglesa —dijo uno de los hombres sentado ante la mesa de Doug, soltando una carcajada—. ¡Muy bien hecho, milord!; al menos hasta ahora. Os resultará fácil recuperar los tres o cuatro largos de ventaja que os lleva la dama. Y debéis hacerlo, ¡he apostado el sueldo de un mes por vos!

—¡Y yo el de una semana!

—¡Y yo tres chelines!

Los hombres se superaban los unos a los otros con sus pujas y Doug se mordió los labios y preguntó:

—Y tu marido, Elizabeth, ¿apostó por mí?

—No tenemos dinero para apostar, señor —dijo ella en tono serio—. Nos conformamos cuando el dinero alcanza para comprar grano y leche. Ganar una apuesta nos vendría muy bien, desde luego, pero el riesgo es demasiado grande. Y por cierto: para un par de esos también —añadió, señalando a los mineros sentados en el banco junto a Doug—. Si no ganáis, en poco tiempo algunos de los niños de Caernon pasarán hambre.

Abochornado por sus palabras, Doug regresó junto a su caballo. Debía ocuparse de *Cougar*, pues la tarea que le esperaba no era nada fácil. Pero antes quería echar un último vistazo a Elizabeth, que ese día tenía un aspecto dulce y fresco, como una lozana camarera, cargando con las pesadas jarras de cerveza. Y ella también se volvió una vez más antes de que él se alejara para emprender la segunda parte de la carrera.

—Os deseo mucha suerte. Pero tened cuidado, los hombres se sobrepondrán a una pérdida de dinero, pero si os rompéis el pescuezo, el futuro de Caernon será muy negro. Prefiero no saber qué nuevo señor nos endilgará el usurpador de Glenmorgan si vos morís sin dejar un heredero.

Doug se emocionó. Así que ella temía por él.

—Antaño las damas solían despedir a su caballero con un beso cuando estos se dirigían al combate —dijo en tono burlón, en parte para relajar el estado de ánimo.

Elizabeth negó con la cabeza.

—¡Oh no! El beso era el premio por un combate ganado. Antes de la batalla las damas entregaban una prenda a su señor. Un pañuelo o algo semejante —dijo, rebuscando entre sus prendas, hasta que, un tanto de mala gana, se quitó un diminuto prendedor de su vestido—. Tomad, pero tenéis que devolvérmelo. Es la única joya que poseo, a excepción de mi alianza. ¡Así que no lo perdáis! —le advirtió Elizabeth, depositando el pequeño objeto en su mano.

Conmovido, Doug lo prendió de su jubón. Quizá no tenía ningún valor y solo era una pirita comprada en la feria, pero debía de significar algo para Elizabeth; tal vez era un regalo de su marido...

—Después lo intercambiaré por un beso —dijo, riendo, y se alejó.

¿Se equivocaba o en el rostro de ella apareció una sonrisa tierna y soñadora al tiempo que lo seguía con la mirada?

Cuando reemprendieron la carrera una hora después, *Cougar* parecía descansado. El mozo de cuadra de Doug lo había lavado y la media pinta de cerveza debía de haberle sabido bien. El mozo le dijo que el semental había bebido dos cubos de agua y que había lamido hasta la última gota de cerveza. Charly, de pie a su lado con *Rosie*, tan descansada como *Cougar*, le lanzó una sonrisa maliciosa.

—Un viejo truco, señor, ese de la cerveza. Mi padre ya lo conocía, pero sois un poco tacaño con la cerveza: mi *Rosie* bebió dos pintas.

Y, al parecer, Charly había bebido al menos una. Pero por lo demás se había ocupado de su yegua de un modo ejemplar, también la había desensillado y lavado mientras que los hombres de la aldea se limitaron a dar un poco de comer y de beber a los caballos de los otros participantes.

La salida se desarrolló por orden de llegada y como los primeros aún seguían celebrando y renunciaron a participar en la segunda parte de la carrera, Lissiana fue la primera en salir, seguida de inmediato por el joven baronet de Rhondda, cuyo caballo cojeaba. No llegaría muy lejos con él, en realidad no debiera de haber tomado la salida, pero o su orgullo se lo impedía o bien sabía tan poco de caballos que la cojera se le pasó por alto.

Leonard parecía muy combativo y el vino le había enrojecido la cara. En la tienda de los nobles no habían servido cerveza, desde luego. En todo caso, hizo galopar a su caballo en el acto y se unió a los purasangres tras tomar la salida a un lado de Doug, quien también cabalgaba con rapidez; sin embargo, dejó que *Cougar* permitiera que *Rosie* se adelantara una vez más. La pequeña yegua luchaba con el coraje de una leona, tratando de impedir que los purasangres se distanciaran demasiado. En el camino junto al río se quedó atrás, por supuesto, pero de todos modos el pelotón se dividió un poco más adelante. Lissiana también abandonó el camino y galopó hacia el bosque, pero no osó adentrarse entre los árboles, sino que galopó a través de los campos y rodeó la primera zona boscosa. Allí los prados estaban divididos en pequeñas parcelas y la yegua saltó por encima de las cercas sin esfuerzo. Con cierta pena, Doug pensó en el caballo del hijo menor del barón de Rhondda, que seguía a la yegua de Lissiana con valor. Si el jinete tardaba mucho más en recuperar la sensatez, destrozaría aquel magnífico corcel.

En cambio, Charly y Doug no se dejaron amilanar y el caballo y la yegua se adentraron en el bosque y así lograron acortar camino avanzando a lo largo de sinuosos senderos. *Rosie* tomaba las curvas sin tropezar ni una vez, y cuando ella y Charly comenzaron a fatigarse, Doug y *Cougar* se pusieron en cabeza.

—¿Conocéis el bosque? —preguntó Charly sorprendido, galopando detrás del semental.

Doug asintió con la cabeza.

—¡Me crié aquí! Conozco cada árbol de este bosquecillo. Más cerca de Rhondda la cosa se complica y tú tendrás que ponerte en cabeza.

—¡Si para entonces no me habéis dejado completamente atrás! —exclamó Charly.

—No tengo intención de hacerlo —dijo Doug, encogiéndose de hombros—. A ningún caballo le gusta correr solo. Juntos tenemos más posibilidades de vencer a los purasangres. Pero en los últimos metros no te regalaré nada, ¿está claro?

—Si para entonces no soy yo quien os ha dejado atrás —dijo Charly con una sonrisa maliciosa.

Cuando ambos abandonaron el bosque, sus cabalgaduras aún estaban bastante frescas, ya que solo pudieron recorrer los estrechos senderos al trote. Cuando se volvieron, vieron que Lissiana saltaba por encima de la penúltima cerca, el próximo salto volvería a conducirla al camino principal a lo largo del cual también galopaban Doug y Charly. El baronet de Rhondda y su caballo habían desaparecido. Lissiana espoleó su yegua cuando alcanzó el camino y en unos instantes dio alcance a los dos hombres. No se dignó mirar a Charly, pero lanzó una media sonrisa a Doug al pasar junto él.

—Ahora os concederé otro vistazo de mi trasero.

—¿Dónde está el pequeño baronet? —gritó Doug.

—Ha caído, allí atrás en alguna parte —respondió la muchacha encogiéndose de hombros.

Doug no le preguntó si estaba herido; era obvio que Lissiana no se había detenido ni había comprobado si el muchacho se encontraba bien y ya se había adelantado demasiado como para poder contestar.

—¡Esa es un mal bicho! —dijo Charly cuando *Rosie* volvió a situarse junto a *Cougar*—. Perdón, milord.

Lissiana también se aventuró en el bosque siguiente, bastante menos tupido que el anterior; o ya había explorado el bosquecillo o bien creyó ver la torre de la iglesia de Rhondda entre las copas de los árboles. No obstante, Charly enfiló un sendero lateral de inmediato; *Rosie* galopaba con entusiasmo. Se acercaban lentamente a su aldea y la yegua ansiaba llegar a su establo; los senderos que cogió para alcanzarlo eran muy peligrosos y la yegua purasangre de Lissiana no hubiese podido recorrerlos sin tropezar y tambalearse, pero los cobs pequeños y robustos trotaron tranquilamente y sin vacilar por encima de troncos caídos, y a través de zonas pantanosas y ramas bajas, ante las que Doug y Charly se inclinaban sobre los cuellos de sus animales y se veían obligados a confiar en la vista de estos. Si hubieran alzado la cabeza habrían chocado contra las ramas.

Pero todo eso no les sirvió de mucho. Cuando dejaron atrás el bosquecillo, vieron que Lissiana ya galopaba a lo largo del camino que se extendía ante ellos y en ese momento giraba en dirección al arroyo de Dorson.

—¿Tu yegua es capaz de saltar por encima del arroyo? —le preguntó Doug a Charly, que galopaba a su lado. Estaban concentrados en no rezagarse.

—¡Seguro, milord! Pero mirad: el agua parece intimidar a la yegüita de milady.

Y, en efecto, al alcanzar la orilla del arroyo, la yegua de Lissiana clavó las patas en la tierra y se negó a saltar. Doug enseguida se dio cuenta del motivo: había llovido mucho en los últimos días y el arroyo bajaba crecido. Quizá Lissiana solo había practicado el salto después de varios días secos y cuando el agua del arroyo era escasa. Casi se cayó de la silla a causa de la súbita parada, pero se enderezó con rapidez, hizo que la yegua diera media vuelta y volvió a prepararse para saltar. Pero el animal volvió a negarse.

Entre tanto, Doug y Charly alcanzaron el arroyo. Doug titubeó, la cortesía exigía que cediera el paso a la dama, pero a Charly la caballerosidad le era ajena.

—¡Abrid paso! —gritó, y *Rosie* se adelantó a la desconcertada muchacha.

—¡Perdón, milady! —dijo Doug, azuzando a *Cougar*.

El semental estuvo a punto de detenerse, porque *Rosie* tenía una manera un tanto curiosa de superar el arroyo. Era demasiado pequeña para saltar por encima de todo el obstáculo, pero, como era muy valiente, aterrizó con las cuatro patas en el arroyo y luego recurrió a todas sus fuerzas y saltó por encima de la cerca. Era un logro considerable, pero que pareció irritar a *Cougar*. Doug le clavó las espuelas y *Cougar* saltó, tal vez por miedo a que la yegua lo dejara atrás o quizá gracias a la energía del jinete. Saltó casi sin tomar impulso y de manera tan abrupta que casi derribó a Doug, pero logró alcanzar la otra orilla sano y salvo y galopó en pos de *Rosie*. Ambos hombres intercambiaron una sonrisa y sus cabalgaduras avanzaron a paso rápido. Entonces oyeron golpes de cascos a sus espaldas.

—Nos alegramos demasiado temprano, al parecer —comentó Charly.

Lissiana ya se encontraba justo detrás de ellos. Arrastrada por los otros dos caballos y cruelmente espoleada por su ama, la yegua había superado su temor. Lissiana había logrado atravesar el arroyo de Dorson, y su yegua galopó y dejó atrás a los otros dos sin el menor esfuerzo.

—Supongo que todo ha acabado —murmuró Doug.

—Depende de vuestro coraje, milord. Aún nos queda el pantano —replicó Charly, negando con la cabeza.

El camino que daba a los prados pantanosos estaba un poco más allá; Doug reflexionó. El camino enfilado por Lissiana trazaba un amplio arco rodeando la zona pantanosa, pero si tomaban el camino directo podían ahorrarse al menos dos millas. Sin embargo...

—¿Conoces el terreno?

Charly asintió haciendo una mueca.

—¿Os parece que quiero estirar la pata hoy mismo? Claro que siempre se corre cierto riesgo...

Doug sabía a qué se refería. Un pantano era cambiante, sobre todo tras las lluvias torrenciales de los últimos días que habrían hecho que muchos senderos firmes desaparecieran y que las zonas poco profundas se convirtieran en fangales hondos.

Allí estaba el cruce de caminos; la yegua de Charly galopó hacia la derecha. «Si perdéis la carrera, los niños pasarán hambre...» Doug recordó las palabras de Elizabeth y dejó que su caballo también girara a la derecha. El semental siguió a la hirsuta alazana a lo largo de un sendero que al principio era ancho, pero no tardó en estrecharse. Después Doug ya no fue capaz de distinguir ningún sendero, pero Charly no se dejó confundir. Con la seguridad de un sonámbulo su yegua buscaba su camino y Doug solo tenía que obligar a *Cougar* a seguir sus huellas. A veces galopaban, otras avanzaban al trote y un par de veces tuvieron que ir al paso porque el sendero parecía demasiado estrecho. Entre tanto, Doug se relajó y casi logró disfrutar de la cabalgada. Iluminado por el sol, el brezal presentaba un aspecto maravilloso; el resplandeciente cielo azul y algunas nubecillas se reflejaban en los charcos, a veces círculos perfectos; el terreno, de aspecto engañosamente firme, estaba cubierto de suave hierba y parecía una alfombra de terciopelo y de entre los juncos no dejaban de surgir aves que protestaban a voz en cuello por la irrupción. En aquel lugar era mejor no montar un caballo nervioso, ya que si se espantaba cuando las aves levantaban el vuelo de repente, podía dar un brinco lateral de consecuencias fatídicas. *Rosie* y *Cougar* parecían indiferentes, pero ambos relincharon satisfechos cuando sus cascos volvieron a pisar tierra firme.

Ante los dos jinetes apareció el camino a Rhondda, ancho y transitable. Lissiana estaba mucho más atrás que ellos. Sin duda lograría acercarse a lo largo de la última milla, pero ya no tenía opciones reales de ir en cabeza. O Doug o Charly ganarían la carrera.

—¡Ha llegado la hora! —gritó Charly, y espoleó la yegua para el esprint final.

Doug vaciló un instante al tiempo que *Cougar* ya se echaba a galopar. En realidad el triunfo le correspondía a Charly, porque Doug nunca hubiera osado atravesar el pantano a solas. Pero por otra parte llevaba el pequeño prendedor de pirita de Elizabeth y quería salir victorioso: «Entonces lo intercambiaré por un beso...»

Cuando pasaron junto a las primeras casas de Rhondda, *Cougar* y *Rosie* iban parejos. Al borde del camino ya se habían apostado numerosos espectadores que vitoreaban y animaban a los jinetes. Doug se preguntó si debía mantener el tándem: si ambos jinetes alcanzaban la meta al mismo tiempo, podrían compartir la victoria. ¡Pero detrás de ellos se acercaba Lissiana! En el trecho recto su yegua debía de haber desarrollado una velocidad increíble y Lissiana no dejaba de azotarla con la fusta. Incluso los dos pequeños y robustos cobs se asustaron al oír el silbido de la fusta en el aire y los golpes sobre el cuerpo jadeante y empapado de sudor a sus espaldas. Doug olvidó toda caballerosidad y espoleó a *Cougar*. El semental reunió todas sus fuerzas y galopó hacia la torre de la iglesia como un poseso y también *Rosie* aceleró para no quedar rezagada. Ambos animales atravesaron la meta con una velocidad impresionante, *Cougar* superó a *Rosie* por una cabeza y *Rosie* a la yegua de Lissiana por medio cuello.

—¡Vaya, qué carrera! —gritó Charly, se dejó caer de la yegua y recuperó fuerzas con una pinta de cerveza—. Un gran caballo, milord —añadió, dirigiéndose a Doug y acariciando las dos cabalgaduras—. ¡Qué gran caballo!

Lissiana no era tan buena perdedora. Con gesto furibundo, arrojó las riendas de la yegua a un mozo de cuadra.

—Cabalgar a través del pantano es una locura —le espetó a Doug—. La próxima vez todos lo harán y la mitad perecerán.

Doug se rio.

—¡Vaya, milady! ¿De pronto os preocupáis por la salud de los demás jinetes? Cuando el joven baronet de Rhondda cayó del caballo mientras os perseguía, vuestra preocupación fue bastante menor. No os enfadéis, sois una excelente amazona y habéis hecho una excelente carrera, pero resulta que contra la hija de un poni salvaje de las montañas... —dijo, acariciando las crines de *Rosie*— y un amante experto —añadió, lanzándole una sonrisa descarada al tiempo que acariciaba a *Cougar*— no es fácil ganar. Durante la cacería de otoño os daré la revancha.

—Todavía falta mucho para la cacería de otoño —contestó Lissiana de morros.

Pero su ira por la derrota se redujo tras echar un vistazo al rostro travieso de Doug y a su figura esbelta y musculosa bajo el traje de montar empapado en sudor. Puede que aquel hombre fuese mejor jinete que ella, pero en otros terrenos lograría someterlo.

—Prefiero que ya me deis un premio de consolación que seque mis lágrimas. ¿Qué os parece un beso?

Lentamente y con cierta torpeza, adrede para que su traje de amazona se deslizara hacia arriba y dejara ver sus pantorrillas, se escurrió de la silla de montar. Doug le rodeó la cintura y aspiró su aroma, una mezcla embriagadora de perfume floral, sudor equino y piel acalorada. El moño se había soltado casi por completo y las mechas oscuras y sudorosas enmarcaban su rostro sonrosado y encendido.

Doug sabía que estaba alimentando el cotilleo de la aldea durante semanas, pero daba igual: le gustaba besarla. ¿Quién se hubiese perdido esa recompensa tras la salvaje cabalgada? ¿Qué hombre no hubiese cedido ante aquellos labios suaves y húmedos que se entreabrían?

Riendo, la rodeó con el brazo y presionó sus labios con los suyos. Pero no se trataba de un premio de consolación: la besó con insistencia, como un vencedor, y ella se presionó contra él como si todavía quisiera más, allí mismo. Los aldeanos que los rodeaban aplaudieron y soltaron impertinencias. En vez de vitorear a los jinetes, se dedicaron a jalear a los que se besaban. Solo Charly no se dejó impresionar: la mirada que lanzó a la dama era de indiferencia y casi de desprecio. Cuando condujo a *Rosie* hasta el improvisado podio del vencedor, parecía querer decir algo, pero reprimió el comentario.

Mientras tanto, Doug notó que la yegua de Charly trataba de pegarse a *Cougar*. El semental volvió a relinchar y por lo visto solo su buena educación impidió que se acercara a la yegua. Doug se rio y le palmeó el cuello.

—Parece que nuestros caballos también desean recibir un beso de recompensa —dijo, dirigiéndose a Charly—. Aunque dudo que *Cougar* se diera por satisfecho con eso. Si te apetece, ven mañana con *Rosie* a mis caballerizas y entonces los dejaremos juntos. Creo que un potrillo de *Cougar* también sería una buena manera de darte las gracias.

Charly lo contempló con expresión atónita.

—¿Un apareamiento gratuito? ¿Un potrillo de *Rosie* y *Cougar*? —preguntó el joven, presa del entusiasmo—. Eso vale mucho más que el premio del vencedor. ¡Ya lo veréis, milord!, en un par de años el potrillo ganará esta carrera.

Una alegría casi sobrenatural iluminó el rostro de Charly. Era mozo de cuadra de las caballerizas del barón de Rhondda y *Rosie* solía arrastrar el arado de su padre. Los diez peniques de cobre que Doug acostumbraba a cobrar por aparear una yegua con *Cougar* eran una fortuna para él. Excitado por su premio y un poco achispado por la cerveza apresuradamente bebida, se atrevió a hacer el comentario antes reprimido.

—Pero... milord... con respecto a vuestro premio... ¿Pensáis cortejar a lady Lissiana?

Doug se encogió de hombros.

—Las cosas aún no han llegado a ese punto, pero ¿qué quieres decir, muchacho? ¿Acaso ya te ha sido prometida a ti?

Soltó una carcajada y le palmeó el hombro con gesto amistoso. Pero no había contado con la mirada espantada del muchacho.

—¿A mí? ¡Por amor de Dios, señor, no la aceptaría ni con todos sus castillos!

Doug soltó otra carcajada.

—¡Vaya, vaya, esas no son las palabras de un caballero! ¿Qué es lo que te asusta tanto de ella, muchacho? Es muy hermosa.

Charly se ruborizó.

—Perdonadme, señor, mis palabras fueron impropias. Claro que lady Lissiana es muy hermosa, pero... no tiene corazón. No para con los caballos —dijo, indicando la yegua de Lissiana con la cabeza, que permanecía junto al mozo de cuadra, exhausta, temblorosa y ensangrentada por las espuelas. Lissiana ni siquiera se había dignado mirarla—. Y tampoco para con las personas. Durante la última cacería uno de los jinetes cayó ante ella al saltar; era un muchacho humilde de su aldea que se atrevió a participar en la cacería montando en el poni de su padre y, encima, sin silla. Ella podría haberse detenido con facilidad, yo lo vi. Pero quería ser la primera en galopar tras la jauría y no aguardó a que el muchacho se pusiera de pie, sino que saltó por encima de él con su caballo. Un casco le golpeó la cabeza. Sobrevivió, pero se quedó idiota.

Doug se estremeció.

—Pero seguro que no lo hizo adrede, tuvo que ser un accidente; tal vez no pudo refrenar al caballo.

—Creed lo que os parezca, milord —replicó Charly, encogiéndose de hombros—. ¡Pero tened cuidado! Lo que es seguro es que, si algo se interpone en su camino, ella lo aplastará con los cascos de su caballo.

El barón de Rhondda —que se disponía a entregar la copa del triunfo— interrumpió la conversación. Doug aceptó el trofeo con una sonrisa y Charly también se alegró de recibir el barril de cerveza que constituía el segundo premio. Lo hizo abrir enseguida y apaciguó los ánimos de todos cuantos habían apostado por él y habían perdido con una pinta gratuita de cerveza.

—Solo tenéis que aguardar, dentro de cuatro años montaré un potrillo hijo de *Rosie* y *Cougar* —dijo, consolando a sus desilusionados seguidores—. ¡Entonces nadie me vencerá!

Doug pasó unos momentos sentado junto a Lissiana, pero las lisonjas y las chanzas que intercambió con ella no eran sinceras. Pensaba en Elizabeth. ¿Ya sabría que había ganado la carrera para ella? Le hubiera gustado decírselo él mismo y si todavía quería lograrlo debía partir pronto, pero *Cougar* se merecía un descanso; y, de todos modos, no podía cabalgar de regreso a Caernon a un ritmo demasiado veloz. A lo mejor tenía que haber ordenado a su mozo de cuadra que acudiera con un caballo de repuesto, tal como hizo Lissiana. A ella la aguardaba su pequeño carro de caza y su cob trotón. Su mozo de cuadra llevaría la yegua a casa, «si bien tendrá que regresar andando», pensó Doug al ver la yegua en la plaza de la aldea: la elegante yegua de carreras inglesa estaba coja.

Lissiana se encogió de hombros.

—Vaya, no servía para galopar por estos terrenos. Ya veremos, quizá eche un vistazo a la pequeña yegua que tenéis en vuestras caballerizas...

Doug no dijo nada, pero para sus adentros ya buscaba una excusa. Hacía tiempo que la pequeña yegua negra ansiosa de recuperar su libertad había regresado a las montañas, y, aunque iba a ser una animal adulto, Lissiana no la montaría hasta reventarla.

Por fin logró ponerse en marcha. *Cougar* lo llevó de regreso a la aldea de Caernon a paso lento. Allí proseguía la fiesta y Doug sintió una pequeña punzada de celos al ver al viejo Dick bailando con Elizabeth. Su pierna entumecida no parecía molestarlo en absoluto, pero Brian tampoco tocaba las melodías más desenfrenadas para el viejo capataz. Claro que todos ya sabían que su señor había ganado la carrera, y cuando lo vieron llegar lo saludaron dando vítores y enviaron a una pequeña niña rubia para darle la bienvenida. Sonriendo, Doug aceptó una pinta de cerveza de manos de la excitada pequeña, pero buscando a Elizabeth con la mirada. Ella lo saludó con la cabeza, pero no se abrió paso a través de la multitud que lo jaleaba. Los hombres insistieron en beber a su salud por la victoria y él no quería decepcionarlos. Elizabeth llevó a *Cougar*, acompañada por el entusiasta vocerío de los bebedores, un cubo de agua en el que había vertido una pinta de cerveza. El semental bebió grandes sorbos y la gente aplaudió.

—Un bebedizo mágico de nuestra bruja —balbuceó Francis, que ya estaba bastante borracho.

Doug le indicó a Dick que se acercara y le ordenó que al día siguiente diera el día libre a los mineros.

—Hoy todos ellos están borrachos y mañana estarán enfermos. Es demasiado peligroso que bajen a la mina.

Dick asintió y al informar a los mineros del día libre estos prorrumpieron en más aplausos.

—No les faltará dinero —gruñó—, hoy han ganado más de lo que suelen ganar en un mes.

«Excepto Brian», pensó Doug, y lanzó una mirada de soslayo al joven intérprete de la fídula, que no parecía tan contento como los demás. Si daba crédito a las palabras de Elizabeth, su familia necesitaba cada penique. Por lo demás, ese día debía de haber hecho buenas ganancias en el pub; Doug decidió que, antes de irse, le dejaría una pequeña suma de dinero a John destinada a Brian, pero todavía tardó un buen rato en marcharse. Finalmente, tuvo que escabullirse casi en secreto, porque cada vez que intentaba despedirse los hombres querían volver a beber a su salud. Se sorprendió al ver a Elizabeth aguardándolo junto a *Cougar*.

—Quería recuperar mi prenda —dijo ella, sonrojándose.

La joven parecía un tanto fatigada tras haber hecho de camarera, pero la alegría por la victoria de Doug y las ganancias de los aldeanos le iluminaban la cara. Tenía la piel encendida, los ojos brillantes y los rizos desgreñados, entre otras cosas porque *Cougar* había hundido el morro entre su pelo. Doug no pudo evitar sentir envidia por el semental... Él también quería su recompensa.

—Hablamos de un intercambio, ¿verdad? —preguntó, apartando a *Cougar* y apoyando las manos en los hombros de la joven.

Jugueteó con sus rizos al tiempo que ella quitaba el prendedor del jubón de Doug. Era bonito estar tan próximo a ella y anhelaba que le ofreciera sus labios, pero Elizabeth se separó en cuanto hubo soltado el prendedor.

—Hablamos de una recompensa, pero en realidad ya la habéis recibido, ¿no? ¿Quién soy yo para besar los mismos labios que hace un momento pertenecieron a lady Blaemarvan? No quisiera interponerme entre vos y esa dama —dijo, se volvió y se alejó con pasos cadenciosos.

Doug hubiese podido detenerla; estaba a punto de soltarle una ironía, de regañarla por su crueldad con su caballero, decirle una coquetería, hacerle una pregunta sobre el baile en la plaza de la aldea, puesto que podría haber regresado en cualquier momento..., pero las últimas palabras de ella provocaron que un escalofrío le recorriera la espalda. «Si algo se interpone en su camino, ella lo aplastará con los cascos de su caballo»: las palabras de Charly refiriéndose a Lissiana.

¿Acaso exponía a Elizabeth a un peligro en el que nadie había pensado?

7

Durante las semanas siguientes, Doug no tuvo mucho tiempo de preocuparse por Elizabeth y Lissiana. La cosecha estaba a punto de comenzar y él estaba muy ocupado en supervisar la siega y la trilla de los cereales en sus propiedades y dirigir los carros cargados a los graneros, y todo ello sin perder de vista el clima. De vez en cuando él mismo cogía la guadaña o la horca cuando aparecían nubes de tormenta y eran necesarias muchas manos. *Cougar* también dejó de ser un caballo de carreras y le tocó arrastrar pesados carros cuando se trataba de transportar la paja hasta el granero antes de que cayera un chaparrón. Por fin llegaron los carros de los aparceros con los tributos anuales y Doug maldijo su falta de previsión. Resultó que en el castillo nadie sabía leer y escribir lo bastante bien como para apuntar los productos y entregar recibos adecuados a los campesinos. Así que Doug también tuvo que hacerse cargo de esa tarea, que además detestaba. El escritorio no era su territorio predilecto, prefería trabajar en los campos y hubiera intercambiado su tarea con uno de los jornaleros que formaban haces de heno y bromeaban con las muchachas que los ataban en vez de quedarse sentado en el escritorio contando minuciosamente los sacos de cereales.

Pero tampoco quería escaquearse y, ya que no le quedaba más remedio que cumplir con obligaciones que le desagradaban, también organizó el banquete para sus nobles vecinos y para el duque de Glenmorgan. Solo cuando todos confirmaron su asistencia se dio cuenta de que iba a perderse la fiesta de la cosecha en la aldea, pues las fiestas estaban convocadas para el mismo día. Sus criados y sus galopillas protestarían, pero ya no podía cambiar la fecha. A decir verdad, él hubiese preferido bailar con las muchachas de la aldea en vez de recibir al duque, hacia quien no albergaba sentimientos demasiado amistosos. Ignoraba si los rumores de que el hombre no había obtenido el ducado de manera honorable eran ciertos. Cuando Doug emprendió viaje para ver mundo, el antiguo duque aún gobernaba Glenmorgan, pero la breve visita de cortesía del nuevo a los pocos días de regresar Doug le bastó a este para comprobar que su señor era bastante antipático. Osbert de Glenmorgan era grosero y gritón, un patán de malos modales, pero un gran luchador. Gobernaba el ducado con mano de hierro, exprimía a los campesinos y a los mineros hasta la última gota de sangre y trataba a los caballeros bajo su mando con mucha severidad. Cuando Doug se presentó como el nuevo señor de Caernon, no tardó ni un momento en informarle de que iba a aumentar los impuestos a sus aldeanos.

—Vuestro padre a menudo era un tanto laxo. La mina podría producir mucho más, así que encargaos de que los ingresos aumenten, entonces todos estaremos satisfechos.

Doug había asentido con aire sumiso; para sus adentros calculó que los nuevos impuestos eran asumibles sin que su gente se viera obligada a vestir harapos y apartara la vista con temor en cuanto aparecía un jinete, como les ocurría a los que trabajaban para Glenmorgan. «¡Espero que el duque no note el ajetreo festivo en Caernon!», pensó; porque, de lo contrario, seguro que se llevaría la impresión de que el condado era más rico de lo que realmente era y que el gobierno de Doug era tan laxo como el de su padre. Doug se esforzó por mostrarse amable y envió una escolta de jóvenes caballeros al duque; estos iban a conducirlo directamente al castillo sin atravesar la aldea. Allí iba a entretenerlo con un par de competiciones de caballos y a explicarle en qué consistían las instalaciones defensivas del castillo. De todos modos eso le interesaría más al entusiasta luchador que los ingresos obtenidos por la cosecha. A Doug le interesaba bastante menos; él era un buen combatiente, pero no temía que asediaran el castillo de Caernon. Por otra parte, no se sabía qué pugnas podía urdir el duque; si los rumores eran ciertos, había tenido conflictos con todos los gobernadores e incluso se había enfrentado al rey de Inglaterra. Lissiana y su padre también llegaron por la tarde, acompañados de un par de caballeros listos para participar en una justa. Lissiana adoraba las competiciones de caballos y a su padre le agradaban las competiciones de todo tipo.

—¿Os veremos desfilando? —preguntó el conde en tono animado a Doug—. ¿O en el combate con espada? ¡Vamos, no seáis modesto: a vuestra edad no se preside un torneo, se participa en él!

Doug no tenía ganas de contestarle que no los había convocado a un torneo y que el espectáculo solo estaba destinado a entretener al duque. Si no quedaba más remedio se mediría con un par de sus hombres en un combate de exhibición. Lanzando un suspiro, ordenó a su nuevo caballerizo que preparara a *Cougar*.

Charly, el joven jinete de carreras, asintió con el entusiasmo habitual. Al día siguiente de la carrera, cuando Charly llevó su yegua a las caballerizas, Doug lo contrató de inmediato; su último caballerizo se había despedido definitivamente y consideró que Charly era ideal para ocupar el puesto; en aquel momento volvió a demostrarlo al preguntar:

—¿De verdad queréis que ensille a *Cougar*? Teniendo en cuenta que se trata de un torneo, ¿creéis que podréis batir a sir Leonard montando a *Cougar*? ¿No sería mejor ensillar la yegua de batalla de vuestro padre?

Doug se encogió de hombros.

—Esa no está entrenada, Charly. Sé que debiera haberlo hecho, pero tenía demasiadas cosas que hacer. Casi no ha salido del establo desde que murió mi padre.

Charly negó con la cabeza y le lanzó una sonrisa pícara.

—No es exactamente así... Ando entrenándola desde que estoy aquí, porque... bien, prometisteis una revancha a la dama durante la próxima cacería. Y ahora no podéis negaros. Y la gorda de vuestro padre puede saltar, lo he probado.

Doug tuvo que reír.

—Piensas en todo. De acuerdo, ensilla la gorda. Por cierto: la gorda se llama *Priscilla* y tiene antepasados daneses, ¡así que trátala con un poco más de respeto!

—¿De qué dama habláis? —oyó preguntar a Lissiana con su voz aterciopelada—. ¿Tengo motivos para estar celosa?

Doug se preguntó cómo pudo dejar de notar su presencia, pero tal vez se había separado de su padre y del duque, que debían de estar inspeccionando las instalaciones defensivas, algo que seguramente aburriría a Lissiana... y también estaba convencido de que nadie habría notado su ausencia.

—¿Es que aquí nadie se hará cargo de mi caballo? —preguntó, lanzando una mirada de reproche a Charly.

El joven se apresuró a coger las riendas de su caballo pese a que en realidad dicha tarea le correspondía a un mozo de cuadra, pero Charly todavía no se había acostumbrado a su nuevo rango y se alejó con el caballo blanco al tiempo que Lissiana abandonaba el establo junto con Doug.

—Mi padre y el duque se dedican a hacer interminables comentarios sobre el mecanismo del puente levadizo —dijo, suspirando—. Así que me puse a cabalgar y aquí estoy. Las murallas defensivas solo me interesan... si yo misma puedo derribarlas —añadió con una sonrisa. Alzó la mano y deslizó los dedos por el rostro de Doug, desde el pómulo hasta su cuello con gesto lascivo. Luego rozó su jubón de seda con expresión admirativa.

»¿Dónde está vuestra armadura, milord? ¿Acaso no teníais la intención de mediros ahora mismo con los caballeros del duque? Pensé que primero os daría mi prenda; ¿o es que no queréis combatir por vuestra dama? —Se acercó a él, alzó la cabeza y le ofreció sus labios entreabiertos.

Doug sonrió. Lissiana volvía a presentar un aspecto maravilloso: llevaba un vestido de verano de seda de color verde pálido y el lazo de terciopelo verde oscuro alrededor del cuello realzaba su escote. Ese día su piel inmaculada olía a manzanas y flores estivales, y solo una cinta verde sostenía su cabellera. En general la llevaba suelta, como correspondía a una mujer soltera. Doug admiró las ondas brillantes y pesadas que le rozaban la cintura, pero no pudo evitar la comparación con los cabellos rizados y ligeros como una pluma de Elizabeth, que el viento siempre parecía arremolinar en torno a ella.

—¿Quién no querría alcanzar la gloria por una mujer tan bella? —preguntó galantemente y enrolló una de las largas mechas en torno a un dedo con gesto juguetón—. Pero lo dicho: esto no es un combate, ni siquiera un torneo. Aún ignoro si participaré.

—Todavía me debéis una revancha —dijo ella—. Y no solo en la silla de montar...

Entre tanto, habían remontado la escalera hasta el adarve del castillo. Desde allí podían divisar al duque y su séquito, pero las intenciones de Lissiana eran otras.

—Mi padre habló de un torneo. ¡Vamos, Doug, hacedme ese favor! Siempre he deseado ver partir a mi caballero al combate llevando mi prenda, como las damas de antaño.

Doug volvió a recordar a Elizabeth, que antes de la carrera le prestó su prendedor de la suerte. ¿Qué le daría Lissiana?

Lissiana se apretó contra él. El adarve estaba desierto y a ella le resultaba excitante coquetear en aquel lugar. Doug percibió su tensión y el estado de ánimo también lo afectó a él. El panorama de las tierras, la suave brisa y las banderas ondeando; en las viejas novelas de caballería el héroe besaría a la heroína. Abrazó a Lissiana de manera espontánea, sus labios eran dulces y suaves y su lengua, exigente.

—¿Os dais por satisfecha con esto? —preguntó, jadeando.

—No del todo. Pero primero tenemos que hablar de la prenda. ¿Qué queréis? ¿La cinta que sujeta mis cabellos? —Se quitó la cinta de terciopelo y sus rizos enmarcaron su rostro como un torrente de sensualidad—. ¿O tal vez el lazo que me rodea el cuello? —añadió, acariciando el esbelto cuello y dejando que el lazo se deslizara casi hasta sus pechos—. ¿O algo más íntimo? ¿Queréis que abra disimuladamente mi corpiño?

Metió la mano en el escote y con un leve movimiento sacó la cinta de seda blanca que sujetaba los bordes del corpiño de encaje, que seguía oculto a la vista, pues el ceñido vestido impedía que el corpiño se desplazara; sin embargo, la excitación se apoderó de Doug. Si le desabrochaba el vestido, el corpiño se deslizaría hacia abajo y solo un par de botones de seda lo separarían de sus pechos blandos y blancos como la nata.

—¿O quizá queréis mi liguero? Pero tendréis que soltarlo vos mismo...

Lissiana apoyó un pie en la muralla, deslizó la falda hacia arriba y le ofreció la vista de sus muslos. Las piernas largas y bien formadas estaban envueltas en medias de color verde manzana, sostenidas por cintas verde oscuras.

Doug casi se sonrojó. No era la primera vez que veía piernas femeninas, pero aquel vistazo sensual por debajo de la falda... No pudo controlarse y, presa de la avidez, se arrodilló ante ella, soltó la cinta y le cubrió los muslos de besos. Recorrió el contorno de sus rodillas con un dedo, le cosquilló la delicada corva con la lengua y deslizó la mano hacia arriba hasta que ella gimió de placer. Después deslizó la media hacia abajo lentamente y empezó a acariciarle los muslos y las pantorrillas; y luego volvió a avanzar hasta la delicada seda que cubría el rosado portal de su voluptuosidad. Trazó pequeños círculos con el dedo por encima de la fresca tela y notó que se humedecía. El aroma de Lissiana lo embriagaba, sus faldas lo envolvían casi por completo y era como si no solo su boca y su mano, sino todo su cuerpo, se encontraran ante aquella oscura caverna del deleite, dispuestos a sumergirse por completo en la tibieza y el dulzor. Él apartó la seda de su monte de Venus y empezó a besarlo. Ella se retorcía bajo sus caricias, encontró un lugar donde apoyarse y empujó el bajo vientre hacia delante. El suave vello de su pubis cosquilló los labios a Doug. Pensó en Elizabeth y, al instante, una oleada de lujuria lo arrastró. En su fantasía, sus labios no se abrían paso hasta la rosa de Lissiana, sino que acariciaban el vello dorado de Elizabeth, buscaban sus labios sonrosados allí donde entonces exploraba el secreto más profundo de Lissiana. Succionó sus carnes tibias y delicadas, las excitó con la lengua y siguió penetrando en ellas hasta que se agitaron y temblaron... al tiempo que imaginaba saborear la boca de Elizabeth, jugar delicadamente con ella y llevarla hasta las orillas del placer.

A punto de alcanzar el éxtasis, Lissiana se estremeció soltando suaves gritos, su sexo se humedeció aún más, el sabor era dulce y el aroma se intensificó. Pero el grito que soltó exigiendo satisfacción era áspero, no dulce y melódico como el que él imaginó que proferiría Elizabeth al alcanzar la dicha... E hizo que Doug volviera a la realidad. ¿Qué estaba haciendo? ¿Satisfacía a una muchacha y pensaba en otra? ¿Se permitía tocar a la hija de un lord en un lugar casi público como el adarve de manera tan impúdica? ¿Y si alguien hubiese pasado por allí? Doug se apresuró a ponerse de pie.

—¿Qué pasa, señor? —preguntó Lissiana, confusa y sin aliento. Tenía las mejillas enrojecidas y los labios húmedos, pero su mirada era acusadora. El corazón le palpitaba como un caballo desbocado, había estado a punto de estallar de placer, pero lo único que sentía era una pulsación dolorosa en sus carnes excitadas pero insatisfechas—. ¿Por qué volvéis a dejarme así? Estaba a punto... ya veía las orillas del éxtasis, pero no me habéis dejado alcanzarlas. ¿Qué os sucede?

—Veo... veo venir al duque, con vuestro padre. Debemos bajar —tartamudeó Doug. En efecto: los hombres estaban cabalgando a través del puente levadizo, pero no podía haberlos visto llegar desde debajo de sus faldas, por supuesto.

Lissiana frunció el entrecejo con expresión muy disgustada.

—Os lo advierto: no permitiré que juguéis conmigo eternamente. ¿En qué estabais pensando, Doug de Caernon, mientras vuestra lengua jugaba con mis secretos?

Doug se sonrojó.

—Quizá haya perdido la práctica, milady. Pero ahora debéis arreglar vuestro atuendo. El duque de Glenmorgan se lo tomará muy mal si no lo recibo en el patio del castillo.

Lissiana se sujetó la cinta de los cabellos y volvió a ponerse el lazo de terciopelo en torno al cuello. No se prendió el corpiño; nadie lo notaría, solo Doug sería consciente de la belleza indómita que se ocultaba bajo su vestido, pero a él eso parecía resultarle bastante indiferente. Ella no se percató de que él aún temblaba cuando bajó al patio a toda prisa: un ansia también lo hacía palpitar, un ansia que Lissiana era incapaz de satisfacer...

El duque de Glenmorgan era un hombre alto, robusto y musculoso. Hasta Doug, que era más alto que la mayoría de sus hombres, se veía obligado a alzar la cabeza para mirarlo a la cara. No obstante, lo que veía no le agradaba demasiado: Osbert de Glenmorgan tenía los ojos grises y fríos; el pelo oscuro, un tanto ralo, le llegaba a los hombros, al igual que a la mayoría de los caballeros, pero no formaba rizos, sino que caía en una melena desordenada y grasienta. Tenía los labios carnosos y la nariz puntiaguda de un azor. Un hombre escasamente apuesto, pero al que había que tomarse muy en serio. Nadie igualaba a Osbert en las justas y lo consideraban un estratega nato. Además, era rico y divertido.

Doug comprobó que Lissiana también parecía reflexionar. En todo caso, aquella tarde repartía sus favores entre Doug y el poderoso duque y coqueteaba con él, incluso más que con Doug. Pero eso no despertaba el interés de Osbert. Alabó a Doug por sus instalaciones defensivas, pero lo regañó por no habérselas presentado él mismo.

—Claro que estabais en agradable compañía —dijo, mirando a Lissiana de soslayo.

Doug casi se ruborizó. Era imposible que el duque se hubiese percatado de las actividades de ambos en el adarve.

—¿Os veré en la justa o solo utilizáis vuestra espada en la cama? —preguntó Osbert en tono impertinente—. He oído que durante vuestros viajes, más que a los combates caballerescos, os dedicasteis a las damas.

—Lo uno conlleva lo otro —comentó Doug, sonriendo—. En general, hay más de un hombre que intenta conquistar una verdadera beldad, así que las espadas no se oxidan. Pero como queráis. Bebamos algo fresco mientras mis jóvenes caballeros nos entretienen batiéndose en la justa. Y si después he de salir a la palestra y enfrentarme a uno de vuestros hombres o a los del señor de Blaemarvan, lo haré con mucho gusto.

Resultó que durante la cabalgada hasta el castillo los hombres de Glenmorgan y de Blaemarvan ya habían celebrado unos cuantos combates y habían apostado, así que la maniobra de distracción montada por Doug se convirtió en un auténtico pequeño torneo. Con ojos brillantes, Charly observaba los acontecimientos desde el borde de la palestra; era indudable que le hubiera gustado participar, pero lo tenía prohibido. En todo caso, había ensillado y enjaezado la vieja yegua de lord Caernon con los arneses más lujosos y el viejo Francis también había preparado la armadura de Doug.

Doug había hecho montar una pequeña tienda para los espectadores ante el castillo donde les escanciaban vino. El duque, sediento tras la larga cabalgada, bebió copiosamente, a diferencia de Doug, que quería evitar que los caballeros de Glenmorgan lo derribaran del caballo en su propio castillo. La competición se volvió más seria de lo que él había imaginado y para sus adentros agradeció a Charly que ensillara la yegua gorda, pues todos los demás caballeros montaban en pesados corceles y montado en *Cougar* no hubiese tenido la menor oportunidad.

El joven Leonard derrotó al último de los caballeros de Blaemarvan. Lissiana, ya un tanto embriagada, se disponía a recompensarlo con un beso en la mejilla, pero el duque la detuvo.

—¡Sin prisas, sin prisas, milady! No repartáis premios a los vencedores antes de que se hayan librado todos los combates. El señor del castillo, por ejemplo, aún no ha combatido. ¿Qué, sir Leonard, lo retaréis?

—Por mí, con mucho gusto —dijo Leonard, saludando a Doug con la cabeza, que asintió, aunque con desgana.

—Un momento, me pondré la armadura —dijo, y se acercó a Francis y a Charly.

—Vencedlo, pero no tengáis demasiadas contemplaciones con él —gruñó el viejo Francis—. Después de su última visita a Glenmorgan, vuestro padre dijo que al duque le gustaba retar personalmente a los mejores combatientes y no sé si sería buena idea que derribarais a vuestro señor.

Doug negó con la cabeza.

—Preferiría no tener que enfrentarme a él. Tendremos que confiar en que estaré a la altura de ese Leonard.

En todo caso, por *Priscilla* no quedó. La vieja yegua parecía muy entusiasmada con la idea de volver a participar en un torneo y, sin vacilar, se lanzó contra el semental de Leonard durante el anticuado juego de lanzas. No obstante, Doug no tenía intención de jugar según las reglas. No era diestro en derribar a otros de la silla con la lanza, pero sabía cómo desarmar a Leonard. Cuando el joven caballero se lanzó contra él con las piernas firmemente apoyadas en los estribos y el cuerpo rígido, le quitó la lanza de la mano mediante un rápido movimiento y desenvainó la espada en el acto.

A Leonard le resultaba difícil adaptarse a la situación, pero se enfrentó a Doug con valor y ambos proporcionaron un excelente combate de exhibición a los espectadores. Al final, el corcel de Leonard tropezó y Doug desmontó para enfrentarse a Leonard a la misma altura. Ambos eran poderosos luchadores que sabían manejar la espada, pero los combates anteriores habían fatigado a Leonard y Doug estaba fresco, así que el amistoso duelo pronto se decidió a su favor. Se estrecharon la mano y se inclinaron ante el duque.

Lissiana lanzó una sonrisa seductora a Doug.

—Al parecer, mi prenda os trajo suerte.

—Vaya, combatisteis bajo su prenda —dijo Leonard con una sonrisa maliciosa—. Claro que no tengo ningún inconveniente...

—Fuisteis muy hábil al evitar combatir con la lanza —comentó el duque de Glenmorgan, con el ceño fruncido, lanzando una mirada a Doug en la que se mezclaban el reproche y la fascinación.

—Creo que empieza a carecer de sentido —dijo Doug, asintiendo con la cabeza—. Ese estilo de combate ya no está de moda. A la larga se impondrán los cañones y los machetes. La caballería debe ser flexible, los lanceros son demasiado rígidos, porque tras la primera oleada del ataque a duras penas logran que los caballos se den la vuelta.

—Vaya, también siente interés por la estrategia y se considera un gran espadachín. Bien, resulta que no es difícil derrotar a un joven y fatigado caballero, pero ¿os atrevéis a combatir conmigo?

El duque entrecerró los ojos, pero Doug los vio brillar. Aquel hombre adoraba combatir y derrotarlo no sería fácil; y, además, ¿era eso lo que quería? Un momento después, cuando empezó el combate, la pregunta dejó de tener sentido. El combate con el duque iba muy en serio y Doug tuvo que echar mano de todo su talento para resistir; ni hablar de una victoria fácil. Era más veloz y más diestro, pero Osbert era mucho más fuerte, aunque su técnica era más bien sencilla: no dejaba de asestarle cintarazos, dejar que Doug los detuviera y volver a arremeter; su estrategia consistía en cansar al adversario. Doug la conocía y ya notaba que funcionaba, pero el duque había bebido mucho vino, así que no era invencible, al contrario: de vez en cuando mostraba puntos débiles que un hábil espadachín podía aprovechar.

Doug lo observó con atención: su única opción era una finta; estaba seguro de que antes o después podría hacerla. Y así fue, pero vaciló cuando se presentó la oportunidad de arremeter por debajo de la espada alzada del duque y soltar un cintarazo en el punto no protegido entre el yelmo y el peto. Su instinto le dijo que aquel hombre no era buen perdedor. Podría ser de más provecho para él y para todo el condado de Caernon si retrocedía. Mientras esa idea se le cruzaba por la cabeza, Osbert le asestó un golpe definitivo. Doug ya había lanzado el brazo hacia delante para aprovechar la oportunidad, pero le golpeó el brazo la espada del duque, que desarmó al joven conde con un movimiento rápido; su rostro se iluminó cuando Doug inclinó la cabeza ante él.

—Un buen combate, milord. Reconozco que hoy el beso de la dama será para vos.

Osbert no parecía dar mucha importancia al beso de Lissiana, pero estaba henchido de orgullo por haber ganado el duelo.

—Vos también luchasteis muy bien —dijo en tono displicente—. Y ahora tengo ganas de tomar un buen trago. Haced traer otra frasca de ese buen vino... de Venecia, ¿verdad? Supongo que os recuerda vuestras aventuras.

Para entretener al duque, Doug narró un par de historias un tanto atrevidas, pero todavía aptas para los oídos de Lissiana. Era indudable que renunciar a la victoria era lo que tenía que hacer y, aliviado, ordenó que condujeran a sus huéspedes a la mesa mientras él se quitaba la armadura ayudado por Charly. El joven parecía un tanto desilusionado.

—Con vuestro permiso, señor, permitid que os diga que cuando os asestó el último golpe, el duque dejó su cuello al descubierto. ¡Si en el pub alguno hace lo mismo, paso por debajo de su brazo y le pego un gancho en la mandíbula!

Doug soltó una carcajada impresionado por la mirada de Charly.

—Derribar a un adversario no siempre es lo más indicado, sobre todo si eres su vasallo. Prefiero guardarme los golpes decisivos para los auténticos combates.

Mientras Charly se esforzaba por comprender el comentario, Francis ayudó a Doug a ponerse su atavío de fiesta. Lo único que le quedaba por hacer era soportar el banquete, entonces el duque volvería a darse por satisfecho. La próxima vez sería cuando Doug lo invitara a su boda y eso aún no entraba en sus planes. Pero la suerte no le sonreiría. Cuando acabaron de servir el primer plato y lord Blaemarvan brindó a la salud de Doug y acompañó el gesto con palabras grandilocuentes —sin dejar de mencionar algunos comentarios atrevidos acerca de su relación con su hija—, un paje entró apresuradamente en la sala.

—Ha llegado un mensajero, milord. Debéis... tenéis que... bajar de inmediato. Ha ocurrido una desgracia en Blaemarvan: vuestra mina se ha derrumbado.

Asustado, Doug se levantó y también el duque. Solo lord Blaemarvan permaneció sentado con expresión indiferente.

—¿Y qué? ¿Qué se supone que he de hacer? ¿Volver a excavarla? De todos modos ya estaba agotada. Planeábamos excavar otra dentro de pocas semanas.

—¡Pero hay doce mineros sepultados! —gritó el mensajero.

No había aguardado en el patio del castillo, sino que había seguido al paje y estaba de pie ante los nobles. Tenía un aspecto atroz, sudado y mugriento tras la apresurada cabalgada y, por lo que se veía, por haber participado en la excavación. Al parecer, los mineros primero intentaron liberar a todos los hombres por su cuenta antes de pedir ayuda a su señor y a los propietarios de las minas vecinas.

—Necesitamos más hombres y más herramientas, de lo contrario no hay esperanza para ellos —informó, jadeando.

—¿Se sabe si están con vida? —preguntó Doug—. ¿Y dónde se encontraban exactamente cuando ocurrió el accidente?

—Sí, milord, se oyen golpes, pero no podemos localizarlos con exactitud. En la mina... el eco... es como si los golpes provinieran de todas partes...

—Lo sé —dijo Doug, asintiendo—, pero un capataz experimentado debería poder determinarlo. ¿El vuestro es...?

—Se encuentra entre los sepultados y cuando cavamos se desprende más tierra, se desmoronan galerías enteras y los hombres tienen miedo de seguir cavando. Solo entran en la mina porque... vaya, porque podría haberles tocado a ellos y no dejan a los compañeros en la estacada.

El hombre manoseaba la gorra, estaba tenso y asustado. Seguro que los mineros de Blaemarvan pensaron con cuidado a quién mandar como mensajero con la terrible noticia y también se habrían preguntado cómo reaccionaría el lord.

—Bien, muchacho —dijo Doug—. Haz que te den algo de beber en la cocina y un caballo fresco en los establos. Después cabalgarás a Blaemarvan y les dirás a tus compañeros que vamos de camino, que no sigan cavando, que eso sería pescar en río revuelto, pero quizá podrían devolver las señales o hacer algo para dar esperanzas a los sepultados. Acudiré con mi capataz y más hombres.

»Y vos, Blaemarvan —añadió dirigiéndose al conde en cuanto el joven minero se marchó—, cabalgaréis a casa por el camino más rápido y os encargaréis de animar a vuestros hombres. Doce hombres sepultados... Corréis el peligro de que los demás también se larguen cuando circule el rumor de que en vuestras minas los hombres mueren como moscas, os enfrentaréis a un problema enorme, porque ningún minero querrá trabajar en vuestras minas.

El argumento convenció al conde, que de mala gana se puso de pie y se dirigió a Lissiana.

—En marcha, hija, ya lo has oído. Haremos acto de presencia; piensa algunas palabras de consuelo para las mujeres de los muertos...

—¡Todavía no están muertos! —exclamó Doug en tono duro—. Lo habéis oído: están vivos y tenemos que sacarlos de allí cuanto antes.

Se dispuso a partir, aunque se acordó del duque de Glenmorgan, a quien debía honrar con su compañía; pero no podía enviar a Dick y a sus hombres a Blaemarvan solos e inclinó la cabeza respetuosamente ante él.

—Os ruego que me disculpéis. Reuniré a mis hombres y cabalgaré con ellos hasta Blaemarvan.

—¿Cómo pretendéis ayudar allí? —le preguntó Osbert, frunciendo el ceño—. ¿De verdad creéis que todavía estáis a tiempo de desenterrar a los mineros? Lo único que haréis es poner en peligro a más hombres. ¡Incluso a vuestro capataz! No. Creo que lord Blaemarvan tiene razón: si milady pronuncia unas palabras amables, se ocupa un poco de los heridos y logra conmover a las personas...

Glenmorgan también había dado por perdidos a los mineros y Doug notó que la ira se adueñaba de él.

—¿Habéis estado en una mina alguna vez, señor? —preguntó—. ¿Podéis imaginaros estar sepultado vivo y morir de hambre y de sed envuelto en la más absoluta oscuridad? ¿O asfixiaros cuando ya no hay más aire? No es una muerte plácida y no se la deseo a nadie, a ningún señor ni a ningún siervo. Si hay algo que yo pueda hacer por esos hombres, entonces lo haré. Y permitid que os diga lo siguiente: ¡entiendo más de técnicas mineras que lady Lissiana!

Se inclinó ante la joven y otra vez ante el duque, pero después abandonó la sala. Tenía cosas más importantes que hacer que pelearse con aquellos presuntuosos autocomplacientes. Pero lo que habían dicho acerca del cuidado de los heridos era importante. Pediría a Elizabeth que lo acompañara. Al pensar en ella se emocionó; él mismo cabalgaría con la noticia hasta la aldea, si bien se vería obligado a interrumpir la fiesta.

No tuvo necesidad de hacerlo. Cuando abandonó la sala del banquete, oyó voces en el patio del castillo: por lo visto los mineros de Caernon se habían enterado del accidente y se reunieron allí sin que nadie los convocara. Dick se presentó ante Doug como portavoz.

—Os pedimos permiso para ir a Blaemarvan, señor. Se ha derrumbado la mina y queremos ayudar.

—Todos iremos —dijo Doug, asintiendo con la cabeza—. O, mejor dicho, cabalgaremos, pues si vais andando no llegaréis antes de mañana por la mañana. De todos modos, se está haciendo de noche...

—Siempre es de noche en las galerías —dijo Dick, mirándolo a los ojos con expresión seria—. Y cuando ya no hay salida es más oscuro que en el infierno. Yo ya lo he experimentado. Debemos sacar a los hombres ahora mismo, no mañana por la mañana.

—Por eso he mandado preparar caballos, carros y materiales. A juzgar por lo que dijo el mensajero, la mina de Blaemarvan se derrumba cada vez más. ¿Aún se encuentra ante la entrada de la mina la nueva madera de encofrado que encargamos? —Dick asintió—. Entonces haz que la carguen en los carros. Y llama a un par de mujeres que sepan cuidar heridos. Tu esposa Anna... y Elizabeth.

—¡Estoy aquí, milord! —resonó la voz cantarina de Elizabeth.

Doug la buscó con la mirada, y, al verla, el deseo volvió a apoderarse de él. Al parecer, había acudido desde la fiesta que se celebraba en la plaza y se le debía de haber soltado el pelo al bailar. Su vestido de fiesta, de corte sencillo y color azul claro, seguramente teñido por ella misma, realzaba su figura de elfo, pero también los pechos abundantes y las caderas. Llevaba el pequeño prendedor que había dado a Doug como prenda durante la carrera en el hombro; sobre ella, la baratija casi parecía preciosa; un chal de lana la protegía del frío nocturno. Era indudable que su vestido de fiesta se estropearía si cabalgaba y se encargaba de los mineros heridos, pero no pensó en perder tiempo cambiándose, aunque debía de haber pasado por su choza, ya que llevaba su bolso con hierbas y vendas. ¿Quién se habría quedado al cuidado del pequeño Julian?

Doug se sorprendió de sí mismo. ¿Cómo podía pensar en niñeras en aquel momento? No era propio de él hacerse semejante pregunta: ¿cómo cuidaban de sus retoños las beldades con las que bailaba y coqueteaba? Pero todo lo relacionado con Elizabeth lo afectaba, también la imagen del pequeño Julian, durmiendo un sueño dulce e inocente en su cestita o junto al pecho de su bella madre.

Doug se obligó a dejar de pensar en ello. Entre los hombres presentes también reconoció a Brian y a Rob, el picador fuerte como un oso, y tomó una decisión rápidamente.

—Rob, Brian... y Elizabeth cabalgarán conmigo ahora mismo. Haz que te den un caballo, Dick, pero primero acompañarás los carros hasta la mina y allí supervisarás la carga de la madera y las herramientas. Sin los puntales y la madera del encofrado estaremos perdidos allí en Blaemarvan, así que encárgate de llevarlo todo, ¡y también martillos y clavos! Y escoge un par de hombres que sepan manejarlos. Cuando los carros estén en camino nos seguirás deprisa. Necesitamos hombres expertos; se oyen golpes, pero allí nadie sabe distinguir de dónde proceden.

Charly ya había preparado varios caballos y presentó una tranquila yegua alazana a Dick —un jinete poco experto—, que solía montar Francis. Elizabeth contemplaba la yegua y parecía que le hubiera gustado montarla, lo cual sorprendió a Doug. El animal le gustaba. Tanto mejor: tenía la intención de dejarla montar enseguida y lo que más le hubiese gustado hubiera sido cabalgar con ella sobre *Cougar*. Durante unos segundos soñó con sostener su tibio cuerpo entre los brazos, con los brazos de ella rodeándole la cintura para no caerse y el rostro apoyado contra el cuello de él...

Pero Elizabeth y Brian ya estaban de pie ante la inmensa *Priscilla* que en aquel momento Charly conducía fuera de las caballerizas.

—No te preocupes, no necesito silla de montar —dijo el joven, tranquilizando al caballerizo—. Y Elizabeth puede agarrarse a mi cintura. Supongo que aguantará un par de millas.

—Creo que si van a montar en el mismo caballo, mejor el más fuerte —dijo Charly, explicando su elección a Doug—; pero para ese no tengo una silla de montar cómoda.

Doug frunció el ceño y se volvió hacia Brian, que ya había montado a lomos de la yegua y tendía la mano a Elizabeth.

—La yegua es muy incómoda. ¿Estás seguro de que no te caerás, muchacho? ¿Y encima sin silla de montar? Cabalgaremos al galope.

Brian negó con la cabeza. Era la primera vez que Doug veía una sonrisa iluminándole el rostro sin dirigir la mirada a Elizabeth. Palmeaba el cuello a *Priscilla* con suavidad.

—¡Sé montar bastante bien! —afirmó con voz sosegada.

Su tono no era jactancioso como el de la mayoría de los muchachos campesinos cuando hablaban de cabalgar. Estaba seguro de sí mismo; en efecto: Brian montaba con la espalda recta y sostenía las riendas como si hubiese aprendido a hacerlo. Entre tanto, Elizabeth se había acomodado detrás de él en la ancha grupa de *Priscilla*. Tuvo que separar las piernas y se le subió la falda. Doug vio los muslos firmes y desnudos que se pegaban al cuerpo de la yegua; vislumbró suaves pelillos dorados en su piel ligeramente morena, erizados por la brisa; y luchó contra el deseo de acariciarle los delicados tobillos. Sus pies eran tan pequeños y delicados que podría rodearlos con una mano. Una de sus amantes de tierras meridionales, una muchacha portuguesa perteneciente a la nobleza campesina, salvaje e indómita a espaldas de sus severos padres, llevaba una cadenita de oro en torno al tobillo. Doug se imaginó a Elizabeth llevando un adorno similar...

—¿Una vez más sumido en la contemplación de una mujer? —dijo una voz burlona pero también en tono de advertencia que surgía de las caballerizas—. Creí que queríais hacer de misericordioso samaritano y salvar a nuestros hombres del infierno.

Era Lissiana. Doug creía que hacía tiempo que galopaba en dirección a Blaemarvan, pero al parecer su padre y el duque habían bebido unas cuantas copas más de vino y también se habían entretenido tomando unos bocados de las exquisiteces preparadas para el banquete, que acababan de servir cuando el mensajero llegó con la noticia del accidente. En aquel momento, por fin, se preparaban para partir. Lissiana estaba de pie junto a su caballo blanco y le lanzó una mirada sarcástica y también airada.

—Al menos podríais sostenerme el estribo, ¿no?

Doug dirigió una mirada de disculpa a sus hombres y a Elizabeth, que procuraba mostrarse indiferente, y se apresuró a prestar ayuda a Lissiana a montar.

—Nos veremos en Blaemarvan —dijo, suponiendo que Lissiana y su padre se le adelantarían.

Sin embargo, el conde y su hija no tenían prisa. Aguardaron a que Doug montara a lomos de *Cougar* y Rob en su robusto poni. Entonces resultó que el fornido picador que en la mina no se dejaba intimidar por nada no dejaba que el grupo avanzara: era la primera vez que montaba a caballo y estaba muerto de miedo. Doug les metió prisa a todos: nadie sabía cuándo se les acabaría el aire a los mineros sepultados.

Brian y Elizabeth se mostraron valientes e incluso intercambiaron unas palabras con Lissiana, que contemplaba a la delicada muchacha con mucha curiosidad y también con antipatía apenas disimulada. No se le habían escapado las miradas anhelantes de Doug, pero el conde se tranquilizó al constatar que no parecía tomárselas muy en serio. De hecho, Lissiana casi hizo un esfuerzo por aparentar algo similar a la cordialidad, tal vez como un ensayo para las palabras de consuelo que dirigiría a las mujeres de Blaemarvan. Preguntó a Elizabeth por su trabajo y también por su niño, y Doug se sorprendió al ver lo bien informada que estaba. ¿Acaso la fama de Elizabeth como comadrona ya se había extendido hasta Blaemarvan o es que Lissiana había estado indagando?

Elizabeth contestó las preguntas con serenidad, pero con monosílabos. Su mirada era casi irónica cuando Lissiana se quejaba de que el fango le salpicaba el vestido a causa de tener que cabalgar tan deprisa.

—Pero, en general, no os asustan las cabalgadas veloces, ¿verdad? —dijo Elizabeth cuando Lissiana protestó en tono airado por tercera vez—. Al fin y al cabo, casi ganasteis la carrera hasta Rhondda.

—Pero entonces se trataba de alcanzar una victoria. Y un traje de amazona se puede cepillar para quitar el barro —le replicó Lissiana con tono mordaz—; en cambio, hoy ensillaron mi caballo para visitar a un vecino, lo cual suponía un sencillo paseo veraniego. No hay motivo para convertirlo en una galopada enloquecida.

Elizabeth iba a contestarle, pero la delgada mano de Brian presionó la suya, apoyada en su cadera. Elizabeth se contuvo y no respondió a las palabras de Lissiana.

Doug también tuvo que contenerse. Lord Blaemarvan había puesto su caballo a la par y charlaba con tanta despreocupación como si cabalgaran tras la jauría durante una cacería en vez de pensar en el peligroso rescate de los mineros. El accidente acaecido en su mina no lo inquietaba. Claro que suponía un fastidio que durante un par de semanas los hombres permanecieran ociosos y la pérdida del capataz tampoco resultaba agradable, pero ya estaba pensando dónde podía encontrar un sustituto. Quizá contrataría a un hombre del continente, porque era posible que fueran más expertos en minería y, a lo mejor, serían más eficaces para abrir una nueva mina.

Como Rob y Lissiana cabalgaban más despacio, Dick les dio alcance antes de llegar a Blaemarvan. El viejo capataz resollaba: no estaba acostumbrado a cabalgar y, sin embargo, había hecho galopar a la vieja yegua durante casi todo el trayecto. Informó de que los carros con la madera de encofrado y los hombres estaban de camino justo detrás de él, que Charly había elegido los mejores caballos de tiro y los conducía él mismo; también de que acudían un par de mujeres y de que Francis tuvo el detalle de decirles que se llevaran los restos del banquete y otras vituallas de la cocina; y que John había donado un barril de cerveza.

—Hay que cuidar y curar a muchas personas —dijo Dick—, y seguro que las mujeres de Blaemarvan tienen otras cosas en que pensar que en preparar una olla común. Mirad, allí ante la mina arden hogueras y han encendido lámparas. Parece haberse reunido media aldea.

De hecho, la mina de Blaemarvan ya se veía desde lejos. Cuando se acercaron, oyeron los gritos de los hombres, los llantos de las mujeres y los relinchos de los caballos. El rodillo funcionaba, por lo visto había hombres que entraban y salían de la mina constantemente.

El joven que había hecho de mensajero los saludó junto a la entrada de la mina, pero uno de los caballeros de Blaemarvan se abrió paso para anunciar la llegada del lord.

—¡Prestad atención! —exclamó—. ¡El conde y la joven dama están aquí para manifestaros sus condolencias!

Dejó pasar a Blaemarvan, que de inmediato adoptó una postura afectada.

—Hombres y mujeres de Blaemarvan, cuando me informaron del espantoso accidente monté en el caballo más veloz con el fin de...

—¡Dios mío, esto es insoportable! —murmuró Doug, desmontando del caballo—. Ven, Dick. ¿Quién supervisa los trabajos de desescombro, Brian?

Mientras Blaemarvan soltaba su discurso, le presentaron un anciano a Doug que hasta entonces había procurado coordinar el rescate de los mineros. Había sido el capataz de la mina hasta hacía cinco años: uno de los atrapados era su hijo.

—Lo vi venir —se lamentó—. Las galerías son demasiado largas, se extienden cincuenta pasos más allá de la entrada y encima se dividen. Del punto donde se ha derrumbado la mina parten tres galerías en forma de estrella y allí abajo solo hay arenisca, que se desmorona con facilidad. Mi hijo se lo advirtió al conde, pero en ese lugar la veta de plata era tan rica...

—Todo eso ya es inútil —dijo Dick, sin aclarar si se refería a los lamentos del viejo capataz o a la inacabable veta de plata—. ¿Decís que se oyen golpes que vienen de allá abajo? ¿Que todavía se oyen?

El anciano asintió y añadió:

—Pero no sabemos dónde cavar. Y cada vez hay más derrumbes. Perderemos más hombres...

—Entremos en la mina, Dick, el hombre está completamente desbordado —dijo Doug, que estaba empezando a perder la paciencia—. Probemos, a ver si hay suerte. Que haya tres galerías que se abren en forma de estrella significa que hay tres lugares donde podrían encontrarse los hombres. Hay que descubrir cuál es el correcto.

—Con vuestro permiso, señor: puede haber hombres en las tres galerías —le contestó Brian, negando con la cabeza—. Eso explicaría que se oigan señales desde tres direcciones. Tal vez tengamos que abrir las tres.

Doug suspiró.

—Y antes tenemos que recorrer una galería no apuntalada de cincuenta pasos de largo; eso es precisamente lo que me temía. Pero primero escuchemos las señales...

La jaula de extracción de Blaemarvan no inspiraba ninguna confianza. Solo cabía un hombre y el rostro expresivo de Brian palideció cuando echó un vistazo al montacargas. Doug se percató de que el muchacho buscaba la mirada de Elizabeth; también Doug la buscó antes de ser el primero en pisar el montacargas. Si iba a ser la última vez que respiraba aire fresco y veía la tierra bañada por la luz de la luna, quería conservar el recuerdo de sus cabellos dorados como el sol y su dulce sonrisa. Pero en aquel momento la expresión de la joven era más bien severa. No había tardado nada en reunirse con algunas mujeres y muchachas de la aldea; preguntó por los heridos y empezó por servir infusiones. Entonces se dirigió a Lissiana, aún sentada en la silla de montar con actitud rígida.

—¿Qué pasa, milady? ¿No queréis desmontar y ayudar? ¡Eso levantaría el ánimo a vuestra gente, mucho más que todos los discursos domingueros!

Doug no oyó la réplica de Lissiana y se alegró de ello. Luego, cuando se sumergió en la oscuridad de la mina, olvidó todo cuanto lo rodeaba. El trayecto le pareció más largo que en Caernon, pero podía deberse a que la vieja jaula se agitaba y el aparejo crujía y gemía como si estuviera a punto de fenecer. Abajo en la mina reinaba un gran ajetreo, aunque, en realidad, nadie sabía muy bien qué hacer. Los que ayudaban retiraban algunos escombros y, sobre todo, aguzaban los oídos tratando de percibir las señales cada vez más débiles, pero nadie estaba cavando. Doug empezó por ordenar a la mitad de los hombres que volvieran a subir.

—No avanzaremos si nos pisamos mutuamente los pies. Será mejor que ayudéis a descargar la madera cuando lleguen mis hombres y os encarguéis de transportarla hasta aquí lo antes posible. Hay que apuntalar las paredes, de lo contrario la galería acabará por derrumbarse del todo.

Al final de la galería, en un espacio que antes debía de haber sido más amplio y del que surgían otras galerías, un hombre alto no dejaba de golpear las rocas. Cuando Doug y Dick se acercaron a él, alzó la cabeza con expresión desesperada.

—No creo que me oigan. Pero yo los oigo a ellos. ¿Venís de Caernon? ¡Dios mío, pero si es el joven conde! Os conozco de la carrera, milord. Por favor, tenéis que hacer algo, mi hermano pequeño está ahí dentro y solo tiene trece años. Y siempre tuvo tanto miedo... justo hoy no quería bajar. Le pegué una bofetada y...

—Empieza por tranquilizarte —dijo Doug, tratando de calmarlo—. Y no hagas ruido, necesitamos oír las señales. ¿Dick? Ven aquí, creo que oigo algo.

Dick se acurrucó junto a Doug y a sus espaldas también apareció Brian. En efecto, se oían señales; eran débiles pero resonaban en la estrecha galería. Por más que hubiera querido, Doug no podría haber dicho de dónde procedían.

—¿En qué dirección se extendían las galerías? —preguntó al joven minero.

Este indicó la montaña de escombros ante él y respondió:

—La veta de plata se bifurcaba aquí. Queríamos seguir picando en el lugar más firme, pero lord Blaemarvan ordenó que picáramos en las tres galerías. Mi hermano estaba allí para quitar escombros, aún no tiene la fuerza suficiente para picar.

—Entonces las señales provienen de allí, supongo; o de allá —dijo Dick, indicando a la derecha.

Brian negó con la cabeza.

—No, perdonad capataz, pero no lo creo. Si esas señales claras procedieran de allí, los hombres también deberían oír las nuestras; y no lo hacen, porque de lo contrario hubieran reaccionado. Creo que os confunde el eco. Probablemente haya cámaras de aire en las tres galerías. A mí me parece que los golpes provienen de aquí —aventuró, indicando la galería central—. Y los golpes suaves que oímos como un eco provienen de la galería meridional. En esa dirección no hay nada; lo siento por tu hermano.

El joven minero soltó un sollozo.

—Pero... pero puede estar vivo pese a todo, tenemos que abrir la galería, debemos...

—Primero cavaremos en el lugar de donde provienen los golpes —dijo Doug—. Después ya veremos. Cálmate, hombre, puede que tu hermano se haya refugiado en otra galería. Ahora sube y ayuda a descargar la madera: cuanto antes empecemos, más probabilidades tenemos de sacarlos.

Dick volvió a aguzar el oído intentando oír las señales.

—¿Estás seguro de que oyes dos? —preguntó a Brian con el ceño fruncido—. Porque yo solo oigo una, la otra es un eco.

—¡Pero el ritmo es diferente! —declaró Brian en tono seguro—. ¡Escuchad! Unos golpean tres veces y después hacen una breve pausa. Los otros solo golpean de vez en cuando y con mucha menos fuerza. Hay que sacar primero a estos, que parecen estar en peor estado que los otros.

—De todos modos, lo primero que debemos hacer es asegurar el túnel de entrada y desde allí desescombrar la galería principal —ordenó Doug a sus ayudantes—. Entonces también oiremos de dónde proceden las señales con mayor nitidez. ¿Dónde está la madera? Lo primero que han de bajar los hombres son los puntales...

Entonces oyeron un estrépito en la entrada del pozo; estaban bajando vigas y luego, uno tras otro, descendieron los hombres de Dick ya experimentados en instalar puntales. Dick supervisó la instalación de los primeros puntales y, con cierta pena, pensó en el dinero que le habían costado a Doug. Quizá Blaemarvan le devolvería el importe, pero no parecía probable.

—Quizá deberíais subir a la superficie y hablar con el conde —dijo, dirigiéndose a Doug—. Aquí no podéis hacer gran cosa, pero los hombres se animarán si se enteran de que algunos de sus compañeros siguen con vida.

Doug asintió. Dick tenía razón: allí bajo había hombres más

diestros que él y en la galería apenas había espacio para alguien que estaba mano sobre mano. Así que se limitó a dar una palmada amistosa en el hombro a Brian y al capataz y, tanteando, se abrió paso hasta la salida. Incluso elevó una breve jaculatoria a santa Bárbara cuando volvió a respirar el aire puro de la noche estival y vio la luz de la luna.

Mientras tanto, en torno a la boca de la mina, reinaba un gran ajetreo. Las mujeres de Caernon habían llegado y se ocupaban de los parientes de los sepultados, pero también de los extenuados y desesperanzados ayudantes. Para sorpresa de Doug, vio que Lissiana repartía raciones de comida; no parecía entusiasmada con la tarea, pero los hombres que hacían cola ante ella para obtener otra ración de carne, sí. Ninguno de ellos había visto a la joven condesa de cerca y disfrutaban de su belleza y su encanto. Doug tuvo que reconocer que incluso cortaba una pata de cerdo con elegancia inimitable, como una auténtica dama. Sin embargo, la mirada que le lanzó a él era bastante distinta: empezó por reflejar deseo y después enfado al ver que el joven hablaba con la hechicera del pueblo.

—¿Creéis que podréis cuidar de unos cuantos heridos, señora? Es bastante probable que salvemos a algunos, pero podría haber heridos. ¿Hay una nave o una sala...?

—Debéis dirigiros a lord Blaemarvan —respondió Elizabeth. Estaba de muy mal humor y evidentemente furiosa, hasta su cabellera rubio rojiza parecía temblar de ira—. Ya se lo pregunté a lady Lissiana, pero seguro que la sala del castillo de Blaemarvan no está disponible para la sangre y las lágrimas. Allí atrás hay almacenes, probablemente se podría vaciar uno de ellos y limpiarlo, pero alguien ha de dar la orden y en vista del trato que acabo de recibir de la dama no volveré a preguntárselo.

—Bien, pero ahora al menos se está ocupando de la gente —dijo Doug, intentando calmarla—. Todos se animarán si milady se ocupa de los ayudantes y los heridos.

—Pero casi ha hecho falta que su padre le diera un puntapié para que lo hiciera —comentó Elizabeth en tono enfadado—. Y, por cierto, el padre, puso pies en polvorosa en cuanto acabó de soltar su discurso y descargó la tarea en su hija... Y perdonad, milord, si no me refiero a los señores aristócratas con el debido respeto.

Doug tuvo que reír.

—Solo debéis evitar que lo noten demasiado, pequeña bruja, de lo contrario todavía acabaréis en la hoguera. Milady ya nos abrasa con la mirada; me acercaré a ella y le manifestaré mi gratitud por su abnegada tarea. Entonces seguro que encontrará un granero para albergar a los heridos —dijo, y se volvió, pero Elizabeth lo detuvo.

—¿Cómo... cómo se encuentra mi esposo, señor? —preguntó en tono insistente y sin su habitual picardía.

Doug vio miedo y preocupación en sus ojos, esos ojos que hacía un instante aún brillaban de ira.

—Se encuentra bien y realiza un trabajo extraordinario. No os preocupéis, señora.

—¿No trabaja demasiado duro, señor? ¿No está agotando sus fuerzas?

Elizabeth jugueteaba con el pequeño prendedor con gesto nervioso. Tenía la cara enrojecida por la timidez, pero no podía evitar preguntar.

Doug la contempló con aire desconcertado.

—No trabaja más duro de lo habitual en la mina. Es un minero, señora, manejar un pico y una pala no debiera de ser nada nuevo para él.

Elizabeth frotaba el diminuto prendedor cada vez más deprisa y su mirada era casi suplicante.

—Yo... ¡os ruego que cuidéis de él, milord! —soltó por fin—. No dejéis que se esfuerce demasiado. ¡Traédmelo de vuelta, milord, por favor!

Elizabeth bajó la vista; sabía que se había excedido revelando sus temores. Brian la regañaría si lo supiera.

Doug apenas logró dominarse. Quería acariciarle los cabellos para consolarla y asegurarle que estaría pendiente de su marido, pero para sus adentros cabeceó: teniendo en cuenta lo que sentía por Elizabeth, le convenía más pensar en cómo deshacerse de Brian, pero el amor de la joven lo conmovía, aunque le perteneciera, todavía, a otro.

Lissiana lo saludó con una sonrisa.

—Parecéis un minero, milord. Os quitaré el polvo.

Y provocando el entusiasmo de los que la rodeaban, alzó sus faldas, arrancó un trozo de su enagua y limpió el rostro a Doug; le restregó la frente y los ojos con gesto tierno y, mientras le quitaba el polvo de las mejillas, le rozó los labios con el dedo, suave pero también seductoramente. Doug percibió su aroma impregnado en la enagua y se excitó al recordar la hora secreta que habían pasado en el adarve. Estaba cansado y le hubiera gustado acurrucarse entre unos brazos consoladores. Pero la idea de un consuelo sincero y una profunda ternura hizo que la imagen de Elizabeth se le apareciera una vez más.

—Ahora volvéis a tener un aspecto respetable —dijo Lissiana con una sonrisa—. Y tal vez también demostraréis un poco más de cortesía por vuestra dama. ¿Qué os parece un beso, antes de que regreséis a la noche eterna, milord?

Los hombres que los rodeaban dieron voces y aplaudieron.

Doug procuró no pensar que, con toda seguridad, Elizabeth también lo observaba con mirada irónica, pero ya no había marcha atrás. Depositó un ligero beso en la lisa frente de Lissiana y recordó la profunda arruga que hacía un instante surcaba la frente de Elizabeth, una señal muy visible de su enfado. ¡La enfermería! Doug recordó lo que le habían encargado, se separó de Lissiana y le presentó la demanda de las mujeres en tono práctico.

Como era de esperar, Lissiana se mostró receptiva; no rechazaría una solicitud de Doug. Abrirían los almacenes, desde luego, con el fin de que las mujeres pudieran limpiarlos y disponer las camas, pero no puso la sala de su castillo —que solía ser la primera elección cuando se producía una catástrofe que afectaba a los arrendatarios y los trabajadores de una familia noble— a su disposición. Quizá temía que el desorden y la suciedad estropearan las valiosas alfombras, los preciosos tapices, los sillones y las delicadas sillas de su gran sala.

—Además, el castillo está demasiado lejos —afirmó, por fin, cuando Doug insistió por segunda vez y notó que los mineros estaban escuchando—. ¿Pretendéis transportar a todos los heridos allí? Podemos traer camas, sábanas y mantas del castillo.

«Algo es algo», pensó Doug. Además, tenía razón con respecto a la distancia: se hubieran visto obligados a trasladar los heridos en carros, así que se contentó con que Lissiana mandara los carros al castillo para acarrear lo necesario y que abriera uno de los almacenes. Elizabeth y Anna distribuyeron las tareas de limpieza entre las mujeres, sobre todo las pertenecientes a las familias de los atrapados. Así, las mujeres tendrían algo que hacer y no se quedarían allí llorando y estorbando a los demás.

Lissiana, que finalmente había comprendido lo importante que resultaba su actitud para el estado de ánimo reinante, también cogió una escoba y logró presentar un aspecto atareado, frágil y absolutamente encantador. No quitó mucho polvo, pero las personas la alabaron y afirmaron que era el ángel de la mina. Al observarla, Elizabeth puso los ojos en blanco, pero no dijo nada.

Por su parte, Doug ayudó a serrar las vigas y a bajarlas al pozo. Dado que allí abajo el espacio escaseaba, Richard había ordenado que prepararan los puntales y la madera de encofrado en el exterior, pero informaron a Doug de que los trabajos en el pozo avanzaban con rapidez y que se seguían oyendo los golpes de las señales. Dos horas después recibió el aviso tan largamente esperado.

—El capataz dice que bajéis, si queréis hacernos el honor, milord —dijo un tímido mensajero en tono respetuoso—. Han asegurado el acceso y están vaciando el recinto principal del que parten las galerías. Después alguien ha de decidir de cuál de las galerías proceden las señales y vuestros hombres todavía no se han puesto de acuerdo.

Doug suspiró. Parecía enfrentarse a una difícil misión diplomática; el propio Doug tendía a estar de acuerdo con la opinión de Brian y no solo debido a que confiaba en su oído, sino porque el esposo de Elizabeth era un excelente músico. Si un hombre sencillo había aprendido a dominar un instrumento con tanto virtuosismo —o lo aprendió imitando a otros— debía de tener oído absoluto. En cambio, Richard había trabajado durante toda su vida en medio del ruido infernal de las galerías y además era viejo. Su oído ya estaba un poco deteriorado. En cambio, su tozudez era considerable.

—Pues entonces bajaré —dijo Doug al joven mensajero—. Será mejor que yo mismo vuelva a escucharlas.

Doug ya se sentía menos inseguro en el fondo del pozo. El acceso al lugar del accidente estaba asegurado y cada palmo de la galería que los hombres desescombraban estaba apuntalado. En el extremo de la galería tres hombres se turnaban en blandir la pica, y otros quitaban las rocas y la arenisca. Doug reconoció a Brian entre los hombres que paleaban, Rob era un experto cavando. El forzudo alternaba su tarea picando y quitando rocas con las manos, casi había logrado desescombrar el espacio más amplio del cual partían las tres galerías en cuestión y los accesos ya se vislumbraban. Las señales eran menos frecuentes, pero más sonoras. Los hombres debían de estar exhaustos, pero quienes intentaban salvarlos se acercaban cada vez más.

—Solo oigo una señal —dijo Doug cuando ordenó a los hombres que se detuvieran un momento para que él pudiera intentar localizar los sonidos—. Supongo que lo otro solo era un eco.

Brian negó con la cabeza. Tenía el rostro demacrado por el esfuerzo y el polvo que lo cubría hacía que pareciera negro, pero su mirada inteligente seguía expresando certeza.

—Las otras señales se acabaron hace una hora. Procedían de la galería de la izquierda, tal como os dije. Hay que cavar allí primero. ¡Esos hombres están muriendo allí dentro, milord!

Doug no sabía qué hacer; él también creía oír los golpes desde la derecha. Brian golpeó la pala contra una roca y también allí el sonido parecía provenir de otro lugar de la caverna.

—Hay dos cavidades, señor, tres con esta, quizá incluso cuatro, que proyectan el sonido de un lado a otro, por decirlo de un modo sencillo, pero estoy completamente seguro de que el origen se encuentra allí.

—¿Estás completamente seguro? —preguntó Doug, tragando saliva.

—No apostaría mi vida, pero sí todos mis bienes.

—Eso no es mucho —soltó Dick en tono burlón.

Doug lo mandó callar.

—Cavaremos a la izquierda —decidió.

Al tiempo que Dick protestaba, Rob empezó a picar, Brian arrojaba las rocas y las piedras a las cestas que los ayudantes se apresuraban a retirar y Doug ayudaba a apuntalar los tramos despejados de la galería. Trabajaron durante una hora en silencio; el único sonido era el resuello de los hombres y los golpes de las picas. Hasta que Brian aguzó el oído.

—Aguardad un momento... sí, vuelvo a oírlo. Los golpes. ¿Vosotros también los oís?

Doug pegó la oreja a las rocas y entonces creyó oír unos débiles golpes.

Brian golpeó las rocas tres veces con la pala. Los hombres contuvieron el aliento... y entonces ocurrió el milagro: la respuesta fueron tres débiles golpes.

Rob y los demás soltaron gritos de júbilo.

Dick dedicó una sonrisa a Brian.

—No lo creía posible, muchacho. Tu oído es más joven que el mío. ¡Bien hecho!

Era la máxima disculpa que se podía esperar del viejo capataz. Brian sonrió, agotado.

Tardaron una hora más en abrirse paso hasta los hombres. Un joven minero les tendió los brazos, sollozando de alivio. Había logrado hacer las señales mediante un vaso de latón que llevaba consigo. Rob se dispuso a arrastrarlo fuera del pequeño agujero que daba a la caverna. Era diminuta, no debía de quedar apenas aire respirable; por detrás del muchacho vislumbraron dos hombres más.

—Despacio, Rob, será mejor que primero apuntalemos la galería para que no se derrumbe sobre los demás —advirtió Doug—. ¿Estás herido, muchacho?

—No, señor. Pero los otros... están muertos —contestó meneando la cabeza.

Al pensar en las últimas horas que el joven minero había pasado en aquel diminuto agujero junto a sus camaradas muertos, un escalofrío recorrió la espalda de Doug. ¡No quería ni pensar lo que habría ocurrido si hubieran empezado a cavar por la galería equivocada...!

—Pero en la galería central debe de haber unos cuantos con vida. Los oí golpear, primero creí que eran los que venían a rescatarnos...

Rob arrastró al muchacho fuera del agujero y Brian lo envolvió en una de las mantas que Elizabeth había dado a Doug. El rescatado estaba empapado en sudor y el agua que se había derramado en la mina lo había mojado, por lo que temblaba como una hoja.

—¿Quieres acompañarlo fuera, Dick? —preguntó Doug.

El capataz negó con la cabeza.

—No. Cogeré una pica y haré lo posible por despejar la galería central. Es lo mínimo que puedo hacer.

Por fin, uno de los hombres de Blaemarvan acompañó al joven y transmitió la triste noticia a las familias de sus compañeros. Los demás empezaron a cavar y picar en la galería central con fuerzas renovadas. Rob no parecía fatigado, pero Brian se tambaleaba de cansancio. Doug se preguntó si debía enviarlo fuera, pero no quiso quitarle el triunfo de tener razón en la segunda evaluación. Después de tres horas de duro trabajo lograron liberar a seis mineros vivos. Todos estaban heridos, dos de ellos de gravedad. Solo uno logró salir de la galería por su propio pie, para los demás tuvieron que usar camillas. Doug estaba seguro de que, al menos, arriba los aguardaban los mejores cuidados. Cuando se llevaron al último dejó caer la pica, exhausto.

—Bien, creo que eso es todo. Buen trabajo, hombres, rescatamos a siete de los doce con vida.

—Pero solo hay dos muertos —comentó Dick—. ¿No podría ser que...?

—¿Quieres desenterrar cadáveres, capataz? —preguntó uno de los hombres de Blaemarvan—. Vi cómo se derrumbaba la galería. Allí no queda nadie vivo.

—¿Y si hubiera uno? —preguntó Brian en voz baja—. Quisiera verlo con mis propios ojos. Ya hemos apuntalado el lugar y hemos abierto dos galerías. Debiéramos poder abrir la tercera.

En realidad, Doug consideró que, a juzgar por su aspecto, el joven ni siquiera era capaz de pegar otro golpe con la pica. Su rostro parecía más delgado, tenía los ojos hundidos en las cuencas, el sudor había arrastrado parte del polvo, que debía de habérsele metido en los ojos porque no dejaba de restregárselos. Aquel hombre estaba al final de sus fuerzas y el propio Doug sentía que él mismo debía de tener un aspecto similar. Pero ¿qué les dirían a las mujeres y a los hijos de los hombres que yacían allí abajo? ¿Que suponían que estaban muertos pero que nadie había visto sus cadáveres?

—Quien desee seguir por su propia voluntad que se quede. Quien no crea que tengamos éxito puede subir y dormir —decidió Doug y volvió a coger la pica.

Rob empezó a picar de inmediato; puede que no fuese muy inteligente, pero era de buen corazón. Durante las horas siguientes, la cifra de los ayudantes se redujo cada vez más. Ya debía de ser más de medianoche y los hombres solo anhelaban una bocanada de aire puro y un lugar donde tenderse. Al final los únicos que seguían trabajando en la última galería eran los hombres de Caernon y el hermano del muchacho perdido. Pero ellos también trabajaban con lentitud cada vez mayor e incluso Rob empezó a mostrar cansancio. Pero entonces el golpe de su pica produjo un sonido hueco por primera vez.

—¡Ahí hay una cavidad! —dijo el picador con entusiasmo—. La galería no se derrumbó del todo.

—Yo tampoco lo creí —gruñó Dick, que por fin había recobrado el suficiente valor como para manifestar su opinión—. En sí mismas, las galerías no se derrumbaron, porque entonces solo se habría derrumbado una. Lo que cayó fue el techo de este gran acceso, estaba demasiado extendido y no aguantó sin un encofrado. Pero ahora date prisa, puede que allí efectivamente aún haya alguien con vida.

Rob y William, el hermano del muchacho perdido, cavaron con fuerza renovada. Doug, Brian y Dick paleaban los escombros y los arrojaban a un lado. Ya no había nadie que los retirara, pero daba igual. Doug instaría a Blaemarvan a abandonar aquella mina en cuanto hubiera acabado el rescate.

—Mi hermano... allí está mi hermano... esa camisa de cuadros...

Temblando de emoción y de cansancio, William introdujo la vela en el primer agujero que Rob finalmente logró abrir. No obstante, en la galería, la bolsa de aire era minúscula, apenas más grande que la jaula del pajarito que Doug había transportado concienzudamente a través de todas las galerías.

El muchacho estaba medio enterrado bajo los escombros. Estaba inconsciente, pero cuando Doug le tomó el pulso, notó que tenía la mano tibia.

—¡Está vivo! Excavad con cuidado —exclamó el lord.

El cuidado no era la virtud principal de Rob, y fueron Brian y Dick quienes intentaron quitar las rocas. Trabajaban a toda prisa. Brian tosía y Doug creyó que se debía al polvo, pero para Dick significó una señal de alarma y echó un vistazo nervioso al pajarito en su jaula... y entró en pánico en el acto: el animalito se tambaleaba en su percha.

—¡Gas! ¡Aquí hay gas! ¡Tenemos que salir de aquí enseguida! Arrastrad fuera al muchacho, Rob, Will. Si no lo lográis tendremos que dejarlo aquí.

Cuando Rob y William lo arrastraron fuera, el muchacho

soltó un quejido. Brian tosía más violentamente y también Doug creyó percibir un extraño olor.

—¡Rápido, salid de aquí! —gritó Dick, que negó con la cabeza cuando Doug lanzó una mirada inquisidora a la derrumbada galería—. Allí bajo ya no hay nadie con vida, quienes no murieron cuando se derrumbó se han asfixiado. ¡Daos prisa! Ven, muchacho.

Sostuvo a Brian mientras William y Rob arrastraban al muchacho rescatado hasta la entrada de la galería. Este volvió a gemir, así que era evidente que seguía vivo. Doug echó un último vistazo a la galería, se persignó, cogió la jaula del pájaro y echó a correr tras sus hombres. Brian estaba apoyado en la pared, jadeando, mientras Will y Rob cargaban al muchacho en la jaula de extracción.

Doug le lanzó una mirada escudriñadora.

—Tú serás el próximo en subir —decidió.

—No... vos... vos debéis seguir vivo, vos... sois el conde de Caernon... —replicó Brian, negando con la cabeza.

—He aspirado mucho menos del maldito gas que tú.

—No se trata de eso. El condado os necesita.

En aquel momento a Doug le daba lo mismo lo que necesitara el condado. Era desconcertante que aquel sencillo minero pensara en ello. Sin embargo, quiso meterlo en la jaula de extracción cuando por fin volvió a descender.

—Los dos podéis montar en la jaula. Acabamos de subir a Will y al muchacho en ella —dijo Dick, poniendo fin al debate—. Creo que aguantará. Al menos lo espero. Porque el gas se aproxima, no podemos esperar hasta que nos suban uno por uno.

Doug tuvo que esforzarse para no ser presa del pánico cuando las cuerdas del montacargas se tensaron. Si se rompían, los cuatro estaban condenados a morir. A su lado, Brian temblaba, de miedo o de cansancio; Doug lo rodeó con el brazo y lo sostuvo: lo único que le faltaba era que el muchacho se cayera.

Tras la galería invadida por el gas, el aire fresco tenía el mismo efecto que un sorbo de champán y Doug se sentía embriagado cuando los hombres lo ayudaron a abandonar la jaula. Brian se tambaleaba.

—Id a buscar a Elizabeth —susurró Doug—. Ha aspirado gas, necesita ayuda. Y volved a bajar y a subir este montacargas una vez más, por el amor de Dios...

Como en un sueño, observó que volvían a bajar la jaula de extracción e interminables minutos después apareció con Rob y Dick. Brian se había desplomado a su lado y vio que Elizabeth se ocupaba de él; Anna hacía lo propio con el muchacho herido. Doug se arrastró hasta Elizabeth.

—Quise... quise cuidar de él... —susurró—. Lo siento.

—Está con vida, señor —dijo ella con voz suave, y el único deseo de Doug era que ella lo rodeara con los brazos como abrazaba a Brian—. Mirad: ya está recuperando el conocimiento. Pero ahora vos también debéis descansar. Bebed un poco y después dormid.

Doug notó el roce fresco de la mano de Elizabeth en la mejilla. Le quitó los cabellos empapados en sudor de la frente y dijo a una muchacha que le trajera agua. Después Doug no supo cómo había llegado hasta el granero en el que cuidaban de los heridos y donde los ayudantes dormían, agotados. Solo recordaba que tropezó hasta una cama, que se dejó caer en ella y que cerró los ojos. Descansar, solo descansar... El joven duque se rindió al cansancio y, rodeado de sus hombres y de los mineros de Blaemarvan, cayó en un profundo sueño.

8

Doug no pudo disfrutar mucho tiempo de su descanso. En cuanto llegó al castillo la noticia del milagroso rescate del último minero, Lissiana envió en su búsqueda a un paje, que, no obstante, esperó un poco porque, al igual que las escasas mujeres que aún estaban despiertas en la enfermería, consideró que despertar al conde era una insensatez.

—Puede ir al castillo mañana por la mañana —dijo Anna—. Ahora lo que más necesita es una cama y puedo asegurar a la joven dama del castillo que hoy no notará si duerme entre sábanas de seda o de basto algodón.

El paje no se atrevió a regresar al castillo con tal mensaje, así que lo postergó durante una hora, pero después despertó a Doug.

—Milord, perdonadme, pero es impropio que pernoctéis aquí entre los hombres. Lady Lissiana ha preparado una alcoba para vos en el castillo.

—¿Pernoctar? —se quejó Doug—. Ya no es de noche, está saliendo el sol. Dile a la condesa que acudiré más tarde, que aún he de inspeccionar la mina —añadió. A continuación se dio la vuelta y volvió a cerrar los ojos.

—No me creerá, milord —dijo el paje, inquieto—. Acompañadme por favor, solo es una breve cabalgada.

Estaba tentado de zarandear al conde, pero eso hubiera sido

demasiado osado. Doug estaba lo bastante despierto como para comprender el dilema del paje.

—De acuerdo, muchacho, iré...

Y todavía adormilado se quitó la manta en la que alguien lo había envuelto. Recordó haber soñado que Elizabeth se hallaba al pie de su cama, pero ella primero se ocuparía de Brian.

Cougar lo aguardaba delante del granero, ya ensillado.

—¿Al menos tú has dormido bien, viejo amigo? —preguntó al semental, que le rozó el hombro con el morro.

Era evidente que no le había faltado de nada, pues Charly había estado allí para ocuparse de todo. Doug esperaba poder volver a tenderse en una cama en cuanto llegara al castillo, pero no fue así. Lissiana lo aguardaba en los aposentos que había dispuesto para él. Llevaba un chal amplio y ligero de seda verde y por debajo quizá solo un camisón. Sus largos cabellos se derramaban sobre los hombros, aterciopelados y pesados como un velo.

—Os saludo, héroe mío —dijo con voz suave, y sus ojos brillaban como el terciopelo verde iluminado por el sol—. Me han dicho que esta noche habéis salvado otra vida. ¡Espero que al menos haya sido para mayor gloria de vuestra dama, caballero! Según dicen, durante semejantes heroicidades, Lanzarote siempre pensaba en Ginebra.

Lissiana le dedicó una sonrisa; parecía descansada y pulcra, y el aroma de su pelo era el de las flores de los prados. Seguramente, cuando había regresado al castillo, sus doncellas la habían bañado y peinado, porque de los esfuerzos realizados como ángel de la mina no quedaba ni rastro. Lissiana estaba de pie ante él, fresca y seductora como la mañana, y Doug notó que su cansancio se desvanecía lentamente.

—Pero ¡venid! Os he preparado un baño. Y una cama, claro está, pero no podéis dormir en ese estado. Estáis cubierto de polvo y vuestro atuendo está completamente estropeado.

Entonces le desabrochó el jubón con manos diestras.

Hasta aquel momento Doug no se había dado cuenta de que

aún llevaba el traje de fiesta del día anterior y siguió a Lissiana hasta una habitación anexa donde había una gran tina.

—Desvestíos y meteos en la tina. ¿O acaso necesitáis ayuda?

Interpretando el papel de una diligente doncella, Lissiana lo ayudó a quitarse la camisa. Doug tenía los músculos doloridos tras el trabajo con la pica, al que no estaba acostumbrado, pero también temblaban bajo el ligero roce de las manos de ella. El chal se deslizó de su hombro mientras lo ayudaba a desvestirse y reveló su piel blanca como la leche. Doug se avergonzó al darse cuenta de que él todavía tenía el cuerpo cubierto de una gruesa capa de polvo y sudor.

Lissiana se apresuró a retirar las manos y dijo:

—Sois realmente apuesto, milord, pero me niego a acariciaros mientras estéis cubierto de mugre. Y ahora quitaos los pantalones, no seáis melindroso. Anoche ayudé a vuestra amiguita a curar a los heridos. Sé cómo están hechos los hombres. —Doug no dudó de ello, pero sí de la intervención de Lissiana como enfermera.

»Os agrada esa pequeña bruja, ¿verdad? No lo neguéis, he visto como le lanzabais miradas anhelantes, aunque ella solo tiene ojos para su menudo y debilucho minero. Pero si os apetece un poco de magia, no tengo inconveniente en demostraros que yo soy una hechicera más grande que ella.

Lissiana deslizó las manos por encima del vientre de Doug y le desabrochó el pantalón. Él quiso agacharse para quitárselo, pero soltó un gemido cuando una punzada dolorosa le atravesó la espalda: tenía los músculos muy tensos.

—Dejadme hacer, milord, vuestra varita mágica está en buenas manos conmigo.

Y para demostrárselo rodeó el miembro viril, que empezaba a erguirse, y lo liberó de la tela que lo envolvía. Doug, desnudo ante ella, tiritó pese a la calidez de la mañana estival. La tina de agua resultaba muy tentadora.

—Vamos, meteos en la tina, yo os frotaré la espalda —dijo Lissiana, dando un paso a un lado.

Al sumergirse en el agua perfumada, Doug inspiró profundamente: Lissiana había esparcido pétalos de rosa en la superficie y el jabón también despedía el aroma seductor de las flores del estío.

—Enseguida os daré un masaje, pero primero lavaos la cara; parecéis un negro.

Lissiana sumergió un dedo en el agua y le salpicó espuma en las mejillas. Doug cerró los ojos para evitar que entrara el jabón. Hubiera sido agradable dejarse caer en el agua tibia y dormirse. Cuando la espuma pegada a sus mejillas se enfrió, creyó volver a sentir la mano suave y consoladora de Lissiana.

—Necesitáis descansar, señor...

Pero ella estaba allí y él no podía quedarse dormido en presencia de una dama que se ocupaba de él con tanto afán. Entonces se sumergió bajo el agua para deshacerse del cansancio y los sueños, lo cual no bastó para eliminar el polvo grasiento que le cubría la piel y el pelo. Por fin dejó que Lissiana le enjabonara los cabellos y los enjuagara vertiendo agua limpia de un jarro.

—Tenéis el pelo bonito —dijo ella lisonjera—. Como la luz del sol del verano. Qué opináis: ¿si tuviésemos hijos serían rubios como vos o morenos como yo?

—Espero que posean vuestra belleza, Lissiana —dijo Doug, suspirando.

El agua estaba tibia y le acariciaba el cuerpo, y las manos diestras de Lissiana acariciaban y amasaban los músculos tensos. Empezó por masajearle la nuca; era como si su cuerpo vibrara al tiempo que ella lo masajeaba y depositaba besos muy delicados en el nacimiento del cabello. Estaba de pie, a su espalda, y dominaba el juego con las manos y los labios con gran virtuosismo. Cuando le lamió los lóbulos de las orejas y tanteó los músculos de su pecho, un temblor recorrió el cuerpo del joven.

—Sois fuerte como un oso y vuestros músculos duros como el acero, casi como si trabajarais en la mina. ¿Os agradaría, milord? Imaginad que solo fuésemos una humilde pareja de mineros. Yo dirigiría vuestra casa y ordeñaría las cabras, y vos regresaríais todas las noches de la mina, sucio y exhausto, y yo os aguardaría con el baño preparado.

La idea de que Lissiana ordeñara una cabra le hizo gracia y, riendo, la cogió del brazo y la obligó a inclinar la cabeza para besarla. No, no le diría que los humildes mineros, por lo general, ni siquiera disponían de un cubo donde lavarse ni que sus mujeres también trabajaban duro y que seguro que por las noches no tendrían ganas de calentar agua y cargar con cubos. En la aldea de Caernon, las personas que querían asearse se bañaban en el río.

Entonces volvió a pensar en Elizabeth, en su figura de ninfa cuando se sumergió en las aguas del río rodeada de su cabellera húmeda y rizada. Lissiana notó que, mientras la besaba, él volvía a retirarse y se situó detrás de él una vez más. Le masajeó la espalda, le frotó el firme trasero con un paño y tanteó su entrepierna. La verga estaba erecta hacía un buen rato. Siguió por encima de los testículos y el miembro de Doug palpitó.

A Doug le hubiese gustado verla ante él; en parte para saber que realmente era ella con la cual se unía en un sueño y no la esposa de otro. Pero ese día Lissiana permaneció invisible y solo sus manos de color alabastro juguetearon con su sexo; un mechón de sus oscuros cabellos cayó por encima del hombro de Doug y flotó en el agua. Doug lo cogió y se lo enrolló en un dedo, lo frotó y lo acarició, y notó el temblor de Lissiana, como si percibiera el tierno roce a través del pelo. Ella no tocó el miembro erecto y tembloroso, era una maestra en postergar el estallido de sus sentidos. En vez de eso, frotó por encima de las caderas y los muslos. Doug quiso volverse, una vez más, pero Lissiana se lo impidió con dulce violencia.

—No os mováis, relajaos, dejadme hacer.

Cuando los dedos de ella rodearon el glande y acariciaron el miembro con toques minúsculos, Doug arqueó la espalda y deseó que ella por fin lo cogiera con la mano, lo masajeara con fuerza y le proporcionara alivio, pero ella se limitó a seguir jugando.

—¿Qué es una bruja sin una varita mágica?

Los dedos de Lissiana parecían trazar anillos mágicos alrededor de la verga y al notar las palpitaciones soltó una carcajada, la cogió con la mano derecha, comenzó a trazar círculos en el agua y le cosquilleó la punta con la izquierda. Miles de llamas abrasaban el cuerpo de Doug. Lissiana había logrado lo que quería: en su cabeza y su corazón ya no había lugar para otra mujer, Doug solo vivía para su tacto y estaba dispuesto a servirla hasta el fin de su existencia si ella le regalaba la dulce satisfacción. Finalmente, ella aumentó la presión, formó un hueco con las manos similar a la rosa oculta en su entrepierna y lo acogió. Doug embistió y se perdió en un arco iris de aromas, tibieza y sensualidad; se incorporó en la tina con movimiento espasmódico y presionó la cabeza contra un cojín de suave piel. Lissiana debía de haberse bajado el camisón y desnudado los pechos. Él percibía su cuerpo en la nuca y en los hombros y, soltando un gemido, apoyó la cabeza en el hueco entre ambos pechos. Después volvió a deslizarse en el agua y flotó, exhausto, mientras Lissiana reunía varias toallas.

—¡Casi me salpicáis y empapáis! —dijo en tono burlón—. Así que hice bien en quitarme el chal. —Solo llevaba una fina camisa blanca, que, más que ocultarla, destacaba la belleza de su cuerpo—. Y ahora venid, quiero secaros.

Doug abandonó la tina, pero, antes de que ella pudiera envolverlo en la toalla, la alzó en brazos y la llevó hasta la cama de la habitación contigua. Los juegos en la tina y su aspecto seductor le habían abierto el apetito y quería más. Le arrancó la camisa con un movimiento rápido y le cubrió el cuerpo de besos apresurados. Sus pechos desnudos e impúdicos resultaban muy excitantes. Ella se apretujó contra él, presionó su bajo vientre contra el suyo y Doug notó que su miembro volvía a endurecerse. Completamente desnuda, parecía una diosa italiana de mármol, pero su piel era más cremosa, y no lisa y fría, sino tibia y un tanto húmeda después de que él presionara su cuerpo desnudo contra el de ella. El único deseo de Doug era poseer toda la sensualidad de aquella muchacha. La flor entre sus piernas estaba abierta, debía de estar húmeda y dispuesta a acogerlo. Doug apoyó una pierna encima de ella, notó su calor y se incorporó por encima de su cuerpo. Volvió a besarle los pechos, percibió el ansia de ella y se dispuso a penetrar en su más íntimo portal. Pero en el último instante ella lo empujó hacia atrás y Doug soltó un gemido cuando su miembro duro y dispuesto a embestir resbaló por encima de la cadera de Lissiana, quiso presionarse contra ella de costado... pero Lissiana se apartó con expresión casi horrorizada.

—¿Qué estás haciendo, Doug? ¿Cómo has podido aprovecharte de mi debilidad? Soy virgen, pero casi... ¡Esto nunca debiera de haber ocurrido! ¡Estuvimos a punto de perder la compostura! Ahora deja que me marche. ¡Esto ha sido imperdonable! —exclamó. Luego rodó a un lado y trató de cubrirse el sexo con lo que quedaba de su camisa.

—Pero... tú también lo deseabas, Lissiana. —El cuerpo de Doug todavía palpitaba de excitación—. Jamás hubiese hecho nada en contra de tu voluntad...

—¡Esto no tiene nada que ver con mi voluntad! Al contrario: ¿acaso no me entregué a tu abrazo? Pero mi virginidad es sagrada; y tú lo sabes. Hasta que... ¡bien, eso también lo sabes! Así que, si quieres poseerme por completo, si quieres navegar conmigo hasta las orillas de la dicha con mi consentimiento, tendrás que cortejarme.

Lissiana estaba sentada junto a él; el cubrecama de seda le cubría el sexo y los largos cabellos caían por encima de sus pechos como un velo y los ocultaban a la mirada de él. Era increíblemente bella con sus rasgos aristocráticos y perfectos, su cuerpo blanco y voluptuoso, que la excitación parecía iluminar desde el interior y que había invadido un anhelo que casi la llevó a atravesar límites inauditos.

—Piénsatelo, Doug de Caernon, y no tardes demasiado. Mi padre también ha estado buscando por otras partes. Dicen que incluso el duque de Glenmorgan ha manifestado su interés...

Cuando Lissiana abandonó la habitación, Doug ya no pudo

conciliar el sueño. Todavía ansiaba descansar, le dolía la cabeza y estaba fatigado, pero su cuerpo aún temblaba debido a la insatisfecha excitación; el corazón le palpitaba con fuerza y tenía la piel ardiendo. Lissiana había tendido sus redes con astucia: él jamás averiguaría si lo que casi la impulsó a entregarse a él era la lujuria o el puro cálculo. ¿Lo había dejado abrasándose de deseo para castigarlo por haberla tratado de modo similar? ¿O se trataba de aquel matrimonio? ¿Pretendía acelerar una decisión que de todos modos estaba pendiente? Daba igual lo que Doug sintiera por Elizabeth o lo que Charly dijera de Lissiana: la hija de lord Blaemarvan era la primera elección para ocupar la posición de condesa de Caernon. Era inteligente, sensual, educada para gobernar... ¡y su actuación en la mina bastaba para demostrar que quizá no se compadeciera de sus súbditos, pero sabía muy bien cómo conquistarlos! Y a ello se sumaba su belleza sobrenatural. La gente de Caernon la adoraría porque parecía una princesa de un cuento de hadas.

Pero no parecía un elfo. Daba igual que Doug procurara ser sensato: ante sus ojos solo veía la imagen de Elizabeth, en la hierba con los pies descalzos y hojas en los cabellos húmedos, flotando en el río, acariciada por las aguas, el cuerpo pequeño y delicado bronceado por el sol... Se frotó las sienes. Todo eso era una tontería. Podía soñar con las hadas, pero no casarse con ellas. Había que casarse con una mujer de su rango, educación y costumbres. Si encima eran sensuales y bellas como Lissiana, era una bendición. El amor... ¿quién hablaba de amor?

Doug se revolcaba en la cama, inquieto, y volvió a recordar los últimos comentarios de Lissiana sobre posibles pretendientes El interés del duque daba a todo el asunto una dimensión política. El viejo Blaemarvan no tenía hijos varones, así que, si el duque se casaba con Lissiana, Glenmorgan recuperaría el condado y volvería a concedérselo a algún hombre que le fuera leal, a un ansioso por el poder como él, a un desenfrenado guerrero o a un adulador infame. Doug no creía que le agradara mucho ser vecino de un favorito del duque, que siempre estaría vigilando Caernon, lo que, tal vez, despertara su envidia. No, resultaba indudable que para Doug sería mucho mejor hacerse con el condado vecino y eso significaba casarse con Lissiana.

Desmoralizado por sus pensamientos reiterativos, abandonó la lucha y la idea de conciliar el sueño; además, tenía hambre y sed. Seguro que en la sala del conde servirían el desayuno y por otra parte el sol ya lucía en el cielo. Era improbable que Blaemarvan lo esperara para desayunar y, además, en realidad no tenía ganas de encontrarse con el conde ni con Lissiana. Sería mejor que bajara a la mina; allí seguro que las mujeres dedicaban todo el día a preparar comida para los heridos y los ayudantes; muchos de los hombres, que al igual que él habían trabajado durante toda la noche, aún dormían y esperarían que les proporcionaran un desayuno cuando despertaran.

Se puso de pie y buscó sus cosas: la idea de volver a ponerse aquella ropa sucia no le agradaba, pero no le quedaba otro remedio. Se quedó estupefacto al ver que en la habitación contigua, a un lado de la tina en la que el agua se había enfriado hacía tiempo, habían dispuesto ropas limpias para él. Debían de pertenecerle a un criado pues, si bien eran de un buen paño, el corte era sencillo; el típico uniforme de un criado cuyo aspecto no debía ofender ni llamar la atención de los señores. Doug se puso las ropas oscuras y poco llamativas; el jubón era un tanto estrecho y los pantalones, demasiados cortos, pero todo estaba limpio. En cuanto se vistió y abandonó la habitación que daba al adarve, se sintió mejor. No se encontró con nadie en la escalera que daba al patio del castillo y solo Charly aguardaba en las caballerizas almohazando un caballo.

—¿Ya estáis despierto, milord? —preguntó el caballerizo en tono sorprendido pero desacostumbradamente respetuoso—. En la mina dijeron que cavasteis casi hasta la madrugada, junto a vuestros hombres. A fe mía, señor, que yo nunca hubiera osado hacerlo. Allí abajo, en medio de la noche eterna... ya tengo miedo cuando la luna se oculta detrás de las nubes. ¡Y encima lograsteis salvar a más personas! La gente habla de vos como de un santo.

Doug se rio.

—No soy un santo; ni lady Lissiana es un ángel. Pero ensilla a *Cougar*, Charly, quiero comprobar que todo funciona correctamente en la mina. ¿Qué opinas, crees que después podremos reunir a nuestros hombres y regresar a casa? ¿O allí aún necesitan más ayudantes?

—Tal vez un par de mujeres —respondió Charly, encogiéndose de hombros—. Algunos hombres han sufrido heridas muy graves y ayer la única mujer un poco entendida en tratarlas perdió a su marido y a su hijo, así que no estará muy dispuesta a vendar las heridas de otros.

Doug asintió.

—A lo mejor Anna y Elizabeth querrán quedarse...

Le hubiese gustado preguntar a su caballerizo por Brian y por Elizabeth, pero no lo hizo. Charly era un muchacho despierto, con mucho oído para los matices; no podía dejar que pensara que había algo entre su señor y la comadrona, ¡por el amor de Dios!

No obstante, Doug apenas logró dominar su deseo de ver a Elizabeth y condujo a *Cougar* hasta la entrada de la mina donde aún reinaba un gran ajetreo. Numerosos hombres se dedicaban a trabajar: al parecer, lord Blaemarvan ya había mandado desmontar las instalaciones de la vieja mina. Tras el escape de gas en la galería, hasta él tuvo que admitir que debía abandonarla. Empezarían las excavaciones lo antes posible.

Los familiares de los muertos aún se apiñaban en torno a la boca de la mina y lloraban: se lamentaban por no haber logrado recuperar los cadáveres. El rescate de los heridos les había dado esperanzas, pero el escape de gas acabó con ellas. Los hombres quedarían enterrados en la mina.

—¡Al menos será en un ataúd de plata! —comentó una de las mujeres en tono amargo.

Doug hubiese querido decirle algo para consolarla, pero las palabras resultaban inútiles.

Ante los graneros el ambiente era más alegre. Las mujeres de

Caernon habían vuelto a abrir su improvisada cocina. Un aroma a pan fresco flotaba en el aire, y había leche y mantequilla. Doug vio yuntas de las granjas vecinas y supuso que habían llegado más provisiones. Vestido de criado, casi no llamaba la atención, y lo agradeció. ¡Ser venerado como un santo era lo último que le hacía falta! Solo Anna, la mujer regordeta de Dick, lo reconoció en el acto y lo saludó cordialmente. Parecía exhausta pero también de muy buen ánimo.

—¿Ya estáis en pie, milord? ¡Dick aún duerme a pierna suelta! ¿Os apetece un poco de pan y queso? También puedo ofreceros puré de ciruelas. ¿O es que ya desayunasteis en el castillo?

Doug negó con la cabeza y aceptó el ofrecimiento con entusiasmo. Todavía tenía dolor de cabeza, pero confió en que se le pasaría si comía algo. Entre tanto también lo habían reconocido unos cuantos hombres y se acercaron para darle las gracias. Doug se sentó junto a ellos en uno de los toscos bancos de madera rápidamente montados y escuchó las inacabables alabanzas acerca de su intervención y las historias que intercambiaban sobre la aventura del día anterior. Solo entonces se dio cuenta de que tenía mucha hambre. Tras saciar su sed bebiendo tres vasos de leche fresca, devoró varias rodajas de pan. Se sintió realmente repuesto y decidió que era hora de preguntar por los heridos; nadie consideraría impropio que se reuniera con Elizabeth. No estaba con las otras mujeres, así que debía de encontrarse en el granero.

—Todos sobrevivieron a la noche —le informó uno de los hombres acerca del estado de los mineros—. Pero dos de ellos están graves. Vuestra comadrona de Caernon y Anna, la mujer del viejo Dick, estuvieron atareadas toda la noche. El último muchacho que rescatasteis está muy mal herido...

—Iré a verlo —dijo Doug, levantándose.

Su corazón palpitó más deprisa al pensar que vería a Elizabeth, aunque podía ser que no tuviera ganas de hablar con él: solo albergaba un vago recuerdo del aspecto que tenía Brian el día anterior, pero parecía más muerto que vivo.

Al menos en el granero no reinaba el ambiente de un depósito de cadáveres; por el contrario, los hombres que solo habían sufrido heridas leves bromeaban entre ellos, con sus familias y con las diligentes ayudantas que también les servían pan y leche. En el suelo, entre las camas, estaban tendidos otros hombres, que, al parecer, no estaban heridos, sino agotados y dormían a pierna suelta. Rob roncaba y Dick abrazaba una manta de lana como si fuese Anna, su mujer.

Los heridos más graves estaban alojados en un rincón tranquilo del granero. Allí más bien se oían gemidos y no risas, y allí encontró a Elizabeth. Estaba sentada junto a la cama de su marido; Brian se removía inquieto, agitado por un sueño febril y balbuceando fragmentos de palabras, como si estuviera enredado en una pelea o un combate. Doug oyó su voz desesperada murmurando:

—No, no, tú, no... tú, no...

Oyó que susurraba un nombre y después un sollozo ahogado. A su lado, Elizabeth intentaba calmarlo hablándole en voz baja, acariciándolo y obligándolo a tenderse una vez más cuando corría peligro de caer de la cama. Por fin sus esfuerzos dieron fruto y Brian se quedó quieto, pero respirar le costaba un esfuerzo. Aún tenía la cara sucia de polvo y cubierta de sudor.

—Tranquilo, amado mío, estoy a tu lado...

La voz de Elizabeth era dulce y consoladora, como si cantara una nana a un niño. No dejó de acariciarle el pelo y las manos inquietas que tanteaban la manta. Después cogió un paño dispuesto junto a un cuenco lleno de agua para refrescarle la frente y quitar el resto del polvo de su rostro. Con un gesto infinitamente tierno, le quitó la suciedad de las profundas arrugas que el esfuerzo de la noche anterior había grabado en sus rasgos. Brian estaba pálido, tenía los ojos cerrados rodeados de sombras y los labios agrietados. Elizabeth los humedeció con el paño y luego lo sumergió en el agua, lo escurrió y empezó a masajear las sienes de Brian con movimientos suaves. Le cubrió la frente con el paño en forma de compresa y le quitó un poco más de suciedad del rabillo de los ojos y de las mejillas antes de repetir todo el proceso, sin dejar de acariciar y besar al enfermo. Doug no podía apartar la vista de ella y, de pronto, deseó ocupar el lugar del hombre tendido en el estrecho camastro, a pesar de que en aquel momento la situación de Brian era poco envidiable.

—¿Cómo se encuentra? —preguntó en voz baja—. Quiero decir... ¿está...? ¿El gas lo ha envenenado?

Elizabeth se volvió sorprendida y, para alivio de Doug, le sonrió al reconocerlo.

—No, no os preocupéis, milord. Solo tiene fiebre, pero más por el cansancio que por el gas. ¡Mirad!

Indicó una ventana a sus espaldas, un rayo de luz la atravesaba e iluminaba la cama de Brian. Había puesto la jaula del también rescatado pajarillo ante la ventana; el animalito pegaba saltitos en su percha y soltaba alegres trinos.

—Está contento. No creyó que volvería a ver la luz del día una vez más —dijo ella, traduciendo los trinos de la avecilla.

Doug rio.

—Entonces el escape de gas no debe de haber sido mortal. De lo contrario esas aves mueren con rapidez.

—Brian se recuperará —añadió Elizabeth, asintiendo con la cabeza—. Solo está exhausto. Os agradezco que lo sacarais, milord.

—No hay de qué; que subiera conmigo se debió a la casualidad más que a otra cosa y que notáramos la presencia del gas a tiempo fue gracias a ese pequeño cantor —explicó, rascando los barrotes de la jaula hasta que el pajarillo le picoteó el dedo—. Y el muchacho, ¿cómo se encuentra?

Elizabeth lanzó una mirada de preocupación a la figura tendida en la cama junto a la de su marido. Solo entonces, cuando ella volvió el rostro hacia la ventana, Doug tuvo oportunidad de observarla más minuciosamente. Parecía casi tan exhausta como su marido. Estaba ojerosa, su tez había adoptado un tono gris y apagado, y se había mordido los labios. Un jirón de tela le sostenía el pelo, quizá porque los cabellos le estorbaban mientras cuidaba de los heridos. El vestido que llevaba estaba sucio de polvo y manchado de sangre, pero para Doug era hermosa. No veía las huellas del cansancio, sino solo la compasión que sentía por el muchacho.

—Está gravemente herido. Tiene las dos piernas rotas, pero creo que sobrevivirá.

El muchacho soltó un quejido. Elizabeth se acercó a él, le refrescó la frente y trató de hacerle beber un poco de agua.

—Tiene que beber mucho —dijo—. Y, por cierto, vos también. Si es verdad que trabajasteis tan duro como los otros mineros, sudaríais mucho.

Entonces contempló a Doug con mayor atención, con la mirada escudriñadora de una sanadora. Doug consideró que su aspecto no debía de agradarle, porque él también parecería fatigado, extenuado y reseco, y no presentaba el aspecto del hombre atractivo de sonrisa luminosa que él quería ofrecerle. Pero quizá Elizabeth se percató de su aspecto cuidado y de sus ropas limpias.

—Veo que se han ocupado de vos —dijo con una sonrisa torcida—. Supongo que fue *el ángel de Blaemarvan*, ¿verdad?

Lo dijo con tono casi despectivo y Doug se maldijo a sí mismo por avergonzarse, pues tenía todo el derecho de aprovechar la comodidad del castillo, ¿no?

—Sí, lady Lissiana me preparó un baño. ¿Es que os molesta? —preguntó intentando bromear a pesar de usar un tono duro.

Elizabeth bajó la vista.

—No me incumbe, señor, perdonad; estoy cansada.

—Según me han dicho, lady Lissiana también hizo lo suyo para ayudaros a cuidar de los heridos y encargarse de todo —añadió él, severo.

La ira brillaba en la mirada de la joven, pero luego su rostro adoptó la expresión pícara habitual, los hoyuelos aparecieron en sus mejillas y dejaron adivinar su belleza.

—¡Oh, sí! Se comportó de manera realmente angelical. Sobre

todo aprovechó el talento de los ángeles para salir volando en cuanto las primeras gotas de sangre amenazaron con mancharle el vestido.

Doug tuvo que reírse.

—La dama posee otras cualidades.

La mirada de Elizabeth se deslizó por encima de su pelo lavado y su rostro y sus ropas limpias, y se detuvo un instante en la ligera curvatura de su entrepierna.

—Supongo que sí —dijo en tono irónico.

Después volvió a su tarea y lavó la cara del joven rescatado. Quizá no tuvo tiempo de hacerlo durante la noche.

—¿Podrá volver a andar? —preguntó Doug para intentar cambiar de tema. Se acercó a la cama—. ¿Y ganarse el sustento?

—Todavía no lo sabemos —respondió Elizabeth, encogiéndose de hombros—. Depende de que Anna y yo hayamos hecho bien nuestra tarea. Intentamos enderezar las fracturas y luego le entablillamos las piernas.

Alzó la manta que cubría al muchacho y dejó ver los miembros cubiertos de gruesas vendas y apoyados en sacos de heno.

Las mujeres debían de haber trabajado durante horas confeccionando aquellas complicadas guías; estaba convencido de que Elizabeth no había pegado ojo y Doug volvió a sentirse culpable: al menos él pudo dormir después de trabajar en la mina; y encima tuvo la fuerza suficiente para navegar hacia orillas prohibidas con Lissiana.

—Creo que tuvimos bastante éxito —continuó diciendo Elizabeth, cubriendo al muchacho con la manta—, pero al final el tiempo lo dirá. Lo único que podemos hacer es obligarlo a guardar cama durante tres lunas como mínimo. Si lo hace... bien, no volverá a trabajar en la mina, pero podrá andar con muletas. Y entonces también encontraremos una tarea más sencilla para él, con un poco de buena voluntad. —Su tono de voz denotaba que ella dudaba de la buena voluntad de los Blaemarvan.

—Hablaré con el conde al respecto —dijo Doug en tono escasamente esperanzado.

—Tal vez sería mejor que confiarais en el buen corazón de la joven dama —aventuró Elizabeth con mirada pícara.

Doug no supo qué contestar, pero entonces Brian le ahorró la respuesta.

—Elizabeth... milady... —murmuró, removiéndose en la cama.

—Estoy aquí, Brian —dijo ella, corriendo a su lado.

Le acarició el rostro y le quitó el resto de polvo de los ojos que, por fin, había abierto. Le lanzó una débil sonrisa, pero al ver a Elizabeth su cara volvió a iluminarse, como siempre cuando estaba junto a ella. Un brillo surgido del interior también iluminó a Elizabeth y su voz se tornó cantarina una vez más.

—Estoy aquí, no me he movido de tu lado en toda la noche.

—Milord... —Brian lo había reconocido detrás de su mujer y trató de incorporarse e inclinar la cabeza, pero Doug le indicó que permaneciera tendido con un ademán—, me alegra ver que os encontráis bien. ¿Y los demás?

—Todos lograron salir —dijo el joven lord, tranquilizándolo—. ¡Incluso ese de ahí! —añadió, señalando el pajarillo.

Brian se rio y la risa lo hizo toser. Elizabeth le acercó un vaso a los labios y Brian bebió, sediento.

—Enseguida... me levantaré... Seguro que queréis poneros en marcha... Vuestra propia mina...

Doug negó con la cabeza.

—Hoy no habrá actividad en la mina de Caernon, Brian, no tenemos prisa. No te preocupes por la paga, todos los hombres que prestaron ayuda aquí recibirán una bonificación y también instaré a lord Blaemarvan a que disponga una paga para los ayudantes. Al fin y al cabo nos debe la vida de ocho hombres.

—¿Y el muchacho...?

—El muchacho está vivo.

Mientras los hombres hablaban y Elizabeth estaba arrodillada junto a su esposo y lo acariciaba con la mirada, algo ocurrió junto a la entrada del granero. Doug notó el enmudecimiento que era común entre los trabajadores en presencia de un representante de la nobleza; un momento después oyó que pronunciaban respetuosos saludos. Lord y lady Blaemarvan entraron en el granero y se volvieron hacia las personas con gesto cordial. Él intercambió unas palabras con cada uno de los rescatados. Lissiana, envuelta en un vestido de preciosa seda verde oscura que manifestaba tanto su dolor por los muertos como la alegría por la operación de rescate, les dedicó una sonrisa encantadora. Con el rostro crispado, Elizabeth observó como bailoteaba de una cama a la otra, a veces acomodaba una almohada y otras acariciaba la mejilla a un muchacho, sobre todo a los que no estaban gravemente heridos y ya habían tenido la oportunidad de asearse. Elizabeth parecía enfadada.

Pero a Doug todo el asunto le resultaba más bien cómico. El espectáculo ofrecido por Lissiana era perfecto. Toda una lady. «Lady...», pensó Doug, y recordó que Brian había llamado milady a Elizabeth cuando se despertó. ¿Acaso ellos jugaban al mismo juego que él y Lissiana había inventado por la mañana, pero al revés? ¿Se imaginaban que eran señores viviendo en un castillo, mimados y favorecidos por el destino, mientras que Lissiana adoptaba el papel de la humilde mujer de un minero?

Lissiana se acercó a la cama de Brian y clavó la vista en Elizabeth. Era la primera vez que Doug veía a ambas mujeres una junto a la otra, y, al ver la sonrisa triunfal de Lissiana, se dio cuenta de que ella también notaba que salía ganando en la comparación. Elizabeth, pálida y exhausta, con los cabellos sin brillo e hirsutos, sudada y mugrienta, y todavía más delicada de lo que ya era. Lissiana, de una belleza deslumbrante, aseada y descansada, los labios rojos y húmedos, los ojos refulgentes, la estrecha cintura, los pechos abundantes y las caderas destacadas por el corsé y el vestido de corte sofisticado.

Lissiana se dirigió a Brian con una sonrisa.

—Me han dicho que tuviste una actuación destacada durante la búsqueda de nuestros mineros. Te harán llegar una pequeña suma de dinero como recompensa.

—Gracias, milady, pero no necesitamos limosnas —dijo Elizabeth en tono duro—. Lo que hicimos lo hicimos con mucho gusto. No tenéis que recompensarnos.

Brian lanzó una mirada de desaprobación a su mujer y frunció el ceño, pero Doug notó que, pese a la reprimenda, sus ojos brillaban al contemplarla, mientras que había hecho caso omiso de la sonrisa de Lissiana.

—Ah, sí, tú eres Elizabeth, la bruja de la aldea de Caernon. Así que también he de darte las gracias a ti —dijo Lissiana, lanzándole una mirada arrogante—. Pero no te recompensaré, porque considero que tus tareas aquí más bien son una compensación. ¡La gente dice que hechizaste mi yegua durante la carrera!

Elizabeth alzó la vista; el cansancio había dado paso a una expresión de alerta, sus ojos se oscurecieron y sus pupilas se estrecharon.

—¿Quién dice eso? —preguntó Doug antes de que la muchacha pudiese responder.

—La gente de Caernon y de Rhondda. Dicen que os oyeron a ambos cuchicheando, milord, en el atajo que conduce a Rhondda. Hablabais en tono íntimo, acerca de un hechizo. Era una yegua muy valiosa, Elizabeth, y hoy está coja —explicó Lissiana, mirando alternativamente a Doug, Elizabeth y Brian, como si dirigiese sus últimas palabras al joven.

—Eso son tonterías —balbuceó Elizabeth.

—¡Vamos, Lissiana! No daréis crédito a semejantes cuentos fantásticos, ¿verdad? —exclamó Doug en tono apaciguador. No debía enfadarse, ya que podían pensar que tenía sentimiento de culpa—. La yegua está coja porque cabalgasteis sin la menor contemplación. Si os place, haré que vaya mi caballerizo a examine la pata del animal.

—¿Y por qué no vuestra brujita? ¿Con qué te pagan, pequeña? ¿Con oro y plata? Llevas un prendedor muy valioso para una muchacha de tu clase —dijo, tratando de coger la pequeña joya. La joven retrocedió instintivamente.

Brian quiso incorporarse, pero todavía estaba agotado y volvió a toser. La tos se convirtió en una convulsión que le agitó todo el cuerpo.

—Más bien se parece al regalo de un lord que al de un minero —prosiguió Lissiana.

Elizabeth no le prestó atención, solo tenía ojos para Brian. Lo abrazó cariñosamente y le apoyó la cabeza contra su pecho hasta que, por fin, él se tranquilizó. Después volvió a tenderlo en el lecho y le dio de beber. Cuando vació el vaso de agua, se volvió hacia Lissiana con expresión serena.

—La joya la heredé y como comadrona recibo el mismo pago que cualquier otra mujer que realice ese trabajo. No tengo motivos para avergonzarme de ello. A lo mejor un día os alegraréis, milady, si una experta en la materia como yo se encarga de vos cuando os pongáis de parto.

Elizabeth se quitó el pelo de la frente, un par de mechones se habían soltado, y, como de costumbre, flotaban en torno a su rostro. Su enfado parecía haber agitado los rizos y volvía a parecer un elfo; pero un elfo muy enfadado.

—No domino la brujería, de lo contrario no me encontraría aquí. Creedme: una mujer capaz de hacer brujería no estaría sentada en una choza de la aldea construida sobre una mina de plata. No pasaría los días y las noches temiendo por su marido que saca vuestra riqueza en medio de la noche eterna —exclamó Elizabeth, cada vez más encolerizada, y era como si sus ojos lanzaran chispas—. Hace tiempo que una hechicera, sobre todo si tuviera pocos escrúpulos, hubiera conquistado un castillo. Así que tened cuidado, milady, y procurad no encontraros con alguna y ofenderla, porque podría escoger el vuestro y vos os encontraríais ordeñando cabras.

Elizabeth había pronunciado el título de Lissiana como si escupiera. Ya no se molestaba en disimular su desprecio por la muchacha rica e insensible que se rodeaba de un lujo por el cual hombres en minas inseguras y mal apuntaladas perdían la vida. Brian le cogió la mano para apaciguarla, pero ya era demasiado tarde para evitar la desgracia.

Lissiana estaba muy pálida y Doug casi creyó ver sus agitados pensamientos tras la frente de alabastro. Aquella mañana había hablado de la leche de cabra, ¿verdad? Si era supersticiosa, pensaría que Elizabeth le había leído los pensamientos.

—¡Esto tendrá consecuencias! —murmuró. Echó un breve vistazo al muchacho de la cama vecina, el último de los heridos, y se alejó con actitud arrogante—. ¡Quitad a esta muchacha de mi vista, milord, de lo contrario la haré encadenar hoy mismo!

9

Hacía horas que Charly había organizado la partida de los aldeanos de Caernon; los caballos estaban uncidos a los carros y aguardaban ante la mina, así que, tras marchar Lissiana, se pusieron en marcha casi de inmediato. Iba a quedarse Anna para indicar a las mujeres y a las madres de los heridos graves los cuidados que debían prodigarles.

—Pero solo hasta mañana, antes de que yo también adquiera fama de bruja —comentó persignándose.

La noticia de la disputa entre Elizabeth y Lissiana se extendió con rapidez, pero, por suerte, la gente de Caernon no se tomó el asunto en serio. Apreciaban a Elizabeth y tampoco daban crédito al tema de una yegua embrujada, porque estaban firmemente convencidos de la imbatibilidad de *Cougar*, el semental del conde de Caernon. Pero no ocurría lo mismo entre los habitantes de Blaemarvan, donde unos cuantos habían apostado dinero a la victoria de Lissiana y, por tanto, no iban a tener el menor inconveniente en adjudicar la derrota a la brujería.

En todo caso, Doug consideró que sería mejor cumplir con el deseo de Lissiana y alejar a Elizabeth de Blaemarvan lo antes posible. Estaba furioso y al principio quiso soltar una reprimenda muy dura a la joven, pues un arrebato como el suyo era impropio frente a una noble. Pero la mirada de reproche de

Brian y el terror manifiesto de Elizabeth lo detuvieron. La propia muchacha sabía muy bien que sus palabras la habían puesto en una situación muy peligrosa. Doug solo le ordenó que reuniera sus pertenencias y montara en el carro cuanto antes. Poco después contemplaba el asunto con mayor serenidad: había ocurrido y podía comprender muy bien la indignación de Elizabeth, porque, al fin y al cabo, Lissiana no solo la había acusado de ser bruja, sino casi de ser adúltera con aquel «hablabais en tono muy íntimo...», lo cual también suponía una indirecta contra Doug.

Era impensable que Brian cabalgara y Doug ordenó que lo tendieran en una camilla, pero el marido de Elizabeth insistió en abandonar el granero por su propio pie y, apoyado en Rob, se arrastró hasta uno de los carros; después sufrió otro ataque de tos y tuvo que tenderse. Doug supuso que al día siguiente notificaría que estaba enfermo, sin embargo, Dick le informó que se había presentado en la mina, pero que le había ordenado que no bajara y se dedicara a cumplir con otras tareas.

—El muchacho ya ha tragado bastante polvo en los últimos días; y también un par de sapos. Vuestra pequeña lady de Blaemarvan tiene una lengua viperina. Os recomiendo que os encarguéis de domarla si es que pensáis cortejarla —gruñó Dick.

Doug se preguntó cómo lo había averiguado, pero los aldeanos y los criados de los castillos no eran tontos ni ciegos, desde luego. Ellos también sabían que un vínculo entre Caernon y Blaemarvan era lo mejor que podía suceder a la región, y daba igual lo que opinaran sobre Lissiana.

Al día siguiente Anna también regresó de Blaemarvan y la situación pareció serenarse. Doug ya comenzó a albergar la esperanza de que Lissiana hubiese olvidado el asunto de Elizabeth y que no ocurriría nada más. Pero entonces Brian se presentó en el castillo; acudió al atardecer, después de trabajar en la mina, y parecía casi tan extenuado como aquella noche en Blaemarvan. Aguardaba en el patio del castillo, pálido y sucio, y cuando hizo acudir a Doug, que se encontraba en las caballerizas, inclinó la cabeza con aire sumiso. El joven conde se preguntó si tenía que reprocharle su aspecto: presentarse ante su señor e incluso pedirle audiencia vestido de manera negligente se consideraba una falta de respeto. Pero Brian no parecía irrespetuoso y, en cuanto empezó a hablar, Doug comprendió por qué no había pasado por su casa antes de presentarse en el castillo. Al parecer, Elizabeth ignoraba sus intenciones.

—Perdonad que os moleste. Me desagrada incordiaros, pero sois el único que puede ayudarnos, milord. Mi mujer ha recibido orden de presentarse ante el párroco de Blaemarvan, la acusan de brujería y el sacerdote quiere aclarar el asunto. Os ruego humildemente que declaréis como testigo y que le aseguréis que no existió un acuerdo entre vos y Elizabeth para hechizar a la yegua.

Brian había bajado la vista al hablar, pero, al acabar, la mirada de sus ojos de color gris claro buscó la de Doug, a quien al oírlo, le recorrió la espalda un escalofrío. El sacerdote de Blaemarvan iniciaba una investigación. ¿Qué significaba eso? ¿Un interrogatorio? ¿O acaso un proceso por brujería? Doug había visto muchas cosas durante sus viajes y más que había oído. A veces aquellas investigaciones se convertían en escenas terribles. La mujer sospechosa de ser bruja no tenía la menor oportunidad: la ahogaban o le rompían todos los huesos, y entonces quedaba rehabilitada, o superaba el juicio y eso demostraba que era una bruja. Doug apenas conocía al clérigo de Blaemarvan, pero no quería correr el menor riesgo.

—Por supuesto que declararé a su favor —contestó—. Todo este asunto es un disparate. Me encontré con tu esposa a orillas del río y la acompañé durante un trecho. Hablamos de la carrera y yo me burlé un poco de su talento como hechicera. Alguien debe de haber malinterpretado mis palabras.

Brian asintió.

—Eso fue lo que ella me contó, pero esas indiscreciones siempre son peligrosas. Perdonad, milord, no quería reprocharos nada, pero ya veis adonde conducen. Las personas son supersticiosas, señor, y tienden a pensar lo peor de los demás. —Sus ojos grises de mirada inteligente se clavaron en el rostro de Doug. En aquel momento se trataba de otra cosa, no de brujería.

Doug se mordió los labios, no tenía por qué justificarse, pero lo hizo.

—No hubo nada entre tu esposa y yo. Intercambiamos unas palabras un par de veces. Me parece bonita e inteligente, pero jamás me acerqué a ella con intenciones impúdicas... y ella tampoco hizo nada para animarme. Te doy mi palabra, como tu señor y como noble.

Brian asintió con aire sosegado.

—No es necesario —dijo en tono digno—. Yo ya tengo la palabra de una noble.

A la mañana siguiente Doug insistió en cabalgar a Blaemarvan junto con Brian y Elizabeth. No aguardaría a que lo citaran, sino que vigilaría la investigación desde el principio; en todo caso lograría evitar que Johnston, el párroco de Blaemarvan, hiciese daño a Elizabeth, pero no sabía qué acontecería si se hacían cargo del asunto eclesiásticos de mayor rango o si el duque decidía intervenir. Como medida de seguridad reunió una escolta formada por cuatro de sus caballeros y ordenó a Charly que se uniera al grupo.

—Encárgate de echar un vistazo a la yegua en cuestión, Charly —dijo a su caballerizo mientras conducían fuera los caballos—. No hace falta que te presentes ante los señores, pero habla con los mozos de cuadra y pregúntales de mi parte si podemos dejar nuestros caballos en el castillo durante la entrevista e intenta tirarles de la lengua: debo saber qué le ocurre a la yegua de la condesa.

—Hace tiempo que sé lo que le ocurre a la yegua —dijo Charly con una sonrisa maliciosa—. El caballerizo de Blaemarvan me preguntó qué opinaba mientras vos os encontrabais en la mina. La yegua sufre una herida en la rodilla; tardará en sanar, pero no es grave. No tiene nada que ver con la magia.

Doug soltó un suspiro de alivio. Al menos podía aducir eso ante el párroco y confió que lo comprendiera. A veces los eclesiásticos podían ser bastante ignorantes.

Durante el camino a Blaemarvan, Elizabeth guardó un silencio desacostumbrado. Volvía a cabalgar detrás de Brian, en la grupa de *Priscilla*, y parecía intimidada, pálida y delgada. Llevaba un severo moño cubierto por una redecilla negra, una decisión inteligente porque así ocultaba su cabellera rubio rojiza. Se sospechaba de las pelirrojas antes que de cualquier otra mujer de practicar la brujería. Llevaba un vestido de color oscuro que le quedaba demasiado grande. Su vestido de mudar se había estropeado aquel día en Blaemarvan y, aunque una mujer de la aldea acudió en su ayuda, no tuvieron tiempo para modificar el vestido. Elizabeth solo había reducido el escote para ocultar el nacimiento de los pechos. En todo caso, el vestido ocultaba sus curvas y el sacerdote no podría acusarla de tratar de perjudicar la investigación mediante la seducción. Tampoco llevaba su amuleto de la suerte, el pequeño prendedor; debía evitar toda señal de presunción o de arrogancia.

Era como si Doug percibiera el temor de Elizabeth de manera casi corporal; vio que clavaba los dedos en el jubón de Brian; a diferencia de la última vez que cabalgaron juntos, se aferraba a él desamparada y buscando protección. El viaje pareció prolongarse horas. Doug había partido temprano y se tomaba su tiempo: quería evitar que el viento despertara el rubor de las mejillas de Elizabeth y la despeinara.

El caballo de Lissiana ya se encontraba ante la iglesia, así que ella estaría presente para formular su acusación. Doug suspiró; Elizabeth parecía muy tensa, demasiado tensa. No podía permitirse otro arrebato de ira. Doug no sabía si hacía lo correcto, pero la muchacha le daba pena y su instinto le dijo que debía hacer algo para animarla. Mientras Brian y Charly se encargaban de los caballos, se acercó a ella y la miró a los ojos.

—Lamento lo que os ocurre. Es culpa mía en parte.

—Tonterías —replicó Elizabeth, negando con la cabeza—. La culpa es mía: me dejé ir, fui descortés con lady Blaemarvan y ahora me lo hace pagar. No os acusará a vos.

—No temo por mí, nadie acusa a lord Caernon de brujería, pero vos... veréis, señora: cuando participé en la carrera y vos sentíais temor por mí, me disteis una prenda como señal de vuestro aprecio. Permitid que ahora os entregue otra.

Doug extrajo un diminuto crucifijo colgado de una cadenita de oro. Lo había encontrado en su cámara del tesoro tras una prolongada búsqueda; si mal no recordaba, había pertenecido a su abuela, que era monja. Las damas de Caernon llevaban crucifijos más ostentosos, en general adornados de piedras preciosas.

Elizabeth sonrió.

—¿Osáis dármelo? ¿Es que los crucifijos no se abrasan cuando los toca una bruja?

Doug tuvo que reírse.

—¡Pues eso supondría una prueba inocua! No, señora, pero solo es un préstamo, desde luego. Quiero recuperarlo cuando hayáis superado la prueba.

La burla volvió a asomar en la mirada de Elizabeth.

—¿Para que podáis regalárselo a vuestra dama?

—Lo habéis adivinado. Hoy recibirá su consagración.

Ella permitió que le rodeara el cuello con la cadenita. Él rozó su cuello tibio al cerrarla y vio como el vello dorado de la nuca se erizaba. El rubor cubrió las mejillas de la joven cuando la mirada de Doug se posó en su escote, donde el crucifijo destacaba sobre la piel morena.

—Decid que lo intercambiasteis por vuestro prendedor para expiar vuestra arrogancia —susurró.

Elizabeth asintió y, con la cabeza bien alta, se encaminó a la iglesia seguida de su marido y su caballero.

—¡Oh no, no en mi casa! —exclamó el párroco Johnston, un hombre menudo y belicoso de voz dura. Había recibido a Elizabeth y su séquito en su propia casa, y Doug lo había instado a iniciar el interrogatorio de inmediato—. La bruja ha de rendirme cuentas en la casa de Dios, ante el rostro de nuestro Señor. ¿O acaso temes entrar en la casa de tu creador, muchacha?

—¡No soy bruja! —contestó Elizabeth—. Y todos los domingos vos me veis en esta iglesia. ¿Por qué ahora habría de negarme a pisarla? Dios será mi mejor testigo.

Jugueteó de modo ostensible con el crucifijo y Doug se preguntó si se debía a los nervios o si allí interpretaba su papel con el mismo talento que Lissiana, hacía un par de días en la mina.

No obstante, la puesta en escena de Lissiana tampoco era despreciable. La joven condesa estaba sentada a la derecha del párroco, con la vista baja. Llevaba un vestido verde oscuro y los cabellos sueltos, sin ornamentación y solo sostenidos por un lazo de terciopelo, tal como le correspondía a una virgen. Elizabeth, Brian y Charly no se dignaron a mirarla, solo Doug la saludó con una breve sonrisa casi de disculpa.

—Lamento que os veáis involucrado en esto, milord —dijo ella con voz áspera.

—No era necesario que acudierais —comentó el párroco.

Doug tuvo que controlarse para no dar rienda suelta a su enfado.

—Resulta que esta mujer de mi aldea ha sido acusada de haber embrujado un caballo por indicación mía. Al menos eso fue lo que colegí de las palabras de lady Lissiana, así que es de ley que yo testifique. Bien, vayamos a la iglesia y acabemos con este asunto; ¿o acaso pretendéis dedicar todo el día a estas tonterías?

—¡La brujería no es ninguna tontería, milord! —lo reprendió el párroco—. Es una acusación grave y...

—He visto mucho mundo, reverencia, y no tengo inconveniente en admitir que el diablo anda metido en ciertos chanchullos humanos, ¡pero no aquí en Gales, en una carrera de obstáculos! Y estaría muy atareado si quisiera prestar oídos a las murmuraciones de todas las muchachas campesinas cuyo amado ha perdido su dinero apostando en una carrera —añadió Doug, meneando la cabeza y dedicando una sonrisa a Elizabeth y a Brian para animarlos.

—Tú eres el esposo de la acusada —dijo el sacerdote a Brian en tono severo—. ¿Apostaste dinero por uno de los jinetes?

Brian lo contempló con expresión serena.

—Ni un penique, señor —respondió.

—Bien —dijo el sacerdote, asintiendo con la cabeza—, entonces seguidme todos, es decir... ¿qué hace aquí este muchacho? —preguntó señalando a Charly, que retorcía su gorra con manos inquietas.

—Ese hombre es mi caballerizo —le explicó Doug—. Ha de pronunciarse respecto de la yegua de milady.

El sacerdote parecía disgustado, pero no puso más reparos cuando Charly siguió a los demás a la iglesia. Elizabeth hizo una reverencia ante el altar y se persignó, y fue la única que no pegó un respingo cuando, sorprendentemente, el párroco los salpicó a todos con agua bendita: era evidente que contaba con ello y, así, había superado la primera prueba.

—Bien, Elizabeth, esposa de Brian de Caernon...

—De Glenavon —corrigió Brian.

Doug aguzó el oído. Que él supiera, era la primera vez que Brian o Elizabeth manifestaban sus orígenes.

—Elizabeth de Glenavon. Te acusan de provocar cojera a la yegua mediante la brujería y de haber reforzado otro caballo administrándole un bebedizo mágico con el fin de afectar el resultado de una carrera. ¿Qué tienes que decir al respecto?

Elizabeth comenzó a hablar con la cabeza gacha, pero al poco la picardía volvió a apoderarse de ella y su voz cantarina parecía casi divertida.

—Perdonad, pero si eso fue un bebedizo mágico, tendríais que citar a todos los mesoneros y elaboradores de cerveza de la isla. Admito que di a beber una pinta de cerveza al caballo de lord Caernon, pero también otros lo hicieron, todos los mozos de cuadra conocen ese truco. Claro que a lady Blaemarvan le escanciaron vino, a lo mejor también lo compartió con su yegua, lo cual a su vez podría explicar que tropezara.

—¡Déjate de palabrería, muchacha! —tronó el párroco—. ¿No sientes respeto por esta sagrada casa?

—Perdonad, señor —contestó Elizabeth, bajando la vista.

—Bien. La yegua de lady Blaemarvan perdió la carrera. Desde entonces cojea y nadie sabe a qué se debe. Me han informado que la pata del animal está hinchada y fría. ¡Todo ello indica brujería! Si no, ¿cómo lo explicarías tú?

Elizabeth se encogió de hombros.

—No soy mozo de cuadra, señor. Puedo ayudar a una mujer a dar a luz y también conozco algunas hierbas que ayudan a mitigar algunas dolencias. Pero, por más que quiera, ignoro por qué cojea un caballo.

—Entonces será mejor que se lo preguntemos a un caballerizo —se inmiscuyó Doug para abreviar el asunto—. Habla con toda libertad, Charly, Charles de Rhondda. Según tu opinión, ¿qué causa la cojera de esa yegua?

Charly sacó pecho. Era evidente que tenía talento para las actuaciones públicas importantes, pero, antes de que pudiese hablar, Lissiana dijo:

—¡Pero si él no la ha visto!

—Sí, milady —objetó Charly tras hacer una reverencia—. Con vuestro permiso, vuestro caballerizo me pidió consejo cuando me encontraba en Blaemarvan con mi señor. Y ambos opinamos que vuestra yegua tiene afectada la articulación de la rodilla, y sabed, milord, milady, que en los caballos las rodillas están bastante arriba, allí donde uno más bien supondría que está la cadera, y está rodeada de músculos grandes y fuertes, así que resulta difícil ver dónde está la inflamación...

—¿Y, según tu experiencia, dicha dolencia suele deberse a los efectos de la magia? —preguntó el párroco contemplándolo con mirada fría.

Charly, por el contrario, lo miró con expresión cándida.

—No, señor, en general es el resultado de pisar mal, tropezar y quedarse enganchado durante el salto.

—¿Pero no podría ser el diablo quien tendió esa trampa e hizo tropezar a la yegua? —gritó Johnston.

Doug casi tuvo que reprimir una carcajada; la expresión de los ojos redondos y castaños de Charly era muy cómica. Contemplaba al sacerdote como si tratara con un bromista o con un niño un poco retardado. Pero no bajó la guardia y le dio una respuesta cargada de toda su astucia campesina.

—Puede ser, milord, pero no lo creo. Veréis, he visto a milady montar y es una amazona tan veloz que Satanás apenas lograría darle alcance.

Doug se rio. Lissiana parecía halagada. El párroco no parecía muy satisfecho. Se dirigió a Doug:

—¿Juráis que no hubo ningún acuerdo entre vos y la presente Elizabeth con el fin de perjudicar a esa yegua?

Doug se puso de pie, se acercó al altar y apoyó la mano sobre él.

—Juro por Dios y por la Virgen María, por mi honor y mis tierras, que nunca insté a una bruja a actuar en contra de alguien en este mundo, por no hablar de una yegua inofensiva propiedad de una dama tan hermosa como Lissiana de Blaemarvan. Hubiese dejado que la dama me venciera con mucho gusto, pero no necesité brujería alguna para derrotarla.

—Bien... —El sacerdote asintió con la cabeza.

El delicado rostro de Elizabeth expresaba alivio y lanzó una sonrisa agradecida a Doug y también a Charly, que se la devolvió.

—Eso no es todo. —La voz cortante de Lissiana estropeó el ambiente y la tensión volvió a aumentar—. Elizabeth de Glenavon no solo embrujó a mi yegua. También amenazó con embrujarme a mí, quitarme mi castillo y mis bienes mediante la brujería y reducirme al rango de moza de cuadra. —Su mirada estaba brillante por la ira y tenía un aire triunfal.

—¡Eso no es verdad! —gritó Doug—. Yo fui testigo de ese

incidente, reverencia, y también el esposo de Elizabeth. Admito que la muchacha se comportó de manera impertinente. Se dejó llevar por la cólera y es comprensible que milady se sienta ofendida. Elizabeth debería pedirle perdón de rodillas. Pero nadie amenazó a nadie.

—Bien, ¿y qué fue lo que dijiste, muchacha? —preguntó el párroco, fulminándola con la mirada.

Elizabeth se había puesto muy pálida.

—Milady me acusó de ser una bruja y yo le dije que, si lo fuera, emplearía mis artes para otras cosas que para embrujar a su yegua. Mi marido y yo somos pobres, señor. Si pudiese hacer uso del poder de Satanás, ¿acaso no modificaría dicha circunstancia? —dijo, y volvió a persignarse al pronunciar el nombre del diablo.

El párroco se quedó pensando. No era la primera vez que a lo largo de la mañana Doug pensaba que no era muy inteligente.

—¡Las brujas suelen fingir! ¡Ante los ojos de los buenos cristianos viven en chozas miserables, pero por las noches se dan la gran vida entre los brazos de su cornudo amante!

Brian se puso de pie; su enfado era evidente, pero se controló de manera ejemplar.

—Perdonad, señor, pero hace dos años me uní cristianamente en matrimonio con esta mujer. Desde entonces ha dormido entre mis brazos todas las noches —dijo, y la mirada con la que contempló a Elizabeth manifestaba todo el amor que sentía por ella.

—Eso es lo que crees tú, muchacho —le replicó el párroco—. ¡Pero quién sabe con qué espíritu has compartido el lecho!

Doug puso los ojos en blanco.

—Así no lograremos avanzar, señor párroco —dijo con toda la autoridad de su cargo—. Podemos dedicar tres días más a elucubrar sobre de qué manera una bruja puede engañar a la comunidad cristiana, en caso de que deseara hacerlo. Dejad que la muchacha jure que no ha embrujado a nadie. Por mí podéis bañarla en agua bendita o decirle que bese el altar o que realice las otras pruebas, sean las que sean, que aquí y ahora podemos llevar a cabo sin inconveniente. Todo este asunto es ridículo y vos también lo sabéis, así que abreviémoslo.

El párroco pareció volver a reflexionar, pero entonces un brillo se asomó a sus fríos ojos azules y señaló a Elizabeth con su nudoso índice,

—¡Marcas de brujas! Una hechicera no puede ocultar las marcas de brujas. Examinaremos su cuerpo para ver si tiene alguna.

—¡Me niego a que mi mujer sea exhibida en público! —exclamó Brian en tono furibundo.

—Y yo me niego a que mis súbditos sean maltratados. No permitiré que dedos lascivos toquen a una mujer virtuosa y que quizá incluso le claven agujas porque su cuerpo presenta unos cuantos lunares —dijo Doug.

La sugerencia del sacerdote fue como una puñalada. No recordaba ninguna marca llamativa en el delicado cuerpo de Elizabeth, pero a fin de cuentas solo la había visto de lejos y detrás de una cortina de hojas. Como era pelirroja y de piel delicada y pecosa, era de suponer que tenía lunares, tal vez muchos y llamativos. Y Doug había oído historias espantosas acerca de lo que hacían los sacerdotes para diferenciar dichos inofensivos cambios de pigmentación de las marcas de brujas.

Lissiana alzó la mano con gesto elegante y pidió la palabra.

—Yo tampoco quiero que hagan daño a una mujer que tal vez sea inocente —dijo con voz melosa—, pero ¿por qué no hacéis que la examine una mujer? Eso no afectaría su pudor.

—¿Acaso os estáis ofreciendo, milady? —preguntó Doug en tono gélido.

Lissiana negó con la cabeza con expresión horrorizada.

—En ningún caso, conde, ella ya amenazó con embrujarme una vez, así que no correré ese riesgo de nuevo. No, pienso en la vieja Ermingarde, nuestra comadrona de Blaemarvan. Vive fuera de la aldea, pero sabemos que es una buena cristiana. Vos podríais darle unas indicaciones, señor párroco.

—Eso es... —«infame» quería decir Doug, pero logró controlarse en el último instante.

Enfurecer más a Lissiana resultaba inútil, pero su proposición era increíblemente malvada, porque, si había una mujer en el ducado de Glenmorgan que detestaba a Elizabeth, a buen seguro que sería esa Ermingarde, ya que la joven quitaba los clientes a la vieja curandera. Además, Elizabeth no se había referido a la vieja con comentarios amables acerca de la ayuda que le prestó durante el parto de su hijo. Si el párroco dejaba la vida de Elizabeth en manos de aquella mujer...

Elizabeth parecía opinar lo mismo y sus bellos ojos manifestaban su terror. Brian le rodeó los hombros con el brazo.

—¿Queréis dejar que una bruja opine sobre otra posible bruja? —preguntó con voz ronca—. No lo permitiré. En todo caso, si lo permitiera, entonces alguien debe supervisar dicho examen. Yo.

—Tú eres su esposo; y a lo mejor eres su cómplice. ¡Ni hablar! —gritó el párroco.

Brian guardó silencio, pero Doug vio que apretaba los puños. Su mirada, normalmente serena, reflejaba tensión y cólera, pero, por detrás, el miedo también se asomaba a sus ojos. Si *desenmascaraban* a Elizabeth como bruja, también interrogarían a su marido, tal vez bajo tortura. Todo el asunto podía tener enormes y muy peligrosas consecuencias. El párroco se pasó la lengua por los labios.

—En ese caso, un miembro de la Iglesia o de la nobleza ha de supervisar el examen —dijo, dedicando una mirada lasciva a Elizabeth.

La muchacha, que hasta entonces había permanecido de pie en silencio y con la cabeza gacha, y que solo manifestaba su inquietud toqueteando el crucifijo con gestos nerviosos, tan nerviosos que Doug temió que la cadena se rompiera, alzó la vista y percibió la infamia reflejada en la cara de Lissiana, la avidez en la del eclesiástico, la impotencia de Charly y la muda desesperación de Brian. Dirigió la mirada a Doug y susurró:

—¡Os lo suplico! Os ruego que me concedáis el favor de ser testigo de ese examen. Sois un noble, no permitiréis que me hagan daño y reprimiréis cualquier pensamiento impropio. Por favor...

Doug contempló su rostro delicado, el temblor de sus párpados y sus labios trémulos. Tenía los ojos llenos de lágrimas y estaba a punto de perder el oremus. En manos de su rival podría estar perdida y bajo la supervisión de un extraño perdería su honor, si es que no la obligaban a cometer adulterio. Aquel párroco baboso a duras penas lograba ocultar sus intenciones. Pero Elizabeth todavía no se había rendido y durante un instante se alegró de que confiara en él.

—Si aceptáis, señor párroco, supervisaré la prueba con mucho gusto —dijo Doug en tono firme—. Si ambas brujas conspiraran entre ellas lo descubriré y también examinaré los posibles indicios, lo juro por Dios. Pero exijo una garantía: que ello ponga fin al asunto de manera definitiva. ¡No permitiré ningún otro intento de ahogar o incluso quemar a la joven en la hoguera!

El párroco reflexionó y luego asintió, aunque era evidente que lo lamentaba.

—Considero que, como vos sois su señor, podemos adjudicaros ese triste deber. Aguardad aquí y dedicaos a vuestras plegarias; iré en busca de la vieja Ermingarde.

La sonrisa de Lissiana era triunfal y se persignó antes de volver a tomar asiento en uno de los bancos de la iglesia. Doug se arrodilló junto a Brian. Elizabeth no dirigió la mirada a ninguno de los dos, sino que se dirigió a la nave lateral de la iglesia, donde se desplomó ante el altar de la Virgen María. Los dos hombres la oyeron llorar. Doug se acercó a su esposo.

—En confianza, Brian, ¿tiene lunares en alguna parte? ¿Puede encontrar algo esa mujer?

Brian asintió con expresión seria, pero sin dejar de dirigir la mirada hacia delante y simular que susurraba plegarias.

—Claro que tiene lunares; incluso uno muy grande. Si la vieja quiere engañaros, está perdida. Debéis hacer algo, al menos debéis impedir que la detengan de inmediato. Porque entonces podremos huir. ¿O acaso creéis en esas historias de brujas?

Doug hizo un movimiento negativo con la cabeza.

—Ninguno de los presentes lo cree, excepto ese párroco memo que cree que el diablo hace zancadillas a los caballos. Ni siquiera Lissiana: está enfadada y le da igual el daño que puede ocasionar. Pero anímate, hombre, primero hay que esperar la llegada de esa comadrona. A lo mejor podemos sobornarla. No tengas miedo —dijo, poniéndole una mano en el hombro.

No podía evitarlo: se sentía unido al esposo de Elizabeth. Su corazón también se encogió al verla arrodillada ante el altar, con la cabeza gacha y la espalda agitada por los sollozos. Sus rizos indomables volvían a soltarse de la fina redecilla y el vestido demasiado grande temblaba alrededor de su cuerpo de elfo. Doug compartía la desamparada tensión del hombre arrodillado a su lado que, al igual que él, ansiaba abrazar a la muchacha, consolarla y después llevarla lo más lejos posible de ese lugar. Tal vez Brian lo haría incluso ese mismo día. Doug, por su parte, durante el resto de su vida echaría de menos el brillo de su mirada, la brisa jugando con sus rizos y su voz, dulce como una melodía. ¡No podía suceder! Doug se removió en el banco, inquieto. Quizá podría soportar que Elizabeth amara a otro, pero no volver a verla nunca más le resultaba insoportable. Deslizó una mirada desesperada a través de la nave casi desierta y se detuvo en Lissiana, aún sentada en el banco.

Sí, esa era la solución. Si lograba embaucar y seducir a Lissiana, si conseguía que ella retirase la acusación... Eso ahorraría a Elizabeth la humillación del examen y también la *revelación* de su pacto con el diablo. Doug luchó consigo mismo. Tras lo que había ocurrido, su simpatía por Lissiana se había evaporado. Ya no tenía ganas de verla, por no hablar de tocarla y de jugar sus juegos, pero no había otra posibilidad y tal vez se vería obligado a ofrecerle algo más que un renovado coqueteo. Se mordió los labios y tomó una decisión. El conde de Caernon se puso de pie dispuesto a cerrar su pacto con el diablo. Devoto y murmurando la primera plegaria sincera del día, hincó la rodilla ante el altar y luego se acercó a Lissiana.

—Perdonad, milady, ¿os apetece salir fuera conmigo? Creo que a ambos nos vendría bien un poco de aire fresco —dijo, tendiendo la mano a Lissiana.

La joven lo miró con expresión sorprendida.

—¿No preferís quedaros aquí y apoyar a vuestra brujita? —preguntó con una sonrisa malvada.

Doug se obligó a responder en tono amable.

—De momento, la única mano que me apetece sostener es la vuestra —dijo en tono galante—. Así que concededme el honor. No dejaremos que los asuntos de una aldeana hechicera se interpongan entre nosotros, ¿verdad, querida mía?

Al pronunciar las últimas palabras Doug casi se atragantó, pero surtieron el efecto deseado. Lissiana se puso de pie e hizo una reverencia ante el altar. Al abandonar la iglesia junto a Doug, lanzó una mirada malvada a Elizabeth, que ni siquiera alzó la vista. Estaba demasiado envuelta en el capullo de miedo y desesperanza, y puede que también estuviera rezando.

Doug confió que lo recordara en sus oraciones. ¿Aprobarían Dios y la Virgen lo que estaba haciendo? Condujo a Lissiana al otro lado de la iglesia, donde había un pequeño cementerio que, tras el opresivo ambiente reinante en la iglesia, resultaba casi sorprendentemente normal. Al lado se encontraban la casa del párroco y los establos. Doug abrió la puerta del establo. Era mejor que nadie presenciara lo que quería y debía hacer.

—¡Milady! —Empezó su discurso cogiendo la mano de Lissiana con gesto cariñoso—. Os ruego que aceptéis mis disculpas. Sé que os he ofendido, por ejemplo, en la carrera: no la gané mediante brujería, pero tampoco fue una competición justa. Cabalgar a través del pantano fue una presunción, un auténtico caballero hubiese tenido mucho gusto en resultar derrotado por vos, y también confieso que lancé miradas impropias a las mujeres de la aldea, algo que en vuestra presencia resulta imperdonable. Pero las miradas no pasaron a los hechos, pues ¿cómo podría haber gozado con el cuerpo de otra cuando, durante unos momentos absolutamente preciosos, me concedisteis el placer de tocar el vuestro? Si queréis castigarme, milady, aceptaré los castigos que queráis imponerme. ¡Mi vida está en vuestras manos! —Jugueteaba con los dedos de ella, y se esforzaba en no hablar de manera apresurada y, sobre todo, en no resultar demasiado insistente.

»No obstante, con respecto a Elizabeth de Glenavon... Sabéis que ella no ha hecho nada salvo soltar algunas tonterías. Acusarla de ser una bruja por ello no es digno de una dama; no es digno de una condesa de Caernon.

—¿Una condesa de Caernon? ¿Os he oído bien, milord? —preguntó. Su voz profunda era como el ronroneo de una tigresa.

Doug asintió y se arrodilló ante ella.

—Sí, Lissiana, como máxima expresión de mi aprecio, como señal de mi respeto y veneración, os ofrezco mi nombre y mis tierras. Permitidme que os corteje, milady.

Doug alzó la vista con mirada suplicante y, esperanzado, notó que sus palabras encendían las mejillas de ella, pero su mirada le causó un escalofrío: era la primera vez que se percataba de que aquellos ojos brillantes eran gatunos y que brillaban como los de una fiera.

—¿Así que me amáis, Doug de Caernon? —preguntó ella lentamente.

Doug asintió y trató de hablar en tono fervoroso.

—Sí, milady. Os adoro. En comparación con vos no puede existir otra mujer para mí.

Lissiana le tendió la mano indicando que se pusiera de pie. Su rostro adoptó una luminosidad sobrenatural, pero no era la tierna luz del amor por fin correspondido, sino el ardor del triunfo sobre una rival, sobre el hombre arrodillado ante ella; tal vez solo el ardor del triunfo en un juego ideado por ella misma.

—Pues demostrádmelo. —Su voz era como una ráfaga que anuncia la tormenta: seductora, pero también amenazadora.

Doug la abrazó e intentó que ella no notara su disgusto. Buscó el escote con los labios, el nacimiento de los pechos. Quería seducirla, besarla y excitarla sin prisas, como un experto. Le resultaba difícil, pero, por otra parte, el amor no era necesario para satisfacer a una mujer. Él conocía todos los pequeños trucos, los toques suaves... había jugado ese juego a menudo. Pero Lissiana no quería que la condujera lenta y placenteramente hasta las orillas de la voluptuosidad. Presionó el cuerpo contra el del hombre de manera tan salvaje que era como si quisiera absorberlo por completo, convertirse en parte de él en aquel preciso instante. Apenas dejó espacio para que las manos de él la acariciaran y, en cambio, restregó su cuerpo contra el de Doug hasta que su miembro viril se endureció, incluso en contra de su voluntad. Ese día Lissiana no quería caricias, quería que el encuentro fuese embriagador y arrebatador. Los cuerpos debían sellar el cortejo de Doug, aunque tenía la intención de seguir conservando el tesoro de su virginidad. Con todo, restregó su pubis contra la cadera de él, le clavó los dedos en la espalda y se le aferró con tanta violencia que logró levantar las piernas y rodearle las caderas. Doug le levantó la falda, tanteó los muslos y los frotó con el mismo ritmo salvaje exigido por los movimientos de ella. Se centró en su aroma y sus carnes firmes, notó que el deseo lo invadía y se detestó por ello, pero, detrás de toda la lujuria por la cual se sentía sucio, no dejó de pensar en Elizabeth. Cuanto antes pusiera fin a aquella situación, antes podría regresar a la iglesia y antes Lissiana retiraría sus acusaciones y Elizabeth estaría a salvo.

Jadeando, tanteó en busca de su sexo bajo las numerosas camisas y enaguas que Lissiana llevaba. Seguro que durante la extraña visita a la iglesia ella no había contado con que una mano lujuriosa tendría que abrirse paso, ya que no había escogido su atuendo para facilitar la tarea a su amante. De pronto, Doug se dio cuenta de hasta qué punto sus anteriores encuentros habían sido planeados y dirigidos por Lissiana: aquello que a él debía parecerle una pasión espontánea, solo era un frío cálculo.

Obligándose a tener paciencia, jugueteó con su liguero al tiempo que ella soltaba un gemido de placer. Apartó la ropa interior de encaje y sus dedos descubrieron el nido velludo y suave que cubría su sexo. Se enrolló unos mechones con el dedo. Después su mano tanteó la rosa, sintió la carne tibia y palpitante, y la cubrió con la mano como para protegerla. Lissiana se contorsionó, susurró suplicando más y él se abrió paso hasta la hendidura que conducía al portal de su feminidad. Lissiana se enderezó, cabalgó en su mano y trató de que la penetrara más profundamente. La parte inferior de su cuerpo se retorció y por fin un espasmo voluptuoso la agitó. Doug separó un dedo y penetró en su portal con mucho cuidado, para no romper antes de tiempo la membrana protectora que daba acceso a su lubricidad. Lissiana soltaba gritillos reprimidos; eran como las voces ahogadas de las aves. El pequeño pajarillo cantor ante la ventana de Elizabeth... «Creyó que nunca volvería a ver el sol.»

Doug trató de zafarse del abrazo de Lissiana; su miembro aún palpitaba, pero no ansiaba la satisfacción. Al contrario: de solo pensar en ello se le partía el corazón. En última instancia toda la excitación causada por el bello cuerpo de Lissiana solo era un espejismo, una breve pasión, un éxtasis pasajero. La idea de casarse con ella lo horrorizaba, volvería a dejarse arrastrar por la sensualidad de ella y no cabía duda de que podía satisfacerla. Tal vez él también volvería a estallar de voluptuosidad una vez que la ira y el temor por Elizabeth se apaciguaran. Puede que las noches junto a Lissiana fuesen una única hoguera de pasión, pero nunca dejaría de ser una pasión tenebrosa. Él nunca volvería a ver el sol... Apartó a la muchacha con suavidad.

—Tenemos que irnos, Lissiana, nos echarán de menos. Y tú querías... Elizabeth. —Se dispuso a arreglarle el atuendo.

Pero Lissiana no quería poner fin al juego.

—He de retirar la acusación contra tu brujita, ¿verdad? ¿Acaso lo prometí...? —preguntó. Luego restregó la cabeza contra el hombro de él con gesto juguetón—. ¿Es que ya he mencionado mi precio por hacerlo?

El corazón de Doug latía deprisa. No sabía cuánto tiempo había transcurrido, pero estaba seguro de que el párroco habría vuelto hacía un buen rato. Además, seguro que no había ido él en busca de Ermingarde y no podía tardar mucho en mandar un mensajero. Si Lissiana insistía en malgastar más tiempo con besitos y jueguecitos, Elizabeth se vería en dificultades y, además, si ambos se ausentaban durante demasiado tiempo, él y Lissiana se verían comprometidos.

En aquel momento se abrió la puerta del establo. Doug quiso apartar a Lissiana de un empellón, pero ella se resistió, así que Charly los vio estrechamente abrazados cuando entró.

—¿Milord? —dijo, contemplándolos con los ojos muy abiertos. Doug vio la sorpresa y el apenas disimulado desprecio en su mirada—. Milord... milady —añadió el joven caballerizo con el rostro crispado y haciendo una reverencia ante Lissiana—, requieren vuestra presencia en la iglesia. La... vieja comadrona ya ha llegado.

—¿Cómo ha podido llegar con tanta rapidez? —susurró al caballerizo cuando ambos salieron, haciendo caso omiso de Lissiana y de la expresión fría de Charly. Lissiana no abandonó el establo enseguida, sino que se tomó el tiempo de arreglarse las ropas y el cabello—. Pensaba que la mujer vivía fuera de la aldea.

—Se encontraba en Blaemarvan —contestó Charly seco—. Con una embarazada u ocupada en otros menesteres. Quizá solo estaba esperando; puede que la hubieran convocado con antelación —añadió y echó un vistazo elocuente al establo. Lissiana era perfectamente capaz de algo así.

—¡Maldita sea! —exclamó Doug, y encima sentía la necesidad de justificarse—. Lo que acabas de ver, Charly...

—No me corresponde juzgaros —dijo el joven con voz inexpresiva y encogiéndose de hombros.

—No es lo que tú crees...

Doug se interrumpió cuando entraron en la iglesia. Elizabeth todavía estaba arrodillada ante el altar de la nave lateral y Brian escuchaba las indicaciones que el párroco daba a la anciana con expresión horrorizada. A primera vista Ermingarde no presentaba un aspecto intimidante. La mujer había sido alta, pero estaba encorvada por la edad hacía tiempo. Su cuerpo flaco estaba envuelto en harapos y se envolvía los escasos cabellos con un paño, pero cuando dirigió la vista hacia Doug vio que la mirada de sus ojos azul claro, casi incoloros, era juvenil y muy despierta.

—¡Yo ya sé cómo se reconoce una bruja, señor párroco! —dijo, soltando una risita cuando el sacerdote siguió describiendo otras pruebas—. He visto muchas cosas durante mi larga vida, podéis creerme, con toda seguridad más que vos en cuanto a la caza de brujas y los dioses prohibidos. Dejadme sola con la pequeña. ¡Ah, sí! Las muchachas jóvenes y bonitas son fáciles de seducir... por su afectación... para fornicar... Así que a menudo el diablo lo tiene muy fácil.

La voz de Ermingarde, aguda y chillona, típica de una anciana, flotaba como un hálito emponzoñado por la vejez y la maldad por encima de la joven y delicada figura de Elizabeth. Doug, más que de asistirla durante una vil comprobación de brujería, tenía ganas de escapar. Elizabeth se había vuelto. Ella también debía de haber oído la descripción de las pruebas para comprobar si era una bruja, pero parecía serena. Su mirada se posó en Brian, llena de amor y casi con cierta compasión, y luego la dirigió a Doug con desesperada esperanza.

—¿Estáis preparado, milord?

Doug aguardó. ¿Dónde estaba Lissiana? La única que aún podía detener la farsa era ella. Suspiró aliviado cuando, por fin, entró en la iglesia, sonriente, relajada y con el cutis sonrosado, como si la hubiera besado el sol.

Doug se enderezó y alzó la voz. ¡Iba a obligarla a poner fin al asunto!

—Antes de que avancemos más en este absurdo examen: acabo de hablar con milady Blacmarvan y creo que ha de deciros algo, señor párroco. ¡Lissiana!

La joven condesa se acercó a ellos con paso sosegado y lanzó una mirada malvada a Elizabeth y otra de desdén a Brian. Saludó a Ermingarde con una breve inclinación de la cabeza y bajó la vista ante el párroco con expresión sumisa.

—Vaya, no creí que fuese necesario ahora mismo —dijo con voz melosa—, pero puesto que insistes, Doug, mi amor... ¡Acabamos de comprometernos! Ante vos se encuentra la futura condesa de Caernon.

Elizabeth no dijo ni una palabra. Brian lanzó una mirada fría a Doug, vio su expresión de espanto y entonces pareció comprender, y su rostro dejó de manifestar indignación y dio paso a la compasión y al respeto.

—Hago lo que puedo —susurró Doug cuando pasó a su lado. Siguió a Elizabeth y a Ermingarde a la sacristía.

—Ya habéis hecho más de lo que es bueno para vos —respondió Brian—. Si yo pudiera...

Doug no supo si continuó hablando o si se le quebró la voz, a sus espaldas la puerta de la sacristía ya se estaba cerrando.

—¡Venga, desvístete, niña! —cacareó la vieja curandera. El asunto parecía divertirle; había encontrado una sábana en alguna parte y la tendió entre Doug y las mujeres como una suerte de ligera cortina—. Y suéltate los cabellos, no examinaremos tu cuero cabelludo en busca de marcas.

Elizabeth obedeció con lentitud, como si estuviera en trance. Estaba muy pálida, tenía el rostro hinchado y lloroso, pero también inexpresivo. Doug procuró no mostrar lascivia, pero a través de la sábana vislumbró que ella se quitaba el vestido y los contornos de su cuerpo eran perfectamente visibles. Su excitación lo avergonzaba, pero no pudo despegar la vista de ella; sus pechos pequeños y firmes se destacaban detrás de la cortina, y también el encanto de los hombros redondeados, pero encorvados por la angustia, la curvatura del vientre y las manos pequeñas y fuertes que cubrían el sexo con gesto protector. Doug notó cada detalle al tiempo que Ermingarde obligaba a la muchacha a volverse. Elizabeth temblaba, de frío o a causa de la humillación.

Por fin se soltó el pelo, que envolvió el cuerpo esbelto como un velo protector. Ermingarde lo apartó con gesto grosero, y se dedicó a examinar y tantear cada palmo de su cuerpo.

Cuando la vieja le apartó las manos del pubis y examinó la abertura entre sus piernas, introdujo un dedo en el portal de su feminidad y tocó la cara interior de los muslos, Elizabeth soltó una suerte de ahogado sollozo.

—¿Es eso realmente necesario? —preguntó Doug, asqueado. Pero un temblor le recorría todo el cuerpo en el que el deseo y la compasión, la lascivia y la vergüenza, luchaban entre sí.

La vieja soltó una carcajada.

—He de hacerlo correctamente, ¿verdad? Porque después quizá diríais que solo se trató de un pacto entre dos brujas. ¡Y aquí tenemos la marca! ¿Queréis echar un vistazo, milord?

La anciana contemplaba la espalda de Elizabeth y por encima de las nalgas había descubierto un cambio de pigmentación. Elizabeth estaba tan pálida que sus rasgos parecían grises y demacrados, pero un rubor los cubrió cuando Ermingarde se dispuso a retirar la cortina ante la vista de Doug.

—¡Primero cubrid a la muchacha! —ordenó Doug—. Examinaré ese lunar, pero eso no significa que tenga que contemplar a una mujer virtuosa con mirada impúdica.

—¿Acaso no lo estáis haciendo todo el tiempo? —cacareó la vieja—. ¿Es que vuestros pensamientos impúdicos no están abultando vuestros pantalones?

Doug reprimió el deseo de matarla en el acto. Elizabeth volvió a ruborizarse y después se envolvió en sus prendas, de modo que la mayor parte de su cuerpo quedaba cubierta, pero sin cubrir el lunar.

—¿No reconocéis los labios del diablo? —preguntó Ermingarde en tono serio—. ¡Mirad cómo la ha marcado a fuego!

Doug consideró que el lunar más bien parecía el contorno de una mariposa; presentaba un aspecto encantador en su piel delicada, como si un artista hubiese dibujado alas de elfo de un suave tono rojizo en el más fino de los pergaminos. Debía de ser dulce besarlo durante el juego amoroso y recorrer el contorno con el dedo, pero una marca de bruja...

—¡No! —gritó Doug.

Elizabeth negó con la cabeza.

—Adelante, pinchadme —dijo en voz baja—; y veréis que sangro como cualquier otra persona, ¡a condición de que clavéis la aguja a una profundidad suficiente!

Ermingarde rio.

—No, no, hija mía, ya basta, ya he visto bastante. Vístete. El reverendísimo sentirá alivio cuando le presente mi informe. —Se apartó soltando risitas.

—¡La mandará a la hoguera! —exclamó Doug—. ¡Dios mío, vieja! ¿Es que no tienes corazón? ¿O acaso crees en estas tonterías? ¡Decidme vuestro precio, Ermingarde! ¿Cuánto queréis por no haber visto ese lunar?

Ermingarde lo contempló con mirada clara y elocuente.

—¡Vaya, vaya, al parecer la pequeña no solo embruja caballos! —cacareó y de pronto se puso seria—. Bien, milord, no soy sobornable; y vos, mi señor, haréis bien en cumplir con la voluntad de vuestra lady Lissiana o quitársela de la cabeza de manera definitiva. De lo contrario, pronto arderán las hogueras aquí. Pero es verdad que vos tenéis debilidad por las brujas.

Todavía murmuró unas palabras para sus adentros mientras Elizabeth se vestía con movimientos torpes. Doug quiso ayudarla a volver a ponerse la redecilla, pero ella movió la cabeza y se acercó a una palangana que había sobre la mesa en un rincón de la sacristía y se lavó la cara con agua fría. Luego se alisó los rizos con los dedos, se enderezó y abandonó la habitación con la cabeza erguida, con la resplandeciente cabellera rubio rojiza suelta envolviéndola como un aura y el fino rostro serio pero sereno. Cuando volvió a pisar la iglesia, Elizabeth parecía firme, ya no mantenía la vista gacha, ya no tenía nada que perder y, con la expresión de una reina, se plantó ante su juez.

Ermingarde la siguió y parecía seguir soltando risitas. A Doug le hubiera gustado no haberse desprendido de la espada ante la puerta de la iglesia.

—Bien, ¿tenéis el resultado del examen? —preguntó el párroco.

—Yo... —Doug quiso decir algo, pero entonces notó que la mano fría y seca, pero sorprendentemente fuerte de Ermingarde, le aferraba el brazo.

—¡Chssst, callad, señor! —le chistó.

Sorprendido, Doug calló mientras la anciana se plantaba ante el párroco con expresión severa.

—Sí, señor. Y me alegro de poder aseguraros que Elizabeth de Glenmorgan...

Brian palideció. La anciana le lanzó una sonrisa maliciosa.

—Que Elizabeth de Glenavon no es una bruja. Como tampoco lo es la joven y bonita dama sentada en la parte posterior de la iglesia —dijo, señalando a Lissiana, que, asustada, dio un respingo—. He examinado cada palmo de su piel, como confirmará milord, y la he encontrado pura y blanca como una sábana. Además, hace un par de meses la ayudé a dar a luz a un niño, y puedo jurar que sangra y siente dolor como cualquier otra mujer. Seguro que no ha hecho un pacto con el diablo.

»Pero... —añadió, extrayendo de uno de los bolsillos de su extraño atuendo unas hierbas. Se las arrojó a Lissiana, que cogió el manojo, pero lo dejó caer de inmediato, como si estuviera candente—. Dádselas a vuestra yegua, milady; se le curará la pata mucho antes. Y Dios es mi testigo de que no recogí las hierbas bajo la luz de la luna y que el único que las hizo crecer es nuestro Creador, no el diablo. ¡Al igual que la raíz con la que tropezó esa yegua!

Charly se rio y su alegría hizo que los demás también abandonaran la inmovilidad. Elizabeth contempló a Ermingarde con los ojos como platos, como si no pudiese dar crédito a sus palabras. Tenía las pupilas tan dilatadas que los ojos casi parecían negros. Brian abrazó a la anciana con expresión agradecida. Doug tuvo ganas de abrazar a Elizabeth, pero notó la mirada de Lissiana posada en él y se quedó quieto. Sin embargo, Lissiana no parecía enfadada; había logrado lo que se había propuesto. Que se prendiera una hoguera o no era irrelevante, y lanzó una dulce sonrisa a Doug y Ermingarde.

—¡Que el asunto finalmente haya resultado inofensivo supone un gran alivio! —comentó parpadeando como una niña pequeña.

Elizabeth le lanzó una mirada iracunda. Doug nunca había visto a la joven tan fuera de sí y tan furiosa. Si de verdad hubiera sido capaz de hacer brujerías, Lissiana hubiese ardido en llamas bajo aquella mirada, pero lo único que perdió fue la seguridad en sí misma y se incorporó, dispuesta a emprender la huida.

—Bien... entonces... —El párroco no sabía muy bien cómo poner punto final al asunto. Por fin manifestó su alegría de que Blaemarvan y Caernon no estuvieran infestadas de gentuza diabólica—. Pero como todo aquello que Dios permite que suceda, este examen también tiene su lado bueno. Hoy dos personas se confesaron su amor y espero que pronto se encuentren ante este altar para unirse en matrimonio. Y ahora, id con Dios, hijos míos.

Lissiana fue la primera en abandonar la iglesia. Cuando ya se disponía a dejar que un mozo de cuadra la ayudara a montar, Brian acompañó a Elizabeth fuera de la iglesia, ambos seguidos de Doug y Charly. Elizabeth avanzó con porte orgulloso y erguido hasta que los cuatro entraron en el establo. Entonces se desplomó en brazos de Brian, sollozando de alivio, al tiempo que su marido la consolaba y la acariciaba.

Doug y Charly no querían presenciar la íntima escena, así que abandonaron el establo como si lo hubiesen acordado y se dirigieron al cementerio. La vieja se acercó. Parecía conocer a Charly. A lo mejor se dedicaba a curar caballos con frecuencia. Doug tuvo que inspirar profundamente antes de atreverse a dirigirle la palabra.

—Sé que no sois sobornable, señora —dijo en voz baja—, pero ¿hay algo con lo cual pueda daros las gracias?

La anciana se rio.

—No hay de qué. He hecho lo que tenía que hacer. ¡He dicho que hago lo que me viene en gana! Pero apuesto a que le di un susto espantoso, ¿verdad? Esa pequeña tonta temblaba como una hoja y vos también, milord. Soy vieja, pero todavía no estoy ciega.

—Pero ¿por qué? —preguntó Doug, desconcertado—. Elizabeth estaba muerta de miedo.

—¡Es que tenía que estarlo, milord! —exclamó la vieja soltando una risita—; así, la próxima vez que se meta con el diablo será más prudente. Es demasiado presuntuosa e impertinente. No conoce su rango... o lo conoce demasiado bien. Se siente demasiado segura, demasiado poderosa; y eso también vale para vos, Doug de Caernon, al que tanto le gusta bailar con las brujas... Tened cuidado, milord, de no quemaros.

Ermingarde lo saludó con la mano, se rio y soltó un último cacareo al tiempo que desaparecía entre las tumbas.

Doug y su séquito cabalgaron de regreso a casa en silencio. Elizabeth, acurrucada contra Brian, montada en el tibio lomo de *Priscilla*, de vez en cuando parecía tambalearse. Tenía los ojos cerrados; el balanceo y la tensión que se iba reduciendo la fatigaban y se adormilaba. Charly, de costumbre muy parlanchín, solo intentó entablar conversación una vez y se preguntó en voz alta cuáles serían esas hierbas que la vieja Ermingarde había recogido para curar la cojera de la yegua de Lissiana; pero, excepto a él, el tema no parecía interesar demasiado a nadie.

Finalmente, dejaron a Brian y a Elizabeth cerca de la choza. Ambos parecían tan afectados que Doug quiso ahorrarles el trayecto desde el castillo hasta la aldea. Estaba seguro de que Charly se encargaría de difundir la historia del examen y la noticia del compromiso de Doug por todo el condado. Doug desmontó y ayudó a Elizabeth a hacer lo mismo. Ella le lanzó una sonrisa cansada.

—Os agradezco lo que habéis hecho, señor. Muy especialmente por... esto. —Se quitó el crucifijo y se lo entregó—. Puesto que ahora ya tenéis una dama a quien regalárselo.

—Solo temo que se convertirá en humo cuando entre en contacto con su piel —soltó Doug.

A Elizabeth le hizo gracia y se rio.

—Veo que habláis movido por el más profundo amor —dijo en tono burlón, pero luego se puso seria—. Pero desearía que fueseis feliz, milord.

Brian observaba la conversación con expresión inquieta. Estaba tenso y vigilante y permanecía de pie ante su señor como si ambos fuesen iguales. Doug recordó que tampoco se había arrastrado sumisamente ante el párroco, como se hubiera esperado de un hombre de su rango. Brian se había mostrado tan noble y sereno como Elizabeth.

—Milord —dijo por fin en voz baja y melódica—, yo también quiero manifestar mi más profundo agradecimiento y... mi enhorabuena —añadió, inclinando la cabeza ante su señor, pero sin dejar de mirarle a los ojos—. Sin embargo, estoy convencido de que tenéis claro que tras este alboroto, que después de esta historia, nunca más pueden volver a circular rumores sobre vos y Elizabeth, ¿verdad? Sé que no puedo daros órdenes, señor, solo soy un minero y vos, un conde. Pero os ruego que no volváis a verla jamás.

Cuando Doug cabalgó hasta el castillo, descubrió que en su corte y, sobre todo, entre los caballeros más jóvenes, reinaba una gran excitación.

Francis aguardaba a los hombres en el patio del castillo y tendió un documento a su señor.

—Os convocan a las armas. El duque de Glenmorgan ha declarado la guerra al duque de Clevey. ¡Debéis estar preparado, porque la orden de partir puede llegar en cualquier momento!

10

Durante los días siguientes Doug estuvo atareado de la mañana a la noche en preparar a sus hombres y su equipo para la campaña militar. El duque de Glenmorgan ya había partido hacia la frontera de Clevey con el primer despliegue y aguardaba los refuerzos con impaciencia. Resultó que la disputa trataba de un derecho de paso, un puente derrumbado sobre el río Wye de cuya conservación nadie sabía muy bien si debía encargarse Glenmorgan o Clevey. El duque de Clevey quería encajar la tarea a Glenmorgan porque los dueños de las minas eran los principales usuarios del camino que iba desde el interior hasta los puertos. Glenmorgan argumentaba que la conservación incumbía al señor de Clevey porque, a fin de cuentas, obraba el derecho de paso. Dos hombres más sensatos habrían resuelto el contencioso bebiendo una pinta de cerveza en cualquier pub o una copa de noble vino en la gran sala del uno o del otro. Pero el duque de Clevey era un individuo tan belicoso e impetuoso como Osbert de Glenmorgan, así que el asunto adquirió una dimensión insalvable. En realidad a Doug le parecía ridículo, pero era vasallo de Glenmorgan y, por tanto, tenía el deber de proporcionarle caballeros y campesinos armados.

Había que reclutar hombres y armarlos, preparar cabalgaduras y tiendas para el campamento militar. Para los jóvenes caballeros de Doug, suponía una aventura a la que se lanzaban con el más absoluto entusiasmo. Pero el propio Doug y los caballeros más viejos temían que la campaña militar en pleno invierno solo les proporcionara combates en el fango y sabañones en vez de gloria y honor. Ya estaban en septiembre, antes de que emprendieran la marcha sería octubre y nadie contaba con un rápido arreglo del conflicto. La única ventaja de la campaña militar invernal residía en que los campesinos armados no se perderían la siembra ni la cosecha; por eso no protestaban demasiado. El consuelo de Doug consistía en que no tendría oportunidad de encontrarse con Lissiana durante meses. Un matrimonio apresurado era impensable, pero, a cambio, el viejo Blaemarvan —encantado con el compromiso— le adjudicó el mando sobre los hombres del condado vecino. Blaemarvan también tenía deberes de vasallo, pero, teniendo en cuenta su edad, nadie esperaba que condujera a sus hombres en el combate. Doug inspeccionó sus tropas y, de mala gana, nombró a otro jefe de provisiones, que vació las despensas y la cámara del tesoro de Caernon un poco más. El equipo presentado por Blaemarvan era totalmente insuficiente. Si los hombres iban a la guerra tan mal equipados no tardarían en rebelarse.

Las tropas de Blaemarvan llegaron a Caernon. Desde allí iban a partir hacia el frente y Lissiana insistió en acompañar a sus hombres durante la triunfal partida del condado. Una multitud se apiñaba en los bordes del camino de Blaemarvan a Rhondda vitoreándolos; las muchachas arrojaban las últimas flores del otoño a los caballeros y a la infantería, y las campesinas repartían exquisiteces. Doug ignoraba qué animaba aquel entusiasmo del pueblo; en sí, la guerra no era motivo de alegría para nadie, pero les concedía el derecho a divertirse. Dejó que Lissiana —vestida de blanco, los cabellos ondeando al viento, una espada colgada del cinturón y orgullosa como una diosa de la guerra— cabalgara a su lado y, cuando la gente insistía, también la besaba, incapaz, no obstante, de sentir la menor pasión.

Hasta el último de los habitantes de la aldea de Caernon había acudido para despedirse de su señor. Dick hizo que no se abriera la mina, así que Brian y Elizabeth también se encontraban al borde del camino, con el pequeño Julian en su cestita. Brian parecía agitado y tenso, Elizabeth mantenía la vista baja. Doug anhelaba una última mirada de ella, tal vez un saludo o una señal, pero ella no parecía dispuesta a alzar la mirada hasta que Lissiana, riendo, le dirigió la palabra. Por lo visto ya se había repuesto del susto causado por la mirada furibunda que le había lanzado Elizabeth.

—Mirad, nuestra pequeña bruja ¿Qué te parece un hechizo para alcanzar la victoria, muchacha? ¿No le debes un favor a tu señor por todo lo que hizo por ti en Blaemarvan?

Elizabeth le lanzó una mirada furiosa.

—Les deseo, a mi señor y a los suyos, que regresen sanos y salvos de esta estúpida y desdichada guerra. ¡En Clevey necesitan obreros de la construcción, no soldados! Así el puente estaría arreglado en tres días y nadie tendría que desenvainar la espada.

Doug se sorprendió. No pensaba que su gente estuviera tan bien informada acerca de los motivos de la campaña militar. ¡Y que encima estuvieran al tanto de lo que suponía! Pero ¿acaso en cierta ocasión Elizabeth no había dicho que Glenmorgan era un usurpador?

—Elizabeth... —dijo Brian, procurando apaciguarla, y le cogió la mano.

—¡¿Qué os parece?! La brujita se permite opinar sobre el sentido y el sinsentido de la guerra —dijo Lissiana, que soltó una carcajada y despeinó las crines de su caballo—. ¿Cómo sabes con tanta exactitud lo que ocurre allí en Clevey?

Elizabeth lanzó la cabellera hacia atrás y Doug se alegró al ver que volvía a tener mejor aspecto; los rastros del duro trabajo durante el accidente en la mina y el posterior miedo y la humillación sufridos en Blaemarvan habían desaparecido. Su piel volvía a ser tersa y luminosa y en sus ojos ardía la belicosidad y la malicia.

—A lo mejor he ido hasta allí volando en mi escoba y me he hecho una idea.

—¡Elizabeth! —exclamó Brian, reprendiendo a su mujer.

Doug procuraba no reírse e hizo avanzar a *Cougar* al trote para separar a ambas contendientes. Puede que la vieja Ermingarde fuese una experta en las curas de caballo, pero en el caso de Elizabeth no habían dado resultado. No iba a dejar de soltar lo que pensaba así, sin más. Al abandonar Caernon, una sonrisa atravesó el rostro de Doug. Lissiana se separó de los hombres en cuanto dejaron atrás Rhondda y empezó a llover.

Aquella noche Charly acudió a la tienda de Doug en el primer campamento. El estado de ánimo de los hombres ya no era el mismo. No era divertido montar las tiendas en la tierra reblandecida. Como la de Doug era lo bastante amplia y disponía de una salida de humo, y él estaba tiritando, un doncel se dispuso a encender el fuego. Doug invitó a Charly a acercarse y este obedeció con mucho gusto.

—Fuera no se está muy bien, milord, pero al menos los caballos están en un lugar seco.

Doug asintió. Charly formaba parte del contingente como su caballerizo y era el responsable del cuidado de *Cougar* y *Priscilla*.

—Por lo demás, ¿todo en orden en el campamento? ¿Hay alguna queja? —preguntó Doug, alcanzándole una copa de vino especiado.

Charly la aceptó, alegremente sorprendido.

—No, milord, salvo sobre el tiempo, pero supongo que todavía empeorará más. Solo he venido porque... tengo algo para vos. Esto os lo envía Elizabeth, la mujer de Brian. Y dice que, por favor, se lo devolváis, que solo es un préstamo.

Las palabras del caballerizo manifestaban su perplejidad acerca de lo que la mujer de un minero podría prestar al conde de Caernon, pero desde luego no hizo ninguna pregunta. Doug tampoco le hizo el favor de abrir el diminuto paquete en su presencia, pero se alegró y se sintió curiosamente protegido cuando más tarde fijó el pequeño prendedor en su camisa.

Ya estaban en enero cuando Doug cabalgaba de regreso a Caernon; él y sus hombres dejaron atrás cuatro enervantes meses en el campamento en los que llovió casi sin cesar, excepto en los momentos de ocasionales heladas y nevadas. Durante ese tiempo, los hombres se afanaron en los senderos enfangados entre unidades del campamento, las tiendas en las que penetraba la lluvia y las letrinas desbordadas. Tiritaban bajo la nieve y los deberes de Doug como comandante, a menudo, consistían en buscar hombres borrachos durmiendo junto a hogueras nocturnas apagadas, despertarlos y arrastrarlos hasta sus tiendas antes de que se congelaran, pero apenas hubo auténticos enfrentamientos con el enemigo. Los dos duques contendientes se dedicaban sobre todo al ruido de sables. Se exhibían mutuamente sus ejércitos, organizaban ejercicios militares a la vista del enemigo y no dejaban de proferir amenazas de atacar de madrugada. En efecto: los combates se reducían a pequeñas escaramuzas, en su mayoría emprendidas por caballeros aburridos o por la infantería. Según quien participaba se convertían en torneos o en peleas tabernarias. De todos modos, Doug sospechaba que por las noches los hombres de vez en cuando se emborrachaban con el enemigo o jugaban a los dados y después resolvían sus disputas privadas.

De día, Doug se enfrentaba a los inconvenientes de la vida en el campamento y se encargaba de mediar entre las peleas de sus hombres; de noche se dedicaba a beber con los demás comandantes de sus peculiares ejércitos con el fin de entrar en calor. Por lo menos le servía para renovar su amistad con los demás vasallos de Glenmorgan; en total, el ducado estaba formado por diez condados. Los señores intercambiaban información sobre sus aldeas, sus caballos y sus minas de plata, y también sobre sus numerosas experiencias con mujeres, asunto sobre el que el muy viajado Doug contribuía con muchos relatos. Pero también tuvo que escuchar unas cuantas burlas relacionadas con el diminuto prendedor que siempre llevaba y acerca de cuya donante se negaba a decir una palabra.

De vez en cuando, tarde por la noche y entre los pares, osaban hacer algunos comentarios acerca de la campaña militar y de su duque. Ninguno sentía un gran aprecio por Osbert de Glenmorgan y las lenguas se soltaban, sobre todo cuando hablaban de los impuestos exigidos. Los oficiales se encargaban de obtener lo que les engrasaba la lengua: whisky, vino y un aguardiente de alta graduación elaborado por el dueño del pub de Clevey, que estaba más próximo y era más barato que la siguiente taberna en el ducado de Glenmorgan. Doug solía bromear afirmando que el mesonero podría acabar con la guerra de golpe si vertía un poco de sulfato de sosa en la cerveza. Ambos ejércitos —incluso los dos duques bastante borrachines— serían incapaces de combatir. No obstante, el mesonero no tenía la menor intención de hacerlo, porque la extraña campaña militar le proporcionaba pingües ganancias; si fuese por él, podría haber durado años.

Pero, de hecho, acabó cuando ambos pendencieros acordaron dirimir el asunto con un duelo. Primero se enfrentaron dos caballeros y ganó Glenmorgan, pero el duque de Clevey se enfureció hasta tal punto que se abalanzó sobre su adversario. Los duques se enzarzaron en un combate frenético, intercambiaron numerosos cintarazos, se cubrieron de moratones y rozaduras y después se palmearon los hombros entusiasmados porque tras dos horas de combate ninguno había logrado derrotar al otro. Luego pusieron fin a sus rencillas con un trago de aguardiente. Compartirían los costes de la reparación del puente. Años después aún seguían hablando de su exitosa campaña militar y de su imbatibilidad en el duelo.

Al día siguiente los dos ejércitos pudieron retirarse; ambos como vencedores y sin pérdidas dignas de mención. Dos hombres del ejército de Glenmorgan habían muerto en dudosos combates que, en realidad, ningún lord les había ordenado librar. Del lado de Clevey, un hombre se había ahogado en el río Wye —no precisamente sobrio, desde luego— y tres más murieron de frío y de disentería.

Los hombres de Caernon y de Blaemarvan no sufrieron pérdidas y su estado de ánimo era de alivio cuando se aproximaron a sus respectivas aldeas. En realidad podrían haber alcanzado Caernon aquella misma noche, pero hacía meses que los caballeros más jóvenes soñaban con una ceremoniosa entrada, rodeados de los vítores en su honor de sus convecinos. Así que Doug postergó el regreso hasta la mañana siguiente, ordenó a los hombres de Rhondda que acamparan y abandonó un ejército de caballeros y campesinos armados dedicados a alegres celebraciones. El pub de Rhondda inauguró una sucursal en el campamento: a buen seguro que esa noche las hogueras no se apagarían. Pero Doug hizo ensillar a *Cougar*. Estaba harto de tiendas húmedas expuestas a las corrientes de aire y de aguardiente barato. Si lo único que aún lo separaba de su propio y tibio lecho, un confortable fuego de chimenea y una copa de licor caliente de zarzamoras recogidas en los setos de Caernon eran dos horas a caballo, se negaba a volver a dormir envuelto en mantas húmedas y frías.

Cougar parecía ser de la misma opinión. El semental tenía prisa y trotaba a ritmo acelerado a lo largo de los también allí enlodados caminos. Doug solo lo refrenó cuando las primeras casas de Caernon aparecieron al borde del camino. La mayoría de ellas estaban iluminadas por la luz de las velas, las lámparas de aceite y los fuegos de las chimeneas. De la choza de Brian y Elizabeth solo surgía un pálido resplandor.

El corazón le palpitó más deprisa cuando condujo el semental hacia la choza. Durante aquel invierno no transcurrió ni un solo día en el que no echara de menos a Elizabeth. Su talento como curandera a menudo hubiera sido valioso en el campamento, y sus risas y su voz cantarina hubiesen animado a todos. Todas las noches soñó con su cuerpo pequeño y firme, sus caderas flexibles y el ligero velo de su pelo rizado y casi chispeante. Creyó oír sus burlas y las canciones que cantaba en el pub. Pero entonces, ¿lo engañaba su sobreexcitada fantasía o realmente surgía música de la choza? Doug detuvo a *Cougar* y, cuando el golpe de cascos se apagó, oyó el sonido de una fídula. En el pub sus sentidos no lo habían engañado: aquello no era un rasgueo; los tonos que atravesaban la noche no eran comparables con las melodías alegres pero sencillas de los campesinos o las que los trovadores interpretaban en la fídula o el laúd. Brian tocaba la fídula, casi tan capaz de expresar el canto y los lamentos, las risas y el llanto como la voz humana. En Venecia, Doug había asistido a conciertos en los cuales se presentaban los virtuosos de ese instrumento, pero la interpretación de Brian casi le pareció más conmovedora y profunda, y de una gran intensidad en los pasajes más rápidos. El joven reprimió el anhelo de llamar a la puerta de la choza, de sentarse junto al fuego con sus habitantes y escuchar la música. En su sueño Elizabeth se acurrucaba contra él, apoyaba la cabeza sobre su hombro y él acariciaba la sedosa cabellera, entibiaba vino para ella y observaba cómo las gotas humedecían sus labios. Percibía la cálida mirada que con tanta frecuencia le había dedicado a Brian y notaba el roce de su mano en la suya. «Estás cansado, mi amor», había dicho en el pub cuando obligó a Brian a hacer una pausa. Doug aún veía con cuánta ternura le había acariciado las manos.

La melodía se apagó en la choza y parecía que el fuego también. Doug dirigió la vista a la ventana y vio la silueta de Elizabeth junto a la chimenea. Llevaba el cabello suelto y un amplio camisón ocultaba su cuerpo: estaba amamantando al niño ante los rescoldos. ¿Es que alguna vez dejaba que se apagaran? Era una noche fría, pero allí dentro los dos seres humanos debían proporcionarse calor mutuamente. Doug se sintió invadido por una desesperanzada envidia y, sin embargo, se alegró de haberse detenido. Solo el breve vistazo a través de la ventana y saber que ella estaba allí ya suponía un consuelo, y la melodía de Brian era un saludo procedente de un mundo distinto, mejor y más pacífico, pero ¿dónde había aprendido a tocar aquellas melodías? ¿Dónde habría conseguido un minero de Glenavon un instrumento musical de esa calidad? ¿Y cómo logró pagar la fídula, que, sin duda, era muy cara?

Aquella noche Doug no tenía ganas de cavilar sobre esos asuntos. Como transportado por la música, abrigado por el aura de cuidado y afecto irradiado por Elizabeth, condujo su caballo hacia el castillo. Ya no echaba de menos los viajes. Era bueno estar en casa.

Durmió a pierna suelta, pero al amanecer cabalgó de regreso a Rhondda con el fin de conducir a su victorioso aunque completamente resacoso ejército a casa. Confió en ver a Elizabeth entre los aldeanos que vitoreaban a los hombres, pero, como llovía a cántaros, el entusiasmo no se desbordó. Había unas cuantas mujeres, Elizabeth no se encontraba entre ellas y tampoco reconoció a Brian. Bien, debía de encontrarse en la mina. No era necesario volver a cerrarla: aquella absurda campaña militar ya le salía bastante cara. Se despidió de los hombres de Blaemarvan, aliviado porque Lissiana no apareció para escoltarlos; agradeció a Dios la lluvia que lo había evitado. A Lissiana le gustaba presentarse como una diosa resplandeciente, el papel de gata mojada no le interesaba.

Solo al caer la noche Doug pudo tomarse un respiro y condujo a *Cougar* en dirección a la mina. Encontró a Dick en su casa. Siempre que podía, el viejo capataz evitaba bajar a la mina en invierno. Su pierna tiesa le dolía y había hombres más jóvenes capaces de encargarse de sus tareas allí bajo. Cuando Doug llegó estaba examinando los libros y saludó al joven conde con alegría.

—Entrad, milord; salid de la lluvia. Con un tiempo así no se deja a la intemperie ni siquiera a un perro, ¿verdad? Pero a quién se lo estoy diciendo: seguro que en los últimos meses vos disfrutasteis aún más que nosotros de la lluvia. ¿Es verdad que ganamos la guerra?

Doug se encogió de hombros y se quitó el manto.

—En todo caso, todos seguimos con vida y eso puede considerarse un triunfo, pero si te refieres a un rico botín, he de desilusionarte. Las cámaras del tesoro de Caernon nunca han estado tan vacías. Si el duque no nos compensa por los gastos, o incluso aumenta los impuestos, tendremos que incrementar el rendimiento de la mina.

—Eso no les gustará a los hombres —dijo Dick, suspirando—. Ya trabajan once horas diarias. Pero nuestras cifras son buenas. Mirad vos mismo; no se puede sacar mucho más de esta mina.

Mientras Doug tomaba asiento y cogía los libros, Dick le sirvió una jarra de cerveza tibia y Doug se la bebió de un gran trago. Eso también le sentaba bien, la cerveza del pub de Cleyvey no podía competir con la elaborada por Anna. Además, los libros le ofrecieron una grata sorpresa. Por fin Dick parecía haber comprendido cómo llevarlos. Los asientos eran claros y prolijos, y Doug no tuvo que abrirse paso dificultosamente como la última vez. Encima, el rendimiento de la mina había seguido aumentando, no se produjeron accidentes ni se malgastó tiempo o materiales. Dick realizaba una tarea de primera; también sus hombres y Doug confió en que no se vería obligado a someterlos a más presión, porque en ese caso necesitaría más personal y eso significaba ampliar la aldea. Suspiró. Puede que el duque no tuviera ni idea de lo que les exigía a todos ellos si seguía dando rienda suelta a su codicia. Fuera había caído la noche, el repicar de la campana anunciaba el fin del trabajo y los hombres comenzaron a salir de la mina. Doug buscó a Brian con la mirada, pero no lo vio y preguntó por él al capataz.

—¿El joven Brian? —preguntó Dick—. ¡Ay, señor!, es una tragedia. Está enfermo, tiene afectados los pulmones. Hace semanas que no lo dejo bajar a la mina, pero no finge: no es perezoso. Al contrario, cuando logra arrastrarse de la cama se presenta por la mañana, pero en su estado no puedo dejarlo bajar; en cuanto traga un poco de polvo sufre un ataque de tos. No puede trabajar. Tendría que despedirlo, pero se me parte el corazón. Así que le dejo pesar los sacos, encargarse del papeleo y lo pongo a manejar el rodillo cuando puede, aunque incluso eso me sabe mal.

Nuestro Brian; su cabeza es más poderosa que sus músculos.

—¿Qué papeleo? —preguntó Doug—. Es verdad, dijiste que sabe escribir números, pero los sacos se pesan abajo, en la mina, ¿no?

—Sí, se pesan las cestas para calcular el sueldo, pero no se realiza el registro de todo el ingreso, porque también hay que pesar el plomo y la plata por separado, y clasificar el mineral por su contenido de metal. Eso es lo que estoy haciendo junto con Brian, ¡porque resulta que sabe algo más que escribir números! Habéis visto los libros, ¿verdad? Brian no se equivoca de casillero. Creo que él sabe leer, milord —dijo el capataz sin disimular su respeto.

Doug echó otro vistazo a los libros minuciosamente llevados.

—¿Esto lo ha hecho Brian? —volvió a preguntar.

—Está correcto, ¿verdad? —se aseguró el capataz.

—Está muy bien. ¿Cuánto le pagas por ello?

Dick se encogió de hombros.

—Vaya, no mucho; tampoco es mucho trabajo. Yo clasifico el mineral enseguida y lo peso el sábado. Le dicto las cifras a Brian y él las apunta en los libros; apenas tardamos un día en hacerlo, sobre todo porque él es mucho más rápido que yo. Lo dicho, señor: él sabe leer.

Doug sonrió.

—Vamos, no exageres. Bien, ¿cuánto le pagas? ¿Tres peniques?

—Sí —contestó Dick—, también dejo que se ocupe de los animales de carga que acarrean la madera y se llevan el mineral. Comprobamos que resulta mucho más sencillo que los caballos destinados a la mina estén aquí en vez de venir siempre desde el castillo, milord.

Doug asintió. Había introducido esa novedad después del accidente. Antes el viejo minero nunca se había encargado de los caballos y, más que enorgullecerlo, el nuevo establo junto a su casa lo ponía nervioso. En cambio Brian parecía entender de caballos. Doug recordó que no tuvo ni el más mínimo temor al montar a *Priscilla*.

—Se da maña con los caballos —dijo, confirmando la reflexión de su señor—, pero en realidad los cuatro ponis no requieren un mozo de cuadra propio. Hago lo que puedo, señor, pero no puedo dar limosnas, ni siquiera cuando alguien es tan buena persona como Brian.

—¿Gana lo bastante como para salir adelante? —preguntó Doug, y pensó en Elizabeth.

—No lo creo —contestó Dick negando con la cabeza—. En esa familia están sumidos en la más absoluta pobreza. Anna de vez en cuando le regala una hogaza de pan cuando ha horneado, pero Brian la acepta a disgusto porque, además, los dos son orgullosos.

Doug suspiró. No conseguía imaginarse a Brian recibiendo limosnas, por no hablar de su mujer.

—¿Es que su mujer no gana un poco de dinero? Puesto que ella trae los niños al mundo aquí en la aldea...

La risa de Dick era un tanto amarga.

—¿Creéis que uno se enriquece trabajando de comadrona, señor? Veréis: la mayoría de las familias también son muy pobres, sobre todo las de los mineros. No pueden pagarle mucho, sobre todo cuando acaba de nacer otra boca que tienen que alimentar. A los campesinos les va un poco mejor: en ese caso, cuando ella ayuda en el parto del primer hijo puede que se marche con un jamón, o con un poco de grano o de conservas, pero no creáis que se muestran muy generosos si el niño muere o si la que nace es la séptima niña.

Doug recordó el saco de nabos que Elizabeth arrastraba la primera vez que la vio; en aquella ocasión le había dicho que la gente le pagaba en especie. No, con eso uno no se hacía rico. Meneó la cabeza al pensar en la superstición de la Iglesia, que desconfiaba de las comadronas y sospechaba que hacían brujerías. Elizabeth tenía razón: si pudiese obrar magia no hubiese escogido la vida que tenía.

—¿Qué opináis, milord? —preguntó Dick, que empezaba a sentirse incómodo frente al silencio de Doug, porque lo malinterpretaba—. ¿He de seguir tratando a Brian como antes o debo despedirlo? No quiero despilfarrar vuestros bienes y, a decir verdad, la mina también funciona sin Brian de Glenavon.

—Pero no sin esos libros tan bien llevados —contestó Doug, sonriendo—. No, Dick, lo que haces está bien. Sigue dándole trabajo al muchacho, en la medida de lo posible. En primavera se habrá recuperado y podrá volver a bajar a la mina. ¿Aún sigue tocando en el pub? Me pareció oírlo tocar ayer, cuando regresé de la campaña militar.

Dick puso los ojos en blanco.

—¡Dios mío! Toca tan bien que Anna dice que sería capaz de hacer llorar a las piedras. Cuando no llueve como ahora, cada dos días mi mujer encuentra un motivo para ir a visitar a su prima que vive al borde de la aldea. Las mujeres merodean en torno a la casa, confiando que Brian toque la fídula. Anna dice que es mejor que en la iglesia, donde solo cantamos nosotros, pero que cuando Brian toca la fídula, oye las huestes celestiales. Pero en el pub... Lo dicho, milord: cuando logra salir de su casa lo intenta, pero ya no puede tocar durante toda la noche como hacía antes.

Elizabeth estaba completamente exhausta. Hacía una hora que se arrastraba a través de la lluvia y el frío. Tenía el manto empapado y el fango de los caminos a veces le cubría los tobillos. Hacía rato que la humedad había penetrado en sus zapatos, tenía los pies helados y el dobladillo del vestido y del manto estaban incrustados de barro. Era como si su falda pesara una tonelada y el manto mojado le pesaba en los hombros. Haber aceptado el trabajo en Rhondda era una locura, ya que recorrer el camino hasta allí suponía un esfuerzo aún mayor que traer el niño al mundo, pero había merecido la pena. Satisfecha, apretó el pequeño saco de grano contra su pecho. Además el granjero le había dado un poco de miel aunque el recién nacido era una niña. La familia ya tenía cuatro hijos varones y puede que la mujer deseara una hija. En todo caso estaba encantada con el bonito y sonrosado bebé que, tras doce horas de contracciones Elizabeth pudo apoyarle en el pecho. Al recordar el dulce aroma de la niña, sus manos diminutas y sus gritos sonoros, Elizabeth sonrió. En esos momentos adoraba su trabajo, pero el campesino podría haber uncido el caballo y haberla acompañado a casa. Hacía casi catorce horas que había salido de ella y estaba cansada y hambrienta. Al pensar en las gachas de grano se le hacía agua la boca, pero tardaría horas antes de que el cereal se ablandara y pudiera cocerlo y convertirlo en una papilla. No le quedaban fuerzas para hacerlo. A lo mejor quedaba un poco de pan o de la sopa de verduras que había preparado por la mañana para Brian con la esperanza de que los comiera. No comer mucho de los escasos alimentos que tenían para que le quedara al otro se había convertido en un juego tonto. Claro que Brian tenía razón cuando afirmaba que ella necesitaba comer más porque amamantaba a Julian, pero él también debía recuperar fuerzas; no podía realizar trabajos pesados si no comía. Además, aterrada, pensó lo difícil que les resultaría alimentar otra boca más cuando destetara a Julian: ¡a buen seguro que al mediodía habría acabado con la mitad del potaje! Una sonrisa tierna atravesó el rostro de Elizabeth al pensar en su hijo. Se hacía mayor, sus ojos ya no eran azules, sino que adoptaban el color de los del padre: grises y suaves como la niebla de las tierras altas. Pero cuando se enfadaba —y eso sucedía a menudo cuando no lograba ponerse de pie tirando de las faldas de su madre o cuando Brian impedía que se arrastrara dentro de la chimenea—, se volvían oscuros, casi azules: como un estanque en el que se reflejara el cielo.

La chimenea. De eso también tendría que ocuparse. La breve llamarada de alegría al pensar que pronto se reuniría con su familia se apagó al recordar el problema de la leña. Bien, quizá Brian había logrado salir y recoger ramas secas o partir los últimos troncos con el hacha, aunque por la mañana no parecía capaz de hacerlo; al contrario, parecía que de nuevo tenía fiebre. Le hubiera gustado no dejarlo solo, pero llegó el aviso de Rhondda y...

Elizabeth se esforzó por avanzar contra el viento. Era enero y el tiempo que faltaba para la primavera parecía eterno. Aún se vería obligada a abrirse paso a través de la lluvia noche tras noche y a resbalar en el omnipresente fango. Entonces ya vio las luces de Caernon y siguió con valor. Enseguida alcanzaría el camino empedrado, Doug se encargaba de que allí nadie se hundiera en el lodo. Y enseguida llegaría al lugar donde se habían encontrado por primera vez. Podría soñar con que volvía a aguardarla el caballero rubio y, como si fuera un ángel salvador, al menos cargaría con el saco que ella arrastraba. Además, le agradaba charlar con él. Elizabeth albergaba un sentimiento cálido por el joven lord. A su lado se sentía segura, si bien percibía el deseo apenas disimulado que asomaba en su mirada. También era verdad que le resultaba atractivo, con sus músculos firmes bajo las amplias camisas siempre limpias, sus piernas fuertes enfundadas en los viejos pantalones de cuero y, sobre todo, su rostro de rasgos finos y su risa juvenil. Tiempo atrás Brian también presentaba ese aspecto despreocupado, juvenil y luminoso; cuando se enamoraron y la vida todavía les parecía una cadena de tranquilos días estivales. Elizabeth soñaba con los abrazos de Brian en la tibia hierba, sus besos exigentes y después su cortejo tan sorprendente y serio. Deambulaba con su amado a través de las suaves colinas junto al mar, permanecía al borde de los acantilados y procuraba adivinar el futuro a través del embate de las olas. Él tocaba la fídula y ella entonaba antiguas canciones: «¿Y cuando muera, amado mío, cabalgarás en tu blanco corcel hasta los acantilados y dejarás que el viento disperse mi recuerdo? ¿Para que mi vida acabe allí donde comenzó mi canción?»

Cuando por fin abrió la puerta de la choza, un reflejo de aquellos luminosos días iluminaba su rostro. Aunque sabía que era imposible, confiaba en encontrar calor y el fuego encendido, pero la casa estaba helada y llena de humo. Brian estaba acurrucado junto a la chimenea e intentaba encender las ramas húmedas bajo la olla, tosiendo mientras avivaba las débiles llamitas. Elizabeth echó un vistazo a su cara demacrada y enrojecida por la fiebre. Él temblaba de frío o a causa del esfuerzo; ella se quitó el manto empapado y le rodeó los hombros con el brazo.

—Brian, mi amor, deja que lo haga yo. Tienes que quedarte tumbado. ¿Cómo quieres recuperar la salud si no dejas de hacer esfuerzos?

Brian le dio un beso en la mejilla.

—Quería... estás medio congelada, milady, quería esperarte con el fuego encendido.

Elizabeth pegó su mejilla contra la de él: estaba ardiendo, tenía mucha fiebre. La joven le acarició los cabellos.

—Pero no con ramas húmedas, querido, ¿no hay más leña en el cobertizo? Enseguida iré a por un poco de leña, pero primero tiéndete en la cama. ¿Julian duerme?

Echó un vistazo a la cesta junto a la cama; Julian empezaba a ser demasiado grande, pero de momento dormía dichoso, con el pulgar en la boca. Brian lo había envuelto en todas las mantas y los paños que había encontrado en la choza. Era evidente que el niño no tenía frío.

Brian asintió.

—Le di de comer tu potaje de ayer. Nuestra vecina Gertrude trajo pan y añadí unos trozos al potaje. Dijo que había hecho más de lo necesario para su familia. Aún queda un poco para ti.

Elizabeth no le preguntó si él también había comido; tenía tanta fiebre que seguro que no tenía apetito, al contrario que ella, que devoró el trozo de pan que reposaba en la mesa.

Después ayudó a Brian a tenderse en el nicho que albergaba el lecho que ambos compartían y lo cubrió con la manta. Sin grandes esperanzas trató de encender el fuego de ramas. Se puso el manto mojado porque tenía que volver a salir de la choza y dirigirse al diminuto cobertizo donde almacenaba la leña. Como era de esperar, solo quedaban unos pocos leños y una gruesa raíz que no se encendería. Elizabeth pensó en coger el hacha, pero no tenía ganas de emprender la lucha con la raíz. Los restos de leña tendrían que ser suficientes; los recogió y se dirigió a la puerta; cuando se disponía a entrar en la choza, el viento le arrancó el haz de las manos entumecidas. La leña cayó al suelo y tuvo que volver a recogerla, pero la lluvia la había mojado y volvería a humear...

Elizabeth estaba extenuada, helada y desesperada, y apenas logró reprimir los sollozos. ¡No tenía ganas de encender el fuego, preparar una infusión, ir a por agua para poner en remojo el cereal y poder tomarlo por la mañana! Solo quería sentarse en un rincón y dar rienda suelta a las lágrimas o tenderse entre los brazos de Brian y soñar con tiempos mejores. ¡En los brazos de Brian, pero sano! Le horrorizaba enfrentarse a la desesperanzada tarea de intentar bajarle la fiebre y temía las espantosas pesadillas de él que impedían el descanso de los dos.

Pero llorar era inútil, así que se tragó las lágrimas con determinación, se quitó el manto y los empapados zapatos y buscó un par de medias secas. Logró avivar el fuego y el agua empezó a hervir, arrojó unas hojas de salvia en la olla y endulzó la infusión con un poco de la preciosa miel antes de servirle un vaso a Brian, tendido en el lecho. Mientras él bebía lentamente, ella se acurrucó a su lado buscando su calor. Él la rodeó con los brazos y le besó los labios. Ella saboreó las hierbas y la miel en los suyos, lo buscó con la lengua y se perdió en un mar de ternura. Brian la abrazó, la besó lentamente, su lengua acariciaba la de ella y también el paladar, y excitó cada pulgada de su boca mediante diminutos roces. Poco a poco Elizabeth entró en calor entre los brazos de él; Brian besó las comisuras de sus labios y las pequeñas arrugas que la fatiga y el cansancio habían dibujado en sus rasgos. Sus labios acariciaron el cuello de Elizabeth, buscaron la curva de sus hombros..., pero entonces volvió a toser y ella ya no pudo seguir engañándose: entraba en calor junto a un cuerpo afectado por la fiebre. Elizabeth separó las manos de él de sus pechos y las besó, se retiró con suavidad y se puso de pie. Tenía que ir a por agua y preparar compresas para bajarle la fiebre. Y, sobre todo, hacer algo para que la maldita chimenea dejara de humear y diera calor.

—¡Maldita sea, Satanás, si de verdad estás tan empecinado en conquistar brujas, hazme una oferta! —refunfuñó cuando el segundo leño también produjo más humo que calor.

Brian se rio y después volvió a luchar con otro ataque de tos. Entonces llamaron a la puerta.

Elizabeth no era supersticiosa, pero se persignó antes de dirigirse a la puerta. ¿Es que Satanás reaccionaba con tanta rapidez frente a las palabras blasfemas? En realidad, encender y avivar un fuego no debía de ser una tarea demasiado difícil para él y a lo mejor solo exigía un pecado intrascendente a cambio.

Pero el hombre que estaba de pie ante la puerta no era el diablo, sino aquel que en sus sueños se le había aparecido como un ángel salvador: el conde de Caernon.

—¿Puedo pasar? —gritó Doug sobre el rugido de la tormenta que casi apagaba su voz. Impidió que el viento arrancara la puerta de la mano de Elizabeth poniendo la suya con fuerza—. Si no entro, la lluvia entrará en la casa.

—Desde luego, milord —dijo Elizabeth, recuperando el control—. Perdonadme, vuestra visita es... inesperada —añadió, bajando la cabeza y haciendo una profunda reverencia.

—A juzgar por la manera en la que me contemplabais, parece que esperabais la visita del diablo —gruñó Doug—. Os saludo, señora Elizabeth. Pasaba por aquí y pensé que... pensé que podría devolveros vuestro prendedor —añadió con una sonrisa casi tímida mientras hurgaba en busca de la joya; pero no logró encontrarla.

Elizabeth se ruborizó. Sus pensamientos se arremolinaron: ¡era imposible que su pequeño amuleto fuese el único motivo por el cual lord Caernon acudiera a la choza de uno de sus mineros! Debía de tener otros motivos. Quizá el hecho de que Brian no acudiera a la mina. Hacía tiempo que ella temía que Dick despidiera a su marido, pero que el conde se molestara en acudir en persona ¡y a esas horas!

Doug notó su mirada temerosa y supo en el acto que su visita suponía un error. Justo después de su conversación con Dick, había decidido comprobar que todo estuviese en orden en casa de Elizabeth y Brian. Pero entonces *Cougar* perdió una herradura y Doug pasó una hora enervante en la herrería, aguardando la llegada de Arnold. Aquel día el herrero trabajaba en las granjas más alejadas y regresó muy tarde, enfadado, empapado y rendido tras luchar con los cuatro percherones que se resistían a ser herrados. Antes de que por fin pusiera la herradura a *Cougar*, el conde se vio obligado a compartir una copa de aguardiente con él y a hablarle de la campaña militar. Cuando el semental por fin estuvo herrado, ya se había hecho demasiado tarde para cabalgar hasta la choza de Brian, pero el aguardiente le había dado valor; además, Arnold le dijo que acababa de ver a Elizabeth en el camino, así que Brian y su mujer aún no estarían dormidos, si bien la luz que surgía de la choza era bastante tenue.

Doug deslizó la mirada por el interior de la pequeña casucha. Era diminuta; toda la familia de Brian compartía una única habitación, más pequeña que la alcoba de Doug en el castillo: una mesa, dos sillas y un par de tablas pegadas a las paredes en las que estaban apoyados algunos enseres de arcilla. No vio alimentos, a excepción de unos restos de pan en la mesa. Una única chimenea hacía las veces de fogón y de fuente de calor; y, al menos de momento, también proporcionaba la única iluminación. Doug tardó unos momentos en acostumbrarse a la penumbra, pero entonces vio la cesta con el niño dormido y la cama en el nicho en el que Brian estaba recostado y se calentaba las manos sosteniendo el vaso de infusión apenas caliente.

Cuando reconoció a Doug trató de ponerse en pie, pero él le indicó que no lo hiciera.

—No te levantes. Me han dicho que estás enfermo.

Pese al pequeño fuego hacía mucho frío en la choza. Doug se dirigió a la chimenea y acercó las manos a las llamas. El fuego humeaba tanto que estuvo a punto de sufrir un ataque de tos.

—¡No es grave, señor! —exclamó Brian, que se incorporó e intentó hablar en tono firme—. Ya me encuentro mejor. Mañana regresaré a la mina. Lamento haberme ausentado durante tanto tiempo.

Doug lo escudriñó. Brian estaba muy flaco, tenía el rostro huesudo y gris, y un ardor febril en los ojos. Era completamente impensable que al día siguiente aquel hombre acudiera a trabajar a la mina; tampoco al cabo de una semana o un mes. Brian adivinó sus pensamientos y bajó la vista.

—Dios mío, señora, aquí hace mucho frío... ¿No podéis añadir un poco de leña al fuego? ¿Y nadie os ha dicho que antes de quemarla hay que secarla? —Doug solía reaccionar con irritación cuando estaba desorientado.

Elizabeth pegó un respingo. Brian alzó la cabeza y dijo:

—La culpa es mía. No almacené la suficiente leña en verano. Cuando llegamos aquí la época de recoger leña ya había pasado y no quise exponerme a un castigo.

En ciertas épocas del año se permitía que los aldeanos cortaran leña en el bosque. Los plazos se adaptaban a las cacerías que la nobleza pensaba celebrar en sus bosques y el padre de Doug había sido un cazador entusiasta. Quien era descubierto en el bosque con un hacha fuera de época debía contar con un castigo considerable, porque el ruido espantaba la caza. Doug se sintió vagamente culpable.

—Aún queda un poco de leña en el cobertizo, la partiré con el hacha —dijo Elizabeth; estaba casi contenta de tener algo que hacer y cogió su manto.

Doug negó con la cabeza.

—¿Dónde está vuestro cobertizo? —preguntó resignado.

Salió en busca del cobertizo y Elizabeth se quedó mirándolo con expresión atónita. No tardó en encontrar el cobertizo, la raíz y el hacha. Se quitó el manto, apoyó la raíz y alzó el hacha. A pesar de sus esfuerzos, la raíz se resistía y tras un par de hachazos tuvo que detenerse para tomar aire. Elizabeth estaba en la puerta procurando evitar que una vela medio consumida se apagara. La luz un tanto fantasmal le iluminaba el rostro delgado y temeroso, la frágil figura y los cabellos mojados por la lluvia. Parecía exhausta y desolada; no se veía nada de su belleza chispeante y, sin embargo, al verla, lo único que Doug sentía era amor. Deseaba abrazarla, consolarla y volver a encender la llama que una vez había ardido en su interior; y lo que más deseaba era estrecharla entre sus brazos y secar con sus besos las gotas de lluvia que le mojaban el rostro.

—¿Por qué hacéis esto? —susurró Elizabeth.

Doug se encogió de hombros.

—Digamos que tengo frío y vos tenéis un fogón, así que prefiero cortar un poco de leña y no cabalgar de regreso al castillo muerto de frío.

—Ya no tenéis frío...

Era verdad. El trabajo duro le había hecho entrar en calor e incluso unas gotas de sudor le cubrían la frente. Se las restregó con gesto avergonzado. Elizabeth se acercó; ignoraba qué la atraía, pero alzó la mano y le rozó la cara. Después retrocedió abruptamente como si se hubiese quemado y comenzó a recoger los trozos de leña.

—Quiero volver a agradeceros vuestro amuleto de la suerte, señora. Nos protegió a mí y a los hombres de Caernon —dijo el conde mientras la ayudaba a recoger la leña—. Pero por lo visto vos lo necesitabais aún más que yo.

Cuando arrojó los trozos de leña en su manto, los dedos de Elizabeth rozaron los suyos, fríos y húmedos, y Doug le cogió la mano con suavidad; la mano de Elizabeth, delicada como un pajarillo, reposaba en la suya fuerte y nervuda. Primero quiso retirarla, pero después disfrutó de la tibieza. Doug percibió el frío de sus dedos, aunque, al mismo tiempo, el roce era abrasador y un temblor le recorrió el cuerpo. A Elizabeth parecía ocurrirle lo mismo: el rubor le cubrió las mejillas y sus labios temblaban. Ella mantuvo la cabeza baja un momento, pero, al levantarla, las miradas se encontraron en una suerte de reconocimiento, de absoluta confianza. Era como si los dos estuvieran ante el inicio de un largo viaje en común. Elizabeth hubiese negado indignada que un día el viaje los conduciría hasta las orillas de la voluptuosidad. Y en aquel momento a Doug le daba lo mismo, solo quería permanecer a su lado, sostenerla y darle calor. Se sentía unido a ella; por primera vez en su vida, realmente en armonía con el mundo tormentoso, inhóspito y con frecuencia injusto que los rodeaba. Todas las noches de amor salvaje en las que había yacido con las mujeres más bellas de Europa no podrían haberle transmitido aquella sensación. Se llevó la mano de Elizabeth a los labios muy despacio. Ella lo dejó hacer, quizá también disfrutó del beso, pero le indicó en silencio que no iría más allá. Él le soltó la mano y ella la retiró, no de manera abrupta ni temerosa, más bien como una caricia, como una tierna despedida del primer roce tímido de sus manos y sus almas.

—Señor... yo... hemos de... el fuego...

Elizabeth pareció regresar a la realidad cuando separó su mano de la de él y su mirada se volvió temerosa una vez más.

—Desde luego —dijo Doug, asintiendo con la cabeza—. Perdonad si durante un momento me perdí entre sueños —añadió en tono sereno.

—Yo también sueño a menudo —contestó ella con una débil sonrisa—. Pero esto no es nada.

—Sí, esto no es nada —dijo él en voz baja.

Él sostuvo la puerta abierta y el viento apagó la vela. Avanzaron contra el viento. Doug la sostuvo, le rodeó la cintura, y su delicadeza y la nueva confianza con la que aceptaba su ayuda lo conmovió. Por fin ella se apoyó contra la pared de la choza y él la soltó.

Cougar, atado a un poste ante la choza, soltó un relincho: tenía hambre y ansiaba regresar a su establo seco.

—Lo dejaré en el cobertizo —dijo Doug.

Mientras conducía el caballo al cobertizo recordó la frasca de aguardiente que, destinada a Charly, Arnold había depositado en su alforja: «¡Una pequeña sorpresa!», dijo el herrero en tono irónico. El caballerizo debía encontrar la frasca de aguardiente cuando desensillara el semental. Cogió la frasca. Compensaría a Charly con una botella de la bodega del castillo, pero Brian necesitaba un trago de algo fuerte. Cuando entró en la choza, Elizabeth ya atizaba el fuego y Brian se había incorporado en el lecho envuelto en las mantas. Parecía asustado y desesperanzado, pero también dispuesto a aceptar cualquier decisión de su señor con dignidad.

Doug cogió vasos del estante y escanció aguardiente para ambos. Brian quiso ponerse de pie, pero Doug le alcanzó el vaso.

—No te levantes, a mí no me engañas —dijo en tono sosegado—. No volverás a pisar la mina. Al menos no durante este invierno.

Brian bajó la vista. Había contado con un despido, pero estuvo a punto de derrumbarse ante la certeza, porque al menos en invierno la única alternativa para un jornalero era el trabajo en la mina.

—Dick dice que sabes leer y escribir un poco —dijo Doug con una mirada interrogativa. —Brian asintió—. ¿Dominas ambas cosas o solo sabes escribir tu nombre?

Una chispa de esperanza y de inesperada seguridad en sí mismo se asomó a los ojos de Brian.

—Domino las dos —respondió.

—Bien. —No se lo creía del todo, pero soltó un suspiro de alivio—. Necesitamos un escribiente en el castillo. Ven mañana. No, ven el próximo lunes, haremos un intento contigo.

El rostro demacrado de Brian se iluminó.

—Señor, estaré allí en cuanto salga el sol.

Doug puso los ojos en blanco.

—¡En el castillo reina la más absoluta oscuridad antes de que salga el sol! Así que ni siquiera verías el pergamino. Ven a las diez. Y ahora bebe, aquí todavía hace frío.

Doug vació el vaso de un trago. Brian bebió lentamente, disfrutando de cada gota. Parecía más relajado, pero también más extenuado, como un hombre que acaba de escapar de un golpe mortal.

—Quédate con la frasca —dijo Doug con generosidad y dispuesto a partir—. El señor Arnold dice que es un remedio. A lo mejor te ayuda.

—Un bebedizo mágico —dijo Elizabeth en voz baja al tiempo que le abría la puerta a Doug y hacía una reverencia respetuosa—. Tened cuidado: no sea que os acusen de ser un brujo.

Doug soltó una carcajada. Pero su chanza hizo que recordara a Lissiana y sus numerosas advertencias más o menos serias de que no la enfadara. Volvería a verla el próximo sábado, su padre lo había invitado a una batida.

11

En invierno cazaban jabalíes en el bosque que se extendía entre Blaemarvan y Caernon. Doug no tenía muchas ganas de ir de caza, la recién acabada campaña militar había satisfecho su necesidad de practicar el lanzamiento de jabalina y los ataques con lanza a caballo. Además, el a menudo sangriento deporte consistente en medir fuerzas con un jabalí no formaba parte de sus ocupaciones predilectas, si bien dichas cacerías proporcionaban carne fresca, que en invierno escaseaba en los castillos. Además, la boca se le hacía agua al pensar en un jugoso asado de jabalí y rechazar la invitación hubiese equivalido a una ofensa frente a Lissiana. Las damas no solían participar en la caza del jabalí y se limitaban a la cetrería y de vez en cuando a la cacería del zorro. Pero Lissiana disfrutaba del espectáculo. Claro que ella misma no arrojaría la jabalina, pero quería estar presente y saludó a las visitas adecuadamente ataviada. Su traje de cheviot de corte estrecho para poder superar la cabalgada a través del sotobosque la abrigaba incluso en los días más fríos y lluviosos. Llevaba el cabello recogido y ello hacía que su bonito rostro pareciera más severo que de costumbre, pero sus ojos almendrados brillaban de alegría; y el brillo aumentó en cuanto divisó la alta figura de Doug.

—¿No queréis besarme? —preguntó, ofreciéndole los labios

cuando ambos se saludaron de manera formal—. A fin de cuentas acabo de dejar atrás cuatro meses de inquietud por vuestra vida. La idea de que estabais solo y muerto de frío en una tienda en Clevey casi impidió que conciliara el sueño.

—Pues no lo parece, milady —dijo Doug en tono halagüeño. Le besó la mejilla—. En todo caso, la falta de sueño no ha afectado vuestra belleza. Iluminais los días invernales. El anhelo por vos me consume.

Lissiana rio.

—Entonces no debiéramos postergar la boda durante demasiado tiempo, ¿verdad? Mi padre quiere celebrarla en primavera, pero si insistís...

—Pronto llegará la primavera, bella mía. Y bajo el sol vuestra luz resplandecerá con mayor intensidad, pero ahora permitidme que os ayude a montar, los cuernos de caza ya están sonando.

Doug casi había llegado demasiado tarde adrede. No tenía ganas de estar junto a Lissiana. El recuerdo de la mano de Elizabeth reposando en la suya aún estaba demasiado próximo, la confianza expresada por su mirada, la cercanía que no requería ninguna unión física para proporcionarle satisfacción y apaciguar sus anhelos. Elizabeth era un hechizo que se creaba con lentitud, un sueño que quizá nunca se cumpliría, y que, no obstante, lo conmovía y casi le causaba algo similar a la dicha. Lissiana era una llama y el temor de Doug de que podría abrasarlo aumentaba cada vez que pensaba en ella.

Ese día Lissiana volvía a montar en su palafrén gris y el animal se deslizaba junto a *Cougar* cuando ambos se unieron al grupo de cazadores. Era un grupo numeroso, hasta el duque había acudido. Confiaban en cobrar un rico botín. Blaemarvan cuidaba su coto de caza y desde la muerte del viejo conde casi nadie había salido de caza en Caernon; al menos no las personas autorizadas a hacerlo. Doug sospechaba de sus guardabosques y de ciertos mineros y criados, encabezados por Charly, que también cabalgaba a su lado; el caballerizo y Lissiana se contemplaban con desaprobación mutua. Eso también supondría un problema cuando Lissiana se instalara en Caernon, porque a buen seguro que insistiría en que despidiera al arrogante caballerizo.

—¿De verdad queréis cabalgar con los demás hasta rodear la presa? —Doug preguntó a Lissiana en tono dubitativo.

Los cazadores acababan de formar un amplio círculo. Los batidores, todos muchachos jóvenes de las aldeas de los alrededores, impulsaban la caza hacia ellos y a menudo lograban enfurecer a los jabalíes machos. Las hembras también eran irritables, pero más bien atacaban para proteger a sus crías que por la ira causada por la molestia. En todo caso, había que contar con un adversario bastante furibundo de más de doscientas libras de peso. Un cazador diestro acababa con la presa que se abalanzaba sobre él de un certero lanzazo; sin embargo, si no daba en el blanco o solo hería al animal, se producía un combate, que no siempre acababa con la muerte del animal.

—¡Desde luego, milord! Vos me protegeréis, ¿verdad? ¿O es que os disgusta mi compañía? —preguntó Lissiana, adoptando su habitual expresión aniñada y humedeciéndose los labios.

Doug asintió con aire resignado. En la caza del jabalí eso de la protección era un asunto dudoso: incluso el más experimentado de los cazadores no siempre podía prestarle ayuda a otro durante el ataque de uno de esos animales. Doug había participado en cacerías en las que los colmillos del enfurecido animal derribaban al caballo de un cazador en instantes, y la escena se convertía en una sangrienta confusión de armas, cascos de caballo y dentelladas en medio de la cual nadie podía asestar un lanzazo certero para salvar al atacado. Pero vaya, con un poco de suerte, Lissiana y Doug no se toparían con ningún jabalí. Doug la condujo hasta el borde exterior del círculo: allí la trampa no se cerraba y los animales solo pasarían a la carrera.

Se sorprendió un poco cuando Lissiana no protestó, pero quizá tenía sus propios planes respecto al transcurso de ese día. En cuanto ambos se alejaron de la posición del cazador afirmó que su yegua cojeaba y desmontó para comprobar los cascos.

—¿Alguien ha vuelto a embrujarla, milady? —preguntó Charly en tono impertinente.

Lissiana le lanzó una mirada furiosa.

—No lo soporto más, Doug —exclamó, enfadada—. No comprendo por qué te acompaña este descarado. Dile que se marche inmediatamente.

Doug lanzó una mirada de desaprobación a Charly.

—La dama tiene razón. Tu conducta es inaceptable. Lárgate, Charly —dijo, pero en tono poco convencido.

En realidad, Doug no quería que Charly se marchara porque no tenía el menor deseo de quedarse a solas con Lissiana; le había dicho que lo acompañara para que le cuidara las espaldas. Doug no se fiaba de los jabalíes y tampoco de los demás cazadores. Hacía años que lord Blaemarvan, por ejemplo, solo había manejado la lanza durante las cacerías y no era un experto. Si no daba en el blanco era bastante probable que el animal lo atacara, pero también podía volverse, escapar y arrollar el círculo desde atrás. Además, Doug estaba convencido de que un cazador torpe era capaz de dejar pasar toda una manada de jabalíes sin darse cuenta, pero estos podían entrar en pánico y regresar al círculo a toda velocidad. Prefería no enfrentarse a dichos peligros a solas.

—Me volveré invisible, milord —dijo Charly con una sonrisa maliciosa, pero en voz baja—. A fin de cuentas, eso también es brujería.

Lissiana examinó los cascos de su yegua.

—No veo nada. Venid, querido, echad un vistazo.

Doug cabeceó; no quería desmontar.

—Aquí puede aparecer una manada de jabalíes en cualquier momento, Lissiana, y no tengo ganas de enfrentarme a ellos a pie.

—Vamos, Doug, estamos muy lejos del círculo. Por aquí no pasará ninguna presa —dijo, se apoyó contra un tronco con expresión lasciva y se desabrochó dos botones de su falda de amazona—. Si queréis hallar suerte en la cacería tendréis que buscar en otra parte.

Doug suspiró y desmontó del caballo, pero no estaba dispuesto a coquetear, solo examinaría los cascos de la yegua gris y entonces...

—¡Por fin! —exclamó Lissiana y presionó su cuerpo impetuosamente contra el del conde en cuanto este se bajó del caballo.

Le rodeó el cuello con los brazos y buscó sus labios con los suyos como alguien a punto de ahogarse. Doug no tuvo más remedio que devolverle el beso: deslizó la lengua en torno a la de ella, le penetró la boca con movimientos breves y rápidos y aguardó que soltara un gemido de excitación. La última vez logró satisfacerla pronto; puede que en esa ocasión también estallara de placer tras un breve juego amoroso. Doug tanteó en busca de su sexo para acariciarla y excitarla. De momento, todo se limitaba a ser un ejercicio obligatorio, pero no bajó la guardia y se mantuvo alerta, mirando alrededor. Pero Lissiana quería prolongar el juego, enrolló la lengua en torno a la de Doug y la mordió con suavidad al tiempo que deslizaba las manos hasta las caderas de él, por debajo de su jubón y hasta su entrepierna. Atrajo el cuerpo del conde hacia el suyo, introdujo una pierna entre las suyas y frotó el muslo contra su verga. Doug no pudo impedir que una oleada de lujuria lo invadiera, casi incrementada por la peligrosa situación en la que ambos se encontraban si se dejaban arrastrar por el deseo. Lissiana se deslizó hacia abajo a lo largo del tronco del árbol contra el cual se había apoyado y tiró de los lazos que sostenían los pantalones de cuero de Doug. Él jugueteó con los cabellos de ella, que se soltaron cuando la redecilla que los sostenía se enganchó en la rugosa corteza del tronco. Su fragancia era irresistible; no era un aroma a flores de primavera como la otra vez, sino a algo más intenso, más animal. Una vez, en Italia, Doug había aspirado el olor del almizcle y recordaba su aroma, pero la extraña aura que envolvía la delicada belleza marmórea y el salvajismo animal de Lissiana incorporaban el olor a sudor y a pasión desenfrenada. Perfume de rosas en el pelo y de almizcle en el sexo: el olor del bosque, del traje de amazona y de la caza se combinaba formando una mezcla embriagadora.

Como los lazos de los pantalones se le resistían de manera inesperada, ella comenzó por desabrochar los botones de la chaqueta de su traje de amazona y, lentamente, dejó aparecer un ceñido corpiño. Jadeaba, los pechos se agitaban seductores bajo la delgada tela destacando los pezones erectos. Lissiana jugó con los lazos de su corpiño; parecía querer provocar a Doug, pero hacía un buen rato que él ya estaba demasiado excitado como para seguirle el juego. Le arrancó el vestido y el corpiño, y hundió el rostro entre los pechos tibios y turgentes. Su miembro palpitaba contra la resistencia ofrecida por los pantalones, pero un último resto de dominio sobre sí mismo impidió que apartara el impedimento. Quería amasar los pechos de ella, pero Lissiana ya se había arrodillado y restregaba su cuerpo contra los muslos de él; presa de la voluptuosidad, presionó sus pechos contra el bajo vientre de Doug y le abrió el jubón para sentir su piel desnuda contra la suya. Aún hacía bastante frío, pero Doug solo sentía abrasadoras oleadas de pasión que amenazaban con arrastrar el último resto de sensatez y las últimas inhibiciones. A medida que se esfumaban el juicio y la prudencia, una suerte de ira se adueñó de él. ¡Si ese día Lissiana se hubiese tendido desnuda a sus pies no le habría permitido que lo rechazara! Habría obtenido por la fuerza aquello que ella siempre le negaba; la hubiera forzado a rendirse como para castigarla estaba harto de ser el conducido. Lissiana había llevado las cosas demasiado lejos y lo que lo impulsaba no era solo su pasión, sino la cólera. Embistió contra ella, presionó el bajo vientre entre sus pechos y casi se volvió loco cuando ella comenzó a mordisquearle el pecho.

—¡Tómame! —susurró ella—. Tómame aquí; aquí resulta más excitante que en un lecho tibio. No esperemos más. Desnúdate, aquí, en el bosque. Como antaño, como cuando los reyes y las reinas se unían con sus tierras mediante el acto.

Quiso obligarlo a tenderse y volvió a tirar de los lazos del pantalón, pero en aquel preciso instante un grito rasgó el aire del bosque.

—¡Jabalíes, milord! ¡Vienen jabalíes!

Con el rabillo del ojo Doug vio como Charly aparecía corriendo entre los árboles, empuñando la lanza y dispuesto a defender a su señor del ataque, pero ya era demasiado tarde. Los jabalíes se les echaban encima, encabezados por un macho gigantesco y una hembra tan pesada como el macho, y ya estaban demasiado cerca. El árbol contra el que se habían apoyado Lissiana y Doug, y también *Cougar* y la yegua gris, se interponía entre Charly y los animales que avanzaban al galope.

Doug se volvió bruscamente. Vio que el jabalí aparecía por detrás de *Cougar* y supo que jamás tendría tiempo de coger la espada o la lanza colgadas de la silla de montar. Durante un instante se quedó paralizado y vio la muerte asomada a los ojos del animal que se abalanzaba sobre él.

Pero la primera meta del jabalí no eran las personas: se lanzaba contra *Cougar*. Doug notó que el semental no estaba atado así que quizá se echaría a galopar de inmediato y eso suponía una oportunidad de desviar la atención del jabalí, pero también la pérdida de las armas colgadas de la silla de montar. Cuando el jabalí se acercó, *Cougar* volvió la cabeza. Los caballos habían pastado tranquilamente junto a la pareja y los jabalíes los sorprendieron tanto como a Doug. Desde el punto de vista de *Cougar*, el jabalí era una sombra que apareció detrás de él con abrumadora velocidad y durante una fracción de segundo el semental pareció considerar la posibilidad de escapar, pero también era demasiado tarde para él, el pesado caballo nunca podría haberse puesto en movimiento a tiempo. Un cob no era veloz, pero era fuerte, y *Cougar* optó por atacar y se encabritó. Con casi demasiada rapidez como para que un ojo humano pudiese apreciarlo, sus pesados cascos herrados volaron por el aire, sin puntería, pero con violencia mortífera.

Doug no sabía si estaba rezando, en realidad no tenía tiempo de rezar, al ataque le siguió el relincho enfurecido que acompañaba los golpes de los cascos del semental. Doug se arrojó sobre Lissiana. El semental y el jabalí parecían tan próximos que pensó que los cascos de *Cougar* iban a golpearla, pero el semental calculó bastante bien: un casco quedó al lado del cuerpo del jabalí y el otro lo golpeó justo en medio de la cabeza, y, como alcanzado por un rayo, el animal rodó por tierra. El semental se volvió y se apoyó en las patas traseras. Doug no vio si seguía golpeando el cuerpo del jabalí, solo se fijó en que las armas seguían estando fuera de su alcance. Entre tanto había cogido instintivamente una rama y se defendía del ataque de la hembra. Lissiana chillaba detrás de él, que no dejaba de golpear al animal; parecía que los golpes no lo afectaban y volvió a atacar, cada vez más furioso.

—¡Cogedla, milady! —gritó Charly, que no lograba encontrar una posición desde la que atacar, tirándole la lanza.

Si chocaba contra el árbol, Lissiana podría cogerla y alcanzársela a Doug, pero la joven condesa estaba paralizada de terror y solo se apretujaba contra el árbol chillando. Doug notó que Charly había echado la lanza y se volvió, lo cual casi le cuesta la vida. Los colmillos de la hembra le desgarraron el jubón y le rozaron las costillas. Esquivó el ataque y trató de coger la lanza. La hembra volvió a abalanzarse contra él, irritada por los caballos que ya escapaban. Doug cogió la lanza y la sostuvo ante su cuerpo. No era el momento de lanzarla, solo podía confiar en atajar la embestida del animal. Apuntó al corazón, vio como la hembra corría hacia él lanzando espumarajos y pensó en Elizabeth: «Os necesitamos, milord, regresad sano y salvo.»

No le había devuelto el prendedor: la conversación con Brian y el extrañamente íntimo encuentro en el cobertizo hicieron que lo olvidara. Aún llevaba el pequeño amuleto de la suerte en el bolsillo del pantalón y, pese a la situación, al pensar en ello cobró valor. No embistió presa del pánico, sino que aguardó con sangre fría hasta que la hembra casi se le echó encima. El acero penetró en su cuerpo y Doug rezó para que se clavara en el corazón, de lo contrario estaba perdido aunque el lanzazo resultara mortífero, porque antes de morir el animal aprovecharía sus últimas fuerzas para acabar con el adversario.

Doug notó que la hembra caía sobre él y casi lo asfixia el hedor que desprendía el pelaje. El choque de las pezuñas del animal le rompió las costillas y a punto estuvo de desvanecerse por el dolor, pero el animal no le clavó los colmillos. No le pegó una dentellada; la humedad que percibía era sangre, no espumarajos. La oscuridad que comenzaba a envolverlo no era el dolor de la muerte, sino solo la sombra del gigantesco animal que se había desplomado sobre él. Doug permaneció tendido, oyó su propia respiración y el estertor de la agonía de la hembra.

Y después la voz espantada y quebrada de Charly.

—¡Milord! ¡Milord! ¡Dios mío, cuánta sangre!

Después se redujo la presión. Charly estaba a su lado y le quitó de encima el cadáver del jabalí. El animal había caído de costado y sus colmillos se habían clavado en la tierra, no en el cuerpo de Doug.

—¿Estáis vivo, milord? ¿Estáis herido?

Doug trató de incorporarse; era como si mil agujas se clavaran en su pecho. Resollaba, pero, por lo demás, parecía encontrarse bien.

—Estoy bien, Charly. Ocúpate de milady.

Lissiana aún parecía estar en trance; contemplaba los animales muertos con expresión incrédula. La hembra estaba empapada en sangre, pero el macho solo sangraba un poco por la nariz.

—¿Qué queréis que haga con ella? ¿Que la vista? —preguntó con la acostumbrada impertinencia. Bromeaba, pero estaba pálido como la nieve—. ¡Dios mío!, ¿cómo pudisteis poneros en manos de esa bruja?

—Debiera hacerte azotar por ello —dijo Doug en tono cansino.

Afortunadamente, Lissiana no había oído su comentario, pero Charly tenía razón: había estado a punto de perder el control y se hubiera enfrentado al ataque de los jabalíes desnudo e incapaz de moverse. Tanteó en busca del prendedor de Elizabeth con dedos trémulos. Aún estaba en su bolsillo y lo invadió un inmenso alivio.

—¡Aguardad, milord, os ayudaré a poneros de pie! —dijo Charly, sosteniéndolo—. Después iré en busca de los caballos, no deben de estar muy lejos. Mientras, vos podréis... mmm... ocuparos de la dama.

El aspecto de Lissiana le resultó desagradable. Aún tenía los pechos desnudos y los ojos muy abiertos debido al terror.

—Esos animales... casi... casi nos matan...

Doug asintió y procuró que su voz temblorosa transmitiera calma y seguridad.

—Sí, milady, pero prometí protegeros. Cubríos, hemos de cabalgar y alguien debe recoger los animales.

Un dolor infernal le atenazaba las costillas, pero Lissiana no se molestó en preguntarle cómo se encontraba; solo se preocupaba por ella misma. Al menos se cerró el corpiño con movimientos lentos e inseguros. Doug estuvo a punto de ayudarla, pero temió que ella lo malinterpretara y lo considerara un acercamiento. Por fin la empujó hacia los caballos, que en ese momento Charly conducía fuera del bosque. Cuando desmontó no olvidó arrojar las riendas de *Rosie* por encima de una rama con el fin de que la yegua no se alejara; eso también redujo la posibilidad de que *Cougar* huyera porque *Rosie* seguía ejerciendo una atracción mágica sobre él; Charly logró atraparlo cuando regresó junto a la yegua. Sin embargo, aún no había encontrado la yegua gris, era perfectamente posible que no se detuviera hasta alcanzar su propio establo.

Doug ayudó a Lissiana a montar en *Cougar* y él montó detrás. Ella se acurrucó contra él buscando protección, pero no logró volver a excitarlo, porque lo único que él sentía era el dolor de las costillas rotas, una amarga oleada de vergüenza y sentimiento de culpa. Había perdido el control y, lo que era peor, se había puesto en peligro de un modo absolutamente irresponsable. Había estado más cerca de la muerte que en toda su vida; y Caernon aún no tenía un heredero. Por primera vez, Doug sintió el peso de la responsabilidad con la que cargaba y creyó volver a oír la voz de Brian en la mina de Blaemarvan:

«Sois el conde de Caernon; si morís, todos estamos perdidos.»

¡Era imprescindible que se casara y tuviera hijos! Era hora de fijar una fecha para la boda y Lissiana también insistiría en ello. Si pudiera sentir un poco de amor por esa mujer maravillosamente bella por cuya voluptuosidad y lujuria casi había perdido la vida...

Cuando volvieron a reunirse con el grupo de cazadores, Lissiana no tardó en salir de su trance. Los alegres gritos y chanzas de los otros cazadores, sus palabras jactanciosas y sus risas hicieron que el recuerdo del peligro vivido quedara atrás. Poco después narraba el acontecimiento en tono casi divertido y también que Doug la había salvado. Charly llamó a uno de los criados encargados de los carros de caza y les dijo que recogieran los jabalíes. Aquel hecho convirtió a Doug y a Lissiana en los héroes de ese día. Sin embargo, él soportó la fiesta envuelto en una nebulosa de dolor, de reproches y, en última instancia, de aguardiente. Intentó detener las bromas a menudo picantes de los demás cazadores sobre la aventura con su prometida e incluso dejó que Lissiana lo arrastrara a la pista de baile, pese a que cada movimiento le resultaba doloroso. Pero aguantó a base de beber aguardiente, hasta el punto de que al final estaba completamente extenuado y más que un poco ebrio. Pese a ello, insistió en cabalgar hasta Caernon esa misma noche: ni diez caballos hubiesen podido obligarlo a pasar la noche en el castillo de Lissiana.

Charly cabalgaba a su lado en silencio. Había uncido a *Rosie* en un coche prestado de dos ruedas y los caballos avanzaban al paso: *Rosie* para que el peso de ambos jabalíes cargados en el carro no la superara, *Cougar* para evitar el dolor que atenazaba las costillas de Doug.

—Debierais recurrir a Elizabeth. Seguro que tiene algo para mitigar el dolor —dijo el caballerizo con tono astuto cuando Doug se tambaleó en la silla de montar por tercera vez.

—Tendré que arreglármelas yo solo —dijo Doug en tono fatigado.

¡Ni hablar de hacer otra visita nocturna a la choza de Elizabeth! Porque no solo olería el pestazo del jabalí en su cuerpo, sino también el aroma a almizcle de Lissiana.

12

Cuando Doug despertó tras aquella noche efímera, no se sentía descansado: estaba hecho polvo y tenía los músculos entumecidos, la cabeza le palpitaba debido al abundante aguardiente ingerido y una punzada de dolor le atravesaba el pecho cada vez que inspiraba. Al menos Francis parecía haber contado con ello: el mayordomo ya le había preparado un baño para eliminar el sudor de la cacería, la sangre y la tensión. Doug apenas podía sumergirse en la tina, pero luego una sensación agradable se apoderó de él. El agua caliente le relajó los tensos músculos y la fragancia de las hierbas que Francis añadió al agua mitigaron su dolor de cabeza.

Así que, después del baño, el joven conde aún estaba de mal humor y dolorido, pero al menos se sintió capaz de emprender sus obligaciones cotidianas. Sus caballeros y sus donceles lo saludaron llenos de admiración por el abundante botín. Charly debía de haber fanfarroneado bastante: las noticias sobre las heroicidades de Doug, ¡y de *Cougar*!, ya estaban en boca de todos. Doug respondía con monosílabos, siempre esperando las insinuaciones de doble sentido, pero en ese asunto su dicharachero caballerizo fue muy discreto y se guardó para sí el lado amoroso de la aventura.

Entre tanto, los jabalíes fueron despellejados, eviscerados y descuartizados en el patio del castillo. A Doug el mero aspecto le daba náuseas y la idea de comer un bocado le resultaba repugnante, y eso que los cocineros planeaban servir un abundante banquete en la sala principal por la noche. Hacía tiempo que no había carne fresca y a los habitantes del castillo ya se les hacía agua la boca. Doug no quiso privarlos del placer, pero dio órdenes de no conservar la carne del segundo jabalí en salazón y distribuirla entre los aldeanos. La miseria reinante en la choza de Brian y Elizabeth le había hecho comprender las preocupaciones de los mineros; los hijos de los mineros no debían pasar hambre mientras sus hombres se atiborraban de comida en el castillo.

Malhumorado, Doug se dirigió a las caballerizas donde Charly ya había ensillado a *Priscilla*. Los jóvenes caballeros y los donceles se habían reunido para emprender sus prácticas cotidianas con las armas y aguardaban a su señor. Doug solía dirigirlos personalmente y aprovechaba para ejercitarse en el combate, pero aquel día apenas lograba montar a caballo y tuvo que recurrir a la ayuda de Charly para subir a lomos de *Priscilla*.

—¿De verdad queréis montar, señor? —preguntó el caballerizo en tono preocupado—. Tenéis bastante mal aspecto, milord, si me permitís decirlo.

—No, no te lo permito —le espetó Doug en tono desacostumbradamente brusco—. Te permites demasiados comentarios impertinentes. El que está con vida puede cabalgar. Y no estoy agonizando, que lo sepas.

Doug taconeó los costados de *Priscilla* para que galopara y casi soltó un alarido de dolor cuando la yegua se puso en movimiento. Participar en una exhibición de combate era impensable; con cada paso de la yegua sentía como si un cuchillo se le clavara en el pecho. Doug se mordió los labios, pero no dejó de supervisar y comentar los ejercicios de los donceles con severidad e impaciencia poco habituales. Los muchachos se alegraron cuando Francis por fin llamó a su insufrible maestro armero. El viejo mayordomo había salido al patio, algo bastante inusual.

—¿Qué hacéis montando a caballo, milord? ¡Deberíais cuidaros! —exclamó Francis, meneando la cabeza ante la insensatez de su señor—. Desmontad, un hombre de la aldea os aguarda en el castillo; uno de los mineros si no me equivoco, Brian, el músico. Dice que lo habéis contratado como escribiente. —Su tono de voz denotaba que no lo había creído; un minero que sabía escribir le parecía demasiado absurdo; no obstante, había hecho pasar al joven y le había dicho que aguardara a su señor.

Doug recordó que había dicho a Brian que se presentara en el castillo. Otro asunto desagradable más; seguro que al final los conocimientos de Brian en cuanto a las tareas de un escribiente y un contable eran insuficientes. ¿Y entonces qué haría con él, por amor de Dios? Doug dejó que lo ayudaran a desmontar y ordenó a uno de los caballeros mayores que se encargara de sus alumnos. Por una vez no pensó en Elizabeth como amada y amiga, sino como sanadora; tal vez debía haber seguido el consejo de Charly y haberla mandado a buscar, pero luego descartó la idea: ¡un par de golpes no acabarían con él!

Ligeramente encorvado, siguió a Francis hasta el pequeño escritorio junto a la puerta del castillo. En general, solo lo ocupaban en verano y en otoño, cuando los campesinos acudían con sus entregas feudales; entonces Doug intentaba apuntar todo lo entregado por los arrendatarios de inmediato. En todo caso siempre había un hombre sentado en la habitación que anotaba la cifra de los sacos de cereales y los haces de heno en una lista. Era un puesto muy deseado; el escritorio era fresco y ventilado y el que hacía de escribiente podía darse importancia. Pero en invierno, las corrientes de aire atravesaban la gélida habitación. Ni siquiera disponía de una chimenea en la que encender un fuego y Brian parecía estar muerto de frío. Era una heladora y seguro que de camino al castillo se le habían congelado los pies. Se arrebujaba en un delgado manto y un enorme chal de lana que llevaba en torno al cuello y casi le ocultaba el rostro delgado. Estaba sentado ante la mesa y había abierto uno de los libros allí guardados, examinando las entradas con el ceño fruncido.

Cuando Doug entró se puso de pie, hizo una profunda reverencia y dijo:

—Señor, estoy aquí desde las diez, pero vuestro criado dijo que estabais ocupado, así que ya he echado un vistazo a los libros. Son los mayores, ¿verdad? Pero no logro encontrar todas las granjas y a veces los ingresos no coinciden con los gastos —dijo señalando una de las columnas.

Doug estaba agradablemente sorprendido; al menos el muchacho era diligente y no era un analfabeto total.

—Yo también te deseo un buen día —saludó Doug con voz cansina. El dolor en las costillas aumentaba con cada respiración y le dolían los músculos. Cabalgar en medio del frío invernal había acabado con el alivio proporcionado por el baño—. Sí, son los libros mayores, yo mismo apunté los asientos, pero de vez en cuando se produce cierto desbarajuste. Tendríamos que revisarlo todo —dijo, tiritando—, pero no aquí. ¡Dios mío, cuánto frío hace aquí! Debes de estar helado. Ven conmigo, iremos a mis aposentos, haré que enciendan el fuego de la chimenea.

Brian cogió los libros, pero solo logró alzar dos de los enormes infolios. Doug quiso ayudarlo, pero dio un respingo de dolor cuando intentó alzar uno. Brian le lanzó una mirada aguda.

—¿Os ocurre algo, milord? —preguntó con voz tímida.

Doug apretó los dientes.

—Una pequeña disputa con un jabalí —bromeó—. Haré traer los libros después.

Brian no dijo nada más, pero notó que Doug se movía con mucha cautela mientras lo seguía hasta sus aposentos. Doug lo condujo a la biblioteca, un pequeño recinto adjunto a sus habitaciones. La colección de libros que albergaba no era muy grande, pero notó que los ojos de Brian brillaron al verlos.

—¿Los habéis leído todos? —preguntó a Doug en tono admirativo.

Doug se encogió de hombros y le recorrieron el cuerpo nuevas punzadas de dolor.

—No, todos, no. El bibliófilo era mi padre, pero también me obligó a leer a mí, desde luego. Solo que... a decir verdad prefiero ver el mundo a través de mis propios ojos que a través de los de otro, incluso cuando ese otro se llama Aristóteles.

Brian sonrió y depositó los libros en una mesa junto a la chimenea en la que un criado encendía el fuego. Francis hacía encender el fuego con regularidad, entre otras cosas para que las heladas no estropearan el pergamino de los libros, así que la habitación no era muy fría. Brian se quitó el chal y el manto y Doug casi se asustó al ver lo flaco que estaba.

—Cuando te marches te llevarás carne de jabalí. Haré que te preparen un poco.

El joven inclinó la cabeza en agradecimiento, pero también con cierto bochorno.

—No es necesario, milord. Ya tenemos que agradeceros la leña que ordenasteis que nos entregaran.

—No hay de qué. Tenías que haber pedido un permiso especial para recoger leña en verano. Mi padre no era un monstruo —dijo con una sonrisa torcida—. Y en ese caso a lo mejor habrías logrado espantar un par de esos jabalíes. —Había tomado asiento en un sillón de la biblioteca y procuraba encontrar una posición que no resultara dolorosa—. Pero, dime: ¿qué pasa con los libros?

Brian abrió uno de los gigantescos infolios que había hojeado.

—Solo les he echado un vistazo, pero aquí, en el caso de la granja de Brannigan, han anotado dos entregas de tributos. Los datos no concuerdan, pero, en conjunto, es mucho más de lo que el arrendatario debía pagar. Y aquí, en Jefferson's Creek, la gran granja entre Caernon y Rhondda, no hay nada anotado y me parece imposible que hayáis perdonado los tributos a los campesinos importantes. Lo mismo ocurre en el caso de la hacienda de Riverside.

—A ese se las perdoné —dijo Doug, mirando el libro—. Y al final resultará ser una condonación. El hombre murió el año pasado, su hijo mayor tiene catorce años y es incapaz de dirigir el trabajo de los siervos.

Brian hizo la anotación correspondiente.

—Entonces quizá debierais proporcionarle un administrador diligente, ¿no? —sugirió—. A largo plazo, eso resultará más provechoso que dejarlo chapucear por su cuenta. Los siervos se vuelven cada vez más rebeldes y en algún momento ya no logrará hacer nada.

Doug contempló a su escribiente con expresión sorprendida. El consejo era bueno, se le podría haber ocurrido a él mismo, pero ¿cómo se le había ocurrido a un minero?

—¿Y qué pasa con Jefferson?

Doug recordaba haber recibido los tributos del granjero, pero debía de haber olvidado apuntarlos. Brian le propuso confeccionar una lista de las inexactitudes y luego enviar un mensajero a las granjas con el fin de cotejar los datos de los libros con los recibos de los granjeros.

Doug estuvo de acuerdo y muy satisfecho con su nuevo contable cuando abandonó la biblioteca, aunque de muy mala gana, ya que allí reinaba un agradable calorcillo y la conversación con el joven sereno y evidentemente inteligente le había agradado. Pero estaba pariendo una yegua en el establo y abajo aguardaba un mensajero de Rhondda con un mensaje para Doug.

—Más tarde volveré a pasar y te dictaré una carta —dijo, levantándose con esfuerzo. En cuanto se movía los dolores en el pecho volvían a atenazarlo—. Tenemos que presentar los gastos de la campaña militar al duque. ¡Dios quiera que acepte pagar una parte! Porque circula el rumor de que quiere aumentar los impuestos a los condados. —Brian le lanzó una mirada; su rostro expresaba tanto nostalgia como desaprobación—. Pero Caernon ya carga con impuestos muy elevados —añadió.

—Perdonad, señor, pero he visto los libros de la mina de plata. Pronto estaréis pagando la mitad de los ingresos, cuando lo habitual es pagar un tercio.

Doug asintió, perplejo. Era verdad, pero ¿cómo sabía Brian

a cuánto solían elevarse los impuestos de una mina? A la mayoría de los mineros les resultaba inimaginable que Doug pagara impuestos. Estaban firmemente convencidos de que su duro trabajo solo servía para mantener la corte del dueño de la mina. Era imprescindible que lo averiguara. «¡Pero no hoy!», pensó. Se trataba de superar ese día sin desfallecer y sin demostrar flaqueza.

Durante las horas siguientes recibió una invitación para participar en una cacería en Rhondda, se despidió de un caballero andante que había pasado una temporada en el castillo y se esforzó por mostrarse útil durante el parto del potrillo. Pero su estado de ánimo decayó a medida que aumentaban los dolores. Acabó por gruñir incluso a Brian, con quien se encontró en el patio del castillo. El escribiente estaba hablando con uno de los jóvenes donceles y parecía explicarle algo.

—¿Qué estás haciendo aquí? ¿No te ordené que revisaras los libros?

Asustado, Brian se volvió y bajó la cabeza.

—Estaba en el granero, señor, comprobando una entrega de tributos. Pensé que... que era muy evidente que habían ingresado cincuenta sacos de cereal en vez de cinco y entonces consideré que... que sería mejor preguntárselo a alguien.

Doug asintió, enfadado consigo mismo. En general no solía ser injusto, pero aquel día lo ponía de los nervios, ¡y aún más el recuerdo del día anterior!

—Está bien, no pasa nada, solo estoy un poco irritado. Pero cuando ocurra algo así no es necesario que bajes tú mismo. Envía a uno de los criados, que de lo contrario están mano sobre mano.

Brian se alejó tras inclinar la cabeza con timidez. Doug hubiese preferido seguirlo hasta la tibia biblioteca, pero de momento quería satisfacer su curiosidad. Debía averiguar qué había ocurrido entre Brian y el doncel, y comenzó a interrogarlo en tono severo.

—Me explicó un truco. Me dijo cómo podría manejar mejor la lanza —contestó el muchacho, ruborizándose—. Opinaba que yo era demasiado pequeño y liviano para manejar la lanza tal como solemos hacerlo, que no tenía la fuerza necesaria, pero que si la cogía un poco más cerca de la punta entonces modificaba el centro de...

—El centro de gravedad —añadió Doug.

—Y que entonces apuntaría mejor y tendría ventaja.

Doug ya había perdido la cuenta de las veces que su extraño escribiente lo había sorprendido ese día. Brian tenía razón: un lancero tan liviano como el muchacho no podía hacer nada empleando la técnica habitual con la lanza. Lo que le había dicho exigía más destreza pero menos fuerza. Si un hombre delgaducho, como el propio Brian, quería sobrevivir como caballero en un duelo podía salvarle la vida. ¡Pero Brian no era un caballero! Así que, ¿de dónde conocía dicha técnica? Lo apuntó en la lista de cosas que tenía que preguntar, pero entonces lo llamaron.

Apretó los dientes y subió a la azotea, donde debía inspeccionar un parapeto recién renovado. Desde allí al menos disfrutó de una vista agradable: Elizabeth remontaba el camino que conducía al castillo con un cesto en la mano y un cuévano colgado de los hombros en el que Julian pataleaba alegremente. Al parecer, el niño ya era demasiado grande para la cestita. Elizabeth también parecía estar de buen humor. La gélida mañana había dado paso a un claro día invernal, frío pero soleado y ella se había quitado la capucha del manto de la cabeza. Su cabellera rubio rojiza danzaba en torno a su cuerpo tal como él recordaba que lo hacía en verano y sus andares volvían a parecer los de un elfo danzarín. Cuando bajó de la azotea se encontró con ella en el patio de armas del castillo. Trató de caminar erguido y disimular sus dolores, pero al ver el rostro de ella adoptó una expresión preocupada, ya que notó que él se apoyaba en la barandilla.

—Me han mandado llamar, milord —explicó, haciendo una reverencia—. Me dijeron que estáis herido y quisiera suplicaros humildemente que... —Procuraba usar términos cortesanos, pero su habitual picardía acabó por abrirse paso—. Quisiera suplicaros humildemente que me permitáis poner en práctica mis artes mágicas con vos.

Doug rio, pero la carcajada aumentó el dolor en su pecho; sin embargo, su irritación se disolvió como la nieve bajo el sol. Hacía un instante estaba furioso con Brian, con Francis o con quien hubiese mandado llamar a la sanadora sin que él lo hubiera ordenado, pero entonces se alegró de encontrarse frente a ella y ver las chispas que danzaban en sus ojos azules. No obstante, trató de hablar en tono severo.

—¿Quién os ha mandado llamar, señora?

Elizabeth frunció el ceño, pero más que inquietud, sus ojos azules reflejaban diversión. Luego alzó los dedos y empezó a contar.

—El primero fue vuestro mayordomo, Francis, pero dijo que fingiera que pasaba por aquí por casualidad, que de lo contrario mandaríais descuartizarlo. El segundo fue Charly, vuestro caballerizo. Dijo que quizá os habíais roto dos costillas y que sufríais dolores atroces, pero que erais demasiado orgulloso para dejar que se notara, así que yo debía...

—¿Simular que pasabais por aquí por casualidad? —preguntó Doug, sonriendo.

—Exacto. Y el último fue mi marido. Estaba muy inquieto por vos, así que decidí acudir.

—¿Pero no dijo que fingierais que pasabais por casualidad? —quiso saber Doug.

—No, señor. —Elizabeth negó con la cabeza—. A Brian no le gustan esos disimulos, siempre habla con sinceridad y eso... eso le complica mucho la vida. —Se mordió los labios—. Pero ahora venid: aquí no puedo examinaros. Hemos de ir a un lugar sin corrientes de aire, donde nadie oiga vuestros gritos —añadió, guiñándole un ojo.

—¡No oiréis los quejidos de un caballero! —dijo Doug en tono arrogante y procuró enderezarse.

—¡Aguardad hasta que una bruja se emplee a fondo! —se burló Elizabeth.

Estaba de buen humor, el nuevo empleo de Brian y los primeros rayos de sol tras el largo invierno la habían animado y, alegre y dinámica, lanzó su cabellera hacia atrás y soltó un suave grito cuando Julian agarró una mecha y tiró de ella con fuerza. El pequeño parecía divertido, soltó un alegre gorjeo y trató de enderezarse tirando de los cabellos de su madre. Era la primera vez que Doug veía al niño despierto y de cerca: era un niño guapo, de cabello rubio rojizo y rebosante de energía. Parecía fuerte, no obstante se notaba claramente que era hijo de su padre. Tenía los mismos rasgos finos y casi aristocráticos y los mismos ojos de ese curioso color gris, aunque en ellos se reflejaban vivaces chispas azules cuando contemplaba atentamente a alguien, como en ese momento al joven lord.

—Tened cuidado: muerde —le advirtió Elizabeth—. Ya tiene dos dientes y quiere morderlo todo.

Bromeando y relajada siguió a Doug hasta sus aposentos. Cuando entraron en la biblioteca saludó a Brian —que le lanzó una mirada casi culpable a Doug— con un beso y depositó el cuévano de Julian en el suelo. Inmediatamente, el niño trató de escapar, pero Brian lo alzó en brazos y lo sentó en sus rodillas al tiempo que proseguía con su tarea.

—¿Queréis desvestiros aquí, milord? —preguntó Elizabeth con cierta timidez—. ¿O mejor en vuestra alcoba? Sería más cómodo si os tendierais, pero...

Doug comprendió: ella no quería estar a solas con él. De todos modos Francis también había hecho acto de presencia para quitarle el manto a su señor, ayudarlo a desvestirse y supervisar el trabajo de la *bruja*. El embarazo de su hija se desarrollaba sin complicaciones, pero aún no se fiaba del todo de Elizabeth. Doug abrió la puerta de su alcoba e indicó a Francis que los acompañara. Con paso seguro Elizabeth entró en la alcoba decorada con elegantes muebles y mullidas alfombras. En comparación con su choza debía parecerle un palacio y Doug se sintió culpable.

—Sentaos en la cama, milord, y quitaos la camisa —ordenó

Elizabeth, que se desprendió del bolso en el que transportaba sus remedios.

Francis examinó el contenido del bolso con mirada desconfiada y casi provocó las risas de Doug, pero cuando intentó quitarse la camisa fue como si volvieran a clavarle espadas en el pecho. Elizabeth notó que se ponía pálido y le ayudó a desprenderse de las mangas; al ver su torso se asustó: el pecho y el hombro derecho de Doug estaban cubiertos de tumefacciones, rozaduras y moratones y el borde inferior de la camisa estaba manchado de sangre.

—¡Esto no tiene buen aspecto, milord! —dijo por fin—. ¿Con quién os peleasteis, por el amor de Dios?

Elizabeth rozó una de las hinchazones más acusadas y Doug pegó un bote, pero el roce no era doloroso, la mano de la joven era tibia y el roce tan ligero como el aleteo de una mariposa. Sin embargo, incluso aquel mínimo contacto le causó una reacción violenta: era como si Elizabeth le rozara el corazón con la punta de los dedos y acelerara sus latidos. Una ola de calor lo invadió y una tensa espera se apoderó de todo su cuerpo.

Doug hizo un esfuerzo por recuperar el control; no debía excitarse en ningún caso. ¡Si la ligera agitación de su miembro viril aumentara sentiría una horrorosa vergüenza ante Elizabeth y Francis!

—Tendeos, milord. Procuraré no haceros daño.

Elizabeth apoyó la mano en el hombro sano y lo obligó a tenderse con mucha suavidad. Doug cedió ante la presión, intentó relajarse y no imaginar que aquella mano pequeña, tibia y cariñosa también acariciaba otras partes de su cuerpo.

—Con un jabalí —contestó a su pregunta anterior y trató de sonreír—. Queríais saber con quién me había peleado. Debo confesar que era una hembra. Sufrimos un pequeño encontronazo.

Elizabeth no se rio.

—Eso podría haber acabado muy mal —comentó en tono de suave reprimenda.

Doug asintió. En general, hubiera minimizado el asunto con palabras irónicas, pero de pronto se sintió incapaz de pronunciarlas.

—Aún conservaba vuestro amuleto de la suerte...

Quiso buscarlo en su bolsillo, pero ella le cogió la mano y le dijo que no se moviera. El toque volvió a ser muy ligero, pero él no dejó de reaccionar.

—¡Supongo que os vino bien un poco de suerte! Pero ¿cómo sucedió? ¿Por qué desmontasteis? ¿Acaso el animal derribó a vuestro caballo? En ese caso...

«En ese caso no estaríais con vida...» Doug casi creyó oír su preocupada reflexión y una oleada de vergüenza lo invadió. Le pareció que, incluso sin palabras, Elizabeth comprendía lo ocurrido en el bosque entre Caernon y Blaemarvan como si leyera sus pensamientos y viera a Lissiana entre sus brazos.

Elizabeth había comenzado a tantear las heridas; livianos como plumas, sus dedos palparon la clavícula y el hombro derecho. Doug temblaba bajo los toques breves y delicados. Se sentía muy próximo a ella, como si ambos se compenetraran, como si pudiese percibir sus sentimientos al igual que los pequeños movimientos circulares con los que sus dedos examinaban su cuerpo. Notaba su precaución y su preocupación, su atención y su profundo afecto, pero ignoraba si estaba dedicado a él o si ofrecía la misma ternura y los mismos cuidados a todos los que trataba. Las manos de ella se deslizaron por su pecho y presionaron los músculos con el fin de palpar las costillas. Era doloroso, pero era un dolor dulce; su piel ardía bajo las suaves manos de ella, notó que el vello de sus brazos se erizaba; era como si todo su cuerpo se convirtiera en una pluma tensa. Ansiaba fusionarse con ella, pero su excitación no era puramente sexual; el latido de una pasión a punto de brotar no se limitaba a su cuerpo. Su corazón bailaba bajo las manos cariñosas de Elizabeth y su alma rebosaba de sentimientos de amor, de deseo de proporcionarle protección y afecto. Elizabeth se convirtió en el centro de su ser; su único deseo era servirla, hacerle el bien, protegerla y dejar que la voluntad de ella predominara sobre toda su propia existencia. Por primera vez comprendió el sentido de las canciones de los trovadores en las que la dama se convertía en una diosa. Por primera vez estaba dispuesto a morir por una mujer.

Elizabeth no parecía compartir su excitación o al menos sabía disimularlo con habilidad; solo un ligero rubor demostraba que ella no dejaba de percibir su tensión. Una última caricia tranquilizadora al final del examen confirmó a Doug que ella también había sentido el roce de su alma.

—Tenéis otra herida, señor. Me resulta incómodo, pero ¿permitís que os examine la ingle?

Elizabeth se sonrojó aún más. En realidad, a esas alturas ya había visto demasiado, ya había disfrutado demasiado tocando la piel de Doug y había acoplado los latidos de su corazón a los de él, pero todavía no había descubierto el origen de las manchas de sangre en la camisa y no quería pasar nada por alto. No podía cometer ningún error, no solo porque era el conde de Caernon y porque quizá Francis volvería a llevarla ante el juez como bruja si algo salía mal en el tratamiento. No: ella tampoco soportaba la idea de perderlo o de verlo consumirse como pasaba a muchos caballeros que sufrían heridas purulentas. Lo apreciaba demasiado, ella... Elizabeth se mordió los labios y trató de reprimir sus sentimientos por el rubio caballero. Pero no podía evitar soñar con él cuando estaba cansada o extenuada. Brian era una llama que le proporcionaba calor y ternura, pero Doug era una luz en medio de la noche.

Soltó los cordones que sujetaban los pantalones de cuero con sumo cuidado. Doug logró controlar el gemido que amenazaba con brotar de sus labios bajo el breve roce de sus dedos. Su miembro viril volvió a agitarse, era incapaz de controlarse. Si ella lo desnudaba del todo se erguiría, ella notaría su avidez y lo despreciaría. Pero Elizabeth apenas le bajó el pantalón; lo justo para ver la herida en la ingle. Actuaba con cuidado, precaución y discreción; nada que ver con el carácter salvaje de Lissiana. Doug imaginó cómo sería amarla, sostener su cuerpo terso y delicado entre los brazos y adivinar y explorar sus deseos. Elizabeth necesitaría tiempo; con ella el amor debía de ser como una danza, una melodía como las que Brian arrancaba a la fídula. Elizabeth tanteó los bordes de la herida.

—Solo es un rasguño —afirmó Doug con voz áspera.

Ella asintió, pero su rostro hacía un instante sonrosado palideció y reflejaba su consternación.

—Pero la herida la hizo un colmillo, ¿verdad? La bestia no os atravesó por muy poco. ¡Dios mío! ¿Cómo pudisteis poneros en semejante peligro? He visto a más de un hombre herido por un colmillo y no pude salvar a ninguno. Permitidme que limpie la herida, seguro que está sucia y puede infectarse.

Cuando ella aplicó un líquido fresco en la herida y alrededor de ella, el bajo vientre de Doug se tensó. El dolor carecía de importancia, pero su verga palpitaba con violencia. Elizabeth debía de notarlo, pero hizo caso omiso; acabó rápidamente con su tarea y se apresuró a volver a cubrirle la ingle.

—Bien mirado, parece peor de lo que es —dijo en tono casual tras haber sujetado los cordones de sus pantalones una vez más—. Tenéis dos costillas rotas, pero son fracturas limpias que sanarán con rapidez. Lo demás solo son contusiones; inofensivas, pero muy dolorosas. Mañana vuestro cuerpo estará cubierto de moratones verdes y azules, tardarán unos días en desaparecer. Si me lo permitís, os aplicaré un ungüento en el pecho que os proporcionará alivio. Pero solo surte efecto durante poco tiempo. Y por lo demás...

Elizabeth se volvió hacia Francis, que aún estaba apoyado contra la chimenea y observaba el examen, pero sin perder de vista el bolso. Era de suponer que contaba con que en cualquier momento los demonios albergados en su interior surgieran y se apoderaran de su señor.

—Por lo demás necesito un cuenco de agua caliente, señor Francis... ¿o he de daros otro tratamiento?

El viejo mayordomo se sintió halagado por las palabras formales de Elizabeth.

—Bastará con que me llaméis señor —dijo—. ¿Tiene que estar hirviendo el agua?

—Llevadla a ebullición y luego traedla. Al fin y al cabo, no pretendo hervir a vuestro señor... permaneced tendido, milord —respondió Elizabeth, sonriendo.

Doug quiso incorporarse, pero Elizabeth lo obligó a permanecer tendido, sacó un bote de ungüento de su bolso y comenzó a untarle el pecho con movimientos suaves. La esencia era fresca y olía a hierbas. Elizabeth la extendió con movimientos regulares, casi como caricias, sus dedos trazaron círculos en torno a los pezones y amasaron los músculos sin ejercer demasiada presión. La fragancia de la pomada tenía un efecto calmante. La excitación de Doug aún no se había disipado, ni las ganas de descargarla encabritándose como un salvaje, pero entonces Elizabeth parecía guiarla, convirtiéndola en una dulce y tibia corriente que hacía vibrar su cuerpo al ritmo de sus movimientos acariciantes. Su voluptuosidad dio paso a la dicha, a una agradable entrega. No naufragó a orillas de la lujuria arrastrado por una oleada de deseo, sino que se conformó con dejarse llevar por una barca. Un día conquistaría esas orillas con la hechicera que pilotaba la barca y flotaba con él por encima de las olas. Pero no tenía prisa. Estaba dispuesto a aguardar toda una vida.

—¡Bien, ahora podéis incorporaros! —La voz alegre y ligeramente burlona de Elizabeth lo arrancó de sus sueños—. Si no fueseis un caballero, sino un miembro de un rango inferior, os recomendaría que guardarais cama durante una semana, le diría a vuestra mujer que os aplicara el ungüento dos veces diarias y que dejara que todo cicatrizara y sanara. Pero como sé que os morís de ganas de volver a montar en vuestro caballo y correr peligrosas aventuras en honor de vuestra hermosa dama, prefiero aplicaros un vendaje protector para que no empeoréis.

Francis había regresado con un cuenco de agua caliente. Elizabeth cogió un paño de lino recién hilado, lo sumergió en el agua, dejó que se enfriara un poco y aplicó el paño caliente en el torso de Doug. Luego cogió aguja e hilo del bolso y cosió el paño con pequeñas puntadas formando un ceñido vendaje en torno al torso del conde.

—Y ahora os sentaréis durante una hora ante el fuego de la chimenea hasta que se haya secado por completo. ¡Ni se os ocurra abandonar vuestros tibios aposentos y echar a correr al patio de armas! De lo contrario mañana tendréis una pulmonía y entonces vuestro rango de caballero no os servirá de nada. Cuando el paño se seque encogerá y os sujetará el pecho. Será un tanto doloroso a causa de las heridas, pero sostendrá las costillas. Dentro de un par de días podréis volver a cabalgar, ¡pero sosegadamente! ¡No dejéis que el caballo os derribe!

Doug sonrió.

—Seríais una dama muy severa en una corte galante —dijo Doug, sonriendo.

—Pues eso es precisamente lo que os convendría —dijo ella, lanzándole una mirada furiosa—. Lo mejor sería que os dirigierais a una dama mayor que os recuerde la virtud de la mesura y también de los males de la imprudencia temeraria, milord.

—¡Y tú careces de la virtud de la humildad, muchacha! —refunfuñó Francis—. ¿Por qué le permitís estas impertinencias, milord? Ya ha acabado con su tarea. Decidle que se marche, yo le pagaré.

—Ya lo habéis oído: ¡no sois bienvenida! Doug se rio y volvió a sentir dolor en las costillas.

Elizabeth sonrió y los hoyuelos aparecieron en sus mejillas.

—¿Acaso lo he afirmado? No es necesario que la dama sea perfecta; su único deber consiste en hechizar al caballero hasta tal punto que, al contemplarla, vea el retrato de la diosa. Pero ahora he de irme. Os ruego que recordéis al señor Francis las virtudes de la caridad... para que mi paga no resulte demasiado escasa.

Doug ordenó a Francis que le diera tres peniques e hiciera preparar una cesta de carne, nabos, zanahorias, grano y vino. Cuando ella abandonó sus aposentos con palabras de agradecimiento, Doug sonrió. Era muy inteligente ¡y cuánto le divertía intercambiar chanzas con ella! Pero había algo extraño, tanto en Elizabeth como en Brian. ¿Cómo conocía las costumbres de las cortes galantes? ¿Por qué estaba al tanto de las virtudes de los caballeros y cómo sabía que a una dama le correspondía juzgar los actos de su caballero en vez de cometer adulterio y compartir el lecho con él, tal como suponían la mayoría de las personas?

Doug se reunió con Brian en la biblioteca y, tal como le habían ordenado, se sentó junto a la chimenea.

—Ahora te dictaré esta carta —le dijo a su escribiente—. Si no conoces todas las palabras y no sabes escribirlas correctamente, no importa. Redacta un borrador, luego yo lo corregiré.

—Con vuestro permiso, milord, ya me he tomado la libertad de redactar un borrador de la carta. Solo debéis comprobar los gastos mencionados. Le pedí información al tesorero, pero era bastante complicado porque luego tuve que añadir los gastos de los hombres de Blaemarvan...

Sorprendido, Doug cogió el escrito.

«De Douglas Leonard Jonathan, conde de Caernon, Abercaernon en Glenmorgan, caballero del ducado de Glenmorgan, caballero de la corona de Inglaterra

»A su señoría Osbert de Glenmorgan, comandante en jefe de las tropas del ducado.»

—Osbert, duque de Glenmorgan —dijo Doug en tono perplejo, sorprendido de que Brian hubiese anotado todos sus títulos correctamente—. Lo sé; circularon un par de rumores acerca de su entronización, pero puede ponerse muy desagradable si no lo tratamos con el debido respeto.

Brian parecía querer decir algo y Doug creyó ver un brillo airado en su mirada de costumbre serena, pero el joven guardó silencio y apuntó la corrección.

Cada vez más sorprendido, Doug siguió leyendo. Brian no solo escribía con absoluta corrección gramatical, sino que tampoco cometía errores y utilizaba términos corteses. Al principio de la carta aparecían naderías halagüeñas en las que el redactor de la carta manifestaba que esperaba que el duque disfrutara de una excelente salud y hubiese superado los esfuerzos de la campaña militar en Clevey. Esto último suponía una manera elegante de dar paso a los costes de la guerra, cuyo reembolso Doug se permitía solicitar con absoluta humildad. Finalmente, le seguía una prolija lista de los gastos y esta apenas incluía errores. Doug solo tuvo que corregir un par de cifras.

—¿Cómo sabes todo esto? —preguntó, y dejó la carta en la mesa.

Cada vez le apretaba más el vendaje; era un poco doloroso, pero ya se encontraba mejor.

Brian se encogió de hombros.

—Averiguarlo no resultó difícil, milord. Vuestro tesorero...

—No me refiero a la suma de los gastos —dijo Doug en tono impaciente—. ¡Quiero saber por qué sabes leer y escribir! Y también cómo lograste redactar esta carta mucho mejor de lo que yo hubiera sido capaz. Tienes conocimientos de contabilidad, de ortografía y encima dominas el arte de la diplomacia, del que yo a veces carezco. ¡Pero trabajas de minero!

Brian se ruborizó y clavó la vista en los libros de contabilidad.

—Digamos... digamos que fui criado en una corte —tartamudeó—. Pero había... se generaron diferencias entre mi... —añadió, tragando saliva—, mi señor y yo, y consideré que era aconsejable... —Brian se restregó la frente, pero después pareció tomar una decisión, se enderezó y miró a Doug a los ojos—. Os lo ruego, señor, no insistáis. No puedo deciros nada más. Si esta explicación no os basta, despedidme, pero os aseguro que jamás cometí una incorrección. Siempre fui un súbdito leal con aquellos a quienes les debo lealtad. Nunca he robado, nunca he engañado, ni siquiera he mentido si uno se lo toma al pie de la letra. Y no quiero empezar a mentir aquí...

El joven jugueteaba con la pluma con gesto nervioso, pero era evidente que no tenía intención de revelar nada más acerca de sí mismo.

Doug asintió, aunque no daba por satisfecha su curiosidad.

—Está bien, Brian, guarda tus secretos. Te creo cuando afirmas ser un hombre honrado, todo lo demás no me incumbe. Y ahora pasa esta carta a limpio, así mañana podré enviar un mensajero al duque de Glenmorgan. Veremos si tus palabras corteses lo conmueven y nos perdona los impuestos.

Por supuesto que Osbert de Glenmorgan no le perdonó los impuestos a Doug, sino que se envolvió en el más absoluto silencio. Cuando llegara el momento del siguiente pago, Doug tendría que decidir si se limitaba a descontar los costes de la campaña militar —y si con ello se metía en problemas— o si callaba, como quizá harían la mayoría de los pares del ducado. Por lo que respecta al pago de los impuestos, estaban bastante a merced de las exigencias del duque y solo una queja presentada ante el rey podría haber forzado una inspección. Pero para eso era imprescindible que se pusieran todos de acuerdo: algo casi imposible; además, nadie podía asegurar que semejante acción se vería coronada por el éxito. No obstante, Doug al menos podía felicitarse por la contratación de su nuevo contable. Durante las semanas siguientes Brian se volvió cada vez más indispensable para él, no solo como escribiente, sino también como consejero y hombre de confianza, casi como amigo.

Durante las semanas posteriores al accidente de caza, que impedía que Doug cabalgara o participara en combates o cualquier otra ocupación caballeresca, pasaban muchas horas juntos al lado de la chimenea de la biblioteca. Resolvían la correspondencia atrasada, pero también hablaban de posibles innovaciones y ahorros en caso de que Osbert no redujese los impuestos y, por el contrario, los incrementara. Además, Brian informó a Doug de numerosas circunstancias reinantes en la aldea y entre sus habitantes, en parte de temas que incluso Dick ignoraba, puesto que, como capataz, por lo general, los aldeanos lo respetaban y admiraban y no le confiaban sus problemas. Sin embargo, Brian convivía con ellos y podía sopesar hasta qué punto los campesinos y los mineros podían pagar impuestos más elevados y en qué casos eso solo provocaría ira y penurias. A veces hallaba soluciones sorprendentemente sencillas a los problemas urgentes y siempre era sereno, sensato y comprensivo. Doug no tardó en encargarle que mediara en las disputas entre los aldeanos y se hacía acompañar por él cuando cabalgaba hasta los asentamientos más alejados para impartir justicia. Brian montaba muy bien, debía de haber aprendido a cabalgar cuando era un doncel, pero a fin de cuentas eso también formaba parte de su educación cortesana.

No obstante, Doug creía haber hallado una explicación. Era muy habitual que los señores de los castillos llevaran compañeros de juego para sus hijos a la corte y los educaran junto con estos. En las cortes más importantes dichos niños solían tener la misma edad: allí intercambiaban donceles y damas de la nobleza de manera casi natural, puesto que cierta sofisticación formaba parte de la educación de la alta nobleza. En las cortes menos importantes tendían a escoger pupilos entre los miembros de la propia familia. En su mayoría eran los hijos o las hijas de parientes remotos, a menudo pobres, pero en las fincas más pequeñas, en las que la propiedad del señor era poco más que una gran casa fortificada y, tal vez, un par de dependencias exteriores, solía ocurrir que los miembros de los rangos inferiores eran educados junto con el hijo del señor. De todos modos, allí el heredero casi se criaba junto con los hijos de los campesinos y su padre también trabajaba codo con codo con ellos. Esos señores conocían personalmente a cada uno de sus trabajadores. Puede que en el caso de Brian alguna persona sensata hubiese considerado que sería mejor educar a aquel muchacho debilucho, pero inteligente como mayordomo o como administrador, en vez de convertirlo en un siervo inútil.

Doug siguió dándole vueltas. Si, por ejemplo, se veía pronto que el vástago propio tenía un carácter débil o caprichoso, los padres a menudo se encargaban de instalar un *poder detrás del trono* para que impusiera orden. Un muchacho inteligente hijo del pueblo llano podía dirigir el destino del condado en bien de todos pero sin llamar la atención, pero jamás intentaría convertirse en amo y señor, como podría intentar un pariente pobre. Dichos arreglos solían salir bastante bien. Incluso había grandes fincas cuyos propietarios solo se ocupaban de cazar y de las mujeres, mientras un administrador inteligente y discreto se encargaba de todo lo demás. Pero a veces el asunto acababa mal, a causa, por lo general, de que la riqueza de la comarca era limitada y el heredero no tardaba en hartarse de las advertencias del administrador, que lo instaba al ahorro y a la modestia. En ese caso, poco después de la muerte del noble solía buscar un pretexto para deshacerse del pelmazo y, al mismo tiempo, vengarse de él. En general, lo acusaba de un delito cualquiera (a menudo de adulterio con una dama cuya relación con el heredero había arreglado el padre); en el mejor de los casos lo expulsaba del castillo con cajas destempladas; en el peor pasaba años muriendo de hambre y sed en las mazmorras o acababa en el patíbulo. Era muy posible que Brian hubiera escapado de semejante destino a tiempo. Seguro que un hombre de carácter tan equilibrado como él tenía amigos que le advirtieron de que estaba a punto de convertirse en prisionero. Posiblemente, la orden de detención seguía vigente y eso haría comprensible que intentara obtener un nuevo puesto. El peligro de la extradición sería demasiado grande y por eso, pese a su nueva intimidad con Doug, no le revelaría todo. Puede que Brian ya hubiese comprobado cómo las gastan los señores; su conducta tras el desdichado proceso por brujería demostraba que era muy consciente de las miradas que su señor de vez en cuando lanzaba a su mujer.

Así que ninguno de los dos mencionó el pasado de Brian y Doug trató de dominar su deseo por Elizabeth. Lord Blaemarvan ya había fijado la fecha de su boda con Lissiana: se celebraría el primer día de junio. La idea lo horrorizaba, pero al menos había obtenido una prórroga. Después de que Lissiana protestara durante días de que en el remoto Gales ni siquiera se podía obtener una tela adecuada para un vestido de novia, su padre permitió que pasara los meses de primavera en Inglaterra. Doug prefería no pensar en la fortuna que quizá despilfarraría allí comprando vestidos, zapatos, sombreros y tal vez caballos, pero cuando se trataba de su hija, Blaemarvan se mostraba generoso.

«Al contrario que con sus soldados», pensó Doug con amargura. Pese a una nueva solicitud dirigida al duque —¡y una carta en términos bastante más duros a Blaemarvan!—, Doug todavía cargaba con todos los costes de la campaña militar en Clevey correspondientes a los dos condados.

Pero a pesar de todos sus intentos de reprimir pensamientos impropios respecto de Elizabeth, la joven seguía danzando a través de la vida de Doug. Disfrutaba viendo cómo se reanimaba cuando llegó la primavera; siempre estaba de buen humor, bromeaba y reía con los habitantes del castillo, al que acudía con frecuencia para recoger a Brian. La noticia de su excelente trabajo tras el accidente de caza de Doug había circulado con rapidez y, en consecuencia, numerosos caballeros y criados del castillo la consultaban.

—Pronto la cifra de heridas de espada que curaré será mayor que la de los niños que traigo al mundo —dijo, riendo cuando Doug y Brian la sorprendieron en el escritorio donde repartía consejos entre los caballeros y los donceles—. ¿No podéis encontrar una ocupación menos peligrosa para vuestros hombres, como tocar el laúd, por ejemplo?

Doug le guiñó un ojo.

—Para eso os tenemos a vos, señora, que dirigís una corte galante en secreto. A buen seguro que todos estos hombres os adoran y quizá estarían encantados de gastarse los dedos tocando el laúd para complaceros, pero si un día tenemos que librar una guerra, os quedaréis desnuda, porque habréis de sujetar muchos jirones de vuestro vestido a las lanzas de los caballeros.

Los hombres rieron y una oleada de ternura se apoderó de Elizabeth al ver que Brian bromeaba con los demás, relajado y sin temor. Hacía tiempo que sus risas no daban paso a los ataques de tos; gracias a que comía mejor y trabajaba en un lugar seco y tibio se había curado de su enfermedad, había aumentado de peso y volvía a asemejarse a aquel animado e intrépido trovador del que se enamoró.

La propia Elizabeth había recobrado su deslumbrante belleza: sus cabellos brillaban, sus ojos lanzaban chispas y una luz interior parecía iluminar su piel. Así que no resultaba sorprendente que incluso el viejo Dick coqueteara con ella cuando un sábado de abril Doug y Brian cabalgaron hasta la mina para ayudar a pesar y clasificar la plata y el plomo. Era un luminoso día de primavera y Elizabeth ayudaba a Anna a elaborar cerveza, acarreaba leña y agua de la fuente, y un aroma especiado a lúpulo y malta la envolvía. Llevaba el cabello sujeto en la nuca, pero algunos mechones flotaban en torno a su rostro y, una vez más, parecía un elfo atareado.

—¡Claro que te convertirás en la reina de la primavera!—exclamó Dick, tomándole el pelo—. Todos opinan que eres la más bonita del valle.

Elizabeth sonrió halagada, pero luego frunció el ceño.

—¡Pero aunque fuese la más bella de toda la comarca no podría encabezar la procesión! —replicó—. Porque estoy casada y tengo un hijo, y la reina de la primavera debe ser virgen. ¿Qué os parece la hija del señor Arnold, el herrero? ¿O la mayor de las Jefferson?

—¡La pequeña de los Jefferson es más tonta que una vaca y la hija de Arnold es bizca! —respondió Dick.

Elizabeth soltó una carcajada.

—Eso no tiene importancia, al contrario: ambas circunstancias debieran ayudar a que el primero de mayo las muchachas sigan siendo vírgenes. ¡De lo contrario los viejos dioses se enfadarán! —dijo y lo amenazó juguetonamente con el dedo.

—¡Bah, qué me importan los viejos dioses! —gruñó Dick—.

Pero yo he de inaugurar el baile con la reina de la primavera y no me gusta nada que una de esas pequeñas palurdas me pise los pies.

Entre tanto Elizabeth había visto que Doug y Brian se aproximaban e hizo una reverencia ante el conde. Entonces se le volvió a ocurrir una idea y lanzó una mirada chispeante tanto a Dick como a su señor.

—Puedo seguir a la reina como primera dama de la corte y vos convenceréis a milord de que asista a la fiesta. ¡Entonces él tendrá que bailar con la reina y vos bailaréis conmigo!

—¿Y una palurda me pisará los pies a mí? —preguntó Doug—. Muchas gracias, señora, eso es exactamente como yo me imaginé la fiesta de la primavera. ¿Qué opinas, Brian, no crees que ha llegado el momento de castigar a tu esposa por ser una lenguaraz?

Guiñó un ojo a Elizabeth, pero apenas logró conservar el tono jocoso. Su aspecto lo excitaba demasiado: su mirada inteligente y burlona, sus labios suaves siempre sonrientes, su piel sonrosada y acalorada tras acarrear agua y leña y sus pechos pequeños y agitados bajo el ceñido corpiño de su vestido viejo y cubierto de manchas...

—Dudo de que esté dispuesta a tolerarlo —respondió Brian con una sonrisa—. Sabéis que es una hechicera, y yo no tengo ganas de encontrarme en el estanque convertido en rana.

—Ante la amenaza de semejante destino prefiero bailar con la palurda —declaró Doug—. Además, habrá más de un baile en esa noche de mayo.

Elizabeth le devolvió su mirada ardiente con una de inocente, le sonrió e hizo una grácil reverencia.

—Si milord me honra invitándome a bailar, aceptaré, claro.

¿Por qué no habría de bailar con él? Brian no tendría ocasión de bailar con ella porque estaría tocando la fídula. Elizabeth se dijo que no tenía importancia, pero la idea de que los fuertes brazos de Doug la estrecharan durante el baile hizo que una repentina debilidad se adueñara de ella, un hálito pecaminoso de ternura y deseo. Su caballero de la luz bailaría con ella como un hombre corriente. Elizabeth percibió el peligro, pero reprimió la idea.

Y durante la procesión de mayo puso la corona de flores a la excitada hija del herrero y siguió a la muchacha y a sus risueñas amigas hasta los prados floridos delante de la aldea. Hacía buen tiempo, así que los viejos dioses no estaban enfadados, tal como Elizabeth había comentado en tono pícaro, y las mujeres encontraron abundantes flores multicolores para formar coronas y disponerlas en la cabeza de las personas y de los animales. Con gran estoicismo, *Cougar* toleró que una niña muy pequeña decorara su cabestro con flores, pero por fin solo lo logró mediante la ayuda de Elizabeth. Al hacerlo se acercó a Doug y él percibió su fragancia a heno, primavera y alegría anticipada por la fiesta. Las flores que llevaba en la cabellera aumentaban el encanto de su rostro, su nuevo vestido de fiesta realzaba su figura delicada pero curvilínea y su profundo color azul aumentaba el brillo de sus ojos. El pequeño prendedor —que Doug, finalmente, le había devuelto— resplandecía en el escote. Doug a duras penas pudo evitar robarle un beso, al igual que tantos otros hombres cuyos animales ornaba una de las traviesas muchachas. Pero de ninguna manera podía hacerlo; él era el conde y no podía dejarse ir. No obstante, la idea de asistir a la fiesta de la noche lo llenaba de alegría; soñaba con estrechar a Elizabeth entre sus brazos, aunque solo fuera durante un baile.

De momento debía ofrecer el brazo a la pequeña reina de la primavera, que no era una palurda, desde luego, sino una muchacha dulce de cabellos rubio platino. Más que reducirlo, el brillo plateado aumentaba su atractivo, pero la pequeña era tan tímida que al principio apenas osó moverse y durante los primeros pasos de baile acabó pisándole los pies. Parecía desear que la tierra la tragara, pero cuando Doug se limitó a sonreírle con cordialidad olvidó sus temores y dedicó el resto de la velada a contemplarlo con mirada arrobada. Por su parte, Doug no logró despegar la vista de Elizabeth. Brian interpretaba danzas rápidas y su bonita mujer volaba de unos brazos a otros. Doug temía delatarse si bailaba con ella ante todo el mundo; temía que su amor y su anhelo fueran demasiado evidentes. Al borde de la pista de baile estaban sentadas Anna y otras matronas de la aldea: se generaría un interminable cotilleo si él causaba la impresión de albergar pensamientos impúdicos por Elizabeth. Pero cuanto más tarde se hacía, tanto más se reducía el número de bailarines en la pista. Los aldeanos habían bebido abundantes pintas de cerveza y la mayoría de ellos preferían seguir bebiendo con sus amigos ante las largas mesas a seguir brincando en la pista solo tenuemente iluminada. Con mirada suspicaz, Anna y sus amigas solo se dedicaban a observar las parejitas que se amartelaban al borde de la pista.

Sin embargo, Elizabeth seguía girando al compás de la música en brazos de diversos bailarines; era como si quisiera seguir bailando toda la noche. Pero cuando Doug se acercó, Rob, su compañero de baile en aquel momento, la soltó de inmediato.

—Bien, ¿qué hay de mi baile?
—Creí que ya no me invitaríais.

Elizabeth lo cogió del brazo y volvió su rostro sonriente y acalorado hacia él. Doug no pudo controlarse y, con gesto cariñoso, le quitó los cabellos de la frente. Ella lo dejó hacer, un brillo travieso se asomaba a sus ojos; también había bebido bastante cerveza y su precaución se había esfumado. Tal vez no fuese amor lo que reflejaban sus ojos, pero sí un cálido afecto... y más que un poco de curiosidad. Se acurrucó contra el brazo de Doug con total naturalidad.

El joven la sostenía como si ella fuese muy frágil. Nada debía estropear el hechizo, ningún movimiento demasiado apresurado, ni una palabra demasiado sonora. La joven se adaptó a su ritmo sin el menor esfuerzo; flotaba a su lado, sus cabellos rozaron el rostro de él y su mano pequeña y tibia reposaba en la suya. Se dejaba conducir y presionaba sus fuertes dedos, se dejaba llevar por él y permitía que la hiciera girar en el aire. Y cuando el baile lo exigió, por fin le rodeó el cuello con los brazos, presionó la cara contra el pecho de Doug, aspiró su vibrante proximidad, volvió a soltarlo y se dejó llevar por la música. Por primera vez, él le rodeó el cuerpo y disfrutó de su flexibilidad, sus formas firmes y redondeadas que incluso sin corsé parecían finas y delicadas. La cogió de la cintura, tan delgada que casi podía rodearla con ambas manos, y rozó la embriagadora redondez de sus caderas. Ella no despegó la mirada de los ojos de él, una mirada que expresaba una alegría pura y luminosa causada por la armonía de sus movimientos. No reflejaba el ansia sofocante e insaciable de Lissiana, no; los ojos de Elizabeth solo reflejaban ternura y amor. Ella amaba la vida, su familia y sus amigos, y de algún modo también a aquel hombre que la rodeaba con los brazos con extraña firmeza, como si estuviesen destinados el uno al otro.

Cuando la música por fin se apagó, Elizabeth y Doug se encontraban al borde de la pista de baile, a la sombra de un olmo gigantesco que predominaba sobre la plaza de la aldea. Nadie los veía, nadie observó que Doug, como si estuviera embriagado, presionó los labios sobre la boca sonriente de Elizabeth. Ella no pareció sorprenderse, sino que le devolvió el beso con una naturalidad que lo conmovió. Así que ella también había sentido esa unión hechizante de pensamientos, latidos y cuerpos. Y eso que no intercambiaron un beso apasionado y voraz, sino que más bien se ofrecieron una mutua y perfecta despedida del baile cuyos arabescos los habían unido y vuelto a separar. Los labios de Elizabeth sabían a miel y vino. Su lengua devolvió las caricias de Doug lenta y placenteramente. Cuando por fin sus labios se separaron, ella deslizó los suyos por el mentón y el cuello del conde antes de apoyar la cabeza contra su hombro como un último movimiento de la danza. Durante un instante permaneció apoyada contra él y se sintió a salvo y protegida, como si hubiese regresado a casa. Pero entonces volvió a la realidad y, casi confusa, se apartó de Doug y le lanzó una mirada incrédula.

—Supongo... supongo que solo lo hemos soñado —dijo en voz baja.

Doug tendría que haber asentido cortésmente y haberla conducido fuera de la pista, pero estaba excitado. Él no lo había soñado, no esa vez: esa vez había ocurrido de verdad. Temblando, apoyó las manos en los antebrazos de ella y la obligó a contemplarlo.

—No ha sido un sueño, Elizabeth. Al menos no hay motivos para que lo sea. Esta noche podría ser una noche mágica. ¿Es que no lo ha sido siempre? ¿Acaso hace cien años la procesión de mayo no estaba conducida por una sacerdotisa de la vieja diosa que después yacía con el rey para bendecir la tierra?

Los ojos de Elizabeth se distendieron y él creyó ver una chispa de deseo y quiso abrazarla, pero ella se resistió.

—De eso hace más de cien años, señor. No hablemos de tiempos oscuros.

—¿Eran tan oscuros? ¿Es que no siempre se consideraba una buena señal si el señor de la comarca yacía con la reina de la primavera? ¿Si su simiente humedecía la tierra?

Doug quería besarla y realmente unirse con ella de esa manera antigua y arcaica.

—Después a menudo las pequeñas vírgenes deben de haber humedecido la tierra con sus lágrimas —replicó Elizabeth.

—Pero tú no eres virgen. No pasaría nada, nada irremediable... Solo sería el hechizo de una noche. —Doug la aferró con fuerza, anhelaba volver a besarla—. Entonces... —balbuceó— en aquellos tiempos antaño podría haberte forzado.

Elizabeth lo miró directamente a los ojos. Su mirada expresaba disgusto, pero también ausencia de temor y con un movimiento sereno se desprendió de sus manos.

—Hoy también podríais forzarme —dijo con su voz cantarina—. A mí o a la pequeña reina; y a todas las muchachas de la aldea. Nadie os demandaría por ello, quizá la mujer ni siquiera osaría hablar de ello, pero... pero vos no lo haríais. No sois así. Sois un buen señor.

Entonces se apartó, salió de la sombra del olmo a la luz y buscó con la vista a Brian, que volvía a tocar la fídula. Doug quedó atrás, con una punzada de vergüenza en el corazón, pero en el fondo se sentía más halagado y reconfortado que rechazado y despreciado. Era un buen señor. Y Elizabeth una buena mujer. Aquel beso no lo cambiaría. Doug lo guardó en su corazón.

13

Tres días después otra fiesta de primavera aguardaba a Doug. Para celebrar el regreso de su hija, lord Blaemarvan había organizado un banquete al que no solo fue invitado Doug, sino también lord Armand Daguerre de Birchrock, su vecino que moraba en un castillo situado al oeste. Si bien la perspectiva de volver a ver aLissiana le resultaba muy poco atractiva, se alegraba de pasar una velada con Armand, al que había conocido en la desdichada campaña militar, donde había aprendido a apreciarlo. Era oriundo de Bretaña y como caballero andante había visto mucho mundo, hasta que por fin logró conquistar el amor de Elinor, la heredera de Birchrock. A partir de entonces gobernaba el condado junto con Elinor para satisfacción de todos; ella había alcanzado la mediana edad y era madre de seis niños vivarachos. Después de la velada en Blaemarvan, Doug cabalgaría hasta Birchrock con Armand, que le rogó que lo aconsejara acerca de unos asuntos relacionados con su mina de plata.

—Lo ignoro todo sobre minería —declaró el conde, valiente guerrero y experto administrador de fincas— y de niña Elinor solo se dedicó a jugar con muñecas en vez de ocuparse de descubrir vetas de plata. Por eso disponemos de dos excelentes capataces; pero cuando están en desacuerdo solo puedo dirimir el asunto lanzando una moneda a cara o cruz. Ahora estoy a punto de abrir otra mina y esos dos se pelean como locos acerca de dónde tenemos que cavar. ¡Y puedo perder mucho dinero si cavamos en el lugar equivocado y el rendimiento de la mina no basta para pagar los impuestos!

Al instante Doug se mostró dispuesto a prestarle ayuda, por supuesto. Pensó en llevarse a Brian consigo, pero después cambió de idea. Habían segado heno en Caernon y aguardaban que los arrendatarios aportaran los primeros tributos. Si Brian no los anotaba enseguida la contabilidad resultaría tan caótica como el año pasado.

Así que Doug cabalgó a Blaemarvan solo, acompañado por Charly y acuciado por pensamientos lúgubres. Cuanto más se acercaba la fecha de la boda, tanto más inquietante le resultaba la idea de casarse con Lissiana y temblaba pensando en los cambios que se producirían en su hogar. Habría disputas porque con toda seguridad ella insistiría en instalar su propio mayordomo en el castillo. Era verdad que el viejo Francis era bastante impertinente, Doug no lo negaba, pero gobernaba la casa desde hacía más de treinta años y si lo despedían se sentiría muy afectado. Además estaba Charly. El rechazo entre el caballerizo y Lissiana era mutuo y casi palpable, y ella también insistiría en que Doug lo despidiese.

Encima tenía problemas de dinero porque el duque de Glenmorgan efectivamente había aumentado los impuestos. Doug aún no había informado a sus hombres para no estropearles la fiesta de la primavera, pero se vería obligado a incrementar el rendimiento de la mina y el precio del arrendamiento de las granjas. Y también debía ahorrar en la administración del castillo, lo cual, evidentemente, le resultaba ajeno a Lissiana. Claro que acababa de ir de compras en Londres y confió en que ello fuese suficiente, pero a la larga lo sometería a presión por dinero. Si al menos el corazón le latiera más deprisa al pensar en ella, al recordar su cuerpo, pero tras el último encuentro en el bosque se sentía invadido por un temor difuso, como si desear a Lissiana fuese peligroso.

Al menos su aspecto casi lo dejó sin aliento. Entre tanto Lissiana parecía haberse vuelto aún más bella. Sus oscuros cabellos rizados le enmarcaban su cara, su tez era blanca como la nata y cuando Doug depositó un beso en su mejilla, esta olía a leche y miel. Los labios eran de un brillante y húmedo color rubí, y los ojos sobresalían sobre sus rasgos con un fulgor en el que se mezclaban el candor y la travesura.

—Os he echado de menos, milord —susurró al hacer una reverencia y tenderle su mano blanca como el alabastro.

Tal como se esperaba de él, Doug la cogió y la besó.

Sus manos eran aún más suaves y tersas que hacía escasas semanas: las doncellas inglesas debían de haberlas lavado y cubierto de ungüentos, y seguro que habían prohibido a la indómita amazona cabalgar sin guantes.

Llevaba un vestido a la última, de mangas tan largas que colgaban por encima de sus delicadas muñecas. «No es una moda idónea para mujeres que cambian los pañales de los niños, cocinan y elaboran cerveza», pensó Doug. Lo más probable es que Elizabeth frunciera el ceño y acortara las mangas de un vestido como ese. Entonces ante sus ojos surgió la imagen de la joven con aguja e hilo en las manos, cosiendo el vendaje en torno a su pecho, con rostro serio, dedos diestros y pequeñas puntadas, y se preguntó si Lissiana alguna vez habría cogido aguja e hilo. Pero a buen seguro que había aprendido a bordar, sobre todo tapices y paños de altar, otra aptitud inútil en Caernon.

Lissiana avanzó con pasos gráciles hasta la mesa junto a Doug. Sus andares también parecían haberse vuelto más majestuosos, llevaba la cabeza orgullosamente erguida y lanzaba una mirada complacida al apuesto hombre a su lado. Sir Armand ya estaba sentado ante la mesa con lord Blaemarvan, disfrutando de un trago de bienvenida. Saludó a Doug de buen humor.

—Mis respetos, Doug de Caernon. Creo que habéis conquistado a la joven más bella de esta isla —comentó, inclinando la cabeza ante Lissiana—. Hace un momento, cuando me tendió la mano para que la besara, pensé seriamente en abandonar mi casa y mi castillo para hacerle la corte.

Doug soltó una carcajada.

—Que no os oiga lady Elinor; de lo contrario podría encerraros en una de vuestras minas para que, por fin, aprendáis algo de minería. Porque seducir mujeres hermosas ya sabéis.

—Soy un caballero, milord, no un topo —declaró Armand, provocando las risas de todos—. Y si no me queda más remedio, incluso sé tocar el laúd, pero ello no enriquecería esta velada, creedme.

Lord Blaemarvan hizo servir manjares exquisitos y Doug compartió su plato con Lissiana, tal como solían hacerlo los prometidos. Ella solo tomaba diminutos bocados; quizá llevaba un corsé tan ceñido que apenas podía tragar, pero reía y bromeaba de manera tan encantadora e inocente que las dudas y los temores del conde poco a poco comenzaron a desvanecerse. Bajo la sedosa luz de las velas que iluminaban la mesa, todas sus preocupaciones le parecieron exageradas, surgidas a partir de las absurdas predicciones de Charly. Lissiana no era malvada, solo una muchacha un tanto díscola y consentida cuyo carácter impetuoso se serenaría una vez que gobernara su propio hogar. Tras la cena separaron las mesas dejando libre un espacio para los músicos y los trovadores. Al principio, Doug se sorprendió, pues, por lo general, solo contrataban bailarines y músicos para las reuniones muy formales. Pero con gran satisfacción lord Blaemarvan anunció una sorpresa. Hacía varios días que Regis de Devon, un caballero andante y celebrado trovador, paraba en el castillo y se había mostrado dispuesto a alegrar la velada a los invitados con su arte. Le rogó al joven, que había participado en el banquete rodeado de los caballeros, que diera un paso adelante y tocara el laúd. Regis lo complació de inmediato. Era un caballero apuesto, de mirada ardiente y largos rizos negros, la viva imagen de un trovador. Se inclinó respetuosamente ante Lissiana y le entregó una rosa roja.

—Sé que un lirio hubiese resultado un regalo más acorde con

vuestra inocencia y vuestro encanto —dijo con voz profunda y vibrante—, pero se hubiera marchitado de vergüenza al intentar competir con vos. Así que escogí una rosa, que palidecerá ante vuestra belleza.

Lissiana sonrió, halagada.

—Si no estuvieras sentado a mi lado, podría haber muerto por él —susurró—. Su voz me penetra por completo, es casi como si me tocara por debajo del vestido. ¿Es que tú no lo notas? —dijo Lissiana, y tanteó los cordones que sujetaban el pantalón de Doug.

Tiró de su camisa y sus dedos le acariciaron el vientre con tanta suavidad que realmente parecía la vibración causada por las conmovedoras palabras de una canción o una pieza musical. Doug intentó reprimir la idea, pero no pudo dejar de pensar en la voz de Elizabeth y la melodía de la fídula de Brian.

Entre tanto, un tañedor de fídula se había unido al joven trovador: sir John de Scotland, un hombre rubio de las tierras altas tan apuesto como el primero, pero poco dado a coquetear con las damas. En cambio, lanzaba miradas abrasadoras a sir Regis, que el joven moreno le devolvía con considerable precaución. Doug frunció el entrecejo y lanzó una mirada interrogativa a sir Armand; el mundano bretón se la devolvió con expresión elocuente.

Mientras tanto, sir Regis comenzó a tocar el laúd y sir John lo acompañaba con la fídula. El trovador entonó las habituales baladas que hablaban del coraje y las penas de amor de valientes caballeros y bellas mujeres. Doug no le prestó mucha atención porque los diestros dedos de Lissiana lo mantenían ocupado. Finalmente, la rodeó con el brazo y también la acarició: le rozó las sienes con los labios, le lamió el lóbulo de la oreja y sumergió el rostro en sus perfumados cabellos. Pero entonces Regis entonó una canción que atrajo la atención de sir Armand, que hasta entonces se había repantigado en su sillón con actitud relajada, y se inclinó hacia delante con expresión casi alarmada. Doug apartó la mano de Lissiana de su camisa y se la llevó a los labios al tiempo que escuchaba la balada, que al principio solo parecía una historia de amor absolutamente típica. Trataba de un joven duque que se consumía de amor por una muchacha del pueblo llano. Fue perseguido y desheredado, sin embargo todo eso no redujo su pasión y acabó por perder su oro y sus tierras, pero su corazón halló la verdadera riqueza y la más completa satisfacción en los brazos de una bellísima dama.

—Hay que tener bastante valor para cantar eso en una sala del castillo de Glenmorgan —afirmó Armand cuando el trovador acabó la canción—. Será mejor que no llegue a oídos del duque, de lo contrario pronto el trovador no tardará en languidecer entre las paredes de una mazmorra en vez de contemplar bellas mujeres.

—¿Qué tiene de tan peligrosa esa canción? —preguntó Doug, sorprendido—. ¡Solo es una de las acostumbradas historias tontas inventadas por quienes no han de preocuparse por pagar los intereses de los arrendamientos y los impuestos, sino que pasan su tiempo suspirando por las mujeres!

Los hombres rieron y alzaron sus copas. Antes de retomar la palabra. Armand pidió que le escanciaran más vino.

—No del todo, milord. Esa canción narra la historia de James Briant de Glenmorgan, el auténtico heredero del ducado. ¿Es que acaso no la conocéis?

Doug se encogió de hombros.

—No suelo recibir a trovadores y, además, estuve ausente durante mucho tiempo, así que los cotilleos del ducado no llegaron hasta mis oídos. Lo único que oí en cierta ocasión fue que decían que Osbert de Glenmorgan es un usurpador.

—¡No lo digáis en voz alta! —le advirtió Armand—. Podría costaros la cabeza si alguien le dijera que lo habéis acusado de ello. Pero, de acuerdo, os contaré la historia.

El lord volvió a inclinarse hacia atrás y ordenó al trovador que callara. Inclinando la cabeza, Regis y John se retiraron, evidentemente interesados en escuchar la historia; puede que los trovadores ignoraran que acababan de pronunciar versos explosivos.

—El viejo duque de Glenmorgan tenía un heredero, el susodicho James Briant. Era un muchacho inteligente y dotado de todas las virtudes caballerescas, pero debilucho y corría el rumor de que ya de niño casi había muerto porque tenía el corazón débil o algo por el estilo. En todo caso, no destacaba como luchador. Por otra parte, tendía a ser una persona equilibrada que ya de joven se encargaba casi a solas de administrar el ducado y hacerlo prosperar. El viejo podría haberse dado por satisfecho, pero Geoffrey de Glenmorgan... vos lo conocíais, ¿verdad, Blaemarvan? Era un matón y un bravucón y su hijo suponía un disgusto para él. Encima el joven se enamoró de una muchacha del pueblo e insistió en casarse con ella. ¡Un escándalo!

Armand sonrió. Adoraba contar historias y una vez más logró que lo escucharan con fascinación. Incluso Lissiana le prestaba atención, con los labios entreabiertos.

—Bueno, no es demasiado terrible, ¿no? —dijo Doug—. Se pueden adoptar algunas medidas; por ejemplo, se adjudica una finca a la muchacha y se solicita al rey que le conceda un título sin importancia, así se convierte en lady tal o lady cual y en un partido más o menos conforme a su nivel social.

Hacía poco tiempo había circulado por el ducado la noticia del matrimonio entre un noble enviudado y su amante de hacía años.

—Claro que se podría haber hecho algo —dijo Armand— y en aquel caso con bastante facilidad, puesto que al fin y al cabo la muchacha no era la hija de la puta de la aldea. Al contrario: el padre era el comandante de la guardia del castillo y hacía tres generaciones que la familia estaba al servicio de la casa Glenmorgan, así que ni siquiera resultaba imprescindible informar al rey del asunto con el fin de incluir la familia en la nobleza. Pero el viejo duque carecía de la necesaria buena voluntad. El asunto le venía como anillo al dedo para apartar a su hijo, pues resulta que en su corte se había criado otro niño, Osbert, un sobrino del viejo Geoffrey al que el crío se parecía: un matón, un gran luchador y un tozudo, como su tío. Ignoro qué pensó Geoffrey, tal vez quería castigar a su hijo o quizá confiaba en que la competencia despertaría el espíritu guerrero de Briant. En todo caso, prohibió el matrimonio y cuando, pese a ello, el muchacho se casó, aprovechó su «mal casamiento» para conceder la lugartenencia del ducado a Osbert y no a Briant. Y el viejo emprendió una cruzada.

—¿Qué cruzada? —preguntó Doug—. ¿Es que aún se hacen?

—El viejo Geoffrey nunca dejaba pasar la oportunidad de partirle el cráneo a otras personas. Briant, por el contrario, huía de las confrontaciones, también con Osbert. Cogió a su joven esposa y se marchó a Sicilia. Supongo que hacía tiempo que mantenía amistad por correspondencia con el rey de Sicilia, otro de esos estetas eruditos.

Seguro que en Sicilia ya tocaban la fídula y se podían comprar instrumentos y estudiar el arte de la música. Y seguro que la reina dirigía una corte galante en la que las mujeres y las muchachas podían mantener interesantes conversaciones con los caballeros y coquetear con ellos. Briant de Glenmorgan, Brian de Glenavon... Un peligroso presentimiento brotó en la cabeza de Doug.

—Pero nadie había contado con que los sarracenos también sabían blandir una espada. Geoffrey de Glenmorgan y toda la extraña cruzada que algún fanático emprendió contra Jerusalén fracasó estrepitosamente. El viejo duque murió y, cuando la noticia llegó hasta Sicilia, Briant regresó a casa para hacerse cargo de su herencia. A partir de ese momento la información se vuelve borrosa, ya que se filtra a través de los caballeros de Osbert, que se cuidarán de provocar la ira de su señor. Según lo que he oído, Osbert envió unos esbirros que, cuando se toparon con Briant, lo acusaron de un robo.

—¿Qué robo? —preguntó Doug, desconcertado—. El duque no puede robar su propio ducado.

—Dijeron que al partir rumbo a Sicilia en medio de la noche

se había llevado el dinero del viaje de la cámara del tesoro y que aquello había enfadado a Geoffrey hasta tal punto que en varias ocasiones juró que lo desheredaría. Según otras fuentes, Briant solicitó que el viejo le concediera permiso para emprender el viaje, algo a lo que no podía negarse. Pero al parecer no le dio dinero y entonces el muchacho financió su viaje mediante las joyas de su madre. Sin embargo, su esposa era la única propietaria de las joyas; y, para variar, eso sí que estaba registrado. La anciana duquesa dejó una última voluntad en la que legaba todas sus joyas a su futura nuera.

«¡Yo no he robado nada!» Las palabras orgullosas de Brian. «¡He heredado este prendedor!» La explicación de Elizabeth sobre la posesión de su única joya. Poco a poco, todo empezaba a encajar. Pero Armand no había acabado la historia.

—Sea como fuere, los caballeros de Osbert se enfrentaron a Briant antes de que con su esposa alcanzara Glenmorgan. Hubo una lucha y el duque mató a uno de los caballeros. Una historia trágica: al parecer, el muchacho también era miembro de la familia y siempre había estado muy próximo a Briant. Además, era casi un niño, pero ya sabéis lo que sucede: un doncel pierde los estribos, se enfrenta a un caballero sin alzar la visera y pierde la vida en vano. Es triste, pero ocurre.

—Creí que el tal Briant era lamentable en el combate —comentó lord Blaemarvan—. ¿Cómo pudo librar semejante pelea y no sucumbir?

—Pese a su contextura debilucha era diestro. —Armand bebió otro trago de vino—. Era inteligente, un estratega genial; incluso combatió con éxito en un par de torneos. Vos lo sabéis, Blaemarvan: en un duelo entre dos caballeros expertos la fuerza resulta determinante con excesiva frecuencia. El primero en cansarse comete un error, pero incluso el más debilucho es capaz de acabar con un doncel, porque en ese caso vencen la experiencia y la técnica.

—Pero es imposible que Osbert enviara un doncel a enfrentarse con Briant a solas —dijo Doug—. ¿Qué pasó con los demás caballeros?

Armand se encogió de hombros.

—No lo sé. Algunos rumorean que los dejaron escapar. Como en la canción, aunque no en honor al amor cortés, sino, más bien, para no ir al infierno como asesinos de un duque. Pero si queréis saber mi opinión, creo que lo mataron o que todavía languidece en las mazmorras más tenebrosas de Osbert. Opino que la orden de detener a Briant era una estrategia: Osbert lo hace buscar como asesino y ladrón, y cuanto más se prolonga la búsqueda tanto más pronto el asunto caerá en el olvido y las personas acabarán por creer que el hombre era un delincuente. En todo caso, el hecho de haber huido va en su contra. Y, al menos oficialmente, Osbert no tiene las manos manchadas de sangre.

—Pero también podría estar con vida —sugirió Lissiana.

—Puede ser, milady —aceptó Armand, asintiendo—, pero en ese caso, ¿dónde está? Si se hubiese abierto paso hasta alguna corte de aquí o del extranjero, el hecho habría salido a la luz y desde donde quiera que estuviera podría haber presentado sus exigencias sobre Glenmorgan. Si hubiese informado al rey, reunido el consejo de los pares...

—¿Hubiera podido albergar perspectivas de éxito? —preguntó Lissiana, jugueteando con su pesado collar de oro.

Armand se frotó la nariz.

—Yo lo hubiera apoyado. Y seguro que también vuestro padre, Doug. Y sus posibilidades aumentan cada vez que Osbert sube los impuestos...

—¡Pero Glenmorgan necesita un gobernante fuerte! —exclamó Blaemarvan—. No podemos permitirnos que un debilucho encabece el ducado.

Armand se encogió de hombros.

—¿Acaso he pasado por alto un par de tribus bárbaras que amenazan con invadir nuestras costas? —preguntó en tono burlón—. E incluso en ese caso no sería necesario que el duque los arrojara al mar personalmente. Muchos grandes soberanos no luchaban en el campo. Por otra parte, no sé qué opináis vos, pero yo suelo preferir un diplomático a alguien que quiere combatir en medio del fango.

Doug se rio con ganas. La insinuación acerca de la última campaña militar de Osbert era muy de su gusto. Ese hubiera sido el momento de hablar de Brian y de Elizabeth, pero la precaución hizo que guardara silencio. En todo caso, el asunto no debía ser debatido ante todos los caballeros reunidos; si pretendía hablar de ello debía limitarse a hacerlo con Armand y Blaemarvan, y pedirles la máxima discreción. Pero algo lo frenaba: ninguno de ellos estaba sobrio. Blaemarvan parecía indeciso y no era muy inteligente. Puede que una buena relación a corto plazo con Osbert le resultara más importante que el bienestar y la paz a largo plazo, bajo un duque más sensato. Tal vez hablaría con Armand al día siguiente, quizá también, primero, con Brian. Juntos podrían idear la manera en la que el auténtico duque pudiese recuperar su puesto y su dignidad. Para Doug, el precio suponía perder a Elizabeth para siempre.

Entre tanto, Regis de Devon había vuelto a cantar y todos escucharon sus baladas. Lissiana restregó la cabeza contra el hombro de Doug, pero se guardó las manos. Durante la narración de Armand se había hecho llenar la copa varias veces. Debía de estar cansada porque un momento después sorprendió a los hombres solicitando que le permitieran retirarse.

Doug también tenía otras cosas en la cabeza y no prestaba mucha atención a las conversaciones en la gran sala, y, en cuanto consideró que no suponía una falta de cortesía, él también se puso de pie seguido por la mirada irónica de Armand.

—Las alas del amor galante lo llevan hacia ella —citaba, bastante ebrio, una estrofa de la última canción del trovador—. Que la fortuna os sonría, milord.

—¡Ya va siendo hora! —gruñó lord Blaemarvan—. No debe desvirgarla antes de la boda, desde luego, pero me gustaría que demostrara un poco más de pasión. En los últimos meses nuestro lord Caernon se muestra indiferente. Ningún regalo, ninguna insistencia... Pero Lissiana quiere casarse con él, está absolutamente loca por él. Y eso que el duque también quería cortejarla.

Doug suspiró. Hasta hacía escasos meses la idea de conquistarla lo hubiera impulsado a abandonar la mesa temprano, pero Lissiana apenas lo atraía. Era curioso: cuando estaba junto a él no tardaba en dominarlo, pero no era la mujer con la que soñaba. Era incapaz de despertar anhelo y pasión, como solía hacerlo la *contessa*. ¿Y amor? ¡Tenía que olvidar a Elizabeth! ¡La duquesa de Glenmorgan estaba muy fuera de su alcance; engañar a su señor feudal era impensable!

Sumido en sus pensamientos, Doug entró en los aposentos que le habían asignado y se quitó el jubón en cuanto pisó el vestidor. El ambiente era cálido, ya que las chimeneas estaban encendidas pese al clima templado de principios de primavera. Doug quiso encender una vela, pero entonces notó que la luz titilante de una docena de velas ya iluminaba su alcoba.

—Pasa, pero primero quítate los pantalones. ¡Quiero verte en toda tu belleza!

La voz, ronca y seductora, provenía de la cama. Lissiana se desperezó, solo cubierta por un hálito de seda verde. Más que ocultar su belleza, el camisón la realzaba, los pechos abundantes se destacaban por debajo de la seda que cubría su vientre plano y sus redondeadas caderas.

Doug registró su belleza como si fuese una estatua de mármol: una criatura perfecta creada por un artista. Y ella lo aguardaba, esa vez se entregaría a él por completo.

—Todas esas canciones de amor me han abierto el apetito. Hoy quiero explorar las orillas de la voluptuosidad por completo, quiero sentir el embate de las olas de la pasión. Ven, mi amor, que hoy sea nuestra noche de bodas. Te quiero dentro de mí, he esperado durante demasiado tiempo.

Lissiana separó las piernas y le ofreció su cuerpo. Doug percibió el acostumbrado palpitar de su miembro, que esa vez no necesitaba ocultar. Se quitó los pantalones y, complacida, Lissiana contempló su lanza erecta.

—Ven aquí —susurró.

Doug se tendió a su lado y la besó. Sabía que aún no estaba preparada, por más que se le ofreciera con expresión lasciva; ya había iniciado a más de una virgen en los juegos del amor. Le acarició la boca con la lengua y los pechos con las manos, depositó pequeños besos en el cuello y soltó lentamente las cintas del camisón mientras ella ya gemía de placer. Doug dejó salir los pechos; al instante sucumbió ante la perfección de las blancas y suaves colinas coronadas por las cimas sonrosadas y erectas, y las chupó. Los dedos de Lissiana se clavaron en su espalda, arqueó el cuerpo y soltó una suerte de ronroneo al tiempo que él masajeaba su vientre plano, pero seductor, con suaves movimientos.

Doug debería consumirse de placer, pero más bien era como si observara a una pareja tendida en la cama como un espectador ajeno. Los salvajes movimientos de Lissiana no lo excitaban y su absoluto desinterés por un juego amoroso lento y tierno le resultaba desagradable. Los ojos de Lissiana se estrechaban cada vez más en su rostro crispado por la lascivia. Era como una gata en celo, y, si él no estuviera junto a ella, quizá se restregaría contra las piernas del joven trovador.

Doug apoyó una pierna en el cuerpo de ella. Había llegado el momento, podía penetrarla y celebrar el triunfo sobre su virginidad. Doug se dispuso a deslizarse encima de ella, pero la palpitación y la dureza habituales de su miembro viril se habían desvanecido. Alarmado, bajó la vista, contempló su cuerpo y enrojeció de vergüenza y espanto: su vehemente erección de hacía un momento había desaparecido, su lanza estaba fláccida. Doug se puso a pensar febrilmente sin dejar de acariciar a Lissiana. Hacía rato que la muchacha estaba preparada, había explorado el portal de su voluptuosidad con los dedos: estaba húmedo y caliente, dispuesto a acogerlo si él hubiera podido embestir. Doug procuró concentrarse. Hasta entonces nunca había fracasado: ante la sedosa piel de una mujer, su aroma y su disposición, su lanza se erguía con rapidez una y otra vez durante toda una noche. Pero precisamente ese día no ocurría nada y, mientras él continuaba acariciándola y avivando su excitación, trató de pensar en Letizia, la bella *contessa,* o en Consuelo, la bailarina de la soleada Sevilla. En Erin, una rosa irlandesa que acudió a su lecho tras servir cerveza en el pub; aún era virgen y él no quiso tomarla, pero ella le suplicó que le regalara esa noche. Pensó en Madeleine, una pequeña y sofisticada criatura que, además de advertir a los caballeros respecto de las virtudes caballerescas, había aprendido otras cosas en una corte galante de Provenza. Todas suponían un recuerdo maravilloso y se emocionó al recordarlas, pero su verga seguía fláccida. Elizabeth. Si pensaba en Elizabeth, en el halo rubio rojizo de rizos resplandecientes que la envolvía, en su rostro de elfo apoyado contra su pecho, en sus andares danzarines... Notó que su lanza volvía a palpitar y trató de pensar en sus ojos, en su mirada chispeante y en su risa, pero la mirada de la mujer cuya imagen se le aparecía parecía perforarlo y creyó oír la reprimenda en su voz. ¿Reprimenda? ¡Tonterías! Una dama se apartaría de él para siempre por lo que estaba a punto de hacer. Un caballero que convocaba la imagen de la dueña de su corazón para fingir amor a otra... Se incorporó.

—Tal vez... tal vez todavía debiéramos esperar, Lissiana...

Lissiana abrió los ojos, que antes había cerrado en anticipación de los placeres venideros; parecía perpleja y decepcionada, pero tras deslizar la mirada hacia abajo su cara adoptó una expresión burlona.

—¡No puede ser! ¡Mi hombre maravilloso, mi caballero de la afilada espada, cuya arma se marchita y flaquea en cuanto ha de entrar en combate! ¿Os ocurre a menudo, Doug de Caernon? ¿Por eso cada vez que deseo jugar con vos casi he de arrastraros a la cama?

Doug quiso decirle que era la primera vez que le sucedía,

pero ella no le creería. Lissiana, con expresión desdeñosa, observó como ocultaba sus vergüenzas con la mano.

—¿O acaso ella también os embrujó a vos? ¿Vuestra pequeña hechicera pelirroja que siempre quiere ser más de lo que parece? ¡Pues entonces id con ella, milord, porque yo estoy harta de vuestras excusas y de vuestra debilidad! ¡Ahora todo encaja: os negáis a montar un purasangre, no queréis ver arder a una bruja en la hoguera y sois incapaz de amar a una mujer! ¿De verdad creéis que deseo compartir el lecho matrimonial con un caballero tan pusilánime?

Se puso de pie y ni siquiera se molestó en volver a anudar las cintas del camisón. En vez de eso se envolvió en una sábana y se dispuso a abandonar la habitación. Entonces Doug recuperó el sentido común.

—¡No podéis recorrer los pasillos de esa guisa, señora! El banquete ya debe de haber llegado a su fin y el castillo está lleno de caballeros que se dirigen a sus habitaciones. ¡Debéis vestiros decentemente!

—¿Ah, sí? ¿Debo hacerlo? ¿Acaso creéis que todos los caballeros excepto vos dejarían de admirar mi figura? ¿Que no estarían muy dispuestos a envolverme en su manto para conducirme a su castillo? Pues yo ya tengo un castillo, lord Caernon, y esta noche quizá aún se me ocurra ofrecérselo a un hombre de verdad. ¿Qué os parece Regis de Devon? ¿Os apetecería como vecino? ¡Estoy segura de que él no fracasará!

Lissiana echó la cabeza hacia atrás con gesto arrogante. Era muy bella, pero cuando cerró de un portazo a sus espaldas, Doug no se arrepintió; solo experimentó un inmenso alivio que borró la vergüenza de su fracaso. Que se entregara a Regis de Devon si eso era lo que le apetecía. Seguro que no sería el peor de los vecinos. Al fin y al cabo se había destacado como caballero, si bien entendía tan poco de minas de plata como Armand y, según le parecía a Doug, mantenía un vínculo demasiado íntimo con el que lo acompañaba con la fídula. Pero a lo mejor Lissiana lo hacía cambiar de parecer...

Doug se dejó caer en la cama, vencido por el cansancio. No se celebraría ninguna boda y por primera vez en muchos meses concilió el sueño, un sueño apacible y sin pesadillas.

Pero Lissiana no fue en busca de Regis. Su ira se disipó con rapidez y ella era una mujer demasiado fuerte y ansiosa de poder como para entregarse a un caballero andante. Gobernar Caernon y Blaemarvan junto con Doug hubiera satisfecho, en parte, sus ansias de poder. De día, el condado que le proporcionaba riqueza; de noche, el hombre que la hechizó desde la primera vez que lo vio. Pero estaba bien: si él no la quería, ella alcanzaría metas más elevadas, sobre todo porque se le brindaba una magnífica oportunidad de vengarse tanto de Doug como de su hechicera. Mejor dicho, de su duquesa. Pero Lissiana de Blaemarvan jamás hincaría la rodilla ante ella. La joven se vistió a toda prisa y llamó a un mensajero.

—Has de cabalgar hasta Glenmorgan de inmediato y por el camino más corto. Dirígete al castillo y haz despertar al duque. Di a los guardias que el asunto no puede esperar hasta mañana y no tengas miedo: tu mensaje agradará al duque y quizá te ofrezca una rica recompensa. Así que hazte conducir ante él y transmítele, ¡solo a él!, el siguiente mensaje: que el hombre que está buscando vive en un asentamiento de mineros de la aldea de Caernon, protegido por su señor, que lo ha contratado como escribiente. Que el duque lo encontrará si pregunta por Brian, el violinista. Y dile que Lissiana de Blaemarvan le envía esa noticia, que es su regalo de compromiso. Que hasta ahora se ha dejado deslumbrar, pero que se lo ha pensado mejor. Que con este mensaje acepta su petición de mano con alegría.

14

A la mañana siguiente Doug se levantó muy temprano y se alegró de que Armand también quisiera ponerse en marcha lo antes posible. Así que no volvieron a encontrarse con Lissiana y se limitaron a encargar a lord Blaemarvan que la saludara de parte de ambos. Doug tampoco mencionó el tema de la boda. Blaemarvan tenía una resaca considerable y no cabía duda de que se pondría de muy mal humor si en ese momento lo informaba de la ruptura del compromiso. «¡Que Lissiana se encargue de ello!», pensó.

Mientras cabalgaba junto a Armand hacia el oeste y cuando por fin inspeccionó sus minas con él, una sensación de libertad y de alivio se adueñó de Doug, pero no podía quitarse el asunto de Brian y el duque de la cabeza, y eso lo mantuvo ocupado durante todo el día. La explotación de la mina de plata le parecía mucho menos importante que la cuestión de la sucesión del ducado, la usurpación de Osbert y el peligro que aún corrían Brian y Elizabeth. Había decidido poner su castillo a disposición de la pareja para que pudieran refugiarse hasta que se celebrara el consejo de los pares y el rey fuese convocado como mediador.

Durante la velada comenzó por poner a Armand y a su esposa al corriente de la situación. Hablaron a fondo del asunto y, de paso, Doug averiguó de donde Armand de Birchrock había obtenido sus precisas informaciones sobre los acontecimientos en Glenmorgan: Roland, su hijo mayor, se había criado en la corte del duque y mantuvo una estrecha amistad con Brian.

—Roland siempre hablaba de él con mucho afecto —declaró lady Elinor, una mujer tanto bella como inteligente que parecía sentir un gran amor por Armand—. Hubiese estado dispuesto a atravesar el infierno por Briant, como la mayoría de los jóvenes caballeros. Briant era cordial, justo y también un buen perdedor. Si uno de sus caballeros lo derribaba del caballo durante una justa, nunca se ofendía y se limitaba a decir que, en caso de guerra, se alegraría de tenerlo a su lado. Eso impresionó mucho a Roland. Y la joven Elizabeth era una muchacha tan encantadora... Roland la adoraba y media corte encubrió aquel amor secreto; debe de haber sido increíblemente romántico; todas las jóvenes sueñan con un amor así.

—Siempre creí que las jóvenes sueñan con que un misterioso caballero andante pida su mano —dijo Armand, tomándole el pelo.

Elinor rio y le advirtió:

—Espero que también te muestres tan comprensivo si tu hija mayor se lía con Regis de Devon.

Armand vació su copa de vino.

—Dudo que se líe con ese...

—Pero regresemos al tema de Glenmorgan —propuso Doug, a quien el joven trovador le resultaba bastante indiferente—. Si se supone que era tan apreciado, ¿cómo hizo Osbert para apoderarse del trono?

—Bueno, Osbert también tenía sus seguidores, desde luego —declaró Armand—. Además era mayor que Briant y que nuestro hijo Roland, y vos sabéis lo que ocurre entre los donceles. Los mayores fastidian a los más jóvenes y se forman grupitos con mucha facilidad. El maestro armero debió intervenir, pero resulta que el viejo Geoffrey no lo hizo. Al contrario: se dedicó a fomentar el conflicto. Y una vez que Osbert se hizo con la lugartenencia, ¡y encima Briant se retiró!, Osbert tenía todas las cartas en su mano. Roland y sus amigos abandonaron la corte de inmediato y hoy el castillo está completamente en manos de Osbert. ¡Así que no imaginéis que resultaría fácil rebelarse contra él! Tendréis que actuar con mucha habilidad y mantener el asunto en secreto durante el mayor tiempo posible. Yo os aconsejaría que primero empecéis por informar al rey antes de hacer saber a Osbert y a los pares de Glenmorgan que Briant está vivo. De lo contrario no tardaréis en enfrentaros a un conflicto de lealtades: todos nosotros estamos obligados a defender a Glenmorgan con las armas. ¿Qué debemos hacer si Osbert reúne un ejército para asediar vuestro castillo?

—¡Confío en que en ese caso también podré contar con vos, Armand! —dijo Doug en tono tenso.

—Sí, podéis contar conmigo y también con mis hijos —afirmó el caballero, asintiendo con la cabeza y apoyando la mano derecha en la espada—, pero ¿qué pasará con individuos como ese Blaemarvan? ¿Optará por defender una posición justa pero insegura o preferirá aprovechar la oportunidad para quedar bien con Osbert?

Al día siguiente, cuando Doug cabalgó de regreso a Caernon, azuzó su caballo. Charly protestó un poco. Había conocido a una muchacha en Birchrock que le gustaba mucho y al menos le hubiese gustado pasar la mañana con ella. Además estaba cansado y escocido tras una noche dedicada a abrazos muy placenteros; trotar y galopar durante horas le resultaba pesado. Sin embargo, Doug luchaba contra una difusa inquietud, estaba impaciente e intranquilo. El corazón le latía deprisa y las manos le hormigueaban como si estuviera condenado a permanecer de brazos cruzados aunque algo lo instara a entrar en acción.

Entonces decidió poner a Charly al corriente del secreto de Brian y Elizabeth. Significaba correr un riesgo, pues todo el mundo sabía que el caballerizo era un bocazas, pero al menos ciertos habitantes del castillo debían estar al corriente; de todos modos, cuando Brian y Elizabeth se trasladaran al castillo, medio Caernon hablaría de ello. Si Doug realmente optaba por mantener el asunto en secreto necesitaría un buen argumento que explicara la repentina promoción de su escribiente. En todo caso, la excitante novedad hizo que el joven caballerizo cambiara de humor; olvidó su enamoramiento y volvió a convertirse en un compañero entretenido y un astuto consejero. Él y Doug sopesaron diversas estrategias y las horas de la cabalgada transcurrieron tan rápidamente como las millas bajo los cascos de ambos caballos que avanzaban al trote ligero. Alcanzaron el castillo de Caernon por la tarde. Ante la puerta ya los esperaba Francis, totalmente fuera de sí, y también un par de nerviosos guardias que no se ponían de acuerdo acerca de si había que izar el puente levadizo y cuándo hacerlo.

—¿Qué diablos ocurre aquí? —preguntó Doug en tono malhumorado, al tiempo que se percataba de la presencia de unos cuantos caballeros armados hasta los dientes—. ¿Nos preparamos para una guerra?

Joseph de Milford, uno de los caballeros andantes que pasaba una temporada en el castillo, dio un paso adelante. Era el hombre de más edad y últimamente se había destacado como un excelente maestro de donceles. Doug ya sopesaba la idea de instarlo a quedarse. En todo caso, le había encargado la supervisión de los caballeros más jóvenes durante su ausencia.

—En realidad no ocurre nada, señor —contestó, lanzando una mirada fiera a Francis—. Solo que vuestro criado espanta las cabalgaduras debido a una muchacha que, supuestamente, huye de unos esbirros. Nadie sabe de qué se trata, pero el señor Francis ensaya la movilización general y vuestros hombres le obedecen como si la orden procediera de vos personalmente. Porque la muchacha... ¡ay, yo tampoco lo sé, señor, averiguadlo vos mismo! Pero confieso que me alegro muchísimo de veros...

—Es Elizabeth, milord —lo interrumpió Francis—. Hace unas noches aporreó las puertas del castillo hasta que alguien le abrió y desde entonces está sentada ante vuestros aposentos, llorando e incapaz de reaccionar, comportándose como una de las Furias si uno intenta tocarla. Tampoco quiere comer ni beber, solo llora y llora y llora. Entonces envié un par de hombres a su casa en busca de su marido, pero allí no hay nadie, la choza está destrozada y los vecinos no se atreven a pisarla. Un par de memos dicen que vieron entrar al diablo, que acudió para llevarse a la bruja, pero otros afirman que oyeron ruido de armas y de lucha, y golpes de cascos en el camino. Nadie sabe qué ocurrió en realidad, excepto Elizabeth; y lo dicho: ella solo llora.

Doug notó que el corazón se le encogía dolorosamente y al mismo tiempo lo invadía la ira. Había llegado demasiado tarde. Alguien debía haber delatado a Brian. ¿Armand y Elinor? No, eso era imposible.

Lo primero que hizo fue arrojar las riendas de su caballo a Joseph en silencio y luego echó a correr escaleras arriba hasta el adarve al que daban sus habitaciones. Elizabeth se encontraba ante la puerta de su alcoba envuelta en unos harapos; ni siquiera estaba completamente vestida, solo llevaba un camisón y un paño alrededor de los hombros. Estaba acurrucada en un nicho, la cabeza hundida entre las manos, el cuerpo delgado y agitado por los sollozos.

Doug se arrodilló a su lado.

—Elizabeth... milady de Glenmorgan.

Ella alzó la cabeza. Su rostro empapado en lágrimas e hinchado solo expresaba el más absoluto espanto, causado por el reconocimiento de una verdad sospechada, pero a la cual hasta entonces no había dado crédito.

—Entonces es verdad: lo sabíais. Vos...

Doug trató de abrazarla, pero ella se resistió con desesperada violencia y trató de arañarlo y morderlo cuando él la tocó.

—¿Por qué, milord? —gritó—. ¡Decidme por qué! ¿Qué os ha hecho Brian, por qué lo habéis delatado? ¿Es por mí? ¿Por qué me deseabais? ¡Hubiese bastado con una amenaza, milord! —gritó. Su tono manifestaba un profundo desdén—. ¡Me hubiera entregado a vos con mucho gusto para proteger a Brian!

—Le golpeó el pecho con los puños con furia desamparada y después repitió la pregunta—. ¿Por qué lo delatasteis? ¿Por qué lo delatasteis?

Sollozos histéricos agitaban su cuerpo contraído de dolor. Doug nunca había visto a nadie tan fuera de sí; debía hacer algo para tranquilizarla. Le aferró los brazos y no los soltó. Cuando ella dejó de resistirse y se desplomó llorando, la obligó a contemplarlo.

—Yo no lo he delatado, Elizabeth, lo juro por mi vida. Es verdad que lo sabía, lo descubrí por casualidad hace dos días y desde entonces me devano los sesos pensando cómo puedo ayudaros a ambos. Tienes que creerme... Y tienes que decirme qué ocurrió.

—¿Es que acaso no lo veis? —sollozó ella—. El domingo por la noche, casi de madrugada, cuando ya estaba clareando, aparecieron los esbirros del duque. Brian los oyó y logró coger la espada. ¡Sí, no pongáis esa cara: tenía una espada! Un caballero no se deja arrastrar de la cama como una oveja camino del matadero.

Un escalofrío recorrió la espalda de Doug: el debilucho Brian, arrancado del lecho, cogido por sorpresa y sin armadura, enfrentado a una horda de agresivos caballeros: estaba convencido de que esa vez Osbert no había enviado donceles y ancianos.

—¿Está... está muerto? —preguntó con voz ronca.

—¿Os remuerde la conciencia, lord Caernon? —preguntó ella en tono irónico.

Doug notó que su mirada apagada volvía a centellear, así que al menos parecía haber superado el shock.

—¡Basta, Elizabeth, no fui yo! Y tampoco fue Armand de Birchrock, que no lo sabía hasta ayer. Yo...

—¡Fue ella! —dijo Charly. Doug no se había dado cuenta de que el curioso caballerizo lo había seguido y se volvió hacia él con aire desconcertado.

—¿Ella? ¿Quién? —preguntó Elizabeth.

—Ella, lady Lissiana de Blaemarvan. ¡Maldita sea!, no lo consideré importante: pero en la noche que pasamos en el castillo dormí en el establo, con los caballos. Y cuando ya era de noche y supuse que todos pronto estarían durmiendo, un mensajero irrumpió en el establo, ensilló uno de los purasangres y salió al galope. Le pregunté qué ocurría, pero no me contestó. Después ya no pensé en ello, pero eso es lo que debe de haber ocurrido y el duque de Glenmorgan no perdió ni una hora.

—¡No lo llames duque! —exclamó Elizabeth—. ¡Brian es el duque!

Entre tanto, Doug la había soltado. Ella estaba de pie ante él, exhausta y despeinada, pero una vez más dispuesta a luchar. Doug hubiese querido abrazarla, pero había cosas más importantes que hacer.

—¿Brian está con vida, Elizabeth? —dijo Doug, repitiendo su pregunta anterior—. ¿Y dónde está el niño, por amor de Dios?

Entonces se dio cuenta de que, después de Brian, Julian era el heredero de Glenmorgan y las náuseas lo invadieron al imaginar que el usurpador también se había apoderado del pequeño.

—Julian está con Gertrude, mi vecina. Y Brian está herido; se defendió con valor y una espada le atravesó el hombro. Pero lo querían vivo. Lo ataron... lo ataron como si fuese un bandido y lo arrojaron encima de un caballo como un saco. Vomitó, pero ni siquiera dejaron que cabalgara sentado en la silla de montar, tal como le corresponde a un caballero —dijo Elizabeth y volvió a sollozar.

Doug sabía que a Brian la humillación debía de haberle resultado tan dolorosa como la herida. En general, confiaban en la palabra de honor de un caballero y le permitían cabalgar. Pero Osbert debía de haber enviado la peor escoria para apresar a su primo.

—¿Han visto a Julian? ¿Saben que el niño existe? —Con un poco de suerte, Lissiana no se habría molestado en informar a Osbert de la existencia de Julian.

—Querían matarlo —dijo Elizabeth, temblando—. Julian gritó mientras luchaban con Brian y uno de ellos dijo... que lo mejor sería acabar con toda la gentuza. Pero Brian se interpuso y fue cuando lo hirieron al tiempo que me gritó que huyera con Julian. Así que escapé y me oculté en el cobertizo de Gertrude. No me buscaron, creo que tenían mucha prisa.

—Claro. Sabían muy bien lo que les esperaba si caían en mis manos —dijo Doug en tono furibundo—. Y no tenían órdenes de matarte a ti y al niño. Solo temo que esa orden no tardará en llegar. Tu caballo aún está ensillado, Charly, cabalga de inmediato a casa de esa Gertrude y tráelos a ella y al niño. Te mandaré una escolta, por si acaso, pero tienes que partir de inmediato. ¡No hay un momento que perder! Hemos de poner a salvo al heredero de Glenmorgan.

—¿Y ahora? —preguntó Elizabeth, angustiada—. Lamento haber desconfiado de vos, señor, pero ¿qué haremos ahora? ¿Me ayudaréis?

Tenía un aspecto conmovedor, tan pequeña y desesperada. Doug solo deseaba consolarla y poder hacer algo por ella; sin embargo, las perspectivas eran bastante negras.

—Lo primero que harás será pasar a mis aposentos y entrar en calor —dijo con mucha ternura—. Estás temblando como una hoja. Haré que Francis traiga aguardiente, ambos necesitamos un trago, y debe encontrar un vestido para ti y un par de muchachas que te atiendan.

—¿En eso consiste vuestra ayuda? —exclamó ella en tono indignado—. ¿En proporcionarme una doncella? Soy perfectamente capaz de vestirme sola. Y cualquier muchacha de la aldea me prestará un vestido. Lo que necesito es un caballo y un caballero que me acompañe. ¿Cabalgaréis conmigo a Glenmorgan, Doug de Caernon, para liberar a Brian?

Sus preguntas lo dejaron atónito. Elizabeth no acostumbraba a ser tan ingenua.

—¿En qué estás pensando, Elizabeth? Glenmorgan es una fortaleza. ¿Pretendes que la asedie con tres caballeros? Eso solo supondría una diversión para Osbert, pero con toda seguridad no serviría para liberar a tu marido. No, Elizabeth, te ayudaré con mucho gusto, pero nos aguarda un camino mucho más largo. Debemos convocar a los pares de Glenmorgan y tú, como su duquesa, tienes que solicitar su ayuda. También debes mandar una carta al rey de Inglaterra y hacer valer tus derechos. Todo eso no será sencillo. Lo sería mucho más si Brian estuviera con nosotros, porque entonces el rey tendría que elegir entre dos hombres: el heredero legítimo y el usurpador, lo cual le supondría correr el peligro de dejar el ducado en manos de una mujer como regente de un niño que no tiene ni un año.

—¿Qué estáis diciendo? —preguntó Elizabeth en tono violento—. ¡Glenmorgan no necesita una regente! Brian todavía está vivo y habláis como si lo hubierais abandonado.

Doug suspiró, pero entonces optó por hablar con sinceridad.

—Sé que está vivo, Elizabeth, y tampoco creo que Osbert lo haga ajusticiar. No osará hacerlo. Pero tampoco permitirá que Brian presente sus acusaciones ante un representante de la corona y los pares de Glenmorgan. Has de analizar los hechos: si no tenemos mucha suerte, Brian morirá en las mazmorras antes de que se reúnan; de una enfermedad o de un accidente.

—¡Pues por eso tenemos que salir ahora mismo! —insistió Elizabeth—. Debemos liberarlo antes de que ocurra otra desgracia.

Doug la hizo pasar a la biblioteca y después repitió sus argumentos.

—Brian se encuentra en las mazmorras de una fortaleza. Entre él y nosotros se interponen incontables murallas y guardias. Sería necesario un ejército para liberarlo. El valor resulta inútil, tendrías que poder obrar magia.

Elizabeth lanzó la cabellera hacia atrás; al parecer, su vitalidad había vuelto a despertar. También parecía haber tomado conciencia de su aspecto y se envolvió en el mantón de lana que llevaba por encima del camisón.

—No lo comprendo, milord. No estoy pensando en un ataque, pero resulta que... veréis: mi padre es el comandante de la guardia del castillo...

—Tu padre era el comandante de la guardia del castillo, Elizabeth. No creerás que Osbert lo dejó en el puesto y con los honores para que en cuanto se presentara la oportunidad os abriera a ti y a Brian las puertas del castillo, ¿verdad?

Elizabeth temblaba de impaciencia y quizá también de frío; Doug ordenó a Charly que encendiera el fuego de la chimenea.

—¡Haced el favor de escucharme de una vez! —gritó, furibunda—. Y dejad de interrumpirme. Mi padre fue el comandante de la guardia del castillo; y mi madre murió muy pronto. Por eso de niña lo acompañaba al castillo casi todos los días. Jugaba en los adarves, me encaramaba a las almenas, ayudaba en la cocina. Conozco ese castillo tan bien como el patio de mi choza, milord. Sé cómo entrar y salir sin ser descubierta.

—¡Pues vaya castillo magnífico! —dijo Charly—. Hasta un niño puede entrar y salir cuando le viene en gana.

—Cualquier niño no, pero yo, sí —declaró Elizabeth—. Hace cien años que mi familia sirve a los Glenmorgan y mi padre me contó algunas cosas sobre la fortaleza. Resulta que existe desde la época de los romanos, pero antes era más pequeña y no había una fuente en el interior del patio de armas; eso hacía que el agua escaseara durante los asedios y por eso excavaron un pasadizo secreto, una suerte de galería entre la fortaleza y el río.

—¡Es imposible! —afirmó Doug—. La distancia es demasiado grande y la galería se desmoronaría.

—Es una galería muy estrecha. Supongo que utilizaron niños o personas muy menudas como mensajeros. En parte es una especie de bóveda, tanto en la entrada como en la salida, que está bien camuflada, se encuentra en unas ruinas a orillas del río.

—Pero han pasado cientos de años desde la época de los romanos. Aunque siguieran utilizando la galería, seguro que se ha desmoronado —dijo Doug, cabeceando.

—Hasta hace diez años estaba en muy buen estado —replicó Elizabeth con voz firme—. Esa fue la última vez que me arrastré a lo largo de la galería. Tenía diez años y el galopillo con el que jugaba, doce. Imaginamos que el castillo sufría un asedio y que nosotros proporcionaríamos agua y comida a los asediados. Cuando mi padre nos descubrió nos pegó una paliza. Pero la galería existe, lo juro por mi vida, señor.

Doug reflexionó. La propuesta seguía pareciéndole aventurada y bastante arriesgada, pero él había visto las construcciones de los romanos en Italia, las catacumbas de Roma. Los antiguos ocupantes de Gales también se habían dedicado a la minería; desde muchos puntos de vista sus técnicas estaban más desarrolladas que aquellas de las que disponían los mineros que trabajaban en su mina, así que no era totalmente imposible que subsistiera un antiquísimo túnel entre el castillo de Glenmorgan y el río; si entre tanto Osbert no lo había hecho rellenar. Doug apenas lograba dar crédito a la idea de que un galopillo y la hija del comandante de la guardia estuvieran al tanto de algo que el señor del castillo ignoraba. No obstante, merecía la pena hacer un intento, porque podrían reducir los riesgos: si acampasen de noche y junto al río (las ruinas eran un escondite bastante adecuado), podrían explorar el pasadizo y, a lo mejor, averiguar algo más sobre el paradero de Brian. Puede que Elizabeth lograra ponerse en contacto con su tía e incluso con su padre; al menos así averiguarían cuánto sabía el pueblo.

—De acuerdo, Elizabeth —dijo, asintiendo con la cabeza—, lo intentaremos. Pero solo a condición de que primero descanses, comas algo y duermas un par de horas, de lo contrario te caerás del caballo. Tampoco podremos cabalgar antes de que el niño esté a salvo y los guardias del castillo estén informados. Dios quiera que mis hombres sigan siéndome tan leales como espero. Y que Osbert no actúe con demasiada rapidez, porque si decide asediar el castillo de Caernon para apoderarse de Julian y el círculo se cierra antes de que hayamos regresado no podremos volver a entrar; aquí no hay pasadizos secretos.

Elizabeth soltó un suspiro de alivio. Parecía más relajada y absolutamente agotada, hasta el punto que no contradijo las órdenes de Doug.

—Gracias, señor —dijo en voz baja, sentándose en un sillón

junto a la chimenea. Brian lo había ocupado tan a menudo que Elizabeth creyó percibir su proximidad.

Doug la cubrió con una manta.

—No hay de qué, milady. Y dejad de llamarme señor de una vez. Sois mi duquesa, así que vuestro rango es más elevado que el mío. Y yo tampoco debiera tutearos... ¿Elizabeth? ¡Elizabeth!

Mientras él hablaba, Elizabeth había cerrado los ojos y se había quedado profundamente dormida. La cogió en brazos, la transportó a su alcoba y al tenderla en su cama algo parecido a una sonrisa curvaba los labios de ella. Durante un instante, Doug se concedió el consuelo que suponía contemplarla. Su rostro delgado empapado en lágrimas pero ya sereno, los párpados delicados recorridos por minúsculas venillas azules que cubrían sus bellos ojos, las largas pestañas rubio rojizas rozando las pálidas mejillas, los labios entreabiertos y los cabellos despeinados en la almohada. Era tan hermosa, tan dulce... un elfo que un destino malvado había arrojado al mundo de los mortales. Doug no pudo contenerse y, con gran delicadeza, sus labios rozaron la frente de ella y acarició la rizada cabellera.

—Buenas noches, milady, mi señora. Dentro de un par de horas partiré para dar muerte al dragón por vos.

Mientras Elizabeth dormía, Doug empezó por recibir a la totalmente confusa Gertrude y al pequeño Julian. Dejó que Charly le explicara lo que sucedía y puso sus aposentos privados a disposición del futuro duque de Glenmorgan.

—Pero de momento no hagáis ruido, la señora está durmiendo allí dentro —indicó a Gertrude—. Y tú, baja cuando hayas acabado aquí, Charly. Reuniré una escolta para la dama y la acompañaremos a Glenmorgan. Si lo deseas, puedes incorporarte a la partida, pero no obligaré a nadie. Esta es una misión peligrosa.

Charly se encogió de hombros. Volvía a presentar el aspecto

seguro de sí mismo, relajado y animado del día de la carrera, cuando Doug lo siguió con confianza al pantanoso brezal.

—¡No pienso dejaros en la estacada! Y tampoco a Elizabeth ni a Brian. Es un buen hombre; he hablado con él con frecuencia cuando cuidaba de la yunta de la mina. Siempre era muy cordial; no parecía un duque, al menos no como yo imaginaba que eran.

Doug sonrió. Después salió para informar a los caballeros de la situación. Dejó el castillo en manos de Joseph de Milford, el caballero de mayor experiencia, y preguntó quién se presentaba voluntario para escoltar a la dama. Para su gran sorpresa la mitad de sus caballeros aceptaron y el que más insistió en acompañarlos fue el pequeño doncel al que antaño Brian había explicado el manejo de la lanza. Por fin, Doug optó por escoger dos caballeros más o menos experimentados en el combate, que en Clevey, durante la lucha en medio del fango, al menos no se habían emborrachado demasiado a menudo; incluso uno de ellos logró derribar a un adversario del caballo durante uno de esos combates más o menos amistosos. También iban Charly e Ian de Glenfiddich, el susodicho doncel. Se sintió un tanto incómodo al escogerlo, pero recordó la descripción del pasadizo hecha por Elizabeth: «Muy estrecho, supongo que utilizaron niños como mensajeros.» A lo mejor el muchacho podía resultarles útil como explorador.

Cuando alrededor de medianoche Doug entró en sus aposentos para despertar a Elizabeth, Francis y Gertrude casi habían obrado milagros. Elizabeth ya estaba despierta y vestida; Francis pidió prestado el vestido de fiesta a una de las galopillas. Tal vez no era el atuendo más indicado para una duquesa, pero al menos era de su talla. Gertrude la había peinado con el pelo recogido y Francis observaba cómo Elizabeth consumía un gran plato de hortalizas con expresión complacida. El pequeño Julian dormía plácidamente en la ancha cama de Doug. Gertrude estaba tan compenetrada con su nuevo papel de niñera del heredero de Glenmorgan —hacía unos momentos Francis la había contratado de manera formal y le aseguró que cobraría un sueldo principesco: diez peniques a la semana— que apenas quitaba la vista al niño y solo se dirigía a él como señor o milord. Elizabeth trató de convencerla de que no lo hiciera, pero fue en vano.

—¿Entonces estáis preparada, milady? —preguntó Doug con voz ronca.

Ella tenía un aspecto maravilloso. Pálida pero serena y muy compenetrada con su misión. El vestido sencillo de color oscuro hacía que su cabellera resplandeciera aún más y sus ojos brillaban como antaño. Asintió.

—Solo quiero despedirme de mi hijo.

Conmovido, Doug observó cómo besaba a Julian, canturreaba una nana y lo tapaba cuidadosamente con la manta.

—¡Regresaré, pequeño duque! —prometió en voz baja—. Y te traeré a tu padre.

Charly había ensillado la yegua alazana para Elizabeth, la que de costumbre montaba Francis cuando este se molestaba en abandonar las murallas del castillo. Era el único palafrén del establo y Charly confió que estuviera acostumbrada a la silla de montar de una amazona. Con gesto galante, sostuvo el estribo para Elizabeth.

Ella acarició la yegua con aire sorprendido.

—Realmente es *Pearl*, ya me lo había imaginado. ¿Cómo llegó hasta aquí?

—Francis la compró en el mercado de Rhondda —dijo Doug en tono perplejo—. Y el vendedor la llamó así. ¿Acaso significa algo?

Elizabeth negó con la cabeza.

—No, solo es una casualidad. Brian la compró para mí en los muelles de Caerdydd y la llamamos *Pearl* porque la pagamos con la última joya de su madre: un collar de perlas. Creo... creo que puede que nos traiga suerte —dijo con una débil sonrisa—. Porque esta vez no llevo mi prendedor.

—Pues entonces esos delicados cascos cargan con una pesada responsabilidad. Montad, milady, y cabalguemos. Quiero llegar a Glenmorgan antes de que amanezca.

Un mensajero urgente tardaba entre dos y tres horas en recorrer la distancia entre Caernon y Glenmorgan; un grupo de tranquilos viajeros entre cuatro y cinco. Doug sabía que solo disponía de apenas cuatro horas antes de que clareara, así que metió prisa a sus caballeros. Al principio se inquietó por Elizabeth, pero ella no se rezagó y la yegua demostró que había elegido bien. *Pearl* volaba a su lado, parecía un animal muy distinto al que montaba Francis, así que alcanzaron la ruina a orillas del río cuando rayaba el día. Para su enorme alivio Elizabeth volvió a encontrarla enseguida e insistió en retirar personalmente los escombros que camuflaban la entrada del túnel. Alguien había amontonado piedras ante la entrada, pero no lo habían rellenado. Al menos en ese extremo.

Doug contempló la galería con expresión preocupada. Elizabeth tenía razón: la construcción parecía estable; no obstante, era extremadamente estrecha.

—¿Qué hacemos ahora? ¿Intentamos entrar ya? —preguntó en tono inseguro—. ¿En qué parte del castillo desemboca?

Elizabeth negó con la cabeza.

—No, primero iré hasta la aldea. Ataviada con este sencillo vestido y la cabeza cubierta con el chal, nadie me reconocerá. Intentaré encontrar a mi padre. Quizá conozca otra posibilidad que no sea la galería.

Doug la dejó ir de mala gana, pero sabía que no aceptaría que la acompañaran. Envuelta en el chal para protegerse del frío matinal y con una cesta colgada del brazo como una muchacha campesina, Elizabeth se dirigió al castillo.

15

En la mazmorra de Brian reinaba la más absoluta oscuridad. El joven estaba tendido en el húmedo y pringoso suelo de piedra desde que los esbirros del duque lo habían arrojado a la celda. Después de la agotadora cabalgada de tres horas apenas podía mantenerse en pie y, además, no le habían quitado las correas que le sujetaban los tobillos antes de arrojarlo a la celda; solo cortaron las que le rodeaban las manos, de modo que al menos Brian pudo apoyarse cuando se tambaleó dentro de la mazmorra. El dolor atroz que le atravesó el hombro hizo que soltara un gemido y tardó mucho tiempo en encontrar la fuerza suficiente para incorporarse y desanudar las correas que le rodeaban los tobillos, lo cual era bastante complicado en medio de la oscuridad y pudiendo usar solo la mano izquierda; pero al menos no lo habían encadenado. Cuando, por fin, logró liberarse permaneció tendido, respirando entrecortadamente. Sabía que tenía que obligarse a ponerse en pie y tantear la celda. A lo mejor había un jergón en el cual tenderse... y agua: Brian estaba muy sediento. Pero no logró hacerlo, cada movimiento resultaba doloroso y la idea de chocar contra un mueble en medio de la oscuridad le daba náuseas, así que permaneció tendido, esperando que el dolor y la sed disminuyeran. Los hombres de su primo no habían dejado lugar a dudas: iba a morir allí. Recordaba el tono burlón en el que le dijeron que contemplara el sol por última vez. Brian lo hizo y se despidió de la vida. En cierta ocasión leyó que algunos hombres habían sobrevivido en semejante mazmorra durante años, pero sabía que en su caso era imposible. El frío y la humedad eran veneno para sus pulmones y encima estaba la herida: si no la trataban, se infectaría. Así que daba igual: podía permanecer tendido y limitarse a aguardar; en algún momento se sumiría en un sueño febril y dejaría atrás el dolor, el frío y la oscuridad. Brian rogó que fuesen sueños bonitos y convocó la imagen de Elizabeth, sus andares danzantes, su voz cantarina y sus besos cariñosos.

No sabía cuánto tiempo había transcurrido cuando oyó voces airadas ante la celda.

—¿Cómo se te ocurre arrojarlo en ese agujero? Sin una vela, sin paja en el suelo; ¡ni siquiera hallará el jarro de agua en medio de la oscuridad! ¿En qué diablos estabas pensando, pedazo de imbécil, es que no tienes corazón? —rugió Horace Steward, que había sido comandante de la guardia del castillo de Glenmorgan, pero desde hacía dos años estaba degradado humillantemente a carcelero.

Se dirigía a su suplente, un muchacho que no era mala persona, pero sí tonto de remate; había ocupado el puesto porque Horace había padecido un ataque agudo de gota; el frío y la humedad de las mazmorras lo afectaban tanto como a sus prisioneros. Su hermana, la comadrona de Glenmorgan, había tardado muchos días en curarlo y justo a tiempo, tal como comprobó en cuanto pisó las mazmorras. Habían tomado prisionero a Brian, su duque, que también era su yerno, un hecho al que Horace aún casi no lograba dar crédito; tras caer en las redes del usurpador, estaba tendido en la celda más oscura y mugrienta del castillo.

—El duque ordenó que se le aplicaran las condiciones de arresto más duras —se defendió el joven guarda—. Ninguna concesión, ninguna carta, nada de nada.

—Pero tampoco ordenó que lo torturaran. ¡Por amor de Dios, muchacho, morirá ahí dentro!

El joven se encogió de hombros.

—Por lo visto, señor Horace, el duque no tendría ningún inconveniente...

Horace puso los ojos en blanco.

—Vaya, claro que no tendría inconveniente. ¡Pero no creas que lo reconocerá! Si confías en recibir una recompensa por dejar morir de hambre y sed a tu legítimo señor en este agujero te llevarás una sorpresa considerable. ¿Por qué no intentas reflexionar, so tonto? Si lord Brian muere nos endilgarán la responsabilidad a nosotros; lord Osbert entregará nuestras cabezas a los pares, jurará haber ordenado un alojamiento digno hasta el juicio y dirá que nosotros fuimos los responsables del maltrato. Yo, para ser más preciso, porque nadie enjuiciaría a un tonto como tú.

»Bien, basta de cháchara, será mejor que me ayudes a sacarlo de ahí. Lo instalaremos arriba, en la celda grande, donde entra un poco de calor de la chimenea de la caseta de los guardias. Y que traigan comida de la cocina; tal vez un poco de sopa, porque tras pasar dos días en ese agujero apenas podrá tragar.

Brian abandonó su mundo onírico de mala gana y soltó un quejido cuando los hombres lo arrastraron a la dolorosa realidad. Era como si el hombro estuviera en llamas y tenía las piernas entumecidas después de permanecer tendido en el suelo húmedo y frío. Horace trató de sostenerlo, pero el joven era incapaz de moverse; por fin el robusto carcelero lo agarró por debajo de las axilas y lo arrastró fuera de la celda. Brian intentaba no gritar de dolor; era un caballero y un noble. Osbert podía matarlo, pero no lo doblegaría.

—¡Ten cuidado, imbécil!, le haces daño. ¿Acaso he de hacerlo todo yo solo? Ve a por agua tibia, he de lavar esa herida y además el hombre está cubierto de mugre. Aguardad, milord, enseguida os encontraréis mejor...

Alguien lo ayudó a tenderse en un jergón y le acercó un vaso de agua a los labios. Brian parpadeó. La nueva celda también carecía de ventana, pero los hombres habían encendido una vela y a través de la puerta todavía abierta penetraba el reflejo del fuego ante el que se calentaban los guardias.

—¿Señor Horace? —preguntó Brian con voz débil.

—¡Ay, señor!, me reconocéis, eso es buena señal. Lamento lo ocurrido, pero ahora me ocuparé de vos. —Horace descubrió la herida del hombro de Brian; cuando su ayudante apareció llevando un cuenco con agua, la lavó con mucho cuidado.

—¿Por qué no estáis a cargo de la guardia del palacio? ¿Es que Osbert se siente tan seguro?

—Más bien se siente inseguro —respondió Horace negando con la cabeza—. Y así encontró una oportunidad, ¡muy honorable, por cierto!, de arrojar al padre de la duquesa a las mazmorras. No me quejo: ¡yo también podría haber acabado como prisionero aquí! —gruñó en tono amargo.

Entre tanto el joven carcelero había llevado un cuenco de sopa y Horace ayudó a Brian a incorporarse y a tomar unos sorbos. Brian se calentó las manos en el cuenco. Horace depositó una piedra calentada junto al fuego a los pies de Brian y le dio una manta de lana.

—Esto os hará entrar en calor, señor, una receta de mi hermana Alba. Después le pediré consejo para tratar vuestra herida. No debemos perder la esperanza, ¿verdad?

Antes de abandonar la celda, el padre de Elizabeth le palmeó torpemente la espalda. Dejó la vela encendida.

Brian se sintió profundamente agradecido y lo embargó el deseo acuciante de devolver la esperanza a todos cuantos sufrían bajo el gobierno de Osbert, pero aunque lograra sobrevivir al arresto, no se le ocurría la manera de atacar a su primo. No entonces, cuando Doug —en quien casi había confiado lo bastante como para confesarle su verdadera identidad— lo había delatado. Quizá Horace podría ofrecerle la posibilidad de ponerse en contacto con Elizabeth; estuviera donde estuviera, tenía que huir con Julian. Lo mejor sería que regresara a Sicilia.

Brian vio a su hijo jugando en el luminoso patio del castillo del rey, quizá recogiendo naranjas en el bosquecillo ante las murallas junto a una muchacha de voz cantarina y cabellos danzantes. Exhausto, cerró los ojos.

—Es increíble, imposible. No puede ser cierto, eres un espejismo. ¿Cómo has podido entrar aquí?

De pie ante su hija Elizabeth, Horace Steward oscilaba entre la alegría causada por el reencuentro y el absoluto terror por las consecuencias. La joven acababa de entrar en las celdas con una cesta colgada del brazo. Al parecer, los guardias le habían franqueado el paso sin sospechar nada. Dios sabe qué les había contado.

—¡Ah!, fue muy sencillo. La tía Alba me dijo que ahora trabajabas aquí, así que preparé una cesta, vine y les dije a todos que era la nueva aprendiza de la señora Alba, que traía comida y medicamentos para ti. Nadie sospechó nada.

—¡Pero alguien debe de haberte reconocido!

—Pues nadie dijo nada —aclaró Elizabeth, tratando de sonreír—. Vamos, padre, nadie me delatará y ahora déjame que me reúna con mi marido.

—¡Ni hablar! —refunfuñó Horace—. Desaparecerás de aquí de inmediato, antes de que Osbert haga que te detengan a ti también; eso también supondría mi fin, milady, puedes contar con ello, porque entonces el señor apostará guardias más leales aquí y tu Brian volverá a morir de hambre y sed en la más oscura de las mazmorras.

—¿Le han hecho daño? Por favor, padre, déjame ir con él, tengo que verlo. Estamos... estoy con amigos, lo sacaremos de aquí.

Cuando la puerta de la celda se abrió, Brian despertó, sobresaltado. La luz de las llamas de la chimenea era un consuelo, pero en su celda aún hacía frío. No era tan húmeda y gélida como las otras y aun así no dejaba de tiritar. ¿Qué pasaría cuando llegara el invierno? Brian ya comenzaba a sentir la fiebre; las curas superficiales de Horace no eran suficientes y, con un poco de suerte, no tardaría en morir de gangrena.

—¡Una hora, muchacha, nada más!

Brian oyó la voz áspera de Horace y entonces volvió a aparecérsele el espejismo. La fiebre debía de haber avanzado más de lo previsto, porque creyó ver a Elizabeth de pie en el umbral de la celda.

—Brian... —Elizabeth estaba a punto de estallar en lágrimas al verlo tendido en el jergón, pálido y aturdido—. Deja que te ayude, Brian.

Brian notó que la imagen onírica lo abrazaba y le cubría el rostro de besos. Le devolvió un beso, tierno y cariñoso como en sus mejores momentos y apoyó la cabeza contra el hombro de ella.

—No puede ser que estés de verdad aquí.

Elizabeth le acarició los cabellos. Le parecía casi increíble volver a abrazarlo y, en voz baja, le informó de lo acaecido durante los últimos días.

—Doug de Caernon no nos delató. Está aquí para ayudarnos. Te liberaremos y después presentaremos nuestras exigencias desde el castillo de Caernon. Doug cuenta con un asedio y han izado el puente levadizo en cuanto salimos del castillo. Pero ahora deja que me ocupe de tu herida. Has de recuperar fuerzas para la evasión. Quizá tengas que arrastrarte a través de un túnel.

A Brian no iba a resultarle difícil; en los últimos días había adelgazado visiblemente y la estrecha galería no tenía que suponerle un obstáculo. No obstante, parecía muy débil y casi incapaz de superar el esfuerzo. En realidad, Elizabeth había confiado en que Brian saliera por el túnel, sobre todo desde que descubrió que su padre era el carcelero. Lo único que Horace debía hacer era permitir que escapara y...

—No hables de escapar, Elizabeth, no lo lograré, casi no puedo incorporarme. Abrázame, quédate conmigo, bésame una vez más...

Elizabeth se asustó. Lo único que expresaba la dulce mirada de Brian era resignación; había perdido toda esperanza. Ella tenía que hacer algo. Lo tendió en el jergón con mucha suavidad, rebuscó en la cesta, extrajo unas esencias y comenzó a masajearle las sienes con pequeños movimientos circulares. Le besó la frente y los párpados cuando él cerró los ojos y también sus pálidas y demacradas mejillas. Sus labios buscaron los de él y deslizó la lengua en su boca. Pero el beso no era tierno e inocente como el anterior, sino exigente e intenso. La lengua de Elizabeth jugueteó con él, despertó sus sentidos y Brian alzó la vista con expresión sorprendida cuando los labios de ella se separaron de los suyos.

—Elizabeth... ¿quieres...? ¿aquí?

—¿Dónde si no, mi amor? —contestó ella, sonriendo al ver que la mirada de él recobraba un poco de su brillo habitual—. Puesto que ya estás firmemente decidido a morir en este agujero...

Elizabeth le besó las comisuras de la boca y el mentón, le acarició el cuello con la lengua y la delicada piel del esternón.

Antes Horace ya le había quitado la camisa ensangrentada y sucia, de modo que Elizabeth solo tuvo que retirar la manta para desnudarle el pecho. Masajeó los músculos tensos y doloridos con manos cariñosas pero sin tocar la herida, aunque su aspecto la atemorizó. La piel en torno a la herida estaba hinchada y roja. Elizabeth le acarició el hombro izquierdo, lo besó, también el brazo, y jugueteó con los dedos largos y delgados de Brian. A su vez Brian intentó acariciarla y tanteó su rostro cuando ella se llevó la mano de él a los labios.

Elizabeth hizo un gesto negativo con la cabeza y, lenta y pausadamente, se soltó los cabellos, que dejó caer sobre el pecho de su esposo acariciándolo. El roce de los bucles, ligero como una pluma, no causaba dolor; los dedos diestros de Elizabeth dibujaron signos en el vientre de él y suspiró aliviada cuando notó que su miembro viril se agitaba ligeramente. Aumentó la presión, le besó su cuerpo y le desabrochó los pantalones. Su verga se elevaba hacia ella y Brian quiso incorporarse. Su deseo le proporcionaba fuerza, pero Elizabeth volvió a obligarlo a tenderse, se apartó un momento, se desabrochó el vestido y se lo quitó. Brian intentaba desatar los cordones del corpiño con la mano izquierda y ella permaneció inmóvil. Entre tanto, su propia voluptuosidad también había despertado; los toques delicados y tiernos de Brian siempre la habían excitado. Elizabeth se quitó la enagua y permaneció ante él, bella y desnuda. El miembro viril de Brian palpitaba.

—Te amo, Elizabeth. Te amaré hasta el último instante de mi vida.

—¡Y yo quiero que tu vida albergue muchos instantes más! —exclamó Elizabeth.

Se arrodilló por encima de él y cubrió la verga erecta con su rosa húmeda. Brian se incorporó y la abrazó. En realidad, ella no quiso acurrucarse contra el pecho de él para no hacerle daño, pero él la penetró y ella percibió que en ese momento Brian se encontraba más allá de todo dolor. Brian voló hacia las orillas de la dicha y Elizabeth se sentía como una barca que lo llevaba. Se movía con ligereza meciendo el cuerpo de él y notó las pulsaciones de su verga. Estaban unidos y flotaban en un mundo donde ningún mal podía darles alcance, en el que no existía el frío, el miedo y sobre todo los muros de la mazmorra. Eran como una boya flotando y danzando en el mar, dos libélulas entrelazadas en el juego del amor, volando por encima de los estanques, dos nubes impulsadas por una brisa juguetona. Elizabeth se sentía protegida y lejos de todo temor; daba igual que vivieran como un duque y una duquesa o como las gentes sencillas de la aldea. Lo principal era que estaban vivos. Y entonces recordó su misión.

—No me abandonarás, Brian, ¿verdad? Juraste permanecer a mi lado. Si lo deseas, te sacaré de aquí, pero ¡no abandones! No abandones nuestra felicidad.

Brian asintió. La acarició, lo que más le hubiera gustado era volver a amarla una vez más, pero el hechizo se había roto. Perder el sentido de la realidad en aquella celda era una imprudencia. Solo disponían de una hora. Después la puerta podía abrirse en cualquier momento. Elizabeth también regresó a la realidad.

Se apresuró a ponerse el vestido sin molestarse en anudar los cordones del corpiño.

—Aún debo ocuparme de tu herida —dijo en voz baja—. Te hará daño, mi amor, pero quizá mañana ya esté mucho mejor. No sé cuándo y cómo te saquemos de aquí, pero acudiremos con toda seguridad. No te dejaré morir aquí, no lo permitiré.

Cuando Horace volvió a abrir la pesada puerta de roble del calabozo, un vendaje limpio cubría la herida de Brian, lavada y untada con una pomada. Horace se percató de la expresión cálida y dichosa asomada a la mirada de ambos esposos y, gruñendo, permitió que Elizabeth se despidiese de Brian con otro beso.

—No tengas miedo, amado mío, no te preocupes: dentro de un par de horas estarás libre.

Cuando abandonaba la celda, Brian alzó la mano para saludarla. Todavía parecía débil, pero Horace notó que estaba invadido por un renovado deseo de vivir. Sin embargo, las promesas con las que Elizabeth lo había despertado no le gustaban lo más mínimo.

—¿Qué quieres decir con eso de que lo sacarás de aquí? —siseó tras haberse asegurado dos veces que ningún otro guardia se encontraba ante las celdas—. No habrás encontrado algún tonto dispuesto a atacar este castillo por ti, ¿verdad?

Elizabeth soltó el aliento. Había contado con la resistencia de su padre y tenía mil argumentos, pero en aquel momento solo sentía cansancio y deseó estar junto a sus amigos a orillas del río.

—Atacar el castillo sería una locura —reconoció—, pero se me ha ocurrido una artimaña. Creí que tal vez tú nos ayudarías, padre.

Horace soltó un bufido.

—Pues habrás de quitártelo de la cabeza, muchacha. Porque de lo contrario no tardarán en cortarme la mía y yo tengo ganas de seguir viviendo un poco más.

—Brian es tu duque —replicó Elizabeth en tono indignado—. Le prestaste juramento.

—Le presté juramento a su padre —corrigió Horace—, no

a él, aunque lo hubiese hecho con mucho gusto, como tú bien sabes. Pero por mucho que aprecie a tu Brian y por mucho que confíe en él, no volverá a colocarme la cabeza sobre los hombros cuando me la hayan cortado. Por cierto, ¿qué os proponéis?

—Recordé el viejo pasadizo secreto que da al río. Ya sabes, nos diste una paliza de muerte a Jonas y a mí cuando nos descubriste jugando en el túnel. Si dejaras escapar a Brian...

—Ah, comprendo: solo tengo que olvidarme de cerrar la celda con llave y quizá deba indicarle dónde se encuentra la entrada del túnel... ¡Estás loca, Elizabeth! Supondría un suicidio, por no hablar de que es imposible que salga bien. No soy el único guardia aquí y todos los demás son leales a Osbert. Nunca lograríamos salir sin ser vistos.

—¿Y de noche? —preguntó Elizabeth, desanimada.

—De noche no estoy aquí, el que vigila las celdas es el señor Humphrey y él ha jurado lealtad a Osbert. Hoy ya he hecho lo único que puedo hacer por ti y, si no me queda más remedio, dejaré que lo visites cada dos semanas; no soy un monstruo. ¿Pero una evasión? ¡Imposible!

Elizabeth se puso a pensar febrilmente. Tenía que haber una posibilidad, debía de... por fin se le ocurrió una idea.

—¿Y si no dejaras salir a nadie, padre, pero permitieras que alguien entrase? ¿Si uno o dos hombres entran subrepticiamente y someten a los guardias nocturnos? Entonces tú no tendrías nada que ver con el asunto, nadie podría demostrar que les prestaste ayuda, porque los hombres también podrían haber entrado desde fuera del castillo.

A Elizabeth le parecía una idea factible y, pensándolo bien, incluso genial. ¡Brian no tendría que abrirse paso a través del túnel a solas, alguien lo ayudaría y le daría ánimos!

Horace se mordió los labios.

—Hay un guardia apostado ante el calabozo. Podría declarar que el ataque provino del interior.

—¡Pues entonces nuestro hombre tendrá que matarlo! —dijo

Elizabeth en tono frío—. Lo haremos de todos modos, padre. Con tu ayuda o sin ella. No dejaré morir a Brian en este lugar; aunque yo misma tenga que arrastrarme a través del túnel y aunque tenga que amenazarte a ti para que me entregues la llave de la celda —dijo en tono suplicante pero firme.

Horace sabía que hablaba en serio.

—Está bien —dijo finalmente—. Envía a tu hombre una hora antes de la puesta del sol, no demasiado tarde; a veces Humphrey aparece más temprano y en medio de la penumbra los extraños llaman más la atención. Yo lo ocultaré aquí y él tendrá que hacerse cargo de todo lo demás, así que envía a un buen luchador; y que sea valiente. No deben atraparlo con vida, pues seguro que hablaría al torturarlo y entonces todos estaríamos perdidos.

Cuando Elizabeth regresó al campamento a orillas del río, Doug se disponía a echar una bronca al pequeño doncel, pero el muchacho no parecía muy impresionado, al contrario: sonreía de oreja a oreja, parecía un alegre morito porque estaba cubierto de polvo y suciedad de los pies a la cabeza. Al parecer, Ian acababa de arrastrarse fuera del túnel.

—¡Os he visto, milady! —dijo en tono alegre—. En el castillo. Porque resulta que permanecí allí casi toda la tarde. Eché un vistazo a las instalaciones defensivas y charlé con los donceles. Se puede pasar con facilidad, milady; la galería es estrecha, pero no se ha derrumbado en ninguna parte.

—¡Podrías habernos delatado a todos! Entrar en el castillo y pasearte por ahí fue una imprudencia increíble, sobre todo porque yo lo conozco, así que, ¿qué averiguaste que no sepamos? ¿Que nuestro ejército de cinco hombres es capaz de superar las instalaciones defensivas? —Doug parecía estar a punto de abofetear al muchacho. Había pasado un miedo espantoso por él y por Elizabeth.

—¡No fue peligroso! Ese castillo es como un palomar, ningún extraño llama la atención. Vos también lo habéis visto, ¿verdad, milady? ¿O acaso os controlaron?

—No —contestó Elizabeth, negando con la cabeza—, pero yo tenía una historia creíble en caso de que lo hicieran. Fue muy amable de tu parte, Ian, pero completamente superfluo. Ponerse en peligro en vano no hace de ti un caballero. Habrá suficientes peligros auténticos para que demuestres tu valor. Pero ahora dejadlo en paz, lord Douglas, debemos tomar decisiones más importantes.

Ian se sonrojó, inclinó la cabeza y luego lanzó una mirada de veneración a Elizabeth, a la que ella no prestó atención. Se apresuró a informar a Doug y a sus hombres del acuerdo al que había llegado con Horace. La puesta del sol era inminente y Elizabeth no quería perder ni un solo día.

—No sé si será acertado que enviemos a un hombre o dos —dijo tras describir el plan—. Dos sería más seguro, mi padre cree que debemos enfrentarnos a dos guardias ante las celdas y a otro más apostado en el exterior, pero eso aumenta el riesgo. Un buen luchador...

—Dos debieran ser suficientes, estoy de acuerdo con vos —comentó Doug—. Iré yo mismo. —Cogió su espada pero después optó por dejarla y coger un puñal. El arma más pequeña le permitiría moverse con mayor facilidad.

—Con vuestro permiso, milord —interrumpió Ian, que aunque no tenía muchas ganas de volver a llamar la atención no vio otra posibilidad—. No lograréis atravesar el pasadizo. Seguro que el señor Brian sí, es muy delgado, pero vos...

—¿No querrás insinuar que soy gordo, ¿verdad?

Pese a la gravedad de la situación, Elizabeth casi se rio al ver la reacción de Doug, pero su recuerdo la obligó a dar la razón a Ian.

—Sois ancho de hombros y esa galería fue construida para personas menudas. Temo que os quedaríais atascado como un corcho en una botella.

—¿Y los demás caballeros?

Doug se negaba a dejarse convencer y contempló a sus seguidores con expresión escéptica. Ambos caballeros estaban dispuestos, pero eran casi tan altos como él.

—Si vos me lo permitís, milord, puedo ir yo —dijo Charly, dando un paso hacia delante—. Seguro que puedo recorrer el pasadizo; no soy mucho más fornido que el muchacho.

Era verdad. Charly debía sus diversas victorias en las carreras de caballos no solo a su valor y a la velocidad de su yegua, sino también al hecho de que era menudo y fibroso, y que apenas pesaba más que un niño.

—¡Pero no eres un caballero! —exclamó Doug, negando con la cabeza.

Charly puso los ojos en blanco con aire impertinente.

—Con vuestro permiso, señor, pero ¿de verdad creéis que en ese calabozo nos aguarda un grupo de jinetes lanza en ristre? Si lo he comprendido bien, hay que atacar a dos hombres por la espalda y derribarlos. Eso también se aprende en las peleas de los pubs de Glenmorgan. Las virtudes caballerescas no resultan necesarias.

—En los ataques a traición las virtudes caballerescas más bien suponen un impedimento —dijo Elizabeth con su picardía brillando de nuevo en sus ojos.

—Pero tú... una vez me dijiste que tú no te habías metido a minero porque la oscuridad subterránea te daba miedo; ¿y ahora pretendes arrastrarte a través de un túnel tres veces más largo que la galería más larga de nuestra mina y en la que no arde ninguna vela? —dijo Doug y lanzó una mirada inquieta a Charly.

Había presenciado ataques de pánico en las galerías. A veces incluso los hombres grandes y fuertes perdían los nervios por completo.

—Milord, cuando cabalgáis contra otro caballero dentro del palenque y lo veis, lanza en ristre, con su corcel lanzando espumarajos y una afilada espada colgada del cinto, ¿no sentís miedo de vez en cuando? ¿Y no sois capaz de superarlo por un motivo importante? Creí... creí que...

—Creíste que eso es lo que define a un caballero —dijo Elizabeth en voz baja, casi con lágrimas en los ojos—. Y tienes razón, sir Charles de Rhondda. Cuando reconquistemos el ducado de Glenmorgan tú serás el primero que mi esposo armará caballero. Pero primero llevarás la prenda de la duquesa en la batalla. —Se quitó una cinta del cabello y se la tendió al hombre menudo que casi moría de vergüenza—. Ve con Dios y devuélveme a mi esposo.

16

Elizabeth tiritaba, la noche era bastante fría. No había podido soportar la tensión que reinaba en las ruinas donde se refugiaban y optó por retirarse a orillas del río y contemplar las aguas tranquilas resplandeciendo bajo la luz de la luna, confiando en que su corazón dejara de latir como un caballo desbocado y de desprenderse del poder ejercido por su desesperado temor. Habían pasado muchas horas desde la partida de Charly. Podía regresar con Brian en cualquier momento, pero también podía estar muerto o, en el peor de los casos, revelar su escondite bajo tortura. En todo caso, Doug y sus hombres estaban preparados para el combate y habían ensillado los caballos. Lo único que podían hacer era esperar hasta el amanecer: si entonces Charly no había regresado, emprenderían la huida. Elizabeth oyó los pasos de Doug a sus espaldas y se volvió, temblando.

—¿Alguna novedad? —preguntó con voz ansiosa.

—Estáis tiritando, milady —dijo cubriéndole los hombros con su manto—. ¿Permitís que me siente a vuestro lado?

Elizabeth asintió. Se alegraba de verlo, su presencia siempre la reconfortaba.

A él el corazón se le encogió al verla tan sola y ensimismada. La luz de la luna destacaba su belleza y, más que nunca, hacía que pareciera un hada perdida. Bajo la luz plateada, su rostro de tez clara brillaba, puro y transparente; era como si las estrellas se reflejaran en sus ojos y sus cabellos rizados agitados por la suave brisa se confundían con las sombras. Doug la amaba tanto que resultaba doloroso y en aquel momento deseaba, más que ninguna otra cosa, ocupar el puesto de Charly y poder hacer algo. Incluso si significaba morir por Elizabeth.

—Lo logrará —dijo para animarla—. A lo mejor aguarda hasta que llegue la medianoche; cuando los guardias se adormilan todo resulta más sencillo.

—Debe aguardar hasta que acaben los banquetes en la gran sala. Ian dijo que habían llegado nuevos invitados, así que beberán hasta muy tarde. El camino desde las mazmorras hasta el túnel pasa por el patio de armas.

Doug hizo un movimiento afirmativo con la cabeza; también eso era verdad.

—¿Qué haremos si todo sale bien? —preguntó Elizabeth—. ¿Creéis que los pares se pondrán a favor de Brian? ¿O solo os causamos problemas? Cuando cierro los ojos y el temor se adueña de mí, veo la aldea de Caernon en llamas y el castillo arrasado.

—Cuando cierro los ojos veo a la mujer más bella de la isla sentada en el trono de la duquesa de Glenmorgan —dijo Doug en tono tierno—. Veo una tierra próspera y súbditos satisfechos, tanto en los castillos como en las aldeas.

Elizabeth le dedicó una débil sonrisa.

—¿Y después? ¿Hincaréis la rodilla ante mí, duque, o seguiréis contemplando a la duquesa con esa mirada tan...? —Se interrumpió sin acabar la pregunta.

Doug le cogió la mano y se atrevió a depositar un suave beso en el dorso.

—Me repugna contemplar con mirada lasciva lo mismo a la duquesa que a la mujer de un minero, señora. No obstante, tendríais que cegarme porque de lo contrario no podría apartar la vista de vos. Os amo, Elizabeth. Nunca quise hacerlo y aún hoy no lo quiero, pero no puedo evitarlo. Os amaré durante toda la vida, pero ello no afectará mi lealtad con respecto a vuestro esposo. De lo contrario no estaría aquí.

Elizabeth alzó la mirada y lo contempló, y él vio las lágrimas en sus ojos.

—Lo sé. Y yo... Si hubiese otra vida, y vos y yo nos encontrásemos en otro mundo, podría haber correspondido a vuestro amor. Rara vez he albergado sentimientos tan intensos por un hombre como por vos. Confío en vos, cifro mis esperanzas en vos, pero Brian llegó primero. Es mi príncipe, mi amigo, mi todo. Lo amo con cada fibra de mi corazón y a vos os deseo... anhelo con toda el alma que un día podáis amar a una mujer de la misma manera. Esa Lissiana... supongo que os casaréis con ella, ¿no?

Doug negó violentamente con la cabeza.

—Seguro que no, pero decepcionarla fue un error. Si hubiese logrado que siguiera creyendo que la amaba solo un par de días más, todo esto no habría ocurrido.

Elizabeth alzó la mano y le acarició la mejilla.

—Pero no pudisteis mentir, caballero. Es algo más que tenéis en común con Brian —dijo, volviendo la vista al río. Entonces sucumbió al temor—. ¡Tengo tanto miedo, Doug! —susurró—. Mi temor por él es infinito. Tú no lo viste, estaba dispuesto a morir en esa celda. Había perdido toda esperanza, está enfermo. Y yo... yo no puedo vivir sin él.

Doug le rodeó los hombros con el brazo y notó que el cuerpo de ella se agitaba como si estuviese llorando, pero se tranquilizó cuando la abrazó. Apoyó la cabeza contra el hombro de él, al tiempo que él le acariciaba la espalda y ella se acurrucaba contra él como una niña perdida en la oscuridad que, por fin, había encontrado el camino. Elizabeth percibió su calidez y acabó por serenarse. Todo iría bien mientras Doug estuviera a su lado. Él siempre lo había arreglado todo.

—¡Milord! ¡Milady! Hay movimiento en el túnel, creo que viene Charly —dijo uno de los jóvenes caballeros interrumpiendo la paz que reinaba a orillas del río.

Elizabeth pegó un respingo y su rostro volvió a reflejar el temor anterior.

—¿Lo acompaña Brian?

Doug la ayudó a ponerse de pie; tras las horas sentada junto a la fría orilla tenía el cuerpo entumecido. Él mismo estaba muy tenso; en realidad, Charly debía de haber cumplido la misión con éxito, porque Osbert no hubiera enviado a sus esbirros a través del túnel. Si Charly hubiese fracasado, hacía tiempo que los hombres del duque habrían aparecido.

Cuando Doug y Elizabeth alcanzaron las ruinas, Charly emergía del túnel. Estaba empapado en sudor y completamente agotado.

—Ayudad a Brian a salir; solo no podrá —dijo, resollando—. Espero que aún esté consciente, fue muy duro para él, pero yo lo arrastré y...

Una tos débil surgió del túnel y Brian logró recorrer los últimos palmos por su cuenta. Por fin uno de los jóvenes caballeros lo agarró del brazo sano y lo arrastró fuera. Brian soltó un quejido cuando su hombro herido rozó el suelo; el vendaje estaba sucio y empapado en sangre. Elizabeth se arrodilló a su lado y él se desplomó en sus brazos. Jadeaba, pero parpadeó bajo la luz de la luna, sabiendo que no debía permitir que la debilidad se adueñara de él.

—Me dijeron... —murmuró— que nunca volvería a ver el sol. Pero ahora yazgo en brazos de la diosa de la luna.

Charly abrió mucho los ojos y preguntó:

—¿Yo también tendré que aprender a decir galanterías cuando me arméis caballero? Porque en ese caso quizá me lo piense mejor. Lamento haber tardado tanto, pero los guardias de esos calabozos eran unos tipos grandes como árboles, os digo. Así que consideré que sería mejor esperar hasta que uno de ellos se durmiera antes de atacarlos.

—¿Los mataste? —preguntó Doug. Era uno de los requisitos, pero se temía que Charly no habría sido capaz de hacerlo.

—Puede que a uno de ellos, el que estaba apostado delante de las celdas. Oyó algo y bajó, no quise correr ningún riesgo y le clavé el puñal en el pecho. Los demás... bueno, tendrán dolor de cabeza.

—Pero no durante mucho tiempo; cuando Osbert se entere de que dejaron escapar al prisionero, no tardarán mucho en perder la cabeza. Podrías haber acelerado el proceso enviándolos al otro mundo de inmediato y entonces no nos preocuparía que nos descubran antes de mañana por la mañana. Ahora pueden despertar en cualquier momento y dar la alarma. Tenemos que huir en el acto. Traed los caballos. ¿Puede cabalgar, Elizabeth? Brian, ¿crees que puedes cabalgar? —Doug no veía a un duque al contemplar aquel cuerpo gimiente tendido en los brazos de Elizabeth; más que respeto, sentía compasión—. Has de ponerte de pie, Brian.

—Primero tengo que cambiarle el vendaje. ¿Tenéis agua? Necesita descansar —dijo Elizabeth. Se interpuso entre su marido y los demás casi como para protegerlo.

—No solo agua, incluso vino ¡y aguardiente! —dijo Doug lanzando una mirada de soslayo a Charly, que estaba abriendo una frasca—. Dale un poco a tu duque, sir Charles, y haz circular esa botella. Puede que nos reanime y debe hacerlo, porque no hay tiempo para otra cosa. No se desangrará por esa herida, milady, pero si nos descubren no tendrá la menor oportunidad.

Doug cogió la botella de manos de Charly, bebió un trago y se la pasó a Elizabeth, que vertió unas gotas entre los labios de Brian. El joven tosió, pero después trató de ponerse de pie. Elizabeth parecía dudar entre ayudarlo o insistir en que permaneciera tendido. Lo que necesitaba era calor, agua, curar la herida, descanso y tranquilidad, pero por detrás quedaba el largo camino a través del túnel y por delante una esforzada cabalgada de cuatro horas.

—¿Puedes cabalgar, Brian? —insistió Doug por segunda vez.

—Mientras siga con vida puedo llevar un caballo —dijo Brian, asintiendo.

Hablaba en el tono autoritario de un caballero y Charly le lanzó una sonrisa maliciosa: él podría haber dicho lo mismo. Lo ayudó a montar en el caballo que habían traído para él, un animal negro castrado de carácter vivaz, casi idéntico a *Cougar*, su padre. Elizabeth hubiese preferido que montara en *Pearl* y, preocupada, notó que el rostro de Brian se crispaba de dolor en cuanto el magnífico corcel se puso en movimiento.

Pero Doug no mostró la menor consideración e impuso un ritmo tan implacable que ni siquiera Charly tuvo oportunidad de entretener a sus compañeros con sus heroicidades. Dejaron atrás la orilla del río y el castillo de Glenmorgan con rapidez y acabaron galopando a lo largo del camino junto a los acantilados que, en épocas más felices, Elizabeth y Brian habían recorrido tan a menudo; de día era maravilloso, pero esa noche Doug sintió pavor: no había árboles ni arbustos tras los cuales ponerse a cubierto y bajo la luz de la luna el grupo de jinetes era visible desde una distancia de muchas millas. Además, Brian se tambaleaba peligrosamente en la silla de montar y aunque no soltaba ni un quejido estaba encogido, incapaz de adaptarse a los movimientos del caballo; así que iba de un lado a otro y con cada brinco del caballo lanzado al galope era como si le clavaran un cuchillo en el hombro.

Por fin, Charly se puso a la par de Doug.

—Hay que descansar un poco, señor. Brian está a punto de caer del caballo y no aguantará mucho más. Y si se cae y encima se rompe los huesos...

Doug reconoció que tenía razón, aunque a regañadientes. Hacía dos horas que estaban de camino, dos horas en las que Brian pasó por el infierno. Estaba lívido, se había mordido los labios y el vendaje del hombro estaba empapado en sangre. Necesitaba hacer una pausa, pero no allí, no a campo abierto. Empezaba a amanecer y necesitaban encontrar un lugar donde ocultarse.

—Dos millas más y habremos alcanzado el bosque de Thyme —dijo Charly, que estaba pensando lo mismo.

—Pero es un bosque escasamente tupido y ya en parte talado. Sería mejor y más seguro cabalgar hasta Blaemarvan: allí podremos ponernos a cubierto en el bosque de pinos, lo conozco bastante bien —propuso Doug.

—No logrará llegar hasta allí —dijo Charly, mirando de soslayo a Brian—. Como mucho, si monto en la grupa del caballo detrás de él y lo sostengo...

—Pero eso también nos hará más lentos. De acuerdo, Charly, cabalgaremos despacio hasta Thyme y descansaremos. Después ya veremos.

Doug obligó a *Cougar* a avanzar al paso. Brian se desplomó sobre el cuello de su caballo, pero haciendo un esfuerzo sobrehumano evitó perder el conocimiento. Solo se desmoronó cuando, por fin, alcanzaron el bosquecillo, los caballeros lo ayudaron a desmontar y Elizabeth se ocupó de él de inmediato. Los hombres fueron a por agua a una fuente cercana y ella comenzó a cambiarle el vendaje del hombro. Brian estaba muy pálido y completamente extenuado; tardaría más de una hora en poder volver a cabalgar, incluso si Charly lo sujetaba.

Doug analizó las posibilidades de defenderse con expresión preocupada.

—Aquí no podemos ponernos a cubierto. Como mucho podemos formar un círculo y eso que la destreza con la espada de Ian no es muy grande que digamos y la de Charly...

—¡Soy muy bueno arrojando un cuchillo! —se jactó el caballerizo.

—Estupendo —dijo Doug—, con eso acabarás con uno de ellos y te quedarás sin arma. Será mejor que no lo sueltes, muchacho. Si nos atacan aquí, el resultado dependerá del número de hombres que nos persigan.

Uno de los jóvenes caballeros que habían apostado ante la entrada al bosquecillo para vigilar el camino galopó hacia ellos.

—Tendremos que luchar —informó en tono serio—. Un

grupo armado se acerca a lo largo del camino que bordea el río. Cinco hombres.

Doug asintió.

—Pues estaremos casi empatados. Ponte detrás de ese árbol con Brian, Elizabeth, pero apartad los caballos, podrían espantarse durante el combate y pisotearos. Los caballeros combatirán a caballo, al menos al principio. Saldremos a su encuentro y los atacaremos de frente. No cuentan con ello. Charly...

—Treparé a un árbol en la entrada al bosque, milord, y me encaramaré a la rama que sobresale por encima del camino. Si me dejo caer desde allí, acabaré con el primero por sorpresa.

La estrategia no era mala y Doug lo dejó hacer. Indicó a Ian que se pusiera por detrás de los caballeros. Si Charly realmente lograba derribar al cabecilla, los tres guerreros adultos deberían enfrentarse a cuatro adversarios y, con un poco de suerte, lograrían someterlos.

Los caballeros de Osbert no contaban con una emboscada, sino que pensaban en una persecución a galope tendido. Todos montaban grandes purasangres y llevaban armaduras ligeras, pero Doug y sus hombres tampoco llevaban la armadura de los lanceros. Se abalanzaron sobre los hombres con la espada desenvainada. Entre tanto el sol ya había salido y sus rayos iluminaban el día, los caballeros de Osbert galopaban bajo la luz deslumbrante del sol y después entraron en la sombra del bosquecillo. Charly se arrojó sobre el cabecilla antes de que la vista de este se hubiera adaptado a la semioscuridad.

Con el rabillo del ojo, Doug vio que ambos se revolcaban por el suelo, pero después solo pudo prestar atención a su propio combate. Intentó concentrarse en dos caballeros al mismo tiempo, con el fin de evitar que, dentro de lo posible, Ian se viera envuelto en la batalla.

—¿Dónde está vuestro precioso duque? ¿Acaso es demasiado cobarde para combatir? —gritó uno de los hombres de Osbert en tono burlón.

Doug no respondió y se limitó a repartir mandobles. Aquellos caballeros no eran adversarios fáciles, Osbert debía de haber enviado a sus mejores hombres y Doug tuvo que esforzarse al máximo para defenderse de uno solo de ellos. Temía por sus jóvenes caballeros poco experimentados en el combate. En efecto, ambos jóvenes habían sido ya derribados del caballo, pero seguían luchando a pie con gran coraje; no obstante, se vieron obligados a retroceder cada vez más y los caballeros de Osbert debían de estar a punto de descubrir a Elizabeth y Brian.

—¡Ahí tenemos a vuestro triste duque! Y esta vez también lo acompaña su muñequita. El duque de Glenmorgan estará encantado.

Sin embargo, el adversario de Doug no disfrutó mucho de su supuesta captura. Doug aprovechó que el otro se distrajo lanzando miradas lascivas a Elizabeth y le clavó la espada en el corazón. En cuanto lo derribó hizo girar a *Cougar* y galopó hacia los demás. Y justo a tiempo: Doug vio caer a uno de los jóvenes caballeros. Luego quiso ayudar a Ian cuando otro de los esbirros de Osbert se abalanzó sobre él. El hombre que acababa de derribar a sir Harald se volvió y se enfrentó a él. Con el rabillo del ojo Doug vio cómo Ian alzaba torpemente la espada. El muchacho no podía sobrevivir a ese ataque y el primer golpe del adversario lo derribó del caballo. Pero entonces una figura apareció a espaldas de Ian: muy delgado, un poco tambaleante y blandiendo la espada de sir Harald con la mano izquierda, detuvo el golpe destinado a Ian y eso hizo que el muchacho pudiera ponerse en pie. Ian también era un guerrero y, como David frente a Goliat, arremetió contra el atacante desde abajo y le clavó la espada en el bajo vientre, entre la cota de malla y el quijote. El hombre soltó un alarido y su corcel se encabritó. Doug ya no tuvo tiempo de seguir observando porque su adversario, al que mientras tanto había logrado derribar del caballo, lo atacaba sin piedad. *Cougar* también se tambaleaba y Doug se deslizó de la silla de montar. Si hubiese intentado seguir montado, habría perdido tiempo y habría brindado la oportunidad a su adversario de asestarle un golpe mortal. Así que se enfrentó a él a pie. Ambos caballeros intercambiaron cintarazos y mandobles, ninguno pensaba en ponerse a cubierto, pero entonces Doug oyó la voz aún infantil de Ian y su grito desesperado:

—¡Detrás de vos, milord!

Doug vio como el caballo se acercaba al galope. El caballero, aunque perforado por la espada de Ian, por una herida que, por lo visto, no era mortal, alzó la espada dispuesto a atacarlo. Doug se giró para detener el golpe; sabía muy bien que con aquel giro le ofrecía su desprotegida espalda al otro y casi contó con el golpe, pero entonces oyó una voz áspera.

—¡Luchad conmigo! ¿No queríais luchar con vuestro duque?

Brian se enfrentó al adversario de Doug. Doug debía aliviarle la carga: detuvo el ataque del jinete y clavó la espada en el cuerpo al hombre ya gravemente herido. Después se giró para acudir en ayuda de Brian y aún alcanzó a ver cómo el joven duque —con la espalda apoyada contra un árbol— lograba detener el primer cintarazo. Doug arremetió contra el caballero, pero antes de alcanzarlo la espada del otro atravesó el pecho de Brian y, por fin, ambos combatientes se desplomaron. Doug corrió hacia Brian.

—Brian...

Una débil sonrisa atravesó el rostro del joven.

—Estáis con vida —susurró—. Y, al parecer, habéis vencido...

Doug echó un vistazo a la escena en el bosquecillo. En aquel momento Charly regresaba montado en el magnífico corcel del cabecilla con expresión belicosa y sosteniendo su espada en la mano, como un auténtico caballero. Derrotar al hombre debía de haberle costado un esfuerzo considerable, pero era el vencedor; su cuchillo estaba manchado de sangre. Sir Harald acababa de ponerse en pie y se sostenía un hombro. El segundo de los jóvenes caballeros parecía haber sufrido una herida en la pierna y en el brazo derecho, pero también se acercó cojeando. Ian estaba arrodillado junto a Brian.

—Dejadme pasar.

Elizabeth había observado el combate presa de una suerte de

parálisis. Nunca creyó que Brian tendría la fuerza suficiente para blandir la espada, pero cuando vio que Ian corría peligro debía de haber recurrido a sus últimas reservas de fuerza.

—No podía permitir que algo le ocurriera al muchacho —susurró Brian casi disculpándose cuando ella se inclinó sobre él—. Pensé en Edmond, que tampoco era mucho mayor. No quise que otro muchacho muriera por mí.

—¿Qué pasa con el duque? ¿Está herido?

Sir Harald y su amigo también querían ocuparse de Brian, pero Elizabeth les dijo que se alejaran.

—Dejadme a mí, dejadnos solos. Yo me ocuparé de él. Tengo que examinarle la herida para ver la gravedad.

Cuando Doug se puso de pie le rozó el hombro y las miradas de ambos se encontraron durante un momento; en los de ella, él vio confirmado lo que ya sabía: el duque estaba herido de muerte. A lo mejor viviría una hora más, pero la herida estaba demasiado próxima al corazón. Nadie ni nada podían salvarlo.

Elizabeth se arrodilló junto a Brian y le abrió la camisa. Doug oyó que ambos intercambiaban susurros al tiempo que se volvía hacia sus caballeros; de momento no era necesario que lo supieran. Doug se obligó a prestar oídos a sus descripciones del combate y a inspeccionar sus heridas. Solo Charly permaneció cerca de Elizabeth y, sin hacer preguntas, le trajo agua y mantas, le ayudó a tender a Brian para que estuviera más cómodo y, después, se sentó en la hierba a cierta distancia de ellos. Doug le confirmó con la cabeza que estaba bien allí; era bueno que alguien les hiciera compañía. El pequeño Ian se había puesto muy pálido al recordar el combate.

—Lord Brian me salvó la vida. Si no hubiese acudido...

Doug asintió con la cabeza.

—También salvó la mía. Junto contigo, pequeño caballero, pues sin tu advertencia el desgraciado me hubiera clavado la espada en la espalda. Hoy todos habéis sido magníficos.

Una sonrisa iluminó el rostro de sir Harald.

—¡La vida de nuestro duque lo merecía! —declaró en tono

orgulloso—. Estaré encantado de servir a lord Brian durante toda mi vida.

Doug suspiró.

—Todos estaríamos encantados de hacerlo, Harald, pero temo que...

Charly se acercó a él.

—Quiere veros —dijo en voz baja—. Solo a vos, milord, desea agradecer a los otros, pero dice que no dispone de mucho tiempo. Dice que vos... —añadió con lágrimas en los ojos—, que vos debéis servir a su hijo y a su esposa con el mismo valor que le demostrasteis esta mañana.

Doug se acercó a Brian e hincó la rodilla ante su señor, su salvador y su amigo.

—Mi señor, duque...

Brian alzó la mano, estaba muy débil.

—Dejad eso, lord Douglas... Doug... no hay tiempo para las formalidades. Mi hijo... se encuentra en vuestro castillo. ¿Resistiréis hasta que el rey y los pares hayan decidido? —preguntó.

Elizabeth le secó las gotas de sudor de la frente.

Doug asintió.

—Después de esto tendrán que decidir a vuestro favor. Hay demasiados testigos de aquello que Osbert quería haceros.

—Pero llevará tiempo. ¿Podréis defender el castillo contra un asedio? —preguntó Brian. Intentó incorporarse, pero no lo logró.

—Sí, estoy seguro de ello. Habéis constatado que mis caballeros os son leales, nuestras defensas están en buen estado, el pueblo es leal, las despensas están llenas de provisiones... gracias a vuestro esfuerzo.

—Os serví con mucho gusto —dijo Brian, sonriendo.

—Y yo a vos —dijo Doug con los ojos llenos de lágrimas.

—¿Prestaréis juramento a mi hijo? ¿Y a mi... dama?

Doug bajó la cabeza. Los ojos del moribundo reflejaban que sabía que la amaba. Un profundo rubor cubrió las mejillas de Elizabeth.

—Jamás os engañaría.

—No engañaríais a nadie. Y tú tampoco, Elizabeth. Os los confío a vos, Doug de Caernon, a mi hijo y a mi dama. Demostraréis ser digno de ellos.

—Los protegeré, lucharé por ellos y les seré fiel —dijo, llevándose la mano al corazón.

—También podéis amarla —musitó Brian—. Y ahora dadme la mano: quiero vuestro juramento de caballero.

Doug cogió la mano del duque y notó una leve presión. Él la devolvió y lo miró firmemente a los ojos.

—Juro que mi corazón y mi espada estarán al servicio de vos y de los vuestros.

Brian asintió.

—Pero ahora dejadnos solos —dijo en voz baja—. Elizabeth —añadió apartando la mirada de Doug.

Elizabeth acomodó la cabeza de Brian en su regazo.

—¿Aún recuerdas el huerto de naranjos de Sicilia? Solíamos escapar de la corte para refugiarnos allí cuando queríamos estar solos. ¿Aún recuerdas lo dulce que era el sabor de las naranjas? ¿Y lo cálidos que resultaban los rayos del sol en la piel...?

James Briant, duque de Glenmorgan, murió bajo la luz del sol, con la mano de su esposa en la suya y el dulce sabor de un mundo mejor en los labios.

Elizabeth no lloró. Cuando tendió el cuerpo de Brian en la hierba, no sabía si algún día volvería a llorar. Era como si se le cerrara la garganta, los ojos le ardían, pero no vertían lágrimas.

Vio el dolor en el rostro de Doug y las lágrimas en sus ojos. Dejó que la ayudara a levantarse y la rodeara con los brazos. Entonces se echó a sollozar contra su pecho. Sabía que lloraba el final de una época y que algún día tendría que hallar la fuerza para comenzar otra vida.

17

Elizabeth no tuvo tiempo de entregarse a su pena y por más que Doug hubiese querido abrazarla y secar sus lágrimas, las circunstancias los obligaban a partir de inmediato. Entre tanto los hombres habían hecho balance de los combates: cuatro de los perseguidores estaban muertos, pero uno había huido y, como mucho, antes de dos horas Osbert habría averiguado con la ayuda de quién escapó Brian.

—¿Crees que el hombre vio que el duque ha caído? —preguntó Doug a sir Vincent, que había luchado con el huido.

El joven caballero se encogió de hombros y su rostro se crispó de dolor. Elizabeth le vendaba el brazo. Doug contempló su rostro pálido y lloroso, pero completamente inexpresivo. Parecía mantener el control sobre sí misma y confió en que también superaría la inminente cabalgada sin venirse abajo.

—Eso es lo de menos —se respondió a sí mismo Doug—. En todo caso, Osbert sabrá que concedo asilo en mi castillo al duque y a la duquesa, y da igual que el duque actual se llame Briant o Julian. Habrá consecuencias. Tenemos que cerrar el castillo y también debemos instar a los aldeanos a que se refugien en él, porque en estos casos arrasar la aldea que depende del castillo es una de las acciones habituales.

Mientras Elizabeth se ocupaba de las heridas de los caballeros, Charly, Doug e Ian preparaban los caballos y ocultaban los cadáveres de los atacantes bajo los arbustos. Se llevaron sus caballos y Charly a duras penas logró disimular su orgullo, puesto que acababa de hacerse con un caballo de batalla y con ello también había cumplido en gran parte con los requisitos para convertirse en caballero.

Durante la veloz cabalgada, Elizabeth no tuvo tiempo de llorar o cavilar. Doug lanzó las cabalgaduras al galope y los animales ya ansiaban llegar al establo. Cuando alcanzaron Caernon comprobaron que el castillo estaba en guardia. Sir Joseph aún no había mandado izar el puente levadizo, pero en cambio había apostado mensajeros en todos los accesos al condado; Doug los dejó donde estaban y dio las primeras órdenes a los guardias del castillo en cuanto atravesó el puente levadizo. La evacuación de la aldea era de suma importancia: cuanto antes se enteraran de la situación los habitantes, tanto mayor sería la cantidad de pertenencias que lograrían rescatar, porque, al fin y al cabo, nadie sabía si su casa estaría en pie una vez levantado el asedio.

—Que los mineros se lleven consigo sus animales pequeños; supongo que podremos alojar unas cuantas cabras y gallinas en los establos. Los campesinos han de ocultar su ganado en el bosque, como siempre en estos casos, pero decidles que mantendremos bastante ocupados a los hombres de Osbert: ninguno de ellos dispondrá de tiempo para ir de caza en los bosques.

Pese a todos los asuntos de los que aún debía ocuparse, Doug acompañó a Elizabeth a sus aposentos. Ella insistió en lavar y amortajar personalmente a Brian, pero estaba dispuesta a aguardar hasta que Anna y las otras mujeres llegaran al castillo para prestarle ayuda. Hasta entonces quería descansar y, sobre todo, permanecer junto a Julian. Doug también sentía la urgente necesidad de comprobar que el pequeño duque se encontraba bien, pero en ese caso la preocupación resultó innecesaria: el pequeño se entretenía jugando con la pluma de su padre mientras Gertrude terminaba de coser una batita de seda para él.

—¡Debe de llevar ropas adecuadas a su rango! —proclamó, y a su lado ya reposaban una serie de atavíos de seda que pensaba reformar para Elizabeth.

Soltó un torrente de palabras a la joven duquesa y solo calló al percatarse de la cara llorosa de Elizabeth y al ver que escogía un vestido negro.

Mientras tanto, Francis también había encontrado una cuna y un diminuto sonajero de plata, que Julian presentó a su madre con ademán orgulloso. Elizabeth tuvo que sonreír entre lágrimas cuando se dio cuenta de que casi lo hacía sonar de manera rítmica. Tal vez un día tocaría la fídula como su padre.

Así que Doug dejó a Elizabeth, su hijo y su hacendosa niñera dedicados a sus propios menesteres, se reunió con sir Joseph para comentar la estrategia defensiva y dio instrucciones a Francis sobre el alojamiento de todas las personas y los animales de la aldea. Las primeras no tardaron en llegar, entre ellos Anna.

—Dick ha uncido los caballos de la mina y ha puesto el carro a disposición de los aldeanos para transportar sus cosas. Os parece bien, ¿verdad, milord? —preguntó con voz firme.

Doug asintió, si bien se preguntó dónde hallaría espacio para todas las cosas que, a buen seguro, Dick y sus hombres estaban reuniendo presas del pánico. Después indicó a Anna el camino hacia los aposentos de Elizabeth y habló con Charly sobre el espacio disponible en los establos. Entonces el caballerizo ordenó a un mozo de cuadra que se llevara los caballos a las montañas. Doug se tomó unos momentos para despedirse de *Cougar*; el semental se moría de ganas de disfrutar de la libertad junto a sus yeguas: cada primavera también cubría los ponis semisalvajes de las montañas, pero esa vez...

—Espero que volvamos a vernos, viejo amigo —murmuró Doug, acariciando el cuello sedoso de *Cougar*—. Y si no fuera así, si no voy a recogerte, entonces no vuelvas a dejarte atrapar, ¿oyes? ¡No quiero que acabes en las caballerizas de Osbert de Glenmorgan!

—¡Ni muerto! —dijo el joven mozo con una sonrisa, montó

en su poni y cogió la cuerda que rodeaba el cuello de *Cougar*—. Debo ponerme en marcha, milord, de lo contrario todavía acabaré topándome con esos bellacos.

Era la segunda vez en un día que Doug tenía lágrimas en los ojos.

Les llevó hasta tarde en la noche reunir a todos los aldeanos en el patio del castillo y alojarlos de manera que no estorbaran a los defensores. El estado de ánimo de todos era sorprendentemente bueno. Entre tanto, también se había difundido la noticia de la auténtica identidad de Brian y de su muerte; Charly y los caballeros no se cansaron de informar acerca de sus heroicidades y una profunda indignación por Osbert se apoderó de los aldeanos. Por más que, por lo general, les resultaba indiferente quién gobernaba la fortaleza de Glenmorgan, a Brian lo conocían como uno de los suyos y ardían en deseos de vengar su muerte. Rob y otras almas sencillas hubiesen preferido atacar Glenmorgan solo armados de picas y horcas, pero por lo menos se presentaron voluntarios para ayudar. Por su parte, las mujeres se atareaban en la cocina y los establos; Anna y algunas otras se ocupaban de Elizabeth y de preparar el entierro de Brian. Aún no estaba claro dónde y cuándo tendría lugar. De momento, Doug había dispuesto que albergaran el cadáver en un recinto fresco de la bodega; Arnold se ofreció para confeccionar un ataúd de plomo.

Después de medianoche un mensajero atravesó el puente levadizo a todo galope; el joven se presentó como Roland de Birchrock, el hijo de Armand y Elinor.

—He de deciros que Osbert ha ordenado a todos sus vasallos que se pongan en marcha de inmediato. Quiere asediar vuestro castillo. Dice que ofrecéis asilo a rebeldes y asesinos. En todo caso, Blaemarvan se ha puesto de su parte: parece que está bastante enfadado por cierto asunto con su hija. Mi padre ha enviado mensajeros a algunos otros nobles con el fin de ponerlos al corriente de la verdadera historia. Puede que se nieguen a seguir a Osbert, pero a buen seguro que Davon y Brandare, no, pues al fin y al cabo el propio Osbert los nombró condes, así que le serán leales.

—Y esos son los condados más grandes —dijo Doug, suspirando.

Roland asintió con la cabeza.

—Encima ha enviado mensajeros a Clevey, porque últimamente Osbert y el duque de Clevey se han hecho íntimos amigos, así que tal vez le preste ayuda. Mi padre está de camino con nuestros mejores caballeros, por si necesitáis refuerzos. Sé que aquí todos ya se están pisándose mutuamente los pies, pero si se producen ataques... vuestros caballeros no son muy experimentados, la verdad.

Doug tuvo que darle la razón. Se apresuró a decir a Francis, que ya estaba muy cansado, que se las arreglara para alojar a unos cuantos más.

—¡Ah!, casi lo olvido: también hemos mandado un mensajero a Inglaterra —dijo Roland. Una sonrisa atravesó su rostro anguloso y rodeado de rizos castaños—. Por si vos todavía no lo habíais hecho. Mi hermano Lennart se encarga personalmente del asunto; lo hace con mucho gusto, fue educado en la corte del rey junto con el príncipe Enrique, así que debiera conseguir una audiencia con rapidez.

—En caso de que el rey no esté ocupado en asuntos más importantes, como buscar novia —dijo Doug en tono receloso. El rey Enrique no era precisamente conocido por tomar rápidas decisiones políticas.

La sonrisa de Roland se volvió aún más amplia.

—No dejará de tomar en serio a Lennart, al menos eso esperamos. La cuenta de padre solo quedará saldada si el rey realmente envía un mediador de inmediato.

—¿La cuenta de Armand? —Doug frunció el entrecejo.

Roland asintió con expresión pícara.

—Lennart contará al rey que los pares están tan enfadados

por la insostenible situación que de momento, y hasta que el asunto se aclare, cerrarán las minas de plata.

—¿Queréis decir que congelarán los tributos?

Roland negó con la cabeza.

—No, milord: detendrán toda la explotación. Así que no habrá plata de Gales para las cámaras del tesoro del rey, ¡y eso lo encabritará! Si es que puedo permitirme hacer semejante comentario sobre su majestad.

Armand y sus hombres llegaron ya tarde en la noche y a la mañana siguiente Doug mandó izar el puente levadizo después de que los últimos campesinos —¡inesperadamente generosos!— llegaran al castillo con carros cargados hasta los topes. Las despensas del castillo estaban repletas, pero Doug no se hacía ilusiones: eran tantas las bocas que había de alimentar que las provisiones durarían tres lunas, como máximo. Esa tarde aparecieron los primeros asediadores ante el castillo: eran los propios caballeros de Glenmorgan y a ellos se sumaban los de Blaemarvan. El cerco de asedio en torno al castillo de Caernon se cerró al anochecer del día siguiente, si bien Doug comprobó complacido que tres condados no participaban. Sus señores llegaron con sus escoltas, montaron campamento en la aldea y fueron recibidos con vítores por los defensores de Caernon. Puede que los miembros del séquito de los duques quizá saquearan sus huertos y sacrificaran un par de cabezas de ganado, pero con toda seguridad los señores impedirían que Osbert incendiara la aldea. El duque de Clevey envió refuerzos y, belicoso como era, encabezaba personalmente a sus hombres.

—Quién sabe cómo ese se hizo con su ducado —dijo Doug, que observaba la llegada de las tropas desde las almenas junto con Armand—. Es de suponer que también debe contar con la rebelión de sus pares y así logra demostrarles cómo los hombres íntegros como Osbert se enfrentan a la resistencia.

—En cambio, sus hombres deben sentir tan escaso entusiasmo por esta campaña militar como nosotros por aquella en Clevey —dijo Armand, sonriendo—. Son muchos, pero no lucharán con fervor guerrero.

—A diferencia de nuestros hombres —dijo Elizabeth en voz baja.

Había remontado las escaleras hasta las almenas en busca de un poco de aire fresco. Los cuidados prodigados por las mujeres en sus aposentos eran muy afectuosos, pero después de unas horas acabaron por afectarle los nervios.

—Son absolutamente conmovedores. El pequeño Ian entrena a los mineros en el patio de armas y les enseña a manejar las armas de los caballeros. Cuando esto haya pasado necesitaréis nuevas armas porque Rob las está destrozando y arde en deseos de hacer lo mismo con Osbert.

Doug sonrió y le lanzó una mirada de admiración. De momento, las lágrimas de Elizabeth se habían secado; había demasiadas personas de las que debía ocuparse y demasiados asuntos que resolver. Además, era amiga y confidente de los aldeanos que le confiaban sus preocupaciones y sus dolencias, y también la dama del corazón de los caballeros. Cada uno de ellos quería hablar personalmente con la duquesa, jurarle lealtad y tranquilizarla acerca del pequeño Julian, porque, al fin y al cabo, los hombres también debían jurar lealtad al pequeño duque. Al principio al niño le pareció divertido que todas aquellas personas hincaran la rodilla ante él, pero en algún momento comenzó a aburrirse y Elizabeth tuvo que evitar que mordiera la mano de quienes se la tendían durante el besamanos. Encima las mujeres no dejaban de mimarlo; si seguían así, ¡su dulce niño se convertiría en un mocoso insoportable!

Pero al menos el ajetreo cotidiano distraía a Elizabeth de su dolor y los homenajes que los caballeros le rendían la obligaban a prestar atención a su aspecto. De momento llevaba un sencillo vestido negro, pero muchas joyas de oro. Francis había aparecido con el cofrecillo de joyas de la madre de Doug e insistió en que escogiera unas cuantas. Llevaba los rizados cabellos recogidos y ornados de peinetas de oscuro carey. Entonces el viento que soplaba en las almenas le soltó unas mechas que iniciaron su danza habitual en torno a su rostro vivaz aunque un tanto pálido. Elizabeth dirigía la mirada resplandeciente de sus ojos azules sobre los asediadores con expresión curiosa y un poco temerosa.

—Allí abajo está ocurriendo algo, ¿verdad? —preguntó con el ceño fruncido—. Esos hombres con los estandartes son heraldos, ¿no?

Y en efecto: dos caballeros ricamente ataviados se acercaban al foso del castillo y parecían gritar unas palabras. Los hombres apostados en las almenas les contestaron.

—Deberíamos dirigirnos allí —dijo Armand—. Acompañadnos, milady. Sea lo que sea que desean, también os atañe a vos.

Un mensajero de los guardias del castillo les salió al paso en la escalera que daba a la torre del homenaje.

—Desean que acudáis a la puerta principal, milord. El... duque, lord Osbert, envía una comisión. Quiere presentaros una propuesta para resolver el asunto.

—Se ha dado una prisa asombrosa —comentó Armand mientras se apresuraban a bajar—. Me pregunto si ocurre algo en Inglaterra o si los pares lo están presionando.

Los heraldos resultaron ser los condes de Davon y de Brandare, ambos eran pares leales a Osbert. Portaban banderas blancas y Doug mandó bajar el más pequeño de los dos puentes levadizos, pero no los invitó a entrar en el castillo y, seguido de Armand y Elizabeth, los recibió en medio del puente.

—Os saludamos, lord Douglas —dijo lord Davon para empezar la conferencia.

Doug parecía dispuesto a apartarse.

—Si comenzáis así, podemos dar este asunto por acabado ahora mismo. Primero hincad la rodilla ante lady Elizabeth, duquesa de Glenmorgan.

Lord Brandare al menos la saludó inclinando la cabeza.

—Perdonad que hayamos olvidado la necesaria cortesía ante

la dama —dijo en tono amable—. Pero dada la situación, no podemos hincar la rodilla ante ella, al menos no en su calidad de duquesa, pero no cabe duda de que su belleza es digna de nuestra veneración...

—¡No perdáis el tiempo con zalamerías! —exclamó Elizabeth en tono malhumorado—. El individuo que representáis es el culpable de la muerte de mi esposo y si fuera por él, también nos haría asesinar a mi hijo y a mí. ¡Así que decid lo que tengáis que decir y después regresad junto a vuestro usurpador y lamedle las botas!

Echó la cabeza hacia atrás con expresión autoritaria y se le soltaron algunos mechones. Bajo la luz del sol, era como si su rostro estuviera envuelto en llamas y Doug pensó que nunca había sido tan hermosa como en ese momento.

—Comprendo que estéis enfadada, milady —admitió Davon—, pero lord Osbert niega los actos y las intenciones que vos le adjudicáis. Y aquí resulta difícil juzgarlos. Por eso... por eso el duque de Glenmorgan quisiera sugeriros que dejemos la decisión en manos de una instancia más elevada...

—El rey ya está informado —intervino Armand—. No cabe duda de que enviará un mediador y si lord Osbert se somete a su juicio con la misma confianza que la dama, solo tendremos que esperar. La pregunta es por qué insistís en hacerlo justo delante del castillo de lord Douglas y por qué habéis acudido armados hasta los dientes.

Brandare carraspeó.

—Lord Osbert piensa en un... eh... en un juez aún más elevado. Propone... os propone aclarar el asunto mediante un duelo. Él defendería su posición personalmente y la dama debería escoger un caballero que la represente.

—¿Una ordalía? —preguntó Doug en tono incrédulo—. ¿Es que todavía se celebran?

Durante los últimos siglos, las rencillas, incluso entre los reyes, de vez en cuando se resolvían mediante una ordalía. Pero hasta en los círculos de la Iglesia se había impuesto la idea de que en dichas ordalías tendían a vencer los luchadores más fuertes y no la causa justa.

—La corte de Glenmorgan siempre fue muy consciente de la tradición —dejó caer Armand en tono irónico—. Solo mencionaré las cruzadas.

—¿Negáis la capacidad del Todopoderoso para revelar la verdad? —rugió lord Davon.

Doug puso los ojos en blanco.

—No tanto el poder como la disposición...

—Lord Douglas se refiere a que Dios ha provisto a los seres humanos del juicio suficiente como para hacer justicia a partir de las pruebas y las declaraciones de los testigos —dijo Elizabeth.

Ninguno de ellos podía correr el peligro de convertirse en sospechoso de enfrentarse a la Iglesia. ¡Lo único que faltaba es que alguien volviese a verse acusado de cometer brujería!

—Bien, podéis reflexionar al respecto —acabó por decir lord Brandare—. El duque sugiere que el duelo se celebre mañana al mediodía. Y se muestra generoso: en caso de que fracaséis, os hará acompañar hasta el puerto de Caerdydd donde os embarcaréis en una nave que os conducirá al país que hayáis escogido. O de lo contrario optáis por ingresar en un convento; en ese caso, vuestro hijo podría criarse en la corte del duque.

—¡Eso os resultaría muy conveniente! —protestó Elizabeth en tono airado. Doug le apoyó una mano en el brazo para tranquilizarla.

—¿Y qué pasa si no aceptamos el generoso ofrecimiento de lord Osbert? —preguntó Armand—. ¿Es que en ese caso hemos de contar con alguna suerte de castigo divino?

—En ese caso atacaremos —contestó lord Davon con voz serena—. Una pesada artillería está de camino desde Clevey; llegará dentro de dos días, a más tardar.

Un profundo temor se adueñó de Doug. Glenmorgan no disponía de cañones, ya que hasta entonces ninguna amenaza había sido bastante grande como para justificar el gasto. Pero el duque de Clevey era un aficionado a las armas modernas.

—Las murallas de mi castillo resistirán a los cañones —declaró Doug, procurando hablar en el tono más sosegado posible.

El conde de Davon le lanzó una sonrisa maliciosa.

—Tenemos la intención de disparar por encima de las murallas.

Doug y Armand ejercieron un control férreo sobre sí mismos, pero Doug no pudo disimular su palidez. Había oído hablar de dicha táctica de combate; los castellanos la habían utilizado de un modo implacable contra los sarracenos. Pesadas piedras o bolas de hierro que podían ser arrojadas a una distancia tres veces mayor que una flecha disparada por un arco, que superaban las murallas y a menudo caían sobre los mercados o los edificios públicos. En el castillo de Doug, repleto de seres humanos, causarían una espantosa devastación.

—De acuerdo —dijo Doug con voz enronquecida—. Discutiremos el tema y mañana os daremos una respuesta. Decídselo a vuestro... duque.

Armand no recuperó el habla hasta que no regresaron al castillo y el puente levadizo se cerró a sus espaldas.

—No podremos evitar esa ordalía —dijo con expresión seria.

—A menos que el mensajero del rey llegue a tiempo —contestó Doug en tono resignado—. Pero es improbable que llegue antes de mañana.

—¡Es imposible que llegue mañana! —exclamó Armand—. ¡Y encima en medio del calor del mediodía! Eso está fuera de cuestión, debemos ganar tiempo, postergar el asunto una semana; o aún mejor: diez días.

—Pero si le dais muerte, Doug, ya no necesitaríamos el mediador del rey —objetó Elizabeth en tono tímido—. Osbert no tiene heredero y si cae, el ducado pasará necesariamente a Julian.

Armand resopló y Doug se mordisqueó el labio inferior.

—Si cae —replicó por fin—; pero por desgracia no hay garantías de que eso ocurra. Es un contendiente poderoso; derrotarlo no resultará fácil.

—Pero en cierta ocasión vos casi lo derrotasteis. Charly lo contó en el pub. Podríais haber vencido con facilidad si hubieseis aprovechado su punto débil. Charly afirmó que lo dejasteis ganar adrede —dijo Elizabeth, contemplando a Doug con aire confiado.

—En aquella ocasión Osbert ya estaba bastante borracho y no estaba armado para un combate, en el mejor de los casos para una justa sin importancia. Y, pese a ello, solo mostró un punto débil cuando yo ya estaba casi demasiado extenuado para aprovecharlo —dijo Doug con la cabeza gacha, pues callar la verdad carecía de sentido.

—Por cierto, lord Douglas: ¿quién habla de vos? —preguntó Armand—. La dama puede elegir libremente entre todos sus caballeros. ¡Nadie os desafió personalmente a vos!

—¡¿Dudáis de mi valor?! —exclamó Doug en tono indignado.

—Desde luego que no —le contestó Armand, poniéndole una mano en el brazo para apaciguarlo—. No obstante, considerad los hechos: habéis visto mucho mundo, pero según lo que me han contado habéis asistido a más bailes de salón que a torneos, ¡y vuestros campos de batalla también fueron más los del amor que los del frío acero! No volváis a indignaros de inmediato, claro que también participasteis en diversas escaramuzas, pero no podéis comparar un par de duelos con esposos cornudos con uno a vida o muerte con un fajador como Osbert. En la silla de montar el peso de ese hombre supera al vuestro en un tercio. Nunca ha perdido un combate e incluso ha matado hombres en los torneos, sin querer, por supuesto, pero es un bravucón, un perdonavidas. Si os enfrentáis a él en el palenque supondría una osadía inimaginable.

Doug procuró reprimir la sensación humillante que se apoderó de él. En aquel momento, dejarse arrastrar por la ira era una tontería. Las intenciones de Armand eran buenas.

—Bien, en ese caso, ¿a quién propondríais? —preguntó, intentando hablar en tono sereno.

Armand se encogió de hombros.

—Tal vez a mi hijo Roland. Osbert lo supera en peso también a él, pero es un luchador muy diestro.

Roland ya había ganado diversos torneos, tanto en Gales como en el extranjero.

—O a vuestro sir Joseph. Aún no lo he visto combatir, pero al menos su peso equivale al de Osbert. Y también a mi caballero, sir Rüdiger, pero no es necesario decidirlo ahora. Primero tenemos que intentar convencer a Osbert de que fije una fecha posterior para el combate. Después haremos que los hombres se enfrenten entre ellos y escogeremos al más fuerte. No quiero que un desconocido se juegue la vida por mí —dijo Elizabeth con una voz que era poco más que un susurro asfixiado.

—¡Casi no os quedará otro remedio, milady! —exclamó Armand—. Vos no podríais enfrentaros a ese bellaco y no tenéis un esposo u otro pariente que lo haga.

—Me tiene a mí —dijo Doug en tono firme—. Briant de Glenmorgan me confió el cuidado de ella y de su hijo antes de morir. Si me escoge a mí, lucharé por ella.

Elizabeth lo contempló. Luchaba con el apasionado deseo de protegerlo y la firme decisión de enviar al infierno al hombre que había humillado, torturado y matado a Brian.

—Si Dios toma partido por alguien, lo tomará por nosotros —dijo.

La mirada incrédula de Armand osciló entre ambos jóvenes. La mirada confiada de Elizabeth, el amor apasionado que iluminaba el rostro de Doug, casi con alegría anticipada ante el combate...

—Vaya, así que las cosas están así...

Como caballero andante, Armand había visitado numerosas cortes galantes y sabía que el amor por su dama podía dar alas a un hombre, sobre todo si eso abría la perspectiva de que ella le prestara atención. Pero también había visto caer a muchos trovadores, derribados por la espada de viejos pendencieros como Osbert.

—Pues en ese caso supongo que el asunto quedará así. ¡Pero os lo suplico, Doug: no os lancéis a ese combate mañana al mediodía! Procuremos postergarlo. Y después no os dediquéis a languidecer por vuestra dama y ejercitaos con la espada. Roland os dará instrucciones y puede que sir Joseph conozca un par de trucos. ¡Convencedlo, milady! No lo enviéis a la palestra mañana por el amor de Dios, porque de lo contrario habréis perdido dos hombres en poco tiempo.

—¿Tan grave es? —preguntó Elizabeth, volviéndose hacia él; estaba pálida—. ¿Debo cambiar de parecer?

—Un hombre ha de amaros profundamente para librar ese combate —respondió Armand encogiéndose de hombros. Luego bajó la voz—. Pero vos ya habéis elegido a vuestro caballero. Ahora necesitamos la ayuda divina.

Osbert se dejó convencer; estaba dispuesto a postergar el duelo durante tres días, pero ni un día más. Además, se enfrentarían por la mañana, no bajo el sol y el calor del mediodía.

—El momento planeado por Osbert dice mucho de su estrategia —declaró Joseph, al que, de pronto, verse obligado a instruir a su señor en vez de a una horda de donceles le resultaba desagradable—. Apuesta por la fuerza bruta, quiere cansaros.

—Lo sé —dijo Doug—. Lo dicho: ya he luchado contra él una vez. Se trata de detener todos sus golpes hasta que cometa un error y entonces tener todavía fuerza suficiente para clavarle la espada.

—Correcto, pero vos detenéis los golpes con excesivo impulso —intervino Roland—. Debéis hacerlo con menor esfuerzo. Mirad, así.

Al final del primer día de ejercicios con la espada, Doug estaba destrozado. Si las cosas seguían así, cuando se enfrentara a Osbert ya estaría exhausto. Y sus noches tampoco eran precisamente sosegadas. El alojamiento en el castillo se había vuelto muy estrecho; Doug compartía sus aposentos con Elizabeth, la niñera y el pequeño Julian. Cedió la alcoba a las mujeres y él dormía en el vestidor. En la biblioteca se alojaban más mujeres y niños, y el ruido era considerable: los niños chillaban, las mujeres entonaban nanas para tranquilizarlos y las personas atenazadas por el temor gemían entre sueños. Además, la idea de que Elizabeth dormía en la habitación contigua le impedía conciliar el sueño; una y otra vez se le aparecía su imagen, como aquella noche antes de que partieran a Glenmorgan: el rostro dormido y relajado, la rizada cabellera extendida en la almohada como los cabellos de un ángel, la delicada piel de sus párpados cerrados, las largas pestañas acariciando sus mejillas y los labios entreabiertos y trémulos. Deseaba tenerla entre los brazos, quería besar ese rostro y acariciar su cuerpo suave y relajado. Doug se dio cuenta de que jamás había visto inmóvil a Elizabeth ni tendida con actitud lasciva en alguna parte. Cuando estaba despierta era como si siempre estuviera bailando, parecía jugar con la luz y las sombras como un rayo de sol que cae entre las hojas acariciadas por la brisa. Durante todo el día había ansiado recuperar el sosiego de sus aposentos, pero cuando entró tras la larga jornada ejercitándose con la espada, el estrépito, los chillidos de los niños y las sobresaltadas mujeres de la aldea —que no estaban acostumbradas a encontrarse con su señor de manera tan repentina— se le hicieron insoportables, así que se retiró al adarve, donde además no hacía tanto calor. Todo parecía tan pacífico... Doug no debía pensar que Osbert acechaba ante las puertas, dispuesto a disparar cañonazos contra el castillo y acabar por arrasarlo. En su fantasía vio a sus hombres luchando y cayendo en ese pasadizo, y a los esbirros de Osbert masacrando a los inofensivos mineros y campesinos y violando a sus mujeres. Pero no, las cosas no llegarían hasta ese punto. Se celebraría ese duelo y solo lo afectaría a él, a Osbert o a él...

Elizabeth salió al adarve y se acercó a él.

—Parecéis agotado. Pero progresáis; hacéis progresos en no

hacer nada. ¿Es que los caballeros también os enseñarán a arremeter en el momento correcto?

Elizabeth había observado los ejercicios durante casi todo el día y había comprendido de qué se trataba. Su mirada reflejaba su preocupación, pero también la vieja picardía.

—Ya sé embestir, milady —dijo Doug, riéndose—. Espero poder convenceros de ello algún día. Al igual que a Osbert, si bien bajo circunstancias considerablemente diferentes. Pero no hablemos de combates, pues de momento intento disfrutar de la paz.

Elizabeth asintió con la cabeza.

—¿Queréis que os dé un masaje, Doug? Seguro que os duelen los hombros: os habéis pasado medio día blandiendo la espada. Sentaos aquí y quitaos la camisa.

Sus manos pequeñas y suaves lo obligaron a tomar asiento en el muro que bordeaba el adarve. Cuando apoyó los dedos en sus hombros, él le cogió la mano y depositó un suave beso en el dorso.

—No, milord. ¿Qué pensarían las mujeres? Pueden vernos si la puerta está abierta. Limitaos a quedaros quieto, dejadme hacer, después os encontraréis mejor.

Ejerciendo una fuerte presión, las manos de Elizabeth le masajearon los músculos y los tendones del cuello y de los hombros, tantearon las tensiones, presionaron con mayor o menor intensidad y también parecían acariciarlo. Al principio, Doug sintió una tensión erótica, su miembro ya se agitó con el primer toque, pero después los movimientos rítmicos de las manos de ella más bien comenzaron a serenarlo. Se sentía más ligero, más seguro y lo invadió el deseo de inclinarse hacia atrás y soñar. A lo mejor también soñó con el beso que ella depositó entre sus omóplatos; pero no, eso era imposible. Doug se volvió y vio su rostro estático, ligeramente sonrojado debido al esfuerzo y al pudor.

—Elizabeth...

Quiso atraerla hacia sí, abrazarla y olvidar todo lo que les aguardaba y que podía destruir ese sueño antes de que empezara a hacerse realidad. Pero ella se apartó con gesto decidido.

—No, milord, eso no puede ser. No aquí y no ahora. Esa... esa otra vida aún no ha comenzado. Primero tenemos que poner fin a este asunto. Hasta entonces, Doug, todavía soy la mujer de Brian.

18

Los días siguientes transcurrieron entre más ejercicios con las armas y una tensa espera. Armand y Doug aún no habían abandonado la esperanza: si el rey actuaba con rapidez, su juez podría llegar en cualquier momento. Pero lo primero que llegó fueron los cañones de Clevey, de un tamaño impresionante, y quienes los manejaban: artilleros sajones que se daban muchísima importancia y amedrentaban a los soldados de infantería del duque y les daban órdenes sobre el emplazamiento de los cañones y los pesados proyectiles, y dónde almacenar la pólvora para evitar que la lluvia la mojara. Pero en aquellos días el sol lucía en Glenmorgan y en todo Gales, en medio de un cielo casi sin nubes, así que los caballeros sudaban aún más bajo sus pesadas armaduras.

Armand y sus hombres mantenían un prolongado debate acerca de la armadura que debía llevar Doug y al final optaron por la más ligera que hallaron en el castillo. Pertenecía a Roland y estaba forjada de un modo distinto que la de Doug, que tardó un día entero en acostumbrarse a ella. Roland también le prestaría su caballo, un semental negro de patas blancas, alto y de huesos fuertes, que guardaba cierto parecido con *Cougar*, pero que era mucho más grande y fuerte. El calor también afectaba a los caballos, pero al fin y al cabo el semental solo se vería obligado a galopar durante dos o tres asaltos antes de que uno de los caballeros lograra derribar al otro del caballo. Armand elevó una plegaria suplicando que el día del combate fuera lluvioso. Oyó rumores que decían que la vista de Osbert había disminuido, así que si el día era nublado y caía una fina llovizna, la situación sería más ventajosa para Doug que si se viera obligado a combatir bajo los rayos del sol.

Sin embargo, el día del combate salió muy luminoso. Desde la torre del homenaje, Doug, que no lograba conciliar el sueño, observó la salida del sol, que se elevaba como una resplandeciente esfera roja por detrás de las montañas. Pensó en *Cougar* y sus yeguas, que en aquel momento estarían en su prado de las montañas, y albergó la esperanza de que no sería la última vez que los primeros rayos del sol le acariciarían la piel.

—La aurora es muy bella.

Doug se volvió. No había oído llegar a Elizabeth, que estaba de pie a sus espaldas, descalza y solo envuelta en un camisón, con los hombros cubiertos por un ligero chal para protegerse del frescor matutino.

—No quería asustaros.

—Veros nunca supondrá un susto para mí. Y tenéis razón: la aurora es muy bella, pero no tan bella como vos, milady. No tan bella como tú, Elizabeth.

Ella dio un paso hacia él, dudando entre acurrucarse contra su pecho o mantener una virtuosa distancia. Ambos ansiaban el contacto, pero Elizabeth ignoraba si lograrían contenerse si se echaba en brazos de Doug.

—¿Tenéis miedo? —preguntó en voz baja.

No tenía que haber acudido, pero no había pegado ojo en toda la noche: oía los pasos de él en la habitación contigua y casi percibía su agitada respiración en medio del sueño inquieto. Él, creyéndola dormida, se había colado en la estancia, para mirarla conmovido, y temeroso. Y en aquel momento estaba sentado allí, solo y perdido, observando el amanecer del día en el que un hombre quería darle muerte.

—Mi temor no es mayor que el de Charly ante la perspectiva de entrar en la mina —contestó Doug, procurando sonreír—. Ya lo sabéis: un caballero supera su temor en aras de una causa importante.
—Quizá todo eso solo son palabras.
Doug la abrazó.
—Si tú no sientes que esta es una causa importante, Elizabeth... No combato por un ducado, combato por un amor que es más grande que tú y yo. Quiero vencer, y venceré, venceré por ti.

Ella quiso soltarse, pero él la besó, un beso exigente y apasionado en el que depositó todo su amor, toda su fuerza y entrega. Elizabeth se lo devolvió, se dejó hechizar, bebió su amor y compartió su deseo. Deslizó las manos por la espalda de él, pero no en un suave masaje, sino con insistencia, ansiosa de contacto. Las deslizó hasta sus posaderas, tanteó y acarició la cicatriz de su ingle. Cuando él apartó el paño que le cubría los hombros y los besó, ella soltó un gemido. Doug notó los huesos delicados bajo la piel y sus besos cayeron como gotas en hojas entibiadas por el sol y humedecidas por la lluvia. Recordó su cuerpo húmedo tras el baño en el río, las hojas de sauce pegadas a los pechos y su anhelo de retirarlas con sus besos. Ella le ofreció sus pechos envueltos en un hálito de lavanda y el aroma inocente de un niño pequeño. Julian debía de haber dormido pegado al cuerpo de su madre. Doug besó las suaves curvas, las rodeó con las manos y notó que los pezones se endurecían. Deslizó el camisón hacia arriba y, alborozado, notó que debajo estaba desnuda. Sus dedos acariciaron el vientre plano y suave, y el monte de Venus que se apretaba contra su mano. Elizabeth parecía ansiar su proximidad con la misma desesperación que él la suya, no podía desprenderse de él, era como si quisiera fundirse con su cuerpo. Fundirse juntos, derretirse... Doug notó que estaba húmeda, sus dedos exploraron el vello que cubría el portal de su voluptuosidad y, dichoso, comprobó que era rubio rojizo y rizado como los cabellos, e igual de abundante y sedoso.

Elizabeth ya le había desabrochado los pantalones; jugaba

con su erección, la acariciaba y lo provocaba sin dejar de susurrarle palabras cariñosas al oído; cuando no lo besaba, su encantadora voz cantarina hablaba de su apostura, del placer que sentía junto a él y de su amor. Él la rodeó con los brazos y la alzó para penetrarla. Era ligera como una pluma y Elizabeth le rodeó las caderas con las piernas al tiempo que su portal buscaba su llave. Cuando la penetró, Elizabeth soltó un grito apagado y se meció entre sus brazos como si montara en un corcel que avanzaba al paso. Doug se sumergió en una oleada de deseo. Era como si eyaculara varias veces, como si se meciera en un columpio hacia el cielo de la sensualidad, cada vez a mayor altura, y por fin echara a volar como una golondrina hacia el cielo estival en pos de Elizabeth, la hechicera, hacia el sol resplandeciente que parecía bendecir su amor.

Cuando las oleadas de placer se sosegaron, la sostuvo entre los brazos; ella mantenía la cabeza apoyada contra su pecho, como una niña cansada. Doug la meció tiernamente, susurrando palabras de amor, y solo entonces notó que Elizabeth lloraba.

—¿Qué pasa? ¿Qué te ocurre? ¿Es por Brian? Él no se lo hubiese tomado a mal, sabía que sucedería. Esta es una nueva vida... nuestra vida.

Elizabeth negó con la cabeza con gesto violento.

—¡No, no lo es! —exclamó—. Aún no. Y ahora tampoco comenzará jamás. La he estropeado. ¡No debiéramos haberlo hecho, Doug! Yo... traigo la desgracia. Lo mismo ocurrió con Brian: le hice creer que iniciaríamos una nueva vida, quería darle fuerzas mediante mi amor, pero ahora está muerto y tú...

Elizabeth no podía dejar de sollozar. Doug la acarició, sin saber qué hacer frente a la desesperación de ella.

—Eso son tonterías, Elizabeth, es justo lo contrario. Dentro de un momento lucharé por ti, con toda la fuerza de tu amor y del mío. Y tú me traerás suerte.

—Eso crees, pero no es así. No debiera estar aquí, este no es mi lugar. No debiera haber amado a Brian, porque entonces todo esto no habría ocurrido. Y tú no debieras de haberme amado a mí, y así Lissiana no nos habría delatado.

Doug le besó los cabellos y la nuca, y la dejó en el suelo.

—Si hay un lugar donde tú debes estar es entre mis brazos. Te lo demostraré hoy mismo. Luchando contra Osbert, ese usurpador y asesino con el que comenzó todo y que ocupa un lugar que no le corresponde. No creerás que logró robarle el título a Brian solo por tu culpa, ¿verdad? Hubiera hallado otros motivos. Brian logró resistirse a él gracias a tu ayuda. Le diste un heredero, el pequeño, sano y fuerte Julian, que recuperará el título gracias a mi amor por ti. Traes suerte, Elizabeth. Y ahora vístete con tus mejores galas y coge todas las joyas que encuentres: tienes que parecer una reina. Deslumbra a ese Osbert con tu belleza.

—Pero no el pequeño prendedor —dijo Elizabeth en voz baja y con una débil sonrisa—. Ese lo llevarás tú.

—La prenda de mi dama.

Las delegaciones de los dos ejércitos presentaban un aspecto magnífico, mientras una cabalgaba hacia la otra bajo el sol matutino. Habían delimitado un lugar de combate delante del castillo mediante estacas y Doug hizo bajar el gran puente levadizo para que su contingente pareciera más numeroso. Montaba en el gran semental de Roland y su armadura brillaba bajo el sol; Ian había dedicado media noche a lustrarla. Charly e Ian lo seguían como sus donceles, Armand y Roland como sus segundos. Con porte orgulloso, Elizabeth cabalgaba a su lado, y, bajo los rayos del sol, el pelaje de *Pearl* despedía un fulgor rojizo, como los cabellos de ella. En alguna parte Charly había encontrado unas riendas y un pretal de color nácar. Elizabeth llevaba su sencillo vestido negro, en el que Gertrude había bordado perlas. Un collar también de perlas le rodeaba el esbelto cuello y cadenas de perlas ornaban su maravillosa cabellera.

La mirada de Osbert se posó casi con agrado en la bella mujer que se acercaba a él con aire muy decidido.

—Es una pena que ya esté comprometido —dijo, mirando a su séquito, entre el que estaba Lissiana de Blaemarvan, pálida y hermosa, montando su yegua blanca con expresión arrogante—. De lo contrario también podríamos haber arreglado el asunto de otro modo. A veces un enlace matrimonial supone una solución más sencilla a las disputas que la espada.

—¡Antes de contraer matrimonio con vos me arrojo de los acantilados! —le espetó Elizabeth—. Y ahora dejemos atrás este asunto, no estoy aquí para escuchar vuestras zalamerías, que dicho sea de paso son más torpes y groseras que las del último mozo de cuadra del rey de Sicilia.

Los hombres situados a espaldas de Elizabeth y sus caballeros soltaron carcajadas e incluso entre los hombres de Osbert se oyeron risas reprimidas. Sin embargo, Osbert no perdió el control.

—Una gatita que suelta bufidos. Pero tranquila, pequeña dama, pues lo haremos conforme a las normas, ¿verdad? Ahora vuestros caballeros pueden acompañaros hasta el baldaquín que he hecho montar expresamente para las damas. Allí hay vino, cerveza... ¡no echaréis nada en falta, Elizabeth!

Elizabeth estaba a punto de volver a encolerizarse, pero una mirada de Doug la detuvo. Había llegado el momento de separarse y ella no quería que la despedida fuese breve y airada.

—Confío en ti, Doug.

—Venceré, pero... pero si yo no... —Todas sus dudas volvieron a abrirse paso una última vez—. En caso contrario, Armand y Roland te acompañarán hasta Caerdydd. Roland se embarcará contigo y con Julian a Sicilia. Solo se separará de ti cuando te encuentres sana y salva bajo la protección del rey. No vaciles, Elizabeth, no aguardes hasta que me... hayan dado sepultura... Márchate de inmediato.

Elizabeth le lanzó una mirada llena de amor y confianza, cabalgó hasta ponerse a su lado y fijó el pequeño prendedor en su pecho.

—No lo necesitarás. Vencerás.

Sin volverse, condujo a *Pearl* hacia el magnífico baldaquín. Roland la siguió, la ayudó a desmontar y tomó asiento a su lado; ya era su protector oficial. Lissiana y lord Blaemarvan se sentaron al otro lado del palco. En el último momento, cuando Armand —que hacía de heraldo— ya anunciaba el nombre de los combatientes, aparecieron tres caballeros más. Llevaban ropas de viaje, al parecer acababan de llegar al campamento. Su jefe, un hombre mayor rollizo, lanzó una mirada desconfiada a su alrededor.

—Que alguien me explique qué ocurre aquí, por favor —dijo en tono severo y autoritario—. Soy John Leonard Fitzgerald, conde de Kent. El rey me ha enviado aquí como mediador.

—¡Entonces debemos interrumpir este combate! —susurró Elizabeth, dirigiéndose a Roland, que negó con la cabeza y la inclinó, saludando al enviado del rey con cortesía.

—Soy Roland de Birchrock, milord, y esta es lady Elizabeth, duquesa de Glenmorgan.

Elizabeth hizo una reverencia.

—Roderick, conde de Blaemarvan —se presentó el padre de Lissiana—. Y mi hija Lissiana.

—Futura duquesa de Glenmorgan. —Lissiana también hizo una reverencia.

Ese día llevaba un vestido de color rojo oscuro y pesadas joyas de oro. Sujetaba algunos mechones de su oscuro cabello en las sienes con peinetas de oro y el resto lo llevaba suelto. Tenía un aspecto magnífico, mucho más seductor que Elizabeth con su vestido de luto.

Lord Leonard lanzó una mirada desconcertada a ambas, luego pareció comprender.

—Entonces esos dos hombres que ocupan el lugar de combate son el duque de Glenmorgan en funciones y un representante de la dama, ¿verdad? ¿Acaso pretendéis arreglar este asunto mediante un duelo?

Elizabeth asintió y quiso explicárselo, pero Lissiana ya había alzado la voz.

—La dama deseaba una ordalía —comentó en tono dulzón, dejando traslucir la incomprensión que ella y su, sin duda, prometido, albergaban por dicha idea.

—¡Serás bruja! —siseó Elizabeth, pero en voz baja y sir Leonard, que aún se volvía hacia Lissiana, a la que al parecer consideraba encantadora, no la oyó.

—Dejad que os lo explique... —empezó a decir Roland, pero el enviado del rey lo hizo callar con un ademán.

—Si esto contribuye a resolver la contienda, puedo aceptarlo, a condición de que todas las partes se sometan al resultado.

El conde se inclinó hacia atrás y dirigió la mirada a los luchadores que en aquel momento ocupaban sus posiciones para el combate con lanzas. Parecía muy satisfecho de poder cambiar un desagradable cargo de juez por el de espectador de un emocionante duelo.

—Pero, milord... —quiso añadir Elizabeth. Roland la detuvo.

—Es inútil, puesto que el combate prácticamente ha comenzado. Dejad que empiece, si las cosas se ponen feas para Doug siempre podremos obligar a este individuo a intervenir. Creedme: ¡el rey no ansía que dos de sus caballeros se maten solo por un dudoso esclarecimiento de la verdad!

En aquel momento Doug se enfrentaba a Osbert dentro del palenque y procuraba conservar la calma. Armand solo daría la señal de lanzar los caballos al galope cuando las cuatro patas de ambos corceles estuvieran apoyadas en tierra. Aunque estaba muy tenso, el semental negro no las despegaba del suelo, pero el estupendo alazán de Osbert bailoteaba nervioso. Era un caballo muy pesado; sin embargo, su cabeza pequeña y grácil indicaba que sus antepasados eran purasangres. Quizá fuera tan ágil y veloz como fuerte. Osbert también era un gigantón; durante su última lucha, más bien amistosa, Doug apenas se había percatado de ello, pero entonces comprendió lo que quería decir Armand cuando le aconsejó que no se enfrentara a Osbert dentro del palenque. El hombre era ancho como un oso y para derribarlo sería necesario contar con la fuerza de un gigante.

—¡Ahora!

Doug corrió a rienda suelta y apoyó el peso en los estribos para sumar la fuerza del animal a la suya durante el choque. Su lanza dio en el blanco, pero resbaló en el liso peto de Osbert, al que ni siquiera hizo tambalearse. También recibió un lanzazo en el pecho y se quedó sin aliento. Se balanceó en la silla de montar, pero se recuperó con rapidez, sobre todo porque el semental reaccionó de inmediato y aguantó la embestida al paso. Roland lo había entrenado perfectamente.

Los dos adversarios se prepararon para la segunda embestida y Doug no se hizo ilusiones: no aguantaría un segundo lanzazo: sencillamente era más débil que Osbert. «Si eres más menudo y más débil que tu adversario, la técnica obra en tu contra. Coge la lanza un poco más cerca de la punta, así modificarás el centro de gravedad y golpea más abajo, aprovecha el efecto palanca»; aparecieron en su cabeza aquellas indicaciones de Brian. Nunca había aplicado esa táctica porque, por lo general, los caballeros eran más menudos que él. Pero tampoco tenía nada que perder, así que, con gesto decidido, no fue lanza en ristre como de costumbre, sino que la cogió más cerca de la punta y la dirigió hacia abajo.

—¡Adelante!

El semental echó a galopar, pero esa vez Doug lo frenó un poco: no debía aflojar las riendas porque de eso también dependía el éxito de la técnica. Debía pasar por debajo de la lanza del contrincante. Doug vio cómo Osbert volaba hacia él como una bala de cañón y, en el último instante antes del choque, obligó a su caballo a desviarse ligeramente. Al mismo tiempo embistió con la lanza, la clavó entre la pierna izquierda de Osbert y la silla de montar y, mediante un efecto de palanca, lo derribó del caballo con relativa facilidad. Osbert cayó y su armadura soltó un chirrido; parecía no comprender muy bien qué le había ocurrido.

Los caballeros espectadores gritaron y chillaron. Elizabeth se mordió los labios.

—¡Ahora ni se te ocurra desmontar! —murmuró Roland a su lado.

Elizabeth se percató de que el joven e impetuoso caballero se roía las uñas debido a la excitación y casi se echó a reír.

Según las reglas del combate, los caballeros debían decidir si, después de derribar al adversario, optaban por seguir combatiendo a pie y con la espada o si lo atacaban sin desmontar. Claro que lo primero era considerado más caballeresco, pero Doug había recibido otras instrucciones y él mismo se dio cuenta de que en aquel momento debía aprovechar cualquier ventaja. Así que hizo galopar el caballo negro en torno a Osbert sin dejar de atacarlo una y otra vez con la espada, casi juguetonamente. Era improbable que lograra infligirle una herida mortal, pero servía para cansarlo. Pero Osbert tampoco sentía un gran interés por las reglas del combate caballeresco. Cada vez que los ataques de Doug se lo permitían, procuraba asestar un mandoble a las patas del semental.

—¡Quiere herir a vuestro semental! —exclamó Elizabeth, espantada—. ¡Matará a vuestro caballo, Roland!

—No os preocupéis, sabe cuidarse —dijo Roland en tono sosegado.

En efecto: el semental esquivaba los golpes de Osbert con gran destreza y de vez en cuando incluso se encabritaba furioso y trataba de alcanzar a su atacante con los cascos. Doug se dio cuenta de la táctica y le lanzó unas palabras y una mirada fría a Osbert, después cabalgó hacia Charly, que aguardaba al borde del palenque, y dejó el caballo en sus manos.

—Un error —comentó Leonard con mirada de experto.

Elizabeth parecía estar a punto de abalanzarse sobre él, pero se tragó sus comentarios y, cuando Doug arremetió contra Osbert a pie, apretó los puños. El combate adquirió un carácter serio y Doug parecía tan furibundo que olvidó todas las instrucciones. Roland, sentado junto a Elizabeth, soltó un gemido al ver que atacaba una y otra vez.

—Pero si eso es lo único que quiere Osbert —murmuró.

En algún momento Doug también pareció tomar conciencia de ello. Dejó de atacar al adversario y por fin comenzó a hacer lo que en los últimos días había practicado hasta el hartazgo: detener los cintarazos de Osbert.

—Preparaos para un combate prolongado —murmuró Roland, dirigiéndose a Elizabeth—. Entonces el joven se relajó y notó cuán pálida estaba—. Creo que necesitáis refrescaros. ¿Os apetece una copa de vino?

Elizabeth lo contempló con expresión consternada.

—¿Cómo voy a tomar vino cuando Doug está luchando por su vida allí abajo? No es un combate de exhibición.

—¿Así que ese caballero es Doug de Caernon? —pregunto Leonard—. Es muy valiente, milady, una buena elección. Aunque ese asunto de la ordalía más bien es... eh... un método poco convencional de mediar en semejantes desavenencias.

—¡No fue idea mía! —dijo Elizabeth en tono indignado, pero después calló, asustada.

En un ataque Doug reaccionó demasiado tarde. El combate —que ya se prolongaba casi una hora bajo el sol abrasador— debía de haberlo extenuado y Osbert le asestó un fuerte golpe en el hombro. Doug cayó al suelo. Osbert volvió a atacar de inmediato y Elizabeth soltó un grito. Doug había perdido el escudo. Si el otro arremetía con puntería...

Doug intentó rodar a un lado. Estaba perdido y creyó que ya ni siquiera sería capaz de volver a alzar la espada, pero, al ver que la de Osbert amenazaba con darle muerte, hizo que recurriera a sus últimas fuerzas y, débilmente, volvió a detener el golpe. El cintarazo de Osbert se perdió en el aire: él también debía de estar exhausto. No obstante, a la siguiente seguro que daba en el blanco y Doug no tendría otra oportuniad de ponerse en pie. Pensó a toda prisa: si quería sobrevivir tenía que idear un truco. Y entonces lo que se le cruzó por la cabeza fue una estratagema de Charly, que el día anterior se había medido con otros donceles en el combate con espada. Lo habían derrotado sin esperanzas, claro está; hasta que simuló que estaba herido... y arremetió cuando su adversario se disponía a apoyarle la espada en la garganta. Ian le había recriminado que aquello no era caballeresco, pero en aquel momento eso le daba igual a Doug. Si las experiencias de las riñas tabernarias podían ayudarle, las aprovecharía.

Mientras, Osbert volvía a lanzarse al ataque, pero esa vez Doug no se dispuso a detener el golpe, sino que se limitó a removerse un poco y a soltar un quejido. Tenía que hacer que Osbert se sintiera seguro porque solo así cometería un error. El gigantesco caballero alzó la espada con gesto triunfal para asestar el último cintarazo y era como si, durante un instante, quisiera saborear la victoria. Y en aquel preciso momento Doug arremetió; no trató de darle al caballero en el pecho, sino que clavó la espada desde abajo, por debajo del peto y en dirección a su corazón; y, envuelto en la armadura, rodó rápidamente hacia un lado para que la espada del caballero que caía no lo hiriera a su vez. La espada le rozó el hombro, le desgarró la cota de malla y le produjo un profundo corte, pero el golpe de Osbert había perdido fuerza cuando el arma de Doug penetró en su cuerpo. Doug procuró no oír los horrendos gargajeos y resuellos de su adversario, que se retorcía en el suelo; tenía que ponerles fin, debía clavarle la espada en el corazón. Pero, para hacerlo, primero tenía que ponerse en pie. Extenuado, se levantó tambaleándose y se arrastró hasta su adversario moribundo. El golpe de gracia resultó innecesario: Osbert lanzó su último suspiro ante él.

Doug ya no supo de dónde sacó fuerzas para acercarse al baldaquín, inclinar la cabeza y recibir la enhorabuena de los caballeros. Sus hombres silbaban y gritaban, pero Doug solo veía a Elizabeth, su rostro aún pálido de espanto y el inmenso alivio en su mirada cuando, en el último instante, las tornas se volvieron.

—Milady... —susurró.

—Mi caballero... —murmuró Elizabeth. Quiso acercarse a él, pero Roland la detuvo.

—Aguardad, podréis verlo más tarde. No debéis mostrar al enviado del rey lo que sentís por él.

Así que Elizabeth tuvo que esperar hasta que los donceles de Doug acompañaran a su caballero, lo ayudaran a quitarse la armadura y le prepararan un baño. El tiempo transcurrió en medio de un alborozado torbellino de enhorabuenas y bendiciones, y, finalmente, cabalgó de regreso al castillo. Allí cogió a Julian de los brazos de su niñera embargada por la alegría y se dirigió a la gran sala para recibir los juramentos de los pares de Glenmorgan. Pero primero las mujeres de la aldea insistieron en ayudarla a cambiarse y a embellecerla de todas las maneras imaginables. Tardó mucho tiempo en recorrer el breve trayecto desde sus aposentos hasta la sala, porque todos los habitantes del castillo querían felicitarla por el magnífico combate de Doug. Cuando, por fin, entró en la sala, Leonard leía su decisión rápidamente redactada sobre la sucesión de Glenmorgan:

—Por la presente y en nombre de su majestad el rey, Julian de Glenmorgan, hijo de James Briant, duque de Glenmorgan, queda reconocido como heredero del disputado ducado. Hasta su mayoría de edad, Elizabeth, duquesa de Glenmorgan, dirigirá los asuntos del ducado. Lord Douglas de Caernon, así como sir Armand de Birchrock y sus leales caballeros, la asistirán mediante sus consejos y sus armas con el fin de mantener la capacidad defensiva del ducado. Lamentamos de corazón los acontecimientos pasados y deseamos que, en casos de desavenencias como esta, seamos convocados como mediadores con presteza. Al rey no le complace en absoluto que los dignatarios de su reino y los administradores de sus bienes emprendan acciones bélicas los unos contra los otros y asedien sus respectivos castillos. Asimismo se lo hacemos saber de manera inequívoca al duque de Clevey, que se inmiscuyó en esta contienda sin autorización ni derecho.

En efecto: el duque de Clevey no se encontraba entre los hombres de la sala, al parecer se había marchado de inmediato. Elizabeth suspiró. Cuando se presentara la oportunidad se vería obligada a invitarlo a reunirse con ella de manera oficial y a aclarar los *malentendidos*. Pero en aquel momento tenía que atender a lo más importante. Se situó a un lado del enviado del rey, recibió a cada uno de los condes e impidió con éxito que Julian les mordiera los dedos cada vez que estos cogían la mano de su señor para el besamanos ceremonial, «aunque algunos de ellos se lo hubiesen merecido», dijo más adelante a Doug.

Cuando la interminable ceremonia llegó a su fin y los criados prepararon la gran sala para celebrar por la noche un banquete organizado a toda prisa, Elizabeth partió en busca de Doug. Lo encontró con la ayuda de Ian, que la esperaba ante la entrada de la sala.

—Milord os aguarda en la alcoba de Charly, en las caballerizas —dijo con voz entrecortada—. Quiere rogaros que vendáis su herida.

—¿Es tan grave? —preguntó Elizabeth asustada—. Creí que solo se trataba de un corte limpio... ¿Acaso existe el peligro de...?

—¡Qué va! Él mismo podría haber ido a buscaros —se le escapó a Ian—. Pero Charly considera que quizá queráis estar solos y milord ha de descansar un poco, y aquí es improbable que pueda hacerlo.

Era verdad: en el castillo reinaba el ajetreo de un palomar. Excitadas, aliviadas y mareadas de felicidad, las personas se afanaban en reunir sus pertenencias para volver a su casa en la aldea. El balido de las cabras y el cacareo de las gallinas, metidas en sacos para transportarlas, se confundía con el rumor impaciente de los cascos de los caballos uncidos a los carros y los gritos de júbilo de las personas que cargaban los carros. Los aldeanos planeaban una fiesta de celebración para esa misma noche, y también allí Elizabeth y Doug tendrían que hacer acto de presencia.

Siguió a Ian hasta las caballerizas. Doug estaba tendido en el catre de Charly. En su rostro se notaba la tensión y el esfuerzo del combate, y también el agotamiento, pero no parecía enfermo ni excesivamente debilitado. Cuando entró Elizabeth, su rostro se iluminó, se incorporó y la estrechó en sus brazos; con el izquierdo, no con el derecho herido.

—¿Estás satisfecha? —preguntó con voz suave—. ¿He defendido el honor de mi dama como corresponde? Aguarda, te devolveré el prendedor.

—Quédatelo. Hace tiempo que te lo hubiera regalado, pero era nuestro único bien de valor. En caso de emergencia debía asegurar mi huida con Julian.

—Eso ya no es necesario —dijo Doug en tono cariñoso, y la besó—. Pero, dime, ¿no tienes otra recompensa para este guerrero? —añadió y recorrió el contorno de sus mejillas con el dedo, le acarició la nuca y deslizó la mano a lo largo de su columna vertebral para excitarla...

Elizabeth lo dejó hacer, complacida, pero luego recordó sus obligaciones.

—¡Basta, caballero! Por hoy ya habéis utilizado vuestras armas suficientemente —dijo, sonriendo—. Ahora dejad que examine vuestra herida y después casi habrá llegado la hora de asistir a la fiesta en el salón. Si lord Leonard se da a la gula con el mismo entusiasmo que al vino y a presenciar el combate con espada, acabará con todas nuestras provisiones.

Durante el banquete Elizabeth compartió el plato con su caballero, tal como mandaba la costumbre, y Doug procuró no pensar en la última velada en la que había compartido un plato con una muchacha: Lissiana. ¿Dónde debía estar? Aquella tarde lord Blaemarvan había prestado el juramento de fidelidad a Elizabeth, pero su hija no se había dejado ver y el conde ya había emprendido el viaje de regreso. Bien, se ocuparía de ello más adelante. De momento, Doug disfrutaba de la compañía de Elizabeth, de su cordialidad y del cuidado con el que depositaba los mejores bocados en el plato y se encargaba de que, tras el combate, no comiera demasiado ni demasiado rápido, pero sí lo bastante como para recuperar fuerzas. Sus toques casi casuales lo deleitaban y también la arruga que aparecía en su frente al escoger cuidadosamente un trocito de carne, o tal vez uno de pollo o pescado. Sonreía al notar que se lamía los dedos después de llevarse un bocado a la boca en vez de limpiárselos en el mantel como todos los demás. Elizabeth había conocido el hambre, a buen seguro que en un hogar dirigido por ella nada se desperdiciaría.

—Deberé encargarme de que lleven la comida que sobre a la aldea —dijo mientras los criados se llevaban las fuentes—. Están celebrando la victoria en la plaza; deberíamos acudir a la fiesta. En todo caso, se alegrarán de que los tengamos en cuenta. —Se despidió presionándole la mano. Doug dejó que se marchara, pero a disgusto.

—¡Pero si regresaré de inmediato! —dijo ella, sonriendo y luciendo sus hoyuelos.

De hecho no regresó y Doug pensó en ir a buscarla, pero entonces lord Leonard entabló conversación con él y ya no pudo abandonar el salón. La velada acabó unas horas después, cuando no quedó nadie más que el enviado del rey durmiendo pacíficamente entre varias copas vacías. Doug, un tanto malhumorado, se dirigió a sus aposentos. Vio que la biblioteca estaba iluminada y que de allí aún surgían voces femeninas. Pensaba que la invasión de su castillo habría llegado a su fin. Seguro que Dick, por ejemplo, ya se había marchado y estaba de celebración junto a los demás en el pub, así que, ¿qué estaba haciendo allí Anna, su mujer? En cuanto entró, lo comprendió. Elizabeth lo recibió con una sonrisa luminosa y un diminuto bebé en brazos. La madre estaba tendida en su improvisado lecho junto a la chimenea, exhausta tras el parto. Anna se ocupaba de ella.

—Lamento no haber regresado. ¡Pero había algo más importante que hacer que entretener a lord Leonard!

Doug echó un vistazo a la mujer dormida.

—Es Helen, la hija de Francis, ¿verdad? —preguntó—. ¿Lo ha superado bien?

Elizabeth asintió.

—Y este es su nieto James. Un niño muy sano.
—¡Un niño afortunado! —exclamó Doug con una sonrisa. Le recordaba su primer encuentro—. Al fin y al cabo ha nacido en un castillo.
—¿Así que esta vez sois vos el que adivina la suerte? —dijo Elizabeth, tomándole el pelo—. ¿Qué más os predije? Creo que me comporté con bastante arrogancia...
—Dijiste que me casaría con una mujer muy bella —contestó Doug—, y con ello demostraste tu talento de hechicera.

Un año y medio después...

El sol de otoño bañaba el camino de Glenmorgan a Caernon con luz dorada e irreal. Elizabeth y Doug disfrutaban de su tibieza y del ambiente extrañamente encantado mientras *Cougar* y *Pearl*, sus caballos, avanzaban a paso lento. Habían partido por la mañana del castillo de Glenmorgan tras pasar allí las últimas semanas. Desde su boda, celebrada en primavera, justo un año después de la muerte de Brian, alternaban la estancia en el castillo de Glenmorgan y en el de Caernon. Para este, Doug había contratado un administrador en vez de traspasar el condado a un nuevo vasallo; le desagradaba separarse de sus tierras y, además, pensaba en la siguiente generación.

—Nuestros hijos no deben criarse como caballeros sin tierra en la corte de Julian —dijo a Elizabeth cuando esta se quejó de la frecuencia de los viajes—. No quiero que envidien a su hermanastro, al contrario: nuestros hijos han de servir a Julian con alegría, como caballeros suyos y como señores de Caernon.

Fue una reflexión inteligente, pues el primero de esos hijos ya crecía en las entrañas de Elizabeth. Todavía no se notaba, pero hacía unas semanas que ella lo sabía y, orgullosa, había informado del hecho a su esposo. Esa mañana también se lo contaron a Brian, cuando depositaron flores en su tumba. Ella no quiso enterrarlo en el castillo donde reposaban sus antepasados, sino en el antiguo lugar predilecto de ambos, junto a los acantilados que se elevaban por debajo de la fortaleza.

—Siempre quiso oír el rumor del mar —dijo ella en voz baja cuando Doug le preguntó el motivo. También permitió que enterraran a Osbert junto a los duques de Glenmorgan—. Ansiaba poseer este ducado con tanta intensidad que robó y asesinó por ello. Ahora que está muerto, que al menos le pertenezca una parte del ducado. Brian se lo hubiese concedido de buen grado.

—Brian era un hombre generoso —dijo Doug sin alzar la voz—. Un auténtico caballero; superarlo no me resultará fácil.

Elizabeth obligó a *Pearl* a ponerse a la par de *Cougar* y cogió la mano de su esposo.

—Lo haces muy bien —dijo con una sonrisa pícara—. ¿Qué te parece si nos detenemos en un lugar muy preciso, a orillas del río entre Rhondda y Caernon, y vuelves a esforzarte?

Doug se rio. Relajado y feliz, ayudó a desmontar a Elizabeth y la llevó en brazos hasta el sauce. Nunca le había confesado que desde allí la había observado mientras nadaba; tampoco mencionó la escena con Brian que había presenciado. Era mejor callar ciertas cosas. Tendió a la joven en la hierba y comenzó a soltarle los cabellos.

—¡Eh, qué estás haciendo! Soy una mujer casada. Una condesa. Debo llevar el cabello recogido —protestó ella en tono escasamente convencido.

Ella le tiró a él de la rizada cabellera; Doug llevaba el cabello más largo y de vez en cuando lo sujetaba en la nuca con una diminuta hebilla de plata. Él jugó con los cabellos de ella y le hizo cosquillas en el cuello, después empezó a besarla. Le fue desabrochando el corpiño y le exploró el cuerpo con los labios. Volvía a estar ligeramente bronceado: cuando estaban en Glenmorgan, Elizabeth se bañaba desnuda en el mar y entonces Doug podía observarla de manera completamente oficial; ¡y siempre se mantenía ojo avizor para impedir que otro caballero disfrutara de la vista en secreto! Le besó los pechos, el vientre redondeado y ya no tan suave y blando y se alegró al ver que los pezones se endurecían. Apoyó la cabeza en su cuerpo susurrando palabras de amor y restregó la mejilla contra los rizos rojos que, como una llama, protegían la entrada de su portal.

Elizabeth también tiró de su camisa, instándolo a desnudarse por completo. Adoraba contemplarlo, proporcionaba y aceptaba amor sin pudor y rio al ver que el vello rubio de los muslos de Doug se erizaba, primero debido al repentino frescor y luego al deseo. Él la dejó hacer cuando le besó las cicatrices de las heridas sufridas al batirse por ella, pero también el recuerdo que dejó su peligrosa lucha con el jabalí. Lo acarició, admiró la belleza de su cuerpo fuerte, se acurrucó contra su pecho musculoso y disfrutó de su ansiosa sensualidad. Por fin él la penetró, la amó lenta y cuidadosamente, la meció y, cuando ella soltó un suave gemido, aceleró el ritmo. Elizabeth rara vez soltaba gritos de placer, pero musitó su nombre al arquear la espalda y rodearle las caderas con las piernas. Siempre anhelaba su proximidad y por fin logró que él se tendiera de espaldas y presionó su cuerpo contra el suyo mientras él aún permanecía dentro de ella. Su ternura lo conmovió y volvió a excitarlo hasta que realmente se fundieron el uno en el otro; no solo alcanzaron las orillas de la voluptuosidad, sino que se convirtieron en parte de ellas, como de la hierba, de las orillas del río y del juego de luz y sombras del sol. El amor de Elizabeth era cálido y consolador, y con él le regalaba todo el mundo. Cuando se separaron, Doug permaneció tendido a su lado, soñando; se sentía dichoso y satisfecho e invadido por un profundo amor por ella.

—¿Qué pasa finalmente con Lissiana? —preguntó Elizabeth de pronto. Recordaba bien que cuando había visto a Doug con Lissiana se había sentido invadida por una ira abrasadora, pero sin fundamento—. ¿Aún se encuentra en ese convento en Inglaterra?

—No, he oído que la echaron de allí. Un escándalo con uno de los eclesiásticos... Ahora está en Irlanda, en la corte en la que se crio. Si fuese por ella la casarían allí, pero el viejo Blaemarvan no da su brazo a torcer y se niega. Quiere que el condado permanezca en la familia y eso significa que tendremos que aceptar a su esposo como vasallo y reconocer a sus hijos como herederos de Blaemarvan.

—Charly opina que cuando regrese debemos acusarla de bruja, pero soy incapaz de hacerlo. Las brujas no existen y hay cosas que una mujer no debe hacerle a otra —dijo Elizabeth. Se incorporó un poco y jugueteó con el vello rubio del pecho de Doug.

—Quien más la echará de menos es Charly —dijo Doug, soltando una carcajada—, porque ya no tendrá un auténtico rival en la carrera de Blaemarvan a Rhondda.

—Aunque ahora tiene ese purasangre, que tal vez deje atrás el caballo de ella —dijo Elizabeth, retomando el hilo.

Doug se encogió de hombros.

—Pero su caballo no osa pisar el fango del brezal. No: para mantener sus triunfos tendrá que esperar a que el potrillo de *Rosie* y *Cougar* se haga mayor —dijo, desperezándose.

—Un pequeño semental, ¿verdad? Le puso *Comet* de nombre, ¿no?

Doug asintió.

—Porque nació aquella noche en que cayeron tantas estrellas fugaces...

Elizabeth le dio un beso.

—¡En nuestra noche de bodas! —dijo, completando la oración.

Doug dibujó diminutas estrellas en los pechos de ella.

—Por eso danzan las estrellas.

Reemprendieron su juego amoroso y después Doug volvió a hablar de Lissiana.

—Puedes decirle a Charly que lady Lissiana arderá en su propia hoguera —dijo, mientras ayudaba a Elizabeth a recogerse el cabello—. Su padre quiere casarla con Regis de Devon. Y por lo que a mí respecta, se merece nuestra bendición por ello.

Elizabeth frunció el ceño.

—¿Ese no es el trovador? ¿El apuesto que siempre actúa junto con el rubio intérprete de fídula? ¿Y eso por qué es un castigo?

—¡Mi querida e inocente amada! —dijo Doug, sonriendo—. ¿Es que nunca has visto las miradas que sir Regis intercambia con el tañedor de la fídula? Tengo serias dudas de que se tienda en el lecho de Lissiana con la suficiente frecuencia como para engendrar un hijo. Pero ella tendrá un marido apuesto que todas le envidiarán.

—Y sir Regis y su tañedor compartirán el condado —dijo Elizabeth, soltando una risita—. ¡Sois bastante taimado, milord!

—¡Que no...! —dijo Doug, abrazándola—. Mejor digamos que seré un buen señor de todos ellos.